U0561407

# 刺局 5 气杀局

圆太极 —— 著

北京时代华文书局

# 目 录

第一章　对决 / 001

第二章　闯入重重机关 / 025

第三章　歪招 / 052

第四章　巨型怪蛇 / 076

第五章　同归于尽 / 099

第六章　邪风恶浪 / 122

第七章　跃出金陵 / 145

第八章　刺杀齐王 / 167

第九章　神眼掌控之下 / 193

第十章　主动被擒 / 220

第十一章　活着冲出汤山峪 / 244

# 第一章　对决

春色已然入金陵，未发花芽多风云。
捧茶对语赛兵戈，几人窥得内凶情。

## 骨透颅

常言都说多事之秋，南唐金陵则偏偏迎来个多事之春。但是有些人身在事中却茫然不知；有些人无可奈何被事锁缠；还有人虽然一旁观事，思路却是被虚像引导得越走越远。所以还没等到初春的第一场春雨落下，这里却像经历了几场盛夏才有的狂风暴雨。让知情的人不由得胆战心惊，让不知情的人莫名地心慌意乱。

十目佛爷蔡复庆死了，是被关在佝偻枷中不能动弹的裴盛杀死的，是被累饿双极刑折磨得奄奄一息、无力动弹的裴盛杀死的。

当韩熙载、李景遂等人赶到无极渊时，他们看到了一幕惨烈而诡异的场面。

蔡复庆仍然弯腰站在佝偻枷旁边，就像在聆听佝偻枷里的裴盛呢喃。但他真的死了，一根有着锐利顶端的臂骨从他右耳插入，从左耳中露出，刺穿了整个头颅。

刺穿头颅的臂骨是裴盛的。由于裴盛仍关在佝偻枷里，身体各部位依旧被佝偻枷支撑着。所以刺出的臂骨也将蔡复庆的尸体架住了，始终未曾倒下。

没有马上将裴盛放出佝偻枷是因为放出已经没有太大意义了，蔡复庆在头颅被臂骨刺穿的刹那间下意识地反手一掌插在裴盛的肋下。弥陀手印垂死一击所蕴含的劲道是无法度量的，裴盛不仅身上已经破烂不堪的衣服全呈辐射状绽裂开了，皮肉筋骨也同样呈辐射状绽裂开来。所以现在的裴盛也算是解脱了，他已经再也感觉不到累饿双刑带给自己的痛苦了。只是从口中不断涌出的黑紫血块让他觉得呼吸越来越艰难。

当时在无极渊中的所有人都没有意识到事情是怎么发生的，包括主刑的费全。事情发生时，卜福刚刚迈进无极渊的门槛，所以他也没有看到事情的经过。但是当仔细查看完蔡复庆死后的状态，看清了裴盛的手臂细节，再询问了事情发生前后所有的现象后，卜福下了一个让所有人都觉得匪夷所思的定论："这是一次蓄意的刺杀！"

"从施刑的一开始你们就都疏忽了一点，这个受刑的刺客左手是断腕，没有手掌卡住前端。所以佝偻枷虽然能将手臂锁住，但他手臂前后动作的裕度还是很大的，这就给了他运力攻出的空间。然后这个刺客的断腕从表面看虽然圆秃，其实里面的臂骨却是尖锐的。并且这尖锐不是手腕被断时砍削造成的，而是之后磨削而成的。也就是说，刺客在被断腕之后有过这方面的专业训练，练成以断腕中的臂骨给人致命一击的招数。所以臂骨端才会磨成了尖锐状，其力道才能穿透整个头颅。"卜福不愧为神眼，对细节的分析步步到位。

"刺客臂藏锐骨，身怀一招毙命的招数，并不能就此说明他是蓄意刺杀。"费全提出了异议，因为如果真是蓄意刺杀，那么他一连刑审多天都没有看出丝毫意图来，那对他的声名还是有很大打击的。

"这是你们的又一个疏忽。之前采用其他刑具刑法，受刑刺客都没能坚持那么久。但是用了更为狠辣的累刑、饿刑后，他反而捱受了更长时间，这说明他准备利用这次施刑达到刺杀目的。连累带饿超过极限很长时间，是因为这个过程可以让他身体中的水分和皮下油脂流失，肌体发生快速收缩。这样断腕的手臂连带臂中的锐骨从佝偻枷中攻杀而出的裕度才更大，距离也更长。刺杀发生前，受刑刺客出现过挣扎，那其实已经是在做手臂挣脱攻出的准备。他断腕的手臂肌肉本就坏死很多，在挣扎中不但可以利用流失的水分、油脂润滑佝偻枷的锁扣，而且还可以疏松皮肉，找到合适的位置和角度让臂中锐骨穿透皮肉、脱离皮肉，这样即便手臂攻出的距离不够，锐骨却可以攻出更长的距离。"

"可是他为何要刺杀蔡复庆？有什么意义。"顾子敬也觉得有说不通的地方。

卜福看了一眼李景遂说道："可能因为他是可以看破一切刺杀局相的辨查高手吧。"

这话的意思大家一听就都明白了，刺杀蔡复庆，是为了下一步对齐王李景遂不利。也有人想得更多，刺杀李景遂，好像只有李弘冀心怀此目的。

"还是有些说不通，如果他是蓄意刺杀蔡复庆，那么凭着他臂藏锐骨、一招毙命的招数，之前有很多更加保险的机会可以实施刺杀，为何要等到被关进佝偻枷再出手？"费全还是不愿承认卜福的说法。

卜福回头看了下周围的顾子敬、李景遂等人，看样子对这个疑问的解释他是心存顾忌的。

"没事，直说，所有后果与你没有丝毫干系。"李景遂给了卜福一颗定心丸。

"对对，说吧，齐王、太子和几位大人都在这里，不用顾忌什么。"顾子敬也给卜福壮胆。

卜福强笑了一下，唇边髭须微微抖动："这说明受刑刺客是在不久前才收到刺杀令的，甚至可能是在下手之前刚刚接到最终的刺杀令。"

这句话一说，无极渊中一阵骚动。如果卜福这话属实，那么当时在场的所有人都有可能是向裴盛发出最终刺杀令的人。

在场的人中大部分是李景遂手下，这些人早就在无极渊中出入，而且这些天在无极渊中都待过很长时间，所以反而嫌疑不大。而今天早上来到无极渊的有很多是韩熙载、冯延巳、李弘冀带来的亲信，他们为了及时得到准确的刑审结果，所以都安排了自己的人盯着刑审现场。而如果说是刺杀之前刚刚得到最终刺杀令的话，当时跟着卜福和书童一起进来的只有吴王府的德总管。而且德总管是卜福和童儿要出竹月堂时，李弘冀突然间改变主意临时让他跟过来的。

虽然卜福这话说出了，虽然本该有什么人主动提出将当时在场的所有人扣下细查的建议，但是出乎意料的是齐王、太子以及两个重臣没有一个人顺着卜福的说法继续。因为他们都是聪明人里的聪明人，所以都不会把话头往那上面引。因为不管谁提出这个建议，也就得罪了其他所有的人，这相当于是摆明了对他们的不信任。再说了，他们几个谁都有手下人在现场，而眼下这种状况下谁都不敢保证自己手下百分百没有问题。所以最好还是马上离开这里，然后自己细查此次带来的手下。如果当着这么多外人查出来，自己也会被扯上关联。而且把手下交给别人去查，说不定莫名其妙就会扯上关联。

所以王爷、太子、两位重臣，以及鬼党顾子敬，嘴里都是敷衍着不明所以的哼哼哈哈。随即在哼哼哈哈中很快达成共识，刺客审讯之事到此终结，第二天早朝时一起向元宗详报前后经过。然后各自带着手下纷纷离开了秦淮雅筑。

也就在这个时候，佝偻枷中的裴盛终于被一口浓厚的血块堵住了呼吸，依旧被佝偻枷扭曲着的躯体逐渐僵硬。虽然他是个杀人之人，但已经在人间遭受到地狱般的折磨。不知道真正到了地狱之后，会不会不再让他如此受罪。

裴盛在离恨谷的隐号是"锐凿"，但并非所有人都知道这隐号的真正含义，只以为是他的"石破天惊"攻击力强，所向披靡。但其实裴盛的"锐凿"隐号是因为两点，一个是他断腕中藏有锐利臂骨，且练成了以锐利臂骨一击夺命的绝技。还有就是他曾经过专门的承刑训练，具有极强的意志力和忍耐力，就像专门凿击硬石的凿子。其实一个人可以将自己的断腕臂骨练成

## 第一章　对决

致命一招，并且在无数次练习中将臂骨磨得如凿子般尖利，那么此人天性中承受痛苦的能力就已经可想而知了。

但他这一次究竟充当的是个什么角色？身处怎样的一个刺局？他进入的刺局实际从什么时候开始的？刺杀蔡复庆真的是为了下一步的刺齐王吗？又是谁在指挥他完成这一次几乎不可能完成的刺杀？这许多的疑问并非解不开的谜，除了死去的裴盛外应该还有一些人知道，问题是知道答案的那些人本身也是谜。

十目佛爷蔡复庆被一个关在枷里正在受刑的刺客杀死，这事情很快就在金陵城里传得沸沸扬扬。世上本就没有不透风的墙，就算李景遂无极渊中都是严守府中内情不乱说、不外传的家丁、属下，还是免不了他们会在不经意的渠道将刑审细节流传出去，何况知道当时细节的还有李弘冀和其他几位大人的属下。

不过这一次李景遂也没有特别强调此事不能外传，不是忘记了，而是就要让一些人用不经意的渠道、很自然的方式将这情况流传出去。因为卜福说蔡复庆是被蓄意刺杀的，那么别人摆这样一个刺局肯定是有目的的。如果只是单纯为了报仇来杀蔡复庆，根本不需要这么费工夫，再一个无需做这么大的牺牲。而从最直接的推测来看，刺杀蔡复庆的目的应该是为了下一步对付自己。所以李景遂要将信息传出去，他一则想尽快看到主持此事或知道此事的人后续会有什么行动。再则这消息传播出去，其实也是对自己的一种保护。谁都知道了这件事情，那么某些想对自己下手的人就会有所顾忌了。

齐君元只用了一壶酒，便让酒馆中一个好酒但更爱夸夸其谈的酒客将裴盛刺杀蔡复庆的细节全说出来了。

听了这些细节后，齐君元并没有因为裴盛为自己刺齐王扫除障碍而高兴，也没有因为裴盛丧命无极渊而难过，不喜不悲的心境中再次疑云汹涌。

齐君元的思路是从烟重津开始的。因为之前和裴盛有关的一些疑问唐三娘已经解释了，他们两个接到乱明章前去往上德塬放迷烟夺皮卷，但是失利之后一直都跟随齐君元同行，即便在东贤庄脱险后分道而行，本该追赶上德

塬的族人的唐三娘、裴盛还是转而赶到呼壶里。这所有原来无法解释的现象都是因为他们两个在上德塬之后接到了秦笙笙传递的"一叶秋"，让他们两个始终跟随秦笙笙，听命于秦笙笙。

齐君元依旧记得，烟重津刺局之前，裴盛和唐三娘的态度都是很不在意的。这也是正确的，因为当时有秦笙笙在，他们两个所有的行动都听命于秦笙笙，所以自己不必费心劳神。

但是烟重津刺局中，裴盛出现了异常表现，并没有按照齐君元预先设定好的步骤和时间出击。而现在再回过头来细想想，秦笙笙当时表现的异常更多，并不只是将齐君元一个人带入对方重重包围的绝壁处，然后将他扔下自己挂鸟飞走。如果说扔下，其实在更早的时候秦笙笙已经将裴盛当弃肢给扔了，只不过这是一个下了药料、还有用处的弃肢。

烟重津裴盛被围，其实更早突围机会更大，但他始终都未动，好像是在等什么指令。而当齐君元刚刚将卜福等人吓住，秦笙笙却突然高喊"天要黑了，雾气浓了！锐凿，快动手！"这句话不仅暴露了齐君元的真实底子，同时也是在向裴盛发出行动的指令。

综合种种现象可知，裴盛当时的被擒是故意的。他是一颗棋子，一颗被秦笙笙以很奇怪的方式布设下的棋子。不，或许秦笙笙自己也只是一颗棋子，布设裴盛是秦笙笙在代为操作别人的意图而已。

但是齐君元怎么都无法想透，这是怎样的一个局，又是谁布下的一个局。对于裴盛这颗棋子的布设，那是在用其生命入局。最终不管意图能否实现，裴盛存活的机会都不大，因为他是皇家、官家最为忌讳的刺客。

再一个无法想透的是裴盛故意被擒又有什么意义，身陷囹圄、没了"石破天惊"的裴盛又能做些什么。虽然臂藏锐骨，但是一个危险的刑犯是很难有机会近距离接近到什么重要人物的，所能杀的也就只有参与刑审的一些与他有直接接触的官差，比如说蔡复庆。

难道是离恨谷中早就有高人预料到刺杀齐王会遇到蔡复庆这个最大的阻力，所以在很早之前就已经安排好裴盛舍身布局刺杀十目佛爷？可是很早之前谁又能预知蔡复庆会审讯裴盛，谁又能预知他们会运用佝偻枷让裴盛得以借用？所以裴盛故意被擒最初的意图绝不会是这个，而是因为局势变化而临时调整了指令。给裴盛发出新指令的人当时肯定就在裴盛旁边，这应该是一个可以多次出入秦淮雅筑和无极渊的人，他会是谁呢？

虽然很多事情齐君元百思不得其解，但裴盛杀死蔡复庆对于刺齐王而言终归是件好事。而且裴盛舍命刺杀蔡复庆的事情还提醒了齐君元，离恨谷的刺客就算死了，都会留下一些很宝贵的东西和信息。于是告别那个爱说话的酒鬼之后，他没有马上回长干寺，而是先去秦淮雅筑的周边转了一圈，特别是出口周围的官街民巷，以及不远处的大小石坝。

震魂桥北边过了东关铁闸有大小石坝，大石坝是在秦淮河主河道上，小石坝是在南北的支流上。这两个坝都是秦淮河蓄水防汛用的，平时落闸蓄水满足金陵城中百姓用水的需要，到了汛期，开闸排涝，以免金陵被淹。

这周围转完之后，他再次来到六指设局刺杀齐王的三角地。齐君元在这个地方待了很久，因为他心中有些细节需要六指留下的痕迹来加以印证。直到天色昏暗再也看不清周围的东西时，他才面无表情地离开三角地。

## 定弃肢

回到长干寺后，齐君元决定先和"套圈"汤吉聊一下。其实有很多事情他早就可以和汤吉有深度地交流一下的，但是齐君元并没有急着这么做。因为那时他还不知道自己的下一步计划是什么，也不知道自己能利用到汤吉什么，所以还是不谈的好。

现在自己有了计划，而身边这几个人里只有汤吉技承天谋殿，所以和他交流一下也许可以考虑得更加周全。另外"套圈"还是除齐君元以外唯一一个和齐王手下的高手过过招儿的人，齐君元应付不了的番羊就是被他逼逃的。蔡复庆虽然死了，但齐王身边的高手仍然很多，其中那个番羊就是个非常棘手的人物。他能敏锐地感觉到无形的杀意，确定心怀杀意的刺客，所以对自己下一步设计的刺局可能会是个很大的威胁。

齐君元和汤吉交谈时并没有刻意避开其他人，他们两个就盘坐在大佛

殿的中央。宽敞空荡的大殿中，其他人包括偶尔进出的僧人都可以看到他们俩，而他俩也可以看到其他人。这有一个好处，谁都别想偷听他们说话。这还有一个好处，虽然别人听不见或听不清他们两个说的具体内容，但依旧可以显得他们两个很坦然。

"从最近我们打听到的信息可确定，齐王手下番羊不仅擅长操控银皮子的妖术，而且能感觉到附近心怀杀意的人。但是那天小巷外的河边，我与番羊对战时，为何他没有感觉到你的出现？"这个问题齐君元其实早就想问了。

"或许他在全神贯注对付你，一心不能二用，所以没有发现我的存在。也或许是因为我当时并不知道他的身份，只想拿住他帮你脱困，并没有存杀他的念头。"

"我明明看到你的龟背锁狐扣锁住了他，可他又是如何逃脱的？"这也是一个齐君元早就想问的问题。

"那番羊不仅会操控银皮子，而且还能在电闪间如鬼影移形般让银皮子上身。我撒出龟背锁狐扣的刹那，他竟然一路前冲，一下就将十副银皮子全套在了身上。我的锁狐扣锁定的大小是有限度的，是以极为胖硕之人为标准设定的尺寸和余度。但是番羊瞬间穿了十层甲衣后，那会比任何一个壮硕之人都要粗大许多。所以龟背锁狐扣虽然准确地套住了他的身体部位，却因为超过极限尺寸导致扣齿无法咬住，被他两三下就挣脱而去。"汤吉说这话时一点都不掩饰自己的惊容，他以往的确是没有遇到过这样的对手。

"如果再让你对付番羊，你有把握胜他吗？"这或许才是齐君元今天真正想问的问题。

"没有，此人无法胜，只可杀。"汤吉回答得很快。

齐君元知道汤吉是什么意思，离恨谷与一般的江湖门派不同。江湖门派是以胜为上，征服别人赢得声名。离恨谷则是以杀为目的，而杀却不意味着胜。好多时候为了达到杀死刺标的目的，他们可以输、可以逃、可以投降求饶，甚至可以先于刺标死去，但所做的这一切都可能是置刺标于死地的重要手段。

"如何杀？"齐君元问得很快。

"短时间内完全出乎他意料的手法袭杀。"此言可见汤吉在遭遇番羊之后很花了些工夫研究如何对付番羊。

"什么技法什么招？"

"不知道。"

"不知道是什么意思？"

"不知道是因为不知道具备的条件，不知道怎样的环境，不知道对方的状况，不知道自己的处境，不知道到底能争取多少时间，更不知道当时能否灵机一动想出完全出乎他意料的招数。天谋殿的技法中有'视情谋'，就是综合当时各种情况以及利用刺标的弱点，灵机突成，以最快的反应谋划并布设下一个最有效的兜子杀死刺标。这兜子可以是合情合理的，可以是出乎意料的，当然，如果需要的话它也可以是荒诞怪异的。"

汤吉的确是离恨谷天谋殿的谷客，但或许他的技艺并没有达到极高境界，也或许他根本无法知道最近连续被出卖的齐君元是怎样一种心理，所以在和齐君元对话时也就没有想到要留些戒心、使些谋略。当汤吉最后一段关于"视情谋"的话说完后，齐君元微微点了点头，心中已经暗暗将自己原来还踌躇不定的计划确定了下来。

这个计划是从三角地回来的路上开始成形的，整个计划分两步实施，第一步极度冒险，冒险得可能需要牺牲什么人。第二步极度巧妙，巧妙得甚至还要有几分运气才行。

齐君元从汤吉的话里找到了利用他的理由。一个天谋殿的谷客，一个会"视情谋"的谷客。虽然并不清楚他所执行刺活儿的目的，虽然已经清楚齐君元是离恨谷的同门，但是在没有后续指令纠正或改变他的刺活儿之前，齐君元依旧是他的目标。在任何一个有把握的机会下，他都可能拿下齐君元或杀死齐君元。

而关于"视情谋"的一番论说，恰恰让齐君元觉得汤吉找到自己、接近自己、帮自己刺齐王的目的就是"视情谋"。在同伴丧身、孤立无援面对强大对手的情况下，采用直接与目标接触、以许多真相赢取目标信任，然后在目标放松警惕的情况下找到完全有把握的机会拿下或杀死目标，或者直接利用目标所做刺活儿来完成自己的刺活儿。这些都会是极好的策略，而且是视眼下实际条件灵机而出的好策略。

所以这一趟刺杀齐王的刺局中如果需要牺牲什么人的话，齐君元觉得让汤吉首当其冲还是比较合适的，包括对自己处境安全的有利。更何况汤吉已经总结了对付番羊的经验，而自己筹划的刺局中，对付番羊是非常关键的一个环节。就算单从这一个意图出发，汤吉也应该是首当其冲的。当然，如果牺牲汤吉还不能够达到意图的话，齐君元也不惜再牺牲其他他认为可以牺牲的人。

从灉州刺杀开始，齐君元觉得自己就一直是被牺牲的对象。被牺牲多了，自然而然也就学会了用牺牲别人来做成刺局的方法，这也是用流血和身陷险境换取的实际经验。

和汤吉商议完之后，齐君元还单独和其他人聊了一下。不过说的事情好像都没什么关联，让人无法知道他到底想要干什么。比如他向哑巴询问能不能让穷唐夜间始终守住一件东西不离开也不让人移走，比如他向唐三娘询问有没有长时间外露却不失药性的毒药，能不能搞到可以加剧火焰燃烧并可以产生剧毒烟雾的药料……

这天夜里，长干寺里并不平静，有人在偷偷摸摸地进出。所有进出齐君元都知道，但他躺在床上纹丝未动。因为这些表明他所布置的事情都在按部就班地进行，而且每件事情只有做的人和他知道，他们相互之间完全不知情。

第二天一早吃早饭时，齐君元告诉大家："今天谁都不用出去探听消息了，养足精神。天黑后进秦淮雅筑，刺杀齐王。"

是该采取行动了，和长干寺定的佛事已经做得差不多了，一旦佛事结束再赖在庙里恐怕就要被人生疑了。但是这一天没人能好好休息养足精神，他们个个心中忐忑不安，情愿坐到大殿去听和尚念经。因为直到现在谁都不知道齐君元到底设计了怎样的一个刺局，秦淮雅筑中机关重重、高手众多，没有妥善的计划，贸然闯入会是白白送死。

## 第一章　对决

就在齐君元他们养精蓄锐准备进入秦淮雅筑刺杀齐王的时候，蜀国皇宫中的一个刺局正悄然进行着。但这个刺局太没有技术含量了，从一开始就似乎注定是无法成功的。因为做这个刺局的人是个从来没有拿刀杀过人的人，因为这个刺局并非单纯地要杀人，而且要杀心。杀掉刺标的争宠之心，同时在无形之中也杀掉蜀皇的宠爱之心。

这场刺局的结果没能如刺杀者所愿，但也未曾如被刺的刺标所愿。这是一个谁都没有想到的结果，也或许早就有人想到了并刻意做了些什么，这才会出现这种结果。因为有人要利用这个结果，让下一步的计划能够顺利实施。

阮薏苡很安静地沿着蜀宫的赭色高墙走着，今天她没有带挂满药瓶的驮架，也没有穿那身似乎永不更换的黑色衣服。她今天穿了一身后宫仆妇的服饰，淡淡的、灰灰的，在赭色宫墙的映衬下就仿佛一抹被清风驱赶着的烟尘。

瑞馥宫远离其他宫院，显得偏僻冷清，就连走过去的宫道也见不到什么人。阮薏苡低头而行，一路走过来时只遇到一队内宫带刀巡卫和两个轮值太监。但是谁都没有注意到这个等级低下专做脏活累活的后宫仆妇，因为她现在的位置是后宫深处，又是在一大清早，这样的环境和时间别人很难想到还会有刺客出现。而且说句实在话，阮薏苡的样子也真的太不像一个刺客了。

阮薏苡的确不能算是一个刺客，即便她有再高明再诡异的杀人杀心手段，她都不能称为刺客或者杀手。因为她不具备一点杀人者该有的常识，刺杀实施的过程简易得几乎可以忽略不计。她以为只要换一身宫仆衣服就能掩饰自己，其实只要有人留心一下，就可以发现她装扮的后宫仆妇破绽百出。如果换作一个刺行中人的话，至少会预先学习模仿一下后宫仆妇的动作特点和神态身形才对。

除了装扮得不像，她还没有踩点。现在已经是前去刺杀目标了，却一点都不了解瑞馥宫里的情况。那宫里有什么设置、器具，刺标常在的位置，宫院里的布局路线是怎样的，自己该如何进如何出……这些她全都一无所知。

再有她的想法很简单，进去后直接接触到秦艳娘最好。要是接触不到，就找水和食物将蛊下了。宁愿让瑞馥宫中所有人都中蛊，也绝不漏过秦艳娘。但她却不知道，就那宫院里能见到的水和食物，肯定不是秦艳娘食用的。她所食用的水和食物，往往会有专人准备、专人送，其他人是很难接触到的。

而最为关键的一件事情更是阮薏苡万万想不到的，她这个不是真刺客的刺客，这趟刺杀面对的将是真正的而且是最为杰出的刺客。在这样的刺客面前，她所有的表现别人只需不经意地扫看一眼就能发现破绽。所以即便带刀巡卫没有注意到她，轮值太监没有注意到她，她仍是无法走进瑞馥宫的大门。

## 医玄斗

拦住阮薏苡的是瑞馥宫的置办。这不是官职，只是个没身份的杂役。但这杂役却是可以像申道人那样自由出入后宫的，而且给宫里置办应用，从中得到的好处那是非常丰厚的。

本来后宫的置办是有专门的太监总管负责的，所有需用全是统一购入。但是秦艳娘进宫之后却说自己原本是吴越人，蜀宫里统一购入的应用全不合她心意，特别是南音所用的一些琴弦、笛膜之类的东西，要么就是买不到，要么就是买的完全不对。所以秦艳娘央求孟昶，给送她来蜀国的舅舅派个职，专门给瑞馥宫购办应用。一则自家舅舅知道自己平时喜好，置办起来不会出差错。再则也是出于私心想让舅舅在蜀国多捞些钱，这样过些日子回去就不愁养老无资了。

孟昶当然会答应秦艳娘的央求了，不是由于宠爱秦艳娘，而是这事情不仅合情合理且通情达理。她没给家人要官要富贵，就想做个能出入宫中的杂役而已。而且从秦艳娘与蜀宫中差异挺大的生活习惯来看，她也真需要身边有个自家人照顾，花蕊夫人不还带个阮姑姑进宫的吗。其实送秦艳娘来蜀国的不止这一个舅舅，还有其他人。但秦艳娘来了些日子了才提出这么个小小

## 第一章 对决

的要求，这都让孟昶心中很有些过意不去了。

于是秦艳娘的远房"舅舅"凤盘云做了瑞馥宫专职的置办，而且还有皇上孟昶亲赐的九花金牌。但孟昶如何知道这舅舅其实是离恨谷天谋殿的"算盘"、江湖上人称"云中仙楼"的楼凤山。他在名字、隐号、江湖名号上各取一个字，取了个假名凤盘云。虽然楼凤山只是个置办杂役，但在可自由出入后宫的人中，他所持的九花金牌却是与大德天师申道人平级的。

和申道人有所不同，申道人是有事情时才偶尔进宫一次，而且一般情况下都是紧追在孟昶后面进宫，说完事情后马上离宫。他一个出家的道人，又被封为蜀国的大德天师，当然会很注意自己的举止。楼凤山则恰恰相反，他是白天没事就待在瑞馥宫里，晚上就住在蜀宫的西内侍房。只有在瑞馥宫需要些什么时，他才会出宫去。

其实陪着秦艳娘来到成都的几个人不仅楼凤山被安置在宫中，其他几个人也都给予了稳妥的安置，否则带他们来成都就没有意义了。不过其他人的安置根本不需要通过孟昶，比如说给王炎霸在军中安排个中军、助事之类的职务，那只需要王昭远给下个令就行了。比如说刘柄如、韩含花夫妇两个，他们本就进献拒霜花的方子有功。所以在孟昶下令全城遍种芙蓉花后，他们两个很自然地被官家聘用，专管那些从楚地找来的花农、山民种植芙蓉花之事。

阮薏苡走到距离瑞馥宫大门足足还有百十步远的时候，坐在瑞馥宫大门里面的楼凤山就已经看到了她。只需一眼，就已经从阮薏苡走路的姿态、神情上判断出这不是个一般的后宫仆妇。后宫仆妇的脚步没有这么坚定轻盈，腰背没有这么硬朗有力。这样的身形步法很像是练家子，但又和真正的练家子有着区别。再有后宫仆妇是做最脏乱事情的，就连宫院里扫地、擦灰都轮不到她们，自有宫院中配好的宫女、太监去做。所以后宫仆妇一般只需早晨和晚上两次到各宫院面前听候差遣，有事即做，无事即回。而现在这个点虽然早，却是过了等差遣的时间。

楼凤山没有动声色，他只是将凳子上的屁股稍稍抬了抬，这样他的身体就处于一个随时可以快速反应并动作的状态。这样当阮薏苡直接闯入瑞馥宫，而不是按规矩站在门口通报等候的话，那他身体的状态至少可以显得很正常的样子伸手够出，表示下阻拦的意思。当然，楼凤山也可以在这个后宫仆妇经过自己身旁时以最快的速度、最小的幅度将其锁拿。在不了解对方是个怎样的对手，具有怎样的能力和功力，使用的又是什么武器的情况下，采用这种近距离快速锁拿对方的攻击方式应该是较为合适的。但是楼凤山眼下不会这么做也不敢这么做，秦艳娘虽然得宠了，他自己虽然也可以自由进出皇宫了，但那华公公却一直没有放弃最初的判断，始终盯着他们这几个人不放。

秦艳娘住进瑞馥宫后，华公公立刻针对瑞馥宫增加了几道机关坎面，说是为了加强对皇上的保护，其实却是为了阻碍他们的暗中行动。也幸亏他们进蜀宫后的一切行动都还算正常，很少需要暗地里做手脚，否则还真展不开手段。所以目前这种情况是绝不能让任何人知道自己身怀杀人技艺，否则不但离恨谷的指令完不成了，自己还得落入万劫不复之地。而今天出现这样一个莫名其妙的后宫仆妇，说不定就是华公公派的什么人乔装了来试探自己，所以一定要注意不能轻举妄动。实在到了必须动的程度，动则不留活口，杀则不留痕迹。

恰好的是阮薏苡也清楚自己要做的事情绝不能明目张胆，所以当看到宫院门口坐着个人时，她立刻转身往左走，绕到宫院的西墙。这倒是她之前想好的，如果因为什么问题进不了大门的话，就立刻转到西边。因为蜀宫中所有的小宫院都有一个特点，就是在西边后半段的院墙上会有个小门，这门在宫中又被叫做下门，是专门搬拿不便从大门运出的杂物、垃圾、马桶等污秽破损物的。

其实民间的高级院落、园林也有设下门的，只是随着发展，民间院落的下门逐渐被改小，最终演变成一个半圆形墙洞。这洞肯定不是人走的，而且洞下方往往会埋设大缸或直接砌砖池或砖槽，以方便院外直接掏取垃圾和污物。《中国建筑》《山西大院建筑特色》《园林构建细解》等书中都有关于下门的介绍。

楼凤山在下门的门口堵住了阮薏苡。阮薏苡刚一转方向，他便已经猜到肯定是要往下门的方向过来，于是也马上转到这边来堵她。从瑞馥宫外面转

## 第一章 对决

到西面下门是有一段距离的，而从里面走却是可以直插向下门处。让楼凤山没有想到的是，那后宫仆妇几乎是紧跟着自己在门外出现的。由此可见她的脚力十分迅疾，而且还有些肆无忌惮的感觉。

"别往里走了，你面相不好，凶光照顶。这里是下门，风水不好，会促你凶灾难逃。"面对这个不明身份的后宫仆妇，楼凤山决定用言语吓走。

阮薏苡定定地站立在下门前面，她让突然出现的楼凤山吓了一大跳。这倒不是楼凤山说的话吓人，而是因为阮薏苡心怀叵测地偷偷溜过来，心中本来就慌虚。楼凤山再突然冒出来将门一挡，发声阻拦，这怎么可能不被吓到。

不过阮薏苡很快就稳下了心神，这和她静心做药、与毒与蛊打交道练成的沉稳心理有着很大关系。定下神后，阮薏苡抬头看了看楼凤山，冷冷地说了一句："我来有事。"

楼凤山没有说话，他往前小小地迈出两步，轻轻提鼻子嗅闻了一下。他清晰地闻到了一股药味，是从面前的后宫仆妇身上传出的。这是宫中所有后宫仆妇都不会有的现象，蜀宫中的医官都是男性，宫中专职煎药的都是年未及笄的小宫女。一般后宫仆妇连洗药罐、生药炉的活儿都是不让干的。所以整个蜀宫中只会有一个成年女人具备这样的现象，这人就是陪花蕊夫人进宫的阮姑姑。

楼凤山他们想要深入蜀宫，之前肯定对蜀宫中的情况作过详细了解。秦笙笙是以秦艳娘的身份进宫与花蕊夫人争宠的，那么对于花蕊夫人的情况和周围关系也就了解得更加详尽。而作为花蕊夫人身边最为信任的人，阮薏苡的情况特点也全都在楼凤山这几个人的掌握之中。所以不需要更多信息，就凭身上发出的药味楼凤山便能确定自己面对的人是阮薏苡。

知道自己面前是阮薏苡装扮的后宫仆妇后，楼凤山反倒轻松了下来。确定了对方身份，自己也就可以把握应对的方法和尺度。更重要的是确定了来人不是华公公的手下，自己便可以不那么顾忌了。

"害人的事还是杀人的事？"楼凤山索性一句话点破，因为他觉得阮薏苡到这里来，其目的只可能是加害秦艳娘或杀死秦艳娘，替花蕊夫人将已经

失去的一半宠爱抢回去。

"难说。不过既然你拦了我，我倒可以告诉你，可能会有杀人的事。因为我会先杀了拦我做事的人。"阮薏苡毫不掩饰眼中流露出的凶狠。

"我不拦你，你能杀得了谁？我若拦你，你确定能杀得了我？"楼凤山也毫不掩饰眼中的轻蔑。

既然已经说到要杀死对方了，于是在这一刻中两个人的身体状态都发生了微妙的变化。从随意变成了严谨，从松弛变成了紧张。虽然他们都站在原地一动不动，但身体散发的无形气势却是翻转跳跃般变化着。

"人体固者骨、肉、皮，人体动者腑、血、气，你固者不固，动者不畅，哪一处都是可以杀身夺命的。甚至我都无需亲自杀你，只做引导便可让你自己杀了自己。"阮薏苡提到了楼凤山的身体概况，感觉很玄乎，让人难以置信。但是楼凤山绝对信，他知道这世上什么人、什么事都可能存在。所以脸上虽然依旧轻蔑，心中却已经谨慎万分。

"西为落阳，阳末阴始，你是女子身属阴，得阴上加阴之相。西为走水，女子身亦为水，水走势失。阴为下，水势趋于下，此处为下门，又于你不利。所以害人也好、杀人也罢，天时地利都不助你，你今日里还是罢手吧。"楼凤山则大体说了下下门处的风水，同样玄乎。他要阮薏苡相信，目前的环境和时间对她都不利。

阮薏苡精研的药理与玄理相合，特别是利用菌炉培出蛊虫之后，对道家玄学更是有了很多了解。所以她心中清楚对方针对自己所说的风水局相是有一定道理的，这其实是从环境特点、时间光线等种种条件上综合了自己的不利因素。但就此离开她又不甘心，所以最好是能将面前拦路的人吓退。

阮薏苡的目光在楼凤山身上慢慢扫过，过程中不放过每一个微小的动作，哪怕是气息的一次起伏和心跳的一次颤动。

"你心脉与血脉不合，每十下左右心脉起伏会出现半下强跳，你左手小指尖间断性的微颤就是因为这个。看这情况应该是在年少时心脉遭受重击受伤所致，成年后虽然靠外加锻炼使得未受伤的心脉能力加强，却未通过用药用针恢复受伤部分的心脉。所以加强的心脉虽然能替代受伤的心脉完成供给需要，但终归是缺了部分功能，所以才会出现身体异象。"

楼凤山心中暗叹一声，这阮薏苡真的不是寻常人。就这么打眼看一下，也不把脉，就能确定自己少年时落下的老伤。自己当年就是因为这一记差点碎了心脉的重击才逃到离恨谷的，在离恨谷中学了"藏腹吸"的吐纳方法才弥补了心脉所受之伤，能够像正常人一样修习刺杀技艺，最终出谷要了对头的性命。但也正因为这个伤只是弥补没能痊愈，所以当时才会学习天谋殿的技艺，以最为聪明、最不费力的方式来杀死对头。

"我只需在你攻击时连躲，当你心脉半下强跳时突然回击。不管这回击是真是假，你都必定会立刻收缩回防。身体突然的收缩和动作方向突然的改变，是会让血脉快速回流，这样陡然增加的压力就不是你那半下心脉强跳能维持的。所以这半下心脉强跳会增加一次，这一下大概是增加在下一轮十次命脉起伏的第四下。而下一轮强跳之时我如法炮制，那么增加一次就远远不够了。因为上一轮的血脉还没能完全理畅，这样在再下一轮的第七下还会增加一次。如此类推，几轮下来你的心脉便完全混乱了。或者为了节省时间，我在两轮之后连续攻你三次强跳处。只需出现一个强跳叠跳，血行和脉跳对冲，脉涨血阻，逆血攻心，非死即残。"

楼凤山知道阮薏苡的说法是成立的，而且是非常精妙的，可以利用自己身体的缺陷来杀死自己。但问题是自己不会让她坚持那么久，而且有必要的话自己还可以专用以攻为守、以命换命的招数，那么阮薏苡的说法就毫无用处了。

"说得好，但未必做得成。你身后有一树，风水中叫'枪抵背'，于你不利。而我这边有两根拴马柱，柱上有螭龙盘顶，这在风水中叫'双龙护门'，于你不利。你立身处为路，我立身处为阶，风水上你为水绕我为山靠，绕不逆靠，于你不利。"

楼凤山所说全是针对阮薏苡的风水局相，而且这风水局相中却是暗含了技击的道理在。阮薏苡虽然精通医术药理，也多少知道些与药理相合的玄学理论，但风水却是不懂。虽然用异药将自己的身体潜能提升出来，变得身轻如燕、力量过人，但真正的技击术却是不会。所以对楼凤山的话她显得有些

茫然。

"'枪抵背',可以挡住你的连躲,所以等不到你反击可能就已经折在我手下。'双龙护门',不仅是护门,还可护住我,就算你能撑到我心脉强跳半下时,我也不必收缩回防,而是可以顺势利用这两根石柱与你周旋。绕不逆靠,是说地势上我在上手你在下手,你反击的话需要更大的力量和速度才行。如果只是虚击或无力的反击,还不至于让我血脉回流。"

楼凤山预料到自己的说法对方不一定听得懂,所以紧跟着补充说明了一下。阮薏苡这一回完全听懂了,同时她也意识到自己的处境的确不是太好,之前的想法并不一定能实现。

## 一吻杀

阮薏苡不需要听懂太多,她只管出招,只管想尽办法冲进瑞馥宫就行。

"你右臂用得多,腋弯筋结,牵扯半边脖颈和右胸。而左臂不常用,腋弯柔活。这样就使得你气息半盛半衰,臂动半急半缓。且急者无力,缓者无速。所以你若攻我,我只需以麻呛药粉为引,便能让你吸能尽入、呼不尽出,气息紊乱噎胸,臂动难定进退。气息处于难呼难吸状态你又如何能攻?所以我仍是可以等到心脉强动的反击机会。"阮薏苡又从楼凤山气息入手,并且准备用麻呛药粉抢攻。

"你衣着后宫仆妇装,行拙、形秽,从风水上讲就是'水行难''藏晦气'。水行难,则淤泥积,这从你的长大罗裙可以看出,其状臃肿拖沓,影响脚下行动。所以你躲也不顺,攻也不利,我即便气息难调也可应付。'藏晦气'是指你拢袖太大,衣襟宽松,这对于后宫仆妇做活儿倒是方便轻松,大袖还可以掩鼻、擦汗。但是对于你来说却反而影响撒布麻呛药粉,我估计你撒五分就得留二分,不是拢在袖中就是弥于宽松衣襟。我乱气息,你也难避。"楼凤山再解说阮薏苡的衣着风水,针锋相对抓住她的破绽处。

"你嘴唇微青为肾水过盈,下阶攻我,落步时小腹会有微酸微麻感,此

时我只需要用药签刺你气元（也就是丹田），你便会四肢血脉凝滞，僵木难动，粪便失禁。"

"你额头横皱，嘴角外撇，这在面相小风水上叫'雌虎难产'，其意为心无把握、进退两难之格局。也就是说，你心中根本没有对付我的自信，而我则可以利用你出招时的犹豫一举拿你。"

"胯微侧，脖微拧，颔微抬，气长出。这是得意自信之状，心门微开，神意不守，可突袭！"阮薏苡说完这话一下冲出。她不懂技击之法，但她也没想把面前这个瘦小老头怎么样，只是想将他推到一边自己好冲进瑞馥宫。而只要进了瑞馥宫，她一路跑下来随便找个合适的地方将蛊下了那是没人能发现的。

楼凤山根本没有想到阮薏苡会突袭，他觉得两个人一番口战下来，自己已经是控制住局面了。但是即便阮薏苡采取突袭，那又怎么逃得过楼凤山的手段。刚刚也就是口战，完全是理想化、理论化的说道，真的付诸行动，很多内容阮薏苡都是说得出做不到的。但是楼凤山不一样，他说出的不但能做到，甚至在做的时候还有灵机一动的变化。

不过毕竟是在内宫中，对方又是个女的，自己还不能太招摇，以免被人看到将自己身怀绝技的事情传到华公公耳朵里。所以楼凤山只用了最简单的一招——拉，单手揪拧住了阮薏苡一只拢袖的袖角，将她紧紧拉住。

"你身体内风水以案压朝、直对凌崖。还是不要往前去了，去了就是失足之恨、有悔难回。"楼凤山一边拉住阮薏苡一边嘴里还在唠叨。

阮薏苡用异药激发自己身体的潜能后，身轻如燕、力量过人，所以被楼凤山拉住衣袖后她一边使劲回拉一边快速地围着楼凤山转圈，试图摆脱楼凤山。于是两人一时间就如同现代花样滑冰中的那样，男女选手单手相拉，然后女选手斜身，以男选手为中心快速旋转。

这样的旋转并没有僵持多少时间，因为楼凤山真的灵机一动变化了招数。本来是以他为中心的旋转，但他这个中心突然动了，而且抢在阮薏苡旋转方向的前面，这样一来就将阮薏苡被拉住的那只手臂背到了她的身后。

不过阮薏苡的身体并没有立马停止，旋转的惯性让她背着手整个撞入了楼凤山的怀里。而这状态也是楼凤山想好的，他可以很轻松地就捉住阮薏苡的另一只手将她双手都背过来彻底制住。这样一来他们两个争斗的整个过程就是拉扯下衣袖，然后将她手臂反背。这是男子与女子争斗时常常会出现的状态，所以就算什么人看到了也说不出什么来，更联想不到什么技击术、刺杀术。

可是楼凤山怎么都没有想到，阮薏苡也会有灵机一动的变化，而且这变化对楼凤山绝对具有杀伤力。只不过这杀伤力目前楼凤山只有表面上的感觉，过一段时间后他才能体会得更深。

就在阮薏苡旋转着撞入楼凤山的怀里时，也就是楼凤山正在捉住她另一只手臂时，阮薏苡回头一下吻住了楼凤山的双唇。这一下太快太突然，然后两个人的脸也确实离得太近了些，所以只注意抓手臂的楼凤山连一点躲让的反应都不曾有，就这样实实在在地被吻到了。而且楼凤山还真切地感觉到阮薏苡的舌尖钻开自己双唇，滑溜溜地钻进了自己嘴里。

楼凤山不再想捉住什么手臂了，而是手脚混乱地一下将阮薏苡推开。那张已经皱了皮的老脸瞬间像充了血，脚下连退两步，在门槛上绊了个趔趄。

而那阮薏苡却好像什么事情都没有发生一样，整整衣服转身离开了，没再强行进入瑞馥宫。虽然离开了，但阮薏苡却没白来，她还是得到些结果，只是这结果真的出乎所有人意料。

那一吻是杀人杀心的一吻，就在唇粘舌挑之间，从未杀过人的阮薏苡给真正的刺客楼凤山种下了蛊。所以阮薏苡退走了，回去了，她已经用不着再拼死拼活地缠斗。现在开始只需耐心等待蛊虫成熟，然后就可以对楼凤山大施手段，从身到心将其控制。到那时自己再来瑞馥宫楼凤山非但不敢再拦她，还要卑躬屈膝地将她迎进去。或者她自己根本就不用再来了，只需让楼凤山代替自己将蛊下给秦艳娘。

蜀宫中阮薏苡的刺杀，在一场医术与风水的对决后，最终以一吻而暂告终结。而大周皇宫中的一个刺局此时才刚刚布局，并且应该不会在短时间内结束。

和阮薏苡的刺杀相比，大周皇宫内的刺局可没有这么简单、粗劣，整个布局设计和过程步骤都是经过深思熟虑的，其运用的刺杀技法更是诡异莫测、妙到毫巅。这个刺局最终的结果如能达到刺客初衷，那么只需动了大周的一个人，就能推动天下大局势的进展和变化。

大周朝中左谏议大夫兼东京留守副使王朴，精通易学天象，周世宗将其从一个民间术士一路重用到这等高位，这也是一个非常重要的原因。他曾给周世宗推算过三十年的运程命理，所以周世宗才会有"十年开拓天下，十年养百姓，十年致太平"的宏图大志。

这天晚上王朴正在书房中拆阅来往信函，突然觉得心中惊颤，胸腹翻腾，六神无主。世间有重大事件发生前王朴才会有如此反应，于是他急急地登上斗楼察看天象、星相。发现中天混厚，东星群亮烁贼光，妃女星群略显昏淡，伏牛星群如有烟绕。这是民有怨、内有乱，御外、宫主皆不利之象。

民有怨迹象其实早就有了。大周物价飞涨、粮盐奇缺，百姓惶惶不安。接着周世宗灭佛取财，扼绝信仰寄托，百姓心中更是愤愤难平。所以在灭佛取财之后，百姓与官家争端已经络绎不断。这本就需要用温抚政策经过很长时间才能平复的不稳民情，偏偏还未等丝毫缓和，周世宗又兴兵伐蜀。为了保证军需应用的供给，户部虽未提高税费，却是临时另立了许多名目，从百姓头上强征民资、民粮。于是民间负担再次陡增，关系越发激化。如果对蜀之战不能短时间结束，民有怨之后的内有乱肯定在所难免。

而一旦国内有乱，不管是对蜀的战场上，还是面对北汉、大辽、南唐的边关守防，都会处于不利局面。而后宫中心性慈善、向佛拒战的符皇后如果知道了这些情况后，她本就羸弱的身体肯定更多不利。这就真的应了御外、宫主皆不利。

但是要想采用某种方法将整个天象预示都给化解了，王朴觉得基本是不可能的事情。而且真要是都化解了的话，那真得算逆天之举，出此策、行此事之人肯定是要遭天谴的。

思来想去，王朴最终觉得只能以其中一个损害最小的不利来扭转整个天逆势。损害最小的方面，权衡下来就只有符皇后，所以王朴决定索性将天象预兆的所有事情都让她知道。然后符皇后是以书信劝阻周世宗息兵回朝也好，或者由符皇后亲自出面安抚百姓也好，就算不能完全解决将会出现的不利，至少也会对眼下情形有所缓解。

第二天在朝房由宰相范质主持群臣早议之时，果然有人提出了另立名目征取民资民粮的事情。说因为不堪重负，民间已经有多人被逼自杀，数次出现百姓抬尸围攻府衙的事件。但是虽然有人提出此事，却没人能解决问题。翻来覆去还是加以安抚和派兵镇压两种建议，而这两种建议如果可以从根本上解决问题的话，那么也就不用在此处提出这类事情了。

王朴在早议时并没有发表建议，但他比任何人都要忧心忡忡。早议刚散，他便立刻拉住范质将昨夜所观天象以及后果如实相告，然后把自己用小不利来逆大势的想法也对范质说了。范质没有多想，立刻带着王朴前往后宫求见符皇后。他倒不是为了什么小损大损，而是因为当前面临如此窘迫，朝中既无做主之人又无应对办法，所以他觉得这事情有必要向符皇后汇报。

真的进了后宫见到符皇后，那范质却一言不发了，全由王朴将天象之说和民间乱情对符皇后如实述说。不过王朴并不傻，他不止精通易学天象，他还同样通晓为官之道。所以述说之后便和范质一样不问不说话，既没有要求符皇后劝阻周世宗回朝，也没有建议符皇后亲自出面安抚百姓。

其实就算范质和王朴提出什么建议来符皇后也不一定会采纳。她这人虽然心慈体弱，却是很有自己的思想，见解独到，一般不会依照别人意见去做事。这对于一个皇后来说应该算是很好的一种习惯和品质，因为只有这样才不会轻易被奸小之人利用。

符皇后听了王朴的述说后也沉默了许久，这是她很少面对的问题。以往周世宗在，或者像赵匡胤那样能担得起的国之栋梁在，她都是不问国事的。就算是周世宗灭佛取财，毁了那么多寺庙，驱走那么多僧尼，她也只是心中郁闷伤感并没有多过问一个字。但是眼下周世宗、赵匡胤都在蜀国征战，范质和王朴将异常状况报到自己这里，说明真正的原因不是天象异常，而是留京的文武大臣对眼下的状况全无办法可想。

"你们先回去吧，我好好想想。这件事需要多方权衡，并非简单一举便可妥善解决的。"符皇后最终回了这样一句话，由此可见她的心思十分缜密谨慎，并不草草作出决定。周世宗能成为纵横各国的霸主，与后宫有这样的皇后执掌是有极大关系的。

但是范质和王朴没有想到的是，他们见过符皇后后还未有两个时辰，符皇后便有了举措，而且是他们完全没有想到的举措。

举措很简单，但是能做出则说明符皇后非常不简单。就在范质、王朴离开后宫后不久，符皇后让人将自己的珠宝首饰都取了出来，装箱封好，然后送至户部。随箱子一起送去的还有盖了皇后凤玺的信件，说明这些珠宝细软全数捐作军需应用。但同时请户部酌情考虑，减少些针对平常百姓的强征名目。

符皇后此份悯民之心立刻在后宫中引起震动。宫内伺嫔、宫女、太监很多都是平常百姓出身，如今宫外的家人也仍是寻常百姓，所以符皇后的这种做法给他们极大震撼。于是马上纷纷效仿，解囊捐出自己私资，于是一天之后又一笔不菲财物从宫中送到了户部。

当范质、王朴知道这件事时，东京城中大大小小的官员也都知道了。此情况让所有人都坐不住了，于是这些官员自己出资也好，让妻妾效仿符皇后也好，总之也都来了个大出血。唯恐在此事中落了后，被其他什么人抓到把柄日后作为诋毁压制自己的凭据。

符皇后带头捐私己的珠宝首饰，以此减轻百姓负担，此举数天之内就传遍了大周境内。而户部也立竿见影，马上便取消了部分另立的征收名目。于是百姓对符皇后感恩戴德，都赞其淑慧贤明，菩萨心肠。

而这件事情并未就此停止，女眷捐资之事随后波及大周境内所有的官员家眷，然后便是一些商贾富户的家眷。一时间在官员富户的妻妾之中，捐私资竟然成为一种时尚，成为衡量淑慧贤明的标准，成为争取家中地位的一种手段。于是只要有能力的都个个不甘人后，捐出私己金银饰物以充国用。

没用多长时间，全大周官员、富户家的女眷捐出的资产已经超过了灭佛强征庙产所得，而户部也将所有临时设立的征收名目全部取消。

这一事件便是历史上有名的"女捐"，"女捐"之举不但平息了官家与百姓之间逐渐激化的对立情绪，而且还消除了很大一部分灭佛取财带来的后期影响。有些百姓心感符皇后悯民之心，还专门设立"符神"祭拜。至今在一些地方仍有供奉符神的庙祠。

三月三上巳节，大周皇宫东侧迎曦门门口跪了一大群的百姓。看宫门的侍卫总管问清原因后赶紧报到符皇后跟前，说是东京附近的百姓为谢符皇后带头捐私资替百姓减负，特委托了一些地方上德高望重之人前来拜谢符皇后。

这些百姓此番前来还带来了一对大小与常人相仿的桃木人，这是专门请能工巧匠雕刻而成的。桃木人一男一女，男形为农夫，女形为纺妇，以此寓意食为父、衣为母。

符皇后那日身体不适，就没有出来与这些百姓见面，但她很欣然地将这两尊木人收了下来。

也不知道是谁的指示，宫中侍卫直接将两个木人抬送到了符皇后寝宫滋德殿里面，对称放在了门里。滋德殿主管太监觉得将这两个木人放在皇后寝宫不合适，于是又让那些侍卫将木人搬出滋德殿，放到其他地方去。但此举马上被符皇后制止了："既然进了滋德殿，那这木人便是与我有缘，就留在这里吧。"

仔细看过木人之后，符皇后不由微微感叹："世人敬佛，其实都是为求衣食能保。所以佛法应做世间法，众生皆是佛陀，劳作就是修行，这男耕女织之像也就如同佛像，须恭敬对待。再有这两尊木像放在此处，还可以提醒皇上与我要常常念及天下百姓。百姓养国，百姓养君，百姓才是国之根基。"

符皇后是个慈悲明理之人，但是她怎么都无法想到，这两个木人放入她的寝宫后，一个针对她的诡异刺局也已经开始了。

## 第二章　闯入重重机关

### 震魂桥

韩熙载这几天心情相对放松了些，虽然卜福辨出蔡复庆是被裴盛刺杀，刑审现场有人暗中在指使裴盛，但是韩熙载对这个让很多人不安的谜团却不感兴趣。

其实从种种现象进行推测，韩熙载很肯定地认为暗中指使的人只有可能是李弘冀和他的手下。不然一向主张刑审的他那天为何极力要停止用刑，不然书童和卜福前去看刑审情况时他为何要让德总管一同前去？但这些事情韩熙载决定就此忘记不再提起，因为裴盛已经死了，李弘冀的危机消失了，逼宫夺位之举已经没有必要。诡画刺杀的事情因为没了线索而就此告一段落，无法继续深查。所以现在南唐朝中的关系应该比以往更好，心中无事之人该干什么还干什么，心中有事之人经过这番折腾该收敛还得收敛。而他自己被人假冒书信裹进烟重津刺杀的困境也解脱了，不用纠结在又想保李弘冀必要时又必须毁李弘冀的矛盾之中。

而事实上后续发生的事情也都和韩熙载预料的一样，李弘冀调到金陵外围的三万水陆军再没有动作，赵崇祚偷入金陵之后也未曾有什么行动。近歙大营、宣州大营的一半兵马根本没有前往金陵，因为李弘冀虽然写了军文到兵部，兵部却一直压下商议，未曾发出调动军令。这应该是顾子敬那天到元宗面前说了些有关痛痒的话起了作用，元宗不是傻子，他能将李弘冀直接调动军队的权力撤了，就是为了在这方面有所掌控。

李弘冀很无辜、很懵懂，他完全不知道这些日子围绕着他发生了那么多惊心动魄的事情。不过到现在为止李弘冀的心情仍是郁闷和焦急的，刑审刺客已经结束，且不管结果如何，他总算是从中脱身而出了。原来元宗说是要他专心审理这个案子才将他兵部职责减轻一些的。而现在案子了了却没有像他想象的那样重新赋予他原有的一些权力。所以他依旧无法立刻履行和孟昶的盟约，就算是大周这些天以水军突入和边界袭扰的军事行动，他也无法及时调动军队予以对抗。

所以赵崇祚虽然来了，也利用不问源馆的密探点和李弘冀重新设立了密信传递途径，但始终无法提起李弘冀的热情来，反倒更加重了他心中的焦虑。密信道重开，他与孟昶的联系再次畅通，但是自己却失去了与孟昶平等对话的能力。蜀国被大周征伐，自己调军权力被收，他和孟昶已经无法互相帮助，最多是同病相怜。

不过李弘冀可能没有想到，刑审以这样的方式了结后，还有一个人的心情同样感到郁闷和难受，那人就是顾子敬。

裴盛一死，而且没有供出什么有价值的东西，这样一来顾子敬之前那一连串魔高一尺、道高一丈的漂亮手段就全白玩了。得到诡异字画秘密后果断离开成都，烟重津反设兜擒住裴盛，以萧俨为诱自己藏身，再以自身为诱暗中押回裴盛，顾子敬觉得他活到现在这几件事情是他最为得意的杰作。凭着这几件事情得到重赏还在其次，他觉得如果真从裴盛身上得到些什么重要信息，把太子或者其他重要人物挖出来，那么自己这些得意的杰作便可以载入史册，成为子孙后代永久的荣耀。但是现在荣耀、重赏都成了泡影，这让顾子敬又怎能甘心？毕竟这种机会一辈子都不可能再有第二回了。

所以这几天顾子敬有空了就老往秦淮雅筑里跑，和李景遂套近乎。他觉

## 第二章　闯入重重机关

得或许裴盛还有更多的口供留下，最后累饿双刑时裴盛的嘟囔说不定就是在吐露什么信息，只是刑审的人疏忽了，或者蔡复庆已经听出却没来得及告诉大家。就算再没有其他口供了，顾子敬也想利用李景遂的身份，将自己已知的信息和推断，加上裴盛之前的两句口供一起做些文章。他觉得李景遂应该对此感兴趣，扳倒李弘冀的话对他将来继承皇位是有百利而无一害的。而对于他自己而言，一旦元宗笃信了他和李景遂所做的文章，那么前面所有的杰作就又成立了，荣耀和重赏依旧会落在他的头上的。

但是更让顾子敬觉得郁闷和难受的是李景遂并不搭理他这个茬儿。李景遂本就不是个会让别人左右的人，再有他其实心中对南唐的皇位并不十分渴求。而且他也知道，如果自己当了皇上，李弘冀肯定不会服帖。到时候闹得自家兵戎相对，李家皇朝的基业就危险了。再有不管别人怎么说，也不管李弘冀对他采取怎样的过分方式，他都不相信李弘冀会幕后操控刺杀自己的父亲。李氏家族的子孙他是有所了解的，首先是守礼守规，再一个也没有这个胆量，包括他自己也是这样。所以貌似很多疑点都落在李弘冀身上，但他依旧觉得其中必有蹊跷。

李景遂的想法是正确的，问题是再正确的想法在不断的误导之下还是会偏移方向的。更何况别人现在已经失去误导他的兴趣，而是要以杀死他来误导更多的人。

已经站在了秦淮雅筑的震魂桥前，但是除了齐君元外，其他人心中依旧是一团糊涂。齐君元虽然一大早就说今夜要潜入秦淮雅筑刺杀齐王，但他始终没有说明计划，也未分派各自的任务，所以到现在大家都不知道这个活儿是要采用怎样一种形式的刺局。而且从齐君元所做的准备来看，很像是要采取一路闯入寻刺标直接取命的方式，这种最为简单的方式就连力极堂都很少会用。

不过从一件事情上又可以看出齐君元不会单纯采用一路闯入的方式，那就是这一趟他没让哑巴带上穷唐。如果是要一路闯入，那么穷唐灵敏的嗅觉、机敏的反应、迅疾的速度都是可以起到极大作用的。齐君元提前和哑巴

商量将穷唐安置到其他地方去了，至于干什么只有他和哑巴知道。他没有告诉其他人，哑巴也没有，那穷唐更不会。而在场的其他人又何尝不是这样，都有着自己和齐君元的秘密藏在心中，也都没有告诉其他人。

齐君元这一回到底布设的是怎样一个刺局？没人知道。所有人都只清楚自己需要干什么，并不知道别人会干些什么。这就像在拼一块七巧板，没人知道自己相邻的位置是哪一块板子，相邻的板子和自己关系又有多大。但是一旦所有关系都联系上了，那将会出现最为完美的图案。

长干寺的僧客墙上有佛学高人写下的"勿视他视，其视或更在你上；勿觉他觉，其觉或更灵于你。辨其谬者，只析其心"，齐君元或许悟不出这句话的真意，但他可以完全按照自己的思路去理解，将这一句佛家偈语变成自己所做刺局的一个指导。

从灌州开始的种种遭遇让齐君元觉得自己再不能顺着别人的视线去看一些事情和问题，或许别人从其他途径知道的信息已经远远超过自己所能见的深度。还有也不能让别人的感觉和一些现象左右到自己。比如说穷唐，它如果在实施刺局之中发现了什么，大家肯定都会相信它，因为畜生不会说谎。却不知畜生虽然不会说谎，但有人可以制造一些假象来让畜生说谎。另外就算发现的是事实，那也可能将自己原来的计划全盘打乱。而且自己在实施刺局过程中或许要搞些不能让大家都知道的小动作，如果带上穷唐的话很有可能会被它觉察。因为它觉察异常的反应能力已经超过了一个刺客高手做小动作的速度，所以还不如让这穷唐去做一些本该某个人去完成但由它做更不会引起别人注意的事情。

"秦淮雅筑其他地方无路无门，从坎子家（设置机关消息的门派）的规矩来讲，无路便是死路，无门便是凶门，哪怕是一跨即过的小路、一跃而过的槛栅，那都是会必死无疑的。"齐君元说的这些是离恨谷妙成阁的技法基础，其他人也都懂，因为这也是离恨谷所有刺客都要学习的入门技法。

"从震魂桥进，一路会有无数道坎面儿（机关布置的江湖称呼，相当于刺行的兜子），但这些坎却是死活各半的门路。会解、会破，它就是活路，不会解、不会破，它就是死路。偌大一个秦淮雅筑，堂堂齐王居所，夜间竟然没有一个巡卫、看护,就是因为他们笃信没人能悄无声息地闯过这些坎。就算没有死在、困在坎面中,那也会触动消息,唤醒里面的高手出手截杀,提醒里面的目标及时转移。"

"齐兄弟,这些我们都清楚。你还是说些我们到现在都还不清楚的吧,比如下一步我们该怎么做。"就连一向耐心好学的范啸天都嫌齐君元啰嗦了,估计是由周围的紧张气氛造成的。

"那大家都听清了,下一步你们要做的就是紧紧跟着我,千万不要自己擅自行动。"

听了这句,那几个人都觉得齐君元从未像今夜这般不靠谱过。但齐君元这句话其实是非常靠谱的,他是妙成阁的谷生,机关暗器是他专修的本门技艺。而且他在出道前曾闯过离恨谷的"天上杀场",那是用一百种机关组合而成的一个大兜子,就等同于坎子家布设的巨大坎面,杀机重重、环环相扣。所以齐君元很自信地觉得这几个人中破解坎面的技艺应该没人比得过自己,而为了刺杀齐王的刺局能够成功,他必须将这几个人安全地带进秦淮雅筑里去。因此到目前为止他需要别人做到的真是紧紧跟着他,不要擅自行动。

接下来齐君元再不多说一句了,而是蹲在震魂桥桥头三脚掌远的位置上,仔细查看震魂桥上的每一处细节。这种室外的坎面,其实白天查看破解更有把握。但是天下坎面没有几处是让人大摇大摆在白天破解的,因此离恨谷妙成阁出来的刺客都有自己的一套查看和破解机关消息的工具,其中包括用来照明的"磷光折镜"。

明朝湖州人董海忠编撰的《妙器搜解》中提到"磷光折镜",这其实是两片对合的薄铜片,但这铜片在锻打过程中加入了磷粉,然后再进行研磨,这样就能做成可发冷光的镜面。而镜面对折平时可以不发光,需要照明时,可以通过打开的对折度来调节照明度和照明范围。

震魂桥其实就是一座结实牢靠的木石结构的桥,除了做工材料都非常好外,其他造型、结构都和普通木石桥没什么两样,也就起个走马过轿行人的作用。但这只是震魂桥的外相,一旦此桥暗藏各处关节的机栝、弦扣启动上劲，这桥便成了一座活桥。

"桥头桥板有宽缝，缝中多油渍，桥板外侧两个板角有磨圆痕，这是一块可左右动作的桥板。但第二块桥板与第一块桥板之间无宽大缝隙，也无油渍和磨痕，所以这座桥应该是整个桥面左右可动或依次上下跳动，而非桥板之间交错而动。"齐君元很快确定了第一处机栝的动作部位和方式。

"左侧桥栏支柱缝隙比右侧大，而且只有内侧缝，不像右侧内外侧都有缝，这说明左侧桥栏是可以旋落的。"

"桥头下方水边的土坡伸出不一致，左侧直落，没有土坡，这样左侧斜撑柱下方便空了，右侧有土坡伸出，而且可达斜撑柱的中部。这说明左侧斜撑柱是可以下落的，右侧撑柱则有土坡挡住无法下落。所以整座桥体是可以往左侧倾斜的，至于是慢慢倾斜还是突然侧倒，却无从知晓。"齐君元一连找出了震魂桥的三种动作方式。

"也就是说，这座桥的机栝启动之后，桥面可以剧烈地左右摆动、震动，随着摆动、震动，左侧的栏杆会突然折断，倒挂在桥面下方。而左侧栏杆失去之后，整座桥体会缓慢地或突然地往左侧倾斜，那就相当于将桥面上的人都倾倒进河里。河中无路便是死路，倒进河里也就是将过桥的人往死路上送。"汤吉技出天谋殿，所以想象力比别人更加丰富。

"的确是这样的，但是敢踏上这桥的人又岂是桥面动一动、桥身歪一歪就会被倒入河中的。所以在这几个变化之后应该还有其他后续变化，但问题是我辨不出后续的变化来。"齐君元实话实说，因为接下来他们迈出的每一步都是性命攸关的。所以还是实话实说的好，就算自己判断失误，也可以让后面跟着自己的人有所准备，以便能够快速反应，及时应付可能出现的各种意外情况。

"也可能真就没有后续，就是这三种变化。最多就是有一路消息设计是与这三种变化关联的。一旦桥体机栝动作了，便立刻有扯线、响铃之类的设置用来告知里面有人闯入。"范啸天倒是很少在这种情况下发表意见，除非有非常大的把握。

## 照天镜

齐君元没有马上接范啸天的话茬，他又仔细查看了一下桥体的各处细节，实在找不出其他变化的痕迹后，这才回头问范啸天："你凭的什么做出如此判断？"

"你忘了？我早在广信就给你们讲过秦淮雅筑的情况。为了给谷里修正地图，我曾数次到过金陵，也数次听人谈及此地。这秦淮雅筑犹如龙潭虎穴，根本不用设守卫，也没有用来关闭进出的门户，可外面的人就连过河的震魂桥都闯不过去。能明说没人闯得过，恰恰也说明了有人曾试着闯过的。也是的，一座桥摆在这里又没有人看守，难免会有好奇、莽撞、逞能的人会去试试，也难免有一些糊涂的人、不认识路的人无意中走上桥面。如果这座桥除了这三种变化外还有其他什么杀人的爪子，人们谈论时肯定会先说多少人、什么人死在这桥上，以此证明秦淮雅筑的凶险，对别人进行告诫。但是没有，一个都没有，听了那么多关于此地的传闻，从没听说有人死在桥上。"

范啸天停了一下，见没其他人提出疑问他就又接上前面的话头："而且我觉得不但这桥没有其他杀人的血爪子，就连这河中也不是死路，没有设必死的机关。因为平常人不同于练家子，这震魂桥的三种变化足以将他们都扔进河里。如果河里有血爪子，那么肯定还是会有很多关于秦淮雅筑震魂桥下死了人的传闻。所以，这桥只是一座惊桥，没有杀伤力。主要是用来将无关的人惊走，也是让心怀叵测的人知难而退。"

说到最后，齐君元他们几个才有些相信范啸天的推断了。因为他最终将震魂桥归为惊吓用的器具，而范啸天本就是诡惊亭的高手，在这方面他有绝对的判断力和发言权。

齐君元微微点了下头："既然这样我们也就不耽搁了，现在就解开弦栝过桥。里面一路还有很多坎面，要不加快速度的话到明晨天亮我们都进不去多远。"

"这个，这个……齐兄弟你知道的，解弦栝这粗活不是我的长项。"范啸天即便遇到自己不行的事情也是要把面子抹得金灿灿的。

齐君元根本没有理会他："桥板左右摇摆的启动位为第八块桥板，这是桥面一半不到的位置。继续往前冲过桥去尚有一段距离，但要是转身回来又多了个时间差，也不见得划算。特别是转身的刹那，控制不好人就会被震得跌倒，所以这个距离是个最佳的两难位置设置，启动机栝最合适。我已瞧准了，那是个踏启装置，只需将第八块桥板翻转过来就能将机栝解开。而左侧桥栏倒下挂落的启动位是在第十块桥板左边栏杆横杠上。左腿一般没有右腿有劲，桥板震动后，难以稳住的身体首先会朝着左侧跌撞，而人们发生跌撞之后肯定会顺势就近扶住个固定物借力稳住身体。栏杆横杠是个固定物，但是只要抓住它借力，便会启动桥栏翻落下去，倒挂在桥面之下。而借力的人也会因为扶住的力道突然落空而掉入河里，或者被栏杆翻倒的力量带动而掉入河中，没有扶住横杠的人此时肯定会下意识地边往右侧躲边往前冲。而桥身整体倾斜的启动位就在第十一、十二块桥板右边的托梁上。这是一个下压启动，只要这两块桥板右半边承受的重量超过预设限度，弦栝就会动作，桥体朝着已经没有了栏杆的左侧倾斜，将余下差不多已经过了桥面中心的闯入者都倒入河中。这两处设置的破解方法我也找到了，只需将第十块桥板左侧桥栏小支柱的四面六棱柱头顺向扭动，将第十一块桥板右侧桥栏小支柱的四面六棱柱头反向扭转，这两处设置就都可以破解。"

说完之后，齐君元深吸一口气，朝着桥面迈出了脚步。这一步提起很沉重，落下很轻巧。沉重是因为紧张，轻巧是因为害怕。因为这是迈进秦淮雅筑的第一步，不知生死的第一步。

很多人都是这样，没有迈出步时，如临死地。而当迈出第一步后，便会放下所有顾忌，变得信心十足、从容不迫。

齐君元按照找到的破解方法谨慎操作，而事实也证明他的判断和破解都是正确的。直到他从最后一块桥板上下来后，震魂桥都不曾有一处关节出现动作。

而齐君元走上震魂桥、破解三处机栝的整个过程中，只有一个人紧紧跟在他的后面，那就是哑巴。哑巴真是个实在人，之前听齐君元说要他们接下来跟紧了他，于是便一步不离地跟在齐君元的后面。却不知道齐君元这所谓的跟紧了就是要他们能始终看到自己，能够正确随着自己走过的路径和方向前进。像震魂桥这样的兜子，其实可以算作一步。只要齐君元过去后没事，后面的人接着走就已经算是跟紧他了。

齐君元也知道哑巴一步不落地跟在自己后面，但他并没有阻止。这样做倒不是想拉个同伴壮胆一起走趟鬼门关，而是觉得有哑巴跟在自己身后可以帮助警戒，万一有什么暗藏坎面中的操杆（藏在机关暗器设置中的杀手，负责操作某些需要人为启动的扣子。另外这些人本身也是机关中攻击闯入者的设置，相当于刺行兜子中的人爪）抓住自己专心破解的时机出手偷袭，那哑巴的弹子和弓弩可以给予最有效的防守和反击。

另外三个人见齐君元和哑巴安全过了震魂桥，这才小心翼翼地全跟着过去了。但过了桥后他们能走的空间也就七八步，因为紧接着震魂桥的就是第二道坎面"照天镜"。

所谓的照天镜其实就是一处方方正正的地面，只不过这地面是由许多块方晶石铺设而成的。这些晶石都是从云连山临海的石崖上采来的，本身就因为海水的不断冲刷而变得非常的光滑透亮。然后再经过很细致的打磨，这些晶石的反光度便会变得接近镜面。许多的晶石拼铺在一起，那就真像是组成了一面朝着天空的大镜子。而要想走到后面的"穿石牌坊"跟前，真正进入秦淮雅筑的范围内，那就必须从这面照天的镜子上走过。

如果仅仅是用晶石铺成地面那肯定算不上坎面，哪怕是这晶石磨得真比镜子还亮。更何况这面大镜子上的晶石比真正的镜子还是要模糊一些的，另外晶石上还有许多石纹，每一块晶石的颜色、亮度也有差异。

但如果晶石存在的这些缺陷都是刻意的，每块晶石不管模糊也好、清晰也罢都是经过特别制作的，晶石的颜色、石纹的形状和多少都是经过专门选取的，那么这所有的缺陷就不是缺陷了，而是条件，制作布设坎面的条件。

这种坎面是无法具体设计的，只能是先选取能够用得上的晶石，所以铺设一块地面事先会选取十几倍甚至几十倍布设者认为能用到的晶石。然后将所有晶石进行试用，如果基本能成坎的话，就再按要求对晶石进行深加工。在这过程中要将晶石所具备的那些条件与人的视觉效果相融合，还要考虑到铺设地周围景物的影响，以及各种天气天色下的光线特点。这样最后才能做成一个独特的坎面，无法抄袭也无法复制的坎面。

由于天下不可能找到这么多完全一样的晶石，也很少会有环境完全一样的铺设点，所以"照天镜"应该是最能考量布设者功力的坎面。因为同样的一堆晶石，不同的人选取会有不同，铺设会有不同，最终的效果会有不同，这其中有很大的随机成分。也正因为如此，这种坎子也是最考量破坎者的，没有规定的布设方法也就没有固定的破解方法，如何走过去全靠闯坎者的即兴发挥。

前面的"震魂桥"是个惊坎，是将进来的人惊吓走，让他们知难而退。而"照天镜"则是个碍坎，它看着光滑平坦没有一丝障碍物，但它的实际功用却是可以非常有效地阻止闯入者迈步向前的。

"照天镜"布设好之后，看着是平滑滑的和镜面相仿，会倒映出天光云色和周边景物。而实际上它并不平整，中间是有缓凸、低凹、斜侧等情况，只是布设者利用了天光云色以及晶石石纹、色彩进行了遮掩。天光云色本就深邃缥缈，在清晰度并不一致的晶石倒映下就更加变化多端、浊清难辨，更不要说看清那些很不明显的不平整了。

另外"照天镜"的布设还利用了清晰与模糊的交叉、晶石色差的对比、石纹错综的误导以及不同晶石块之间巧妙的组合，使得走上镜面的人产生视觉误差和动作误差。该踩的踩不实，该踏的踏不稳，可走的不敢走，不可走的偏偏往上撞。抬脚和落步间或高或低、或绊或滑，一般三步之内必定会脚步踉跄甚至跌倒。而跌倒还算是好的，踉跄的话则会继续下一轮的磕绊、滑撞，那样摔下来力道会更重。

有人说跌倒比不跌的好，那么脚下踉跄时，还不如顺势跌倒。其实也不然，那些晶石铺设中肯定还有第二重的设置。跌倒后人的身体会同时压迫触碰到多块晶石，其中可能就有一些不该压碰到的。而跌倒的次数多了，压碰到不该压碰的晶石达到一定数量时，坎面中就会出现其他变化，到那时出现的扣子将会是非伤即杀。要没有这第二重的设置，那么就完全可以趴在地上爬过去或滚过去了，布设者当然不会出现这样的疏忽。

## 第二章　闯入重重机关

唐朝时的《仙家志》中有矾石成精的故事。说一块怪异矾石平滑如同镜面，映照天光云色，吸取日月精华。这块矾石虽然很大，但从没人能在上面行走，只要是踏上石面立刻滑跌摔下。即便是爬上石面不会摔下去，那也会被吸在石上无法脱身，最终被晒成人干。人们管这块矾石就叫"照天镜"，后来"照天镜"光射天庭惊吓到玉皇，玉皇派遣雷神用天雷将其击破，结果石头破开后从中跳出个石娃娃来。坎子行的高手在最初设计出"照天镜"时应该受过这个故事的启发，而民间流传《西游记》中猴头出世那一段也是受此故事启发。

齐君元在"照天镜"前左右走了几趟，但这并非不敢向前的犹豫，也非心中焦急的徘徊，而是在选择多个不同位置进行查看。破解"照天镜"第一步得"看"，看懂了它上面的明暗变化、花纹走向，将其分划区域，确定依次通过的顺序。尽量走斜线多区域踏步，不要集中在某一区域中。

第二步是"探"。坎子行的高手破解坎面，那是会带各种探查器具的，比如说循坡球、定点线壶等等。离恨谷妙器阁的刺客也会带一些类似器具，但种类肯定没有坎子行的高手多，只有一些必要的，比如说磷光折镜。但妙器阁的刺客却能够临时制作一些替代品来达到其他器具的效果，齐君元则更是此道高手，否则隐号也不会叫"随意"。

齐君元今天过来时准备了一个大背囊，里面鼓鼓囊囊塞满了他认为需要的东西，包括他现在正从背囊中掏出的一个大萝卜。萝卜是他专门从长干寺的斋房里拿来的，因为这真的是个好东西。不仅可塑性很强，而且削雕方便轻松，想要方的、圆的、长的、短的都可以，雕花刻印都没问题。万一被困在了什么地方，这萝卜既能补充水分又能当作食物，能维持到援手到来或对手失去耐心。

一个萝卜在齐君元手中变成了五个浑圆的萝卜球，萝卜球在这里是替代循坡球用的。五个萝卜球分五个位置分别抛滚过"照天镜"，同时仔细观察萝卜球在镜面上滚动的情况。萝卜球虽然是替代品，但在这里却是比真正的循坡球还要实用。坎子行的高手就算带也只会带一个循坡球，而探查照天镜这样的坎面将球滚过坎面后是收不回来的，那么一只循坡球就远远不够了。

五个萝卜球滚过的五个区域便是齐君元刚才划分好的区域，也是他准备按斜线交叉规律走过"照天镜"而划定的路径。萝卜球滚过之后，就能将这五个局域中可能存在的凸、凹、侧斜等等情况了解清楚。而这做完之后便是第三步"理"了。

　　"理"是将已经探到的镜面情况进行整理，找出踩踏之后不会带来坎面变化的点，然后梳理出一条路线来。交叉斜行也好，弯转曲折也好，进进退退也好，总之最后的目的地必须是在"照天镜"的那一边。而且除了路线外还要根据每个落脚的点位理出一套步法，或蹲或跳、或扭或纵，只有这样才能保证每一步的平稳。

　　第四步就是"记"，记住已经梳理好的路线和步点。因为在接下来走过"照天镜"的过程中，将不能再用眼睛看路。目光要始终保持游离、分散的状态，这样才不会被镜面带入视觉误差和动作误差。但是又不能闭眼而行，至少要用余光辨别大方向，同时还要注意周围会不会有突袭，过程中会不会还有未曾发现的实际障碍。

　　前面三个步骤齐君元做到位之后，最后一步对于其他几个人都算不上难事。在离恨谷中学习刺杀技艺时，快速强记也是必须训练的项目之一。因为不仅是过坎面，在各种不同类型的刺活儿中有些刺局是完全设计好的，一步一式、距离位置等等都必须记住，然后严格按照实施。也有一些多人配合的刺活儿，刺局步骤是临时策划而出的，每个人都要快速记住自己要做的事情，出手时机等等信息。所以齐君元盘算出的路线、步法虽然很是繁杂，但范啸天他们都很快清楚地记住了，并且紧随齐君元身后迈步、折转、蹲跳闯过了"照天镜"。

## 穿石坊

　　过了"照天镜"之后，齐君元没有马上继续往里走，而是在坎边蹲下来，用手摸了摸那些晶石的石头缝。然后又在经过一个花坛时顺便探头往里面和花草灌木下看了看，然后才继续往里走。

## 第二章　闯入重重机关

没人知道齐君元过坎之后为什么还要再看一看，也没有人关心他为什么还要在此踌躇片刻。这是因为他们到现在仍是丝毫不知齐君元下一步的计划，否则的话，他们也会在这里好好查看一番的。

没多远就是"穿石牌坊"了。有人说，"震魂桥"的主要作用是想把闯进来的人吓回去，"照天镜"的主要作用是让人举步维艰知难而退。但如果有人闯过了这两道坎面儿，那就说明来的是高手，而且此来是有准备、有目的的。所以第三道的"穿石牌坊"便再不容情，这是一道杀坎，要将所有企图闯入的人砸死在这里。同时它还是一道消息，机栝上暗带信线，可以通过暗埋的竹管启动下一处机关布设段的示警信号，让下一处把守的坎主或操杆早做准备。

也就是说，进入"穿石牌坊"后才是真正进入了秦淮雅筑，解坎破兜的对决从这里才是真正地开始。

"穿石牌坊"是一道极具威力的机关，但由于使用的材料粗重庞大，所以它却算不上非常巧妙的一道坎面。齐君元一眼就看出了"穿石牌坊"的设计技法、杀伤特点与离恨谷的兜子"石神守山"相似，而且从变化动作上还不如"石神守山"灵活、精确。

但是齐君元偏偏在这道坎面前僵立了很长时间，迟迟不敢动手破解。这是因为"穿石牌坊"的机栝上暗带信线，一旦坎面动作，下一段坎面附近的守卫和操杆就都知道有人闯入了，如果再将信号继续往里传，很快秦淮雅筑里的每一个人都会被惊醒。而齐君元这次设计的刺局中，至少是要悄无声息地过了"鬼肠子"十九个结上的第一个结，才能让秦淮雅筑中的人发现他们已经闯入。

"穿石牌坊"是用许多大石搭建而成的。之所以说是搭建而成，那是因为除了石基以外，其他所有石块之间的搭接全未采用槽榫扣接的方式，也未采取糯泥粘砌（过去的大型建筑在砌石块、砖块时为了牢靠会采用煮熟的糯米饭混入泥中搅拌，这种砌泥就叫糯泥）的方式，而是直接叠搭着。看着就像随时会倒，实际上这些石块中间都有凿穿的圆洞，中间穿有粗绳连接，所以即便石块之间没有搭到那也是不会掉落的。"穿石牌坊"的名称正是由此特点而来，而这道坎面机关的动作变化也是由此而来。

石块上有贯穿的圆洞，而圆洞的两端也就是与其他石块的搭接处都会凿出一个碗状的凹槽，圆洞就在碗底正中。两块石块搭接，各自的碗状凹槽对合后就成了一个球形槽。然后在所有的搭接处，都加入一个同样有着贯穿圆洞的石球，石球同样穿在粗绳上。这样借助圆球和球形槽相互间圆滑的关系，便如同给这座石牌坊所有搭接处都安装了一个灵活的关节。

一座整体用粗绳穿起来的石牌坊，一座上上下下全是灵活关节的石牌坊，在地下暗藏机栝的带动下，可以倾斜，可以抖动，可以扭转，可以上半部分折垂下来，可以从上到下全部倒塌，甚至可以将所有石块瞬间纠缠成一堆。这就如同一个用大石做出的破碎机器，只要有人进入它的范围并触动了它的启栝，拍、砸、压、扫、挤、拧各种动作变化层出不穷，不管是谁只要身在其杀伤范围内，都会瞬间变成骨骼全碎的一摊血肉。

而一旦牌坊动作全部结束，成了一堆乱石堆叠在那里，此时就更无法过去了。无路便是死路，如果试图从这堆乱石上面翻越过去的话，触碰到任何一块大石都有可能引发它再次的变化动作，或者导致机栝再次蓄力，迅速将坎面恢复原状，整个牌坊重新树立起来。当然，也有可能是会启动其他后续的必杀扣子来将翻越者杀死。如果不是这样的话那这坎面也太好破解了，只需用个长杆乱捣乱舞将它启动，然后从动作终结了的坎面上走过去就行了。

说实话齐君元没有看出"穿石牌坊"的启栝在哪里，这种要命坎面的启栝和其他形式的坎面又不一样。如果不是人为暗中操纵的话，那一般都是设置在闯坎者必经的位置上，让闯坎者自己触碰、踩踏启动坎面杀死自己。而且这种启栝会设置得非常隐秘，即便不够隐秘，那也可能会是虚栝接实栝（可以轻易发现并轻易解开的是假启栝，而解开假的正好启动真的）、一栝套二栝（都是真的，但如同天平原理，解开第一道正好是启动第二道，必须同时破解才行）的形式。

而更重要的是这种坎面的信线装置一般都会和启栝相连。一旦启栝被破解，或者蓄力虽释放，牌坊本体虽然不动作，但信线装置就会动作，向里面发出信号警示。因为启栝和牌坊本体出现的现象都显示"穿石牌坊"无法启动或者启动了却无法杀人，就算不是因为高手闯入那也是必须要排除的故障，所以肯定是会发出警示的。

由此可见现在齐君元所面对的难题并不仅仅是看不出启栝、解不开坎面。他面对的艰难是必须让"穿石牌坊"启动，这样信线才不会报警。但启动的坎面还要伤不到人，可以让他和他带来的几个人顺利通过。

"能不能过？"汤吉在旁边问了一句。虽然他从齐君元的脸上看不出什么来，但是这么长时间的查看已经很明显地说明此坎存在极大难度。

"想过去肯定没问题，问题是如何才能过去后还让其信线不动。"齐君元实话实说，现在这状况下面子什么的都是狗屁，事情做成才是真功。

"这牌坊我听说过，它会动。一旦动了，所及五丈之内的人都被砸碎。可惜来得太仓促，否则可以做个大号的龟背锁狐扣将其锁住。"

"将它锁住，那么它无法动作一样是会发信报警的。"

"不是不让它动作，而是按要求适度动作。龟背锁狐扣的特点难道连你都不知道吗？它可以调节不同松紧度，让被擒者自己走动、蹦跳、如厕。"

"对了！"齐君元眼中闪过一丝惊喜，从汤吉的话里他找到了冲过"穿石牌坊"的招数。

"穿石牌坊"共有四立柱八斜撑。八斜撑中中间两对大一些，两边的两对偏小一些。这是因为中间的牌坊立柱要比两边的高出许多。齐君元瞄准了，他要在中间的两对大斜撑上下手。

道理很简单，斜撑不动或没有按要求动到位，那么它所固定的柱子就不能完全斜倒下来。而牌坊顶上的横石和坊顶也就无法按要求的距离和位置砸拍下来。

齐君元就地取材，从脚下路面上撬起了两块铺路石。然后往朝向外侧的两根斜撑杆根部各扔出一块，铺路石正好卡在斜撑杆与地面的夹角中。这样做是要在牌坊变化动作后将斜撑挡住一个下落的角度，让两根斜撑杆无法达到贴住地面的程度。而斜撑杆无法动作到位，势必会影响穿石牌坊整体动作无法到位。也就是说，斜撑杆无法完全倒下，牌坊也就无法完全倒下。

牌坊无法完全倒下，牌坊的动作方式就会有所变化。由下砸变成对合、挤拧，那样试图从中间找到可行道路的人依旧难以幸免。这一点齐君元也考虑到了，他准备旋抛出钓鲲钩，让钓鲲钩带着犀筋索将中间两根主支柱与两边的侧立柱缠绕住。这样即便出现对合、挤扭的动作变化，在犀筋索的绑带下，至少可以延缓它的动作速度、延长它的动作时间。

启栝启动了，牌坊本体也动作了，那么信线就不会报警。而牌坊虽然动作了，却无法动作到极限位置，这样就会在启动之后的坎面中留出一些空隙。另外犀筋索缠绕住主柱和边柱，可以延缓牌坊变化动作的时间，齐君元他们几个人就可以抓住时机从制造出的空隙中快速通过。等"穿石牌坊"挣脱犀筋索时，他们不但已经过了坎面，而且齐君元此时正好可以收回已经被牌坊挣脱松落的犀筋索和钓鲲钩。

想到了就要做，因为只有做到才能体现想到的价值。齐君元撒出了钓鲲钩，钓鲲钩带着犀筋索旋飞而出，在牌坊主立柱与旁立柱之间绕了两道。犀筋索虽然是由好几根无色犀筋捻成的，但是和构成牌坊的大石块相比还是显得太细太细，感觉牌坊只要稍稍一动就能挣断。

"你们先过去，注意力集中。我也不知道哪里是启栝，你们一旦触到启栝牌坊就会动作。我先在这里吊住索儿，让牌坊动作稍稍迟缓一下，这样你们才有机会通过。"齐君元做好准备后对其他人说。这一回他不是要别人跟在自己后面了，而是要别人在他前面先走。这让范啸天他们不由有些犯怵，心想莫不是这一坎齐君元自己也没有闯过的把握，所以让别人先去趟一下。

"快点，动作利索些。一旦牌坊启动，一定要以最快的速度从可行的空隙中穿过。"见大家在迟疑，齐君元开始催促了。

最终是唐三娘率先走向"穿石牌坊"的，这倒不是她比其他三个男人更有勇气和胆量，而是她比别人更加信任齐君元。

齐君元也没有制止唐三娘第一个往前走，而其实他也认为，唐三娘带头过去是非常合适的。

启栝是三根和石头颜色完全一样的细丝，就排布在牌坊石头基础的位置，正对着牌坊上端的横梁和坊顶。三根细丝的作用完全一样，都是用来启动牌坊动作的，而且只需要其中一根被触碰到就可以了。之所以连续排列三根，其目的是要闯入者不管采用怎样的步法都会触碰到其中一根，"穿石牌坊"在此处是个必动的坎面。除非有高手真的能将三根细丝都解脱，让其端头牵绊住的扳机复位。而真要是那么做了的话，扳机一复位，便会带动信线，消息装置动作，里面的人立刻便会得到通知，知道有高手闯入了。

而齐君元的方法看着虽然有些笨拙、蛮干，很是冒险，但正所谓艺高人胆大，只有高手中的高手才会采用这样的方法。他的方法不会制止牌坊动作，也不会让扳机复位，却可以减缓牌坊动作的幅度和速度，留出一个可以快速通过的空间和时间差。

这一回齐君元让别人先走，是因为先走的人闯过的空间裕度可以更大，危险性也更小。而最后闯过的人再通过时所余的空隙已经很小，说不定就会正好被哪一块改变原有动作方向的大石砸住。唐三娘第一个过去的确是最为合适的，几个人中她的技击功力应该是最弱的，反应能力相对也是最差的，所以应该在牌坊动作后留有最大空间裕度的状态下首先过去。而且在齐君元今天的计划中，唐三娘的作用也要远远大于其他三个人，所以她也应该是其中遭遇危险最小的一个。

唐三娘无可避免地踏中了第二根细丝，双主柱以及边柱上端立时分成几段，并且快速倾倒下来。随着主柱的动作，头顶上的石横梁和石坊顶直直地砸落下来。这时候唐三娘的确没能反应过来，但是横梁和坊顶都未能砸到她的头顶，因为支柱的斜撑杆根部被石块垫住了，整体落下的距离没能达到预设的位置。

虽然斜撑杆顺着垫住的石块在不停跳动、滑动，虽然支柱依旧在持续倒下，但是这一刻倾倒和下落的速度却变得缓慢，成为间歇性跌落。而唐三娘也只需要第一个间隙就够了，砸落的趋势才一缓，她丰腴的腰肢猛然提劲，两步便蹿出了牌坊的杀伤范围。

范啸天这一回显现出的反应速度却是从未有过的迅疾，这可能和他的天性有关。越是胆子小、越是怕死的人在紧急关头的反应往往会比其他人更快。所以唐三娘刚刚蹿过去还未停稳脚步，范啸天也弯着腰冲了过来，脑袋差点就撞到唐三娘的屁股。

范啸天过去时已经需要弯着腰了，这说明上面的横梁和坊顶又下落了不少。所以当哑巴过来时，他已经是采用下半身着地、上半身斜仰的姿势冲滑过去的。

不过汤吉过去时不需要再压低身体，因为哑巴过去后，穿石牌坊的动作开始变化了。没能完全倒下的双主柱猛然抬起了一些，然后变成了前后交叉，带动横梁和坊顶快速旋扭。这样双主柱上端脱落的部分以及横梁、坊顶部分便会被旋转挥舞起来，过去的路径将会完全被封住。但是这种动作方式却没能及时完成，因为双主柱被犀筋索绕在两旁的边柱上，被牵拉住的主柱一时间未能达到完全交叉的程度，所以旋转后交叉的下部留下一个挺高的空间，可以相对从容地冲过去。

但是主柱未曾交叉到位的旋转还是带动了横梁、坊顶还有柱子上端的几段石块旋转了起来，只是都纠挂在一起，未能完全旋开。所以汤吉过去时虽然比哑巴要从容，情形却看着比哑巴更加心惊。大石之间的撞击、摩擦发出沉闷怪异的声响，大量火星和石屑纷纷落下，泼洒在汤吉的头上、身上。

## 仙语亭

犀筋缠住边柱和主柱，本身就利用了索子和石块间缠绕后的摩擦力。而随着柱体挣脱后幅度越来越大的动作，摩擦力也越来越小。此时的牌坊就像一个被两根细索缠住的石巨人，随着石巨人不停地挣扎，齐君元吊住的犀筋索开始松脱了。

到现在为止还有齐君元未能过去，而一旦牌坊完全动作之后，变成一堆乱石，那么就更无法过去了。因为之后的每一步都是杀机，每一步都会触发必杀的死扣，随便碰到哪块石头，都会有力道更大的回复动作。所以齐君元必须赶在犀筋索被完全挣脱之前冲过去。

穿石牌坊双支柱交叉旋转后的下一个动作变化是对合挤压，两侧的边柱一起往中间主柱倒塌，所有的石块、石段往中间收缩对压，所以还没等到齐君元找到中间闯过去的空隙和时机，边柱已经开始倾斜、倒下。而边柱朝里一倾斜，缠绕主柱和边柱的犀筋索便彻底松脱了。松脱之后牌坊的所有变化和动作速度恢复为原有设置，即便斜撑柱下依旧垫着那两块铺路石，影响到主柱的动作，但已经改变了动作方式后的坎面即便不依靠双主柱，同样是可以将所有空隙填平的。这样一来齐君元就不可能再闯过"穿石牌坊"了，除非他会飞。

齐君元闯过了"穿石牌坊"，就在牌坊完全塌落的最后一刻他飞过去的。

从"穿石牌坊"的结构上判断，齐君元早就想到这道坎面不管采用什么形式动作，最后的一个变化应该是"扫"，是以主立柱为中心的横扫或旋扫。否则这两根主立柱不会只有上端一部分塌落成几节，下面仍留着很长一段整根的柱子。

扫动的部分齐君元原来觉得会是两根主柱上架起的横梁，但是当他看出主立柱是会倾斜并交叉时他觉得不是了，因为那样的话横梁在旋扫时有可能会撞到另外一根主立柱。所以齐君元确定最后扫动的部分应该是主立柱和边柱之间的横梁。

可以试想一下，两根粗大的石头立柱，各带一根几米长且同样粗大的石头横梁，然后在机栝的释力作用下大力地旋转或摆动，那么方圆以内还能存在些什么？而且这种旋动和摆动的巨大力道还会牵动石头之间穿过的绳子，把其他石头带动起来，让那些大石翻滚缠裹得更加凶猛，让所有试图趴在乱石间躲过石梁横扫的人依旧难逃劫数。

可以再试想一下，如果此时有根索儿挂在这根石梁上，而有个人正好抓着这根索儿不放，那么横梁旋转的力道完全可以将这人带动得腾空飞起，并且飞到坎面的另一侧。

从主立柱和边柱上松脱了的犀筋索正好挂住失去边柱支撑的横梁，于是齐君元果断松开左手的犀筋索，紧紧吊住右侧单根犀筋索。这样做是怕双柱双梁不是同方向旋转，那么会将他同时往两边拉扯。大力之下，细韧的犀筋索说不定就会将手掌切开。

无色犀筋虽然看着细，但是强度却非同一般。用它捻成的索儿能绕住主柱和边柱不被挣断，那么吊起一个人来更是没有丝毫问题。齐君元在横梁扫起时顺势纵身跃起，于是他便像个风筝一样飘飞起来，在到达坎面的另一边时松手稳稳落下地来。

"穿石牌坊"最后的一扫只持续了几下便结束了，这下真的彻底变成了一堆乱石。但这是不能翻越的一堆乱石，也是不能乱碰的一堆乱石，碰了之后会再次出现动作变化，或者启动后续杀扣，而最大的可能是会导致机栝重新蓄力，整个坎面马上复位恢复原状。所以齐君元没有试图抖落钓鲲钩收回犀筋索，虽然那两根索子头就在自己这边，他都不敢动一动，就让它们依旧缠挂在垂落的石横梁上。

大家都平安闯过了坎面，而且也没有惊动到秦淮雅筑里面的人，这是好事。但是不知道他们中有没有人想过，不管能不能走到秦淮雅筑最里面，不管能不能刺杀了齐王李景遂，最终都是要往外逃的。到那时候他们又该如何从这坎面上出去？而且在追兵追赶的情况下必须快速逃出，根本无法像现在这样仔细辨查坎相并破解。而这个实际的问题其实早在闯过前面的"照天镜"后就应该考虑了。

进入了"穿石牌坊"，也就踏上了鬼肠子道，这是一道更为凶险的坎面。不对，准确说这应该是众多坎面的汇合，就像离恨谷的"天上杀场"。区别只是在鬼肠子道的范围更大，布设的坎面也没有"天上杀场"那么密集。

江湖上有这样一句话："鬼肠子道，拐拐绕，看不到也走不到。"这个对鬼肠子道的评语非常形象，"拐拐绕"，是说鬼肠子道上每过一段就会有个绕圈或绕结，也就是坎子家所谓的坎结。坎结一般都是设定在一个特定的建筑里或区域内，由多个坎扣组成。"看不到也走不到"，这两种现象首先来自鬼肠子道本身，蜿蜒曲折的道路，道路两旁有花草、树木、假山石以及花墙、雕塑等物体遮掩，支路、假路众多，很容易就绕在其中找不到正确的方向。但也有路段一条支路都没有，这一般是在快到坎结处或连续坎结处。这种位置一般坎扣众多，以必须通过的竹林、假山或轿厅、明堂等建筑为布设点，布置的全是必死的扣子，用以截杀试图闯入的刺客。所以走在这样的道路上，一个是看不到道路的尽头在哪里，再一个是根本没有机会走到道路的尽头。

元末湘北人黄岐锐所著《遁甲秘录》中收录了部分江湖中机关消息的经典之作，有太平楼、凌霄楼、九转凤凰台、鬼缠道、落花百杀岛等等，其中的鬼缠道就是这里所说的鬼肠子道。不过此书中没有提到"天上杀场"，有可能离恨谷的那个布设不属于坎子行，也有可能是"天上杀场"只是一个练习和考核的设置，所以江湖中并不知道其神奇之处。

齐君元很有可能也不知道鬼肠子的神奇之处，否则不会这么大胆莽撞地往里冲。他闯"天上杀场"的一百道兜爪用了三天三夜，而鬼肠子十九道结，每一道结就算平均三个坎扣，那也超过了五十个。就算他技艺高超能见坎破坎、遇扣解扣，这一夜时间也是不够的。这个实际的问题其他几个人同样没有意识到，或许是齐君元疏忽了，也或许是其他人过分相信了齐君元。但还有一种可能，就是他们各自都有着自己的打算，谁都没有准备将这鬼肠子道走完。

可以肯定，秦淮雅筑中的这条鬼肠子道如果没有设置坎扣的话，那会是一条怡神怡心的优雅路径。道路两旁虽然没有太多珍稀树种、奇石异草，但是就一些普通树木花草假石，在精心设计下，同样组构成了一种舒心的环境。而且正因为都是用的平常材料，这才特别突出了雅致的风格。

而白天的时候，这里的坎扣设置也的确是撤除了的，否则像前段时间那样每天进进出出很多人，次次都临时松解机栝那就太麻烦了。

俗话说"鬼肠子出的全是坏点子"，"鬼肠子道"的名称大概也是从这句俗语而出的。就道路本身而言，铺设规律便是虚实相加，实物掩虚景，虚景衬实物，再加上一些旁出的绕圈支路、陷入迷局的假路，能一直按正确的路径往里走那已经是一件很不容易的事情。

但是这些对齐君元却没有用，他带着几个人迅速按着正确的路线在往里疾走。能如此准确地对路径和环境做出判断，能如此大胆采取极快速度，那是因为齐君元已经抓住了两个关键点。第一点是他推断出来的，此处的鬼肠子上虽然可以布设各种兜子坎面，但在秦淮雅筑中是不会采用类似"太极蕴八卦"那种玄机虚境的兜子。因为这种兜子大都需要很多固定设置，而且布下之后便不能快速撤走或改变。要么是连自己都走得麻烦，要么就根本不能设在关键路径的位置上，所以秦淮雅筑的防卫设置应该集中在机栝弦索一类的坎面。正是有了这种推断，齐君元才敢如此快速向前，根本不怕陷入什么惑目乱神的虚境。

还有一点是齐君元之前就准备好的。他曾在其他一个关键的地方发现了一种痕迹，而现在同样的痕迹又在秦淮雅筑的道路上发现了。这种痕迹不但可以指引正确的路线和方向，而且可以帮助他们更快更准确地完成刺局。

秦淮雅筑中设有鬼肠子道是大家都知道的，既然打算闯入秦淮雅筑，那么之前肯定会针对鬼肠子的走法做些文章，所以齐君元能够找到一种痕迹并循着它一直按正确的路径前行并不奇怪。但是鬼肠子上有十九个结，每个结上会有什么坎扣，按什么形式布设，那就不是预先可以知道的了。

而现在能否预先知道已经不重要了，因为很快能亲眼见识到会有哪些兜子坎面。半盏茶的工夫都没用，他们就赶到了鬼肠子的第一个结，这个结是以一座很大的亭子为主点展开的。

秦淮雅筑中进出的道路虽然是以鬼肠子道的形式铺设的，平常时却不能这么叫，所以另外取个名字叫"遇鹤道"。

"幽水碧草垫黄石，轻步避花碰鹤翅。"遇鹤就是遇仙，因为鹤是仙人的坐骑，所以这第一处结上的亭子便叫做"仙语亭"，其功用主要就是迎送重要客人。迎客送客，都是要在这亭子中言欢话别的，亭子起这个名字也就是暗喻主人和客人都是神仙一般。但是当"仙语亭"上所有的机关设置都开启之后，那么此处就不再是神仙言欢话别的清雅之地，而变成了取命索魂的鬼门关。

"仙语亭"建在一个水塘中，前后左右各有四道白石桥与之相连。亭子并非平常的凉亭，而是一座宽大的六角桥亭。亭子和白石桥都处于一个平面，没有一点坡度。亭子正对前后白石桥的面是宽敞通道，这通道是可以过大轿和马车的。余下的四面都是固定式的透雕花窗，这四面相夹的两个角也正对左右的白石桥。只是从这里是上不去桥的，只能从花窗的花眼里看看。

除非是从前后通道出去，再从旁边过廊绕行到这两座桥上。由此可以很明显地看出，左右的桥其实只是装饰，而没有实用价值。因为就算从亭子外边的回廊可以转到左右两边的桥上，那回廊的宽度也是过不去轿子和马车的，只能是自己步行。

"缓一下，这里应该是第一处鬼肠子结了。"过了"穿石牌坊"之后就一直是唐三娘紧跟在齐君元身后，她见齐君元脚步依旧很急，于是提醒了一声。

领头一路疾走的齐君元似乎并没有意识到自己已经到达又一个危险的境地，而且应该比刚进来时的三道坎危险得多。即便唐三娘提醒了，他依旧毫不犹豫地走上了白石桥。

## 皆无路

唐三娘他们几个跟在后面的人则脚步稍稍放缓了下，但是见齐君元走上白石桥后并没有什么意外情况出现，便马上快步跟了上去。

"等等！"差不多走到"仙语亭"中间了，齐君元这才突然发出一声低沉的喝止，同时脚下一个急停强控住自己快速向前的身形。停下身形后他立刻眯着眼睛往前后通道看了看，这黑夜之中根本就看不到什么，人在亭子里只能隐约看到亭外的白石桥。但很显然他要看的不是什么东西，而像是在瞄对什么路线和距离。然后他又蹲下身来，展开手中的磷光折镜仔细在脚下的石板面上查辨起来。

"怎么了？"汤吉赶上两步问道。

"很奇怪，路没了。"齐君元进入刺局状态后言语会变得异常简练。

后面几个人都听到了齐君元的话，于是抬头往四周看了看，心中不由疑惑。如果齐君元说前面发现了什么兜子，那他们不会有怀疑，但是说没有路了，却让他们觉得不可思议。自己这几个人已经走到了桥亭的中间，两边是没有路的亭角和花窗，这再往前只有桥亭上的通道，而且从所有细节判断，前面的路也不是虚路、假路，可齐君元偏偏在这个位置说路没了。

汤吉和范啸天对视一眼，然后分头走到两边的花窗封住的角落里，仔细查看起来。因为如果前面无路，那就有可能是在两边的对角位置中有活门。因为这两个角都各自对正了一座白石桥，真正的路径可能是被活门掩藏了。

"不要乱动，当心有蒙兜口。"齐君元立刻制止。蒙兜口是离恨谷的术语，等同于坎子家的诱扣，是以一种假象诱骗闯入者自己启动兜子的设置。

汤吉和范啸天都动了，不过都没有乱动。他们虽然不是妙成阁的刺客，但最基本的查辨兜相的方法却是懂的。所以一看、二延、三点、四探等等流程全是按规矩来的，没有一丝马虎和冒失。

"都是固壁（兜子中固定的困围设施），没有活眼（可开启的活路，但是要知道布设原理，否则还是会让兜形变化，爪子启动）。"只一会儿，汤吉就很肯定地告诉齐君元。

"我这边也是固壁，会不会错了道，要从外边过廊绕过去。"范啸天得出的结果和汤吉一样，两边的花窗都是固定构筑，没有活门。所以他怀疑开始就不该走进桥亭，而应该绕到旁边的白石桥继续往前。

"那你说该往左还是右？"唐三娘给范啸天出了个难题，这样做是因为她根本不相信范啸天的说法。

"往左往右都不行，外边的过廊里有'横飞狮首'和'锁颈椽网'两道兜子。"齐君元站起来，替范啸天回答了唐三娘的问题。

"横飞狮首"，设置在过廊外的栏杆上。每隔两步的距离就会有一根栏杆立柱，每根立柱顶上都有一个石头雕成的狮子头。石头狮子头的底部用牛筋绳牵挂住，而栏杆中空的立柱中不仅藏着牛筋绳，还专设了击射装置。当人走到过廊中间位置时，过廊道面受压便会启动狮子头弹出，力量如同飞锤。而且所有狮子头会反复交错着收回和击出，直到所有蓄力都释放了。

这一兜虽然凶猛，但还是可以躲避的。只要反应及时，那就能躲闪到相邻两个狮子头的两步空当中。可如果真的按此方法躲避"横飞狮首"的话，那么就正好会置身在"锁颈椽网"落下的范围内。

"锁颈椽网"，是一种不大的硬网。但是很多，每一段廊檐都会有一个，因为这网是用过廊上的椽木构成的，所以严格点讲它并不像网，而像一段段橡木串成的栅格，又像官衙里夹手指的刑具拶指（专门对于女性用的刑具，最早出现在唐朝）。但这里的橡网肯定要比拶指大得多，而且它也不是用来夹手指的，而是用来夹脖子的。但如果夹不到脖子，其他部位它也一样是会夹的，脑袋、手臂、四肢甚至手指。至于能夹最小最细的东西是身体的哪个部位，这就要看橡格制作的精致程度了。而它一旦夹住了些什么，其力道也不是拶指能比的。机栝输出的力量不是人力可比的，所以不管哪个部位被夹首先就是骨断筋折、内脏破碎，另外就是不管被夹之人是死是活，在夹力未撤之前是绝不可能从中脱出的，除非是舍得断手断脚断脑袋。

"横飞狮首"动作之后，紧接着"锁颈橡网"就会落下，而且正好是在"横飞狮首"的间隙之间。所以就算躲过了"横飞狮首"，怎么都逃不过"锁颈橡网"。挥手挥脚抵挡之中肯定会有身体部位被夹住，不抵挡则会直接夹住脖子或身体。就算是知道爪子的特性，蜷成一团或趴平在地也没有用，因为橡网没吃到力它是不会就此撤回的，整个一张橡网会一直盖在闯坎者的身上等他动。这闯坎者只能冒险而动，或者一动不动地等着里面的人出来将其拿住。

有人在暗暗惊叹齐君元妙成阁技法的功底。他刚才只是疾步从两边过廊的口子上经过，没有停下来查辨，更没有用器具在过廊中试探。黑夜中匆匆间的一眼，便已经辨出两个颇为隐蔽的厉害杀着。

"这两兜很容易辨，只需看出一个异常，就是狮头。栏杆支柱顶设了个狮头未免怪异，与周围雅致设置极不相配。另外从风水上讲这叫不全体，指家中突有血光之灾，所以应该雕莲花头或整个石狮子才合适。由此可断定这是'横飞狮首'的设置，而且设坎的坎子家不够高明，生搬硬套，其实把狮首改成莲花头同样可以杀伤。'横飞狮首'必须与'锁颈橡网''云落飞星''破壁九宫矛'配合使用才不至于留下漏洞，而亭外过廊的构筑形式，唯一可配合设置的就是'锁颈橡网'。"齐君元说出这么一番话并不是要解释给谁听，而是在自言自语，是要将自己辨出那两个坎面的方法套用到桥亭，找到继续往前的正确路径。

"就这么简单？只是看个狮子头不合适你就确定有那两个兜子？"范啸

天觉得难以置信。

"你要不信的话可以去过廊走一下，马上就能确定是真是假了。"汤吉像在和范啸天开玩笑，但说的倒是无可辩驳的实话。

"对了，狮子头不合适！"齐君元并没有在意范啸天对自己的不信任，而是从他的话里找到一个对自己有帮助的信息。"狮子头不合适，所以找出了那两个兜子。那这个桥亭有哪里不合适？不合适的地方便是破解它的窍点。"

"有桥无道，刚才我们就看出这个不合适了。但是正对两边白石桥的花窗上并没有找到活门啊。"范啸天说的的确是个不合适的点。

"还有，应该还有不合适的地方。"齐君元说着话来回走了几步，又转头四处扫看了一下，"对了！还有一处不合适，这桥亭似乎太大了。"

这一说所有人也都意识到了，这桥亭真的是大了些，都抵得上大半个佛殿了。之前下意识觉得齐王是未来的皇位继承人，居住的地方奢侈、宽大些很是正常，就没有觉得这方面有什么不合适。但齐君元这一说，他们便都看出一个不大的水塘之上建这么大个桥亭真的很没必要。

"什么原因要将一个桥亭建这么大？"齐君元是在问自己也是在问大家。

"以齐王的地位财富，建个大桥亭显示居所豪华气派，也算不得太过奢侈。"范啸天可能一时还没回过味来。

"别忘了此处叫秦淮雅筑，不管是进来时的震魂桥、照天镜、穿石牌坊，还是进来后一路看到的草木山石，处处都透着朴拙雅致，由此可见全是由主人的性情喜好所设。如此热爱风雅之人，如何会让一处桥亭毁了整个布局风格，除非将其建大是有实际作用的。"汤吉是个成衣匠，知道如何通过一个人对衣服材料、颜色、款式的要求来判断其性格。而居所也是同样道理，房型朝向、家具摆设、庭院打理都是可以看出主人性格特征的。

"把个桥亭建大能有什么作用？这里既不住人也不存货，最多是让过去的人和马多些、车轿大些而已。"范啸天的反驳很有道理，将这里的桥亭建大了也就只有这些作用。

"过去的人和马多些，车轿大些，如果通道顺畅，这也是没有必要的……"齐君元一边自言自语一边四处张望，随即还在桥亭的进口处往中心位置迈步度量了一下，"所以这里的通道是不畅通的，不能继续往前走，只能是先让很大很多的车轿、人马在此处停留一下，然后更换另外一条路。而桥亭建这么大，就是要让停留等待的车辆、人马能够站得下来……"

说到这里，齐君元回头看一眼，再往侧面夹角看一眼，然后急急地走到了旁边的花窗位置，趴下身体，打开磷光折镜。在边角上他好像发现了什么，用手指蹭了下，然后放在鼻子下闻了闻，看样子已经找到了有用的线索。

果然，才趴下齐君元便又站了起来，然后顺着花窗木壁的下脚线往回走。一直走到桥亭的进口处，他这才手扶左侧亭柱站住。

"找到了？"唐三娘很关切地问了一句。

"找到了。桥亭建这么大是要让进入桥亭的人尽量多，让大型的马车、轿子能放得下。因为在这里将会改换路径，而且在开启新路径的同时，原来的假路径是要关闭的。所以只有进入到桥亭之后，才能由新的路径继续往里去。否则就需要等待下一轮的兜相变化。"

"可是这里没有可开启、关闭的活门。"汤吉虽然不是妙成阁的，但他对自己的查辨结果非常确定。

"没错，的确没有活门，因为整个桥亭就是活门。"齐君元说完之后，扶住亭柱的手便开始摸索起来。他觉得太多解释是浪费时间，而且最终别人也不一定能理解，所以不如直接打开机栝，让兜相变化，直观的情景只需看一眼就全明白了。

桥亭里很安静，大家都在等待齐君元摸索之后发生的变化。同时他们也都提聚了全部精气神，以防变化之后出现的异常状况。正是因为安静，所以大家都非常清晰地听到齐君元摸索之后发出的"嘎嘣"声，就像折断了指骨，让人不由得毛骨悚然。

## 第三章　歪招

### 下凡厅

随着这声极短的"嘎嘣",整个桥亭微微晃动了下,然后开始缓慢且无声地转动起来。通道位置在变化,花窗位置在变化,射入桥亭的微弱天光也在变化,而桥亭中几个人的脸色也在变化。在他们的感觉中仿佛整个世界改变了方向,原有的通道变成了花窗相夹的死角,原来的死角现在变成宽敞的通道正对两边的白石桥。回去的路堵死了,恍惚间都不知道自己到底是从哪里来的,因为所有的白石桥都是一模一样的。前行的路变成了两条,往左还是往右没人知道,但所有人都知道其中必然有一条死路一条活路。

但是这个攸关生死的问题齐君元只左右扭头看了看就解决了:"往左走,右边桥身有'逆步抬头铡'的兜子,往那边走会被铡成几截。"说完他便领头往左边的白石桥走去,而且速度很快就恢复到之前赶来"仙语亭"的时候。

"有些不对劲啊!齐兄弟,你妙成阁的技艺高超,一眼便看出哪里有兜子那是不容怀疑的。但闯兜破坎的真正难度并不是看出哪里有兜爪,而是确定哪里没有兜爪。因为即便看出这条路上没有设置，并不意味着真就没有，也有可能是对方设计得非常精妙让人辨不出。所以齐兄弟就算看出左边桥可以走都不应该如此大胆快速地过去的，应该小心翼翼地探着走才对。除非你是认识路的，或者知道什么指引正确路径的标记。"范啸天不是自作聪明，而是心中担忧。

其实六指死后，他们几个人就一直被一种恐慌笼罩。是谁指使六指擅自设的刺局？为什么要这样做？这些疑问从齐君元的角度来思考的话，那么除了他自己以外所有人都有嫌疑。但如果从范啸天、哑巴他们的角度来思考的话，齐君元反而是最大的嫌疑者。

齐君元停住了脚步："范大哥说得没错。但不管我是认识路还是知道标记，你现在都必须跟着我走。已经到了这地儿了，不跟着我你肯定是出不去的。跟着我至少还可以赌一赌我到底有没有存下害大家的心，赌赢了，那么你还有出去的可能。"

其实像范啸天那样心中有想法的人不止一个，但齐君元说的也是大家不能否定的事实。所以其他人都没有多说什么，而是不动声色地继续跟在了齐君元身后。

范啸天只微微犹豫了下，随即也跟了上去。不过从此处开始，坠在最后面的范啸天再不是安安分分地跟着走了，而是每走过一段路都会用很隐蔽的手法快速在路边设置些东西，并做下记号。这一段路上范啸天共在两处位置设下东西，他手法虽然隐蔽，但还是逃不过其他一些人的眼睛。只是别人并不说穿，可能是觉得他这做法是对自己有利的。

鬼肠子道的第二个结是在"下凡厅"。"驾鹤飘袂云中来，青阶借足下凡尘。""下凡厅"这名字的由来是与"遇鹤道""仙语亭"相对应的。"遇鹤遇神仙，与仙说人间，仙羡红尘美，驾鹤下凡来。"所以此处叫做"下凡厅"。

而实际上这里的功能就等同于一个传统院落建筑群中的轿厅，到了这里就要停车落轿了，因为里面已经属于居住范围。即便齐王这秦淮雅筑范围极大，到了这里也该下轿下车，然后改步行或乘推辇。一则从此处再往里去的道路会变得狭窄，楼阁相望、曲径通幽的江南建筑风格从这里才真正开始，很多地方车轿已经无法通行。再则"下凡厅"后面不远就是"禀帝堂"，也就是传统建筑中的前明堂，用做祭天祭祖的地方。所以"下凡厅"暗喻此处下车下轿的人都是神仙，而"禀帝堂"是齐王及府中家小祭天祭祖的地方，其意思则暗喻下凡来的神仙在此向天帝禀告人间情况。

同样的，鬼肠子道也是从这里开始会变得更细巧，各种机关设置会更加密集和细致。剩下的十七个鬼肠结在分布上会更加复杂，之间的距离也会变得很靠近。别的不说，"下凡厅"与"禀帝堂"之间就只有两三百步的样子，而"禀帝堂"与前面的"星棋坪"以及后面的"四海同潮"则离得更近，几乎就连在一起。所以接下来这一段会是各种兜子极为密集的路段，这也难怪，因为秦淮雅筑和一般江南特色的大宅院布局一样，过了作为明堂的"禀帝堂"后，接下来就会是待客正堂"聚神殿"的位置。

"下凡厅"的厅门关得死死的，从房屋外形上看，这就是个有门的门洞而已。这种造型和一般的轿厅有些差异，一般的轿厅在门口会有廊檐。而且轿厅的廊檐会比府宅的正门廊檐还要宽大，因为两边的廊檐下是排放轿子的位置。但是"下凡厅"没有廊檐，就一个小小的门檐。也就是说，这里只下轿下车，并不放轿放车。不管是府里的车轿还是外面的车轿，应该另有地方放置。

齐君元在"下凡厅"门口蹲下、站起、再蹲下、再站起看了两遍，然后很自信地说："这门用的是'抵杆加十字插栓'，横、直、斜三种方式连锁，非常稳固，很难从外面一一挑开。不过横插只有一道，可以直接从门缝间用'明月铲錾'断开，然后挑起斜抵杆进入。"说着话，齐君元从鼓鼓囊囊的背囊中找出了一片"明月铲錾"和一把短柄镔铁十面方锤。

"你这是要开始强闯吗？"汤吉看出了些苗头，齐君元此时采取的方法已经不再像破解之前几处兜子那么严谨了。

"还是再想想其他办法吧，兜子中的架子、圈子、底衬不能轻易破（架子、圈子、底衬都是离恨谷术语，等同于坎子家机关设置中的传动支撑、范围限定、关键部件）。"唐三娘也在劝阻。

## 第三章　歪招

范啸天这次没有说话，只是表情复杂地在旁边看着。而哑巴就算想说也说不出什么来，一则他是力极堂的，对兜子、爪子的一套知道的最少。再一个从性格和所习技艺而言，他倒是不太反对一路破兜直闯，省得慢慢解兜口、找兜眼既麻烦拖拉又让人提心吊胆。

"听我的，否则时间会来不及。已经到了轿厅，这里布下的肯定都是要命的兜子，不会在一个门栓上做文章。这门栓虽然关闭形式复杂，但只是匠人的花哨手法，没有什么不正常。"齐君元依旧坚持自己的意见。

见其他人都在犹豫，于是哑巴走了过去，从齐君元手中接过锤子。

齐君元朝哑巴点了点头："横栓宽四寸，厚两寸半，老枣木的材质。我插入錾子后你要把握好力道，最好一击断栓，但不要将断栓击飞出去，以免触发其他爪子。"

对齐君元的吩咐哑巴没有丝毫犹豫，而这正说明了哑巴心中极有把握。

"明月铲錾"从门缝中插入，錾口刚刚抵住横栓哑巴就出手了，干净利落的一下，只发出很轻微的一记断裂声。

齐君元抽回"明月铲錾"，然后拔出一把快片儿（一种窄长的小刀子，刀身比一般的刀子要薄要轻），再将快片儿插入门缝，由下而上将门后的斜抵杆挑起，轿厅的厅门被打开了。

门才推开条缝，齐君元就把手臂挤了进去，拿掉了抵杆，收回了快片儿。

随即门完全被打开了，但是当看到里面的情形后，齐君元和几个同伴站在门口却谁都没敢动。因为他们不知道谁能动谁不能动，更不知道往哪里动才是正确的。

隐隐可见轿厅门的顶上吊着两根铜盆粗细的巨木，巨木的顶端被削尖，尖锐的顶端斜斜朝下对准轿厅大门。齐君元缓缓翻转手臂，将始终藏在掌腕间的"磷光折镜"照向巨木。折镜的光亮虽然微弱，但是借助它还是可以将情况大体看清楚的。

从吊住巨木的绳子看，巨木会有两种动作方式。一种是甩落下来直撞门前，还有一种是吊绳同时脱扣直落砸下。所以繁杂的吊绳中是有两根引出的，沿着屋顶、墙壁连到轿厅一侧墙脚处的两个铁环上。但至于这两个铁环是以怎样的形式连接启栝，启栝又在什么位置，那就全然看不出来了。所以门口的这几个人谁乱动一下都有可能让这尖锐的巨木撞过来。

"欲速则不达呀，越急越遇鬼，这下子都被定这儿了吧。"范啸天在背后说一句，但其实语气中的焦急要比幸灾乐祸的味道多得多，因为他自己也在这祸里。

哑巴轻轻拍了拍手掌，示意大家注意他。但是他接下来的一番比划却不是谁都看得懂的，只有范啸天最近和他在一起的时间比较长，多少能看出个大概意思来。

"哑巴说齐兄弟可以先用钓鲲钩和犀筋索挂住大木梁，然后他抓住索子头放低身体先从大木梁下滚冲进去。即便是触动了启栝，让那两根大木梁撞过来，凭他的力气应该可以将巨木拉住，或者让它缓缓冲落。"范啸天把哑巴的意思说了一遍，虽然无法确定这个方法可不可行，却可以看出哑巴的勇气，还有他对自己天生神力的自信。

齐君元想都没想就否定了这个办法："我的两只钓鲲钩已经留在了穿石牌坊那里，身上其他的钩子强度估计带不住这两根大木梁。再有这两根大梁木有两种杀伤方式，除了撞向门口，还有垂直砸落。如果真的从梁下滚冲过去的话，梁木就是砸落而不是甩出撞击了。就算速度够快，能冲过梁木砸落的范围，后续位置肯定还有更歹毒的爪子会动作。"

"那怎么办，要不试着往后逃？这种甩出巨木完全依靠自身重力的动作，没有外加弦簧，所以动作比较慢。而且它甩出的轨迹是一定的，也比较容易躲避，我们这几个人的身手应该可以躲过。"汤吉也提出了一个建议。

"这个方法或许可以，但这样巨木动作一轮后会重新挂扣，甚至根本就不动作，那样我们依旧无法往里去。"齐君元考虑的不止是躲开巨木，而是如何过了"下凡厅"这个坎。

"那你还有其他办法吗？"范啸天在后面问。

"有，但还没找到。"

齐君元的回答差点没把范啸天的鼻子气歪："那赶紧找，不会像桥亭那

## 第三章　歪招

里一样又是找不合适的地方吧。"

"没错，就是找不合适。"

齐君元嘴里和范啸天有一搭没一搭地应着，手中磷光折镜却是不停地在轿厅中扫过，眼睛更是随着折镜的光亮到处观察。这个轿厅除了廊檐与一般轿厅不一样外，其他都还正常。也是两边板窗，可关闭可通风。沿壁两道通长的坐板，这是给来客轿夫歇息的。但是没有后墙后门，直接就是一个完全敞开的通道，这比一般的轿厅简陋了些。不过既然轿厅前面没设宽大的廊檐，那么后面不用后墙后门倒也算是合适的。

但有些合适的情况如果综合在一起看的话，那就可能变成不合适的点。所以齐君元的目光最终落在了两边的坐板和后墙上。

"轿厅设有坐板，而且有可开启关闭的板窗，那为何不设后门？坐在里面休息的轿夫、车夫在寒冷天气是会始终被过堂风吹着的。再有门口没有设廊檐停车轿，而是停在其他专门的地方，可见主人很注重进口处的齐整，那为何又会设有坐板给轿夫、车夫休息，其他地方停得下车轿却偏偏坐不下，偏偏还要回到这里来坐下休息？不对，这两排坐板不是为了休息，而是要掩饰什么设置。"齐君元又在自言自语。

"那坐板合不合适似乎与这两根大梁木不搭界呀。"范啸天嘟囔一句。平常对谁都憨厚有礼的他今夜情绪显得反常，说明他心中真的压力很大。

都是离恨谷的刺客，对兜爪坎扣多少都有一定的了解，所以大家都看出齐君元的思路是正确的。但范啸天所说也是实际问题，现在关键的还是怎么解决头顶上吊着的两根尖锐巨木，看出坐板是不合适的点位似乎和这个没有太大关系。

"大梁木有个下落的设置，这是在闯兜者已经进入到轿厅中才会出现的状态。而梁木虽然粗大，直落下来覆盖到的杀伤范围却不大，只是占了轿厅中间的一块位置，闯兜者应变下还是有很宽裕的地方可以躲让。所以这个下落设置应该是和其他爪子配合作用的。"

"你是说和那坐板掩盖的设置会同时动作？"这次唐三娘抢在范啸天前面提出疑问。

"试一试就知道了，你们都注意了，随时防备大梁木撞过来。"

谁都没想到齐君元会这么莽撞，自己就在别人所设杀兜的攻击范围内，竟然还要试一试没有完全摸清楚的兜形布置。这可是用性命在试，稍有不慎就攸关生死。

"等等……""再看看吧……"大家都出言制止，但是来不及了，齐君元已经将手中拿着的抵杆扔了出去。

## 惊铃响

抵杆横着飞出，看样子什么都没碰着。但是没等到它落地，顶上的大梁木便直直地砸落下来。大梁木上绳索的长度控制得刚好，落下的大梁木并没有完全砸在地面上，离地还有两寸的样子。因为这样设置既不会损坏石铺地面和巨木，也没人能利用这两寸的高度躲过砸击。

几乎是与砸下的梁木同时，两边坐板发出很响的一声"咣当"，坐板整个翻转起来，变成竖立状。竖立的坐板反面朝里，而这反面是无法坐的，因为上面有三排八寸长的圆钉杆。

两边竖起的钉板大力地对合过去，这么多圆钉杆带起的尖利风和坐板掀动的大股风让人不由得心寒、气塞。但是轿厅中除了风声外并没有其他声音，对合的钉板并没有撞在一起，两边圆钉杆交叉时便停止了。因为这状态已经足够，所有在这范围内的人都会不可避免地被钉在板上。

"坎子家的'天落雷槌'和'钉壁对山靠'，不过这里已经改良过了，将原来的对合钉壁改成了坐板。"未等对合顶板的震颤结束，齐君元就已经给出结论。

"天落雷槌"和"钉壁对山靠"应该算是坎子家比较常用的坎面，虽然结构和动作形式常常会进行一些改动，但百变不离其宗。就拿"下凡厅"中钉壁改为钉板的做法来说，采用钉壁虽然隐蔽性更强、杀伤范围更大，但是需要很多大型的动力弦簧和机构。这里改成钉板可能是不想把整个轿厅结构变得太过臃肿，失去简朴雅致的风格。

## 第三章　歪招

清代初期江南匠家高手鲁心禾所著《遁甲奇设》中有关于"天落雷槌"和"钉壁对山靠"布设的详解，并举有很多布设典故。众多典故中都是双坎同布的，只有这样才能实现可靠杀伤。但其中也提到两个躲过这两坎同时动作的故事，一个是南宋时群侠大破太湖三仙岛、擒拿镇吴侯，有一个灵猿门高手进到双坎之中，在"天落雷槌"动作后的一刹那，用"一线登峰"的招数顺着吊住梁木的绳子爬到屋脊斜角中，躲过钉壁对合。还有一个是明代官府重金聘江湖道扫荡燕西匪寇，一个叫三丈陀的高手误入双坎同布的山门，他在躲过"天落雷槌"后所携带的武器精钢捣槌刚好撑住两边钉壁而逃过一劫。当然，也有许多懂得坎理、兜相的高手从机栝弦簧上直接破解两坎合布的，那都不在此记录之中。

齐君元扔出的抵杆看似没碰到东西，其实正好触碰到拉在轿厅中的十字启栝丝线，让坎面整个动作了。而弦簧动作之后蓄力释放，两坎就再不能起到作用。所以这个碰巧的方法不是破解也不是躲过，准确些说是替代，让抵杆替代他们闯坎受杀，然后自己便可以从再也无法作用的坎面间走过。

虽然兜子已经散了底垫，但整个轿厅里看着还是很让人惊心的。动作后的设置几乎将轿厅中的过道堵满，从中间狭小的空隙中穿行仍是让人感觉心中发慌发虚，生怕这些杀人的器具再有一个什么变化那就无处可逃了。所以这一次依旧是齐君元走在第一个，而且直到他已经走过轿厅一半了，后面的人都没有开始挪动步子。

"等等！好像有什么味道。"后面的唐三娘突然发出一声喝止。

"什么味道？""我怎么没有闻到？"

范啸天和汤吉的确都没有闻到。哑巴猛提了几下鼻翼然后也摇摇头，他毕竟不是穷唐。但这可能正是他们和药隐轩门人的差异，药隐轩最为基础的功法就是从辨别味道开始的，否则连味道都闻不出还怎么辨别毒料。

"你们都先不要动，我过去看看，味道是从那一头顺风飘来的。"唐三娘说完之后也往轿厅里走去，并且很快走到了齐君元的前面，过了双坎的布设范围，就快走出轿厅了。

但就在唐三娘将要往轿厅外踏出一步的瞬间，轿厅的地面下发出了沉闷的响声，就像有一个巨大的石球在滚动，并且重重地撞在了什么东西上。随着这声闷响，整个轿厅重重地顿了下，然后轿厅通道就像断成两截一样，后面没有坎面布设的一段轿厅猛然朝下倾斜下去。

几乎与此同时，唐三娘发出一声惊呼，然后身影一下子不见了。

齐君元立刻纵身从坎面的空隙中蹿出，朝唐三娘身影消失的位置追扑了过去，于是他的身影也消失了。

当范啸天他们三个醒过神来时，闷响结束了，唐三娘的惊呼也听不见了。但是轿厅的几个檐角上都挂落下来一个铜铃，不停地摇摆着，发出清脆的铃音。而且这些铜铃应该通过什么设置与其他地方的铜铃相连，因为不远处、远处、更远处都有铃声依次响起，一路延伸而去。

很快，报警的铜铃声响遍了整个秦淮雅筑。


江水映冷月，春寒仍料峭。风中蕴满了潮湿的水汽，扑在人们的脸上，裹在了人们的身上。而湍急江水的流淌声，则把湿冷直接钻进人们的心里。

谁能想到这样的春夜里会有几个杀人的人闯过一道道杀人的兜子去杀人，谁又能想到这样的春夜里会有几个喝酒的人喝着别人的酒在商量最终该喝谁的酒。

江中洲虽然是一江三湖十八山的总舵，但是却没有真正意义上的聚义厅，因为每年的几次大潮会将岛上所有建筑都扫平。所以岛上用茅草、芦苇搭起的房子都是临时设施，他们真正意义的家、真正意义的总舵是在船上。

与大江相通的曲折水道中，停着大大小小的船只。但这些船只都很简陋破旧，一看就是穷人家用以糊口活命的工具。即便是最大的一艘双桅翘头宽尾大棚船，那帆叶也是缝缝补补了多少块，仍是不能将所有口子都补满了。

此时已经过了三更天，整个江中洲都沉浸在黑暗之中。即便冷月当空，也无法把那些破旧船只从枯苇的阴影中拔出来。整个江中洲上唯一还有灯火透出的地方可能就是这艘双桅大棚船的棚窗了。而且棚窗中不仅有灯光透出，还有酒香溢出。很浓郁的酒香，就算是不贪杯的人闻到这酒香也能辨出这是少有的好酒，是不该在江中洲这种地方出现的好酒。

## 第三章 歪招

的确是好酒,而且不止一种。只需从装酒的坛子就能看出,船舱里至少有两种美酒,而且一种是来自江北,一种是来自江南。

船舱里有四个人在品味这美酒,虽然酒美,但四个人都没喝多。可能正是因为酒美,难得喝到,所以才会一改平时大碗豪饮的习惯,撅着嘴一点点地慢嘬。而原木面木桌上的菜肴基本都没动,这些用粗劣手法制作的小鱼小虾和干瘦牛肉是无法与这甘醇美酒相配的,所以还不如干喝酒不吃菜,以免乱了自己嘴巴里的味觉。

原木木桌的四周只有一张造型简陋的圈椅,椅子上坐着的是一江三湖十八山现在的总瓢把子"天网云罗"童正刚。还有三面都是大板凳,凳子上分别坐着没江湖名号的郑尚和"劈江挑山"厉隆开,还有一个则是一江三湖十八山的军师秦时秋。

秦时秋外号叫"绕山妖风",在江湖上知道这名号的人并不多。虽然早在梁铁桥做总瓢把子时他就已经是军师了,但是他为人很低调随和,极少在江湖上露面。一江三湖十八山好多扬名立万的大事他都只是幕后出主意,并没有亲自主持或参与。而且梁铁桥做总瓢把子时,他连主意都很少出。因为梁铁桥是个执拗且多疑的人,别人的意见他是很少采纳的,说多了反而可能引起误会。

"酒都喝到这个份上了,童老大,你心里该挑定了吧。"说话的是郑尚。他是四个人当中酒喝得最少的一个,也是最急于离开这里的一个。因为他修习的技艺中有呼魂唤鬼的诡异伎俩,所以不能多饮酒,以免坏了自己的修为。另外,呼魂唤鬼的技法需要每天修习才会越来越娴熟,操控力和攻击力也才能越来越强,而这技法最佳修习的时间就是子夜时分,今夜的最佳时间差不多已经到了。

"唉,喝得越多越难选啊,哪个都舍弃不了,哪个都不能得罪。"童正刚很纠结地回道。从掌灯到现在都没能拿出个主张来,可见此人性格优柔寡断,同时也说明需要作出的决定对他们而言关系重大。

"确实难选,北方酒浓烈,入口辣,入喉甘,入腹火一团,然后暖意直达四肢百骸。南方酒沾唇浓,沾舌醇,由胸口厚厚地散开,然后飘然之觉直上头顶。难判优劣，舍谁都不妥。"厉隆开也说话了。

"北酒之味为眼前利益，来得快，而且现在我帮也确实从那边得来不少好处，帮中最近费用大部分由此维持。而南酒绵长持久，是我根本，这碗要是拿捏得不好，不仅是上头，还会断头。"童正刚说出了自己的苦处。

只从两种酒的选择上，就关系到江湖一大帮的生死存亡？的确是这样的。

今天一早，一江三湖十八山设在南面江道上以渔船为伪装的接引点收到了几十坛酒和一封书信，这些都是南唐兵部水军行使营送来的。当然，能这样直接找到伪装且不固定的接引点，是和梁铁桥有着关系的。

酒的意思很简单，表示的是安抚和敬意。书信的内容很明确，让一江三湖十八山在江中洲给他们选一处能进兵船的深水道，南唐兵部要将润州水营水军的兵船藏驻于江中洲，作为迎对大周和吴越水军的突袭和后援。

无独有偶，时间还未过午，设在江中洲西岸浅湾的接引点也收到了几十坛酒和一封书信。

这封书信是赵匡胤亲笔所写，然后派遣了张锦岱带着这封书信和水军调动军令从蜀地直接赶到汉水水军大营。再随沿江而下直插南唐腹地的水军船队同行，将信件带到江中洲。

酒也是以赵匡胤的名义送的，送酒人说是赵将军珍重朋友情谊，别后思念甚切，所以让水军顺便带些好酒予以品尝。这一说其实就把酒的意思说复杂了，入口醇烈的酒显得有些扑朔迷离。

书信中的内容很是客气、婉转，不过倒是把酒的意思给澄澈得很清楚。赵匡胤所出策略是要以少量水军对南唐进行袭扰，让其自顾不暇，腾不出手来出兵夹攻大周以解蜀国之困。所以派出的水军虽然看着势大，实际战斗力却不强，所以从一开始就没准备与南唐水军正面交锋。但既然是袭扰，总不能露个面就往回走，更何况来时突然，南唐没有什么准备，让其长驱直入。回去的话，沿途南唐的水营都进入战备，说不定就在哪个有利位置布下战局静候大周这支水军。所以赵匡胤在想出策略的同时也想好了这支水军的去处，那就是让它消失，让南唐再也找不到它。这样不但可以保存力量，在需要的时候随时可以突然杀出。而且对于南唐来说会成为一个始终存在的隐患，袭扰的效果将达到最好。

让一支船队在大江上消失虽然有很多途径，比如说大江的支流、港河、湾滩等等。但是由于船队所在位置是在南唐境内，这些途径都不够稳妥，所以权衡之下最好的掩藏点是在江中洲。

江中洲范围极广，遍布芦苇蒿草，而且洲上隐蔽着纵横蜿蜒的深水水道。一队水军战船往水道中一钻，除非是飞在天上才能把它们找出来。而这一点赵匡胤和李弘冀的思路竟然完全一致，李弘冀也是想着要将一支水军暗置于江中洲。

所以收到的南酒北酒虽然都是美酒，但是与平常自制的劣酒相比，喝酒的人反倒喝得没有那么酣畅。这两碗酒应该端哪一个？又该怎么才能端稳端平？而从眼下情形来看，把哪一个酒碗丢了、泼了都不妥，洒出来的都可能是血是泪。

## 南北全

"郑尚兄弟，你不是会呼魂唤鬼的手段吗？要不起了阴卦，问问那些鬼魂该怎么选。"厉隆开半真半假地说道。

"鬼魂说鬼话，你这大活人敢信它吗？"郑尚回道。

"你倒也是大活人，那你说该选谁，看我能不能信。"

"要我说还是喝北酒吧，人为财死、鸟为食亡。大周现在的状况正是我们可以大捞一笔的时候。之前灭佛取财，最近又是女捐，积聚的钱财大部分都是要用来换粮换盐的。我们只要抓住机会得到其中一部分的利益，日后便可以洗手不干了，也去过过员外、富商的日子。"看来郑尚是看好大周现在可以发的乱世财。

"我们最近暗道运粮所得收益摆在那里，虽然比往常丰厚得多，但还不至于到洗手不干的地步。再说了，我们几个可以洗手不干，那一帮的帮众又该如何过活？所以立足之本还是不能丢，至少是没到丢的时候。"厉隆开并不同意郑尚只顾眼前的建议。

"说到立足之本，我倒是另外一种看法。现在大周虽然国内困窘，但这种状况下依旧对蜀用兵，可见其强势之处是兵强，要以掠地夺城之策改变国内困窘。而现在又以水军入南唐境，由此可预见到大周在攻蜀之后定会再对南唐用兵。而南唐兵力肯定不是大周的对手，到那时南唐被攻下部分地界甚至全部地界，立足的根本可就是大周了。"郑尚的分析倒是很有道理，一个帮派匪首能有如此见解和眼光确实不多。

"你所说是长久之后的事情，而且没有定数。但择定让哪一边的水军入江中洲却是眼下要办的事。如果拒绝南唐，他们一怒之下派兵扫荡江中洲，那可是等不到大周将南唐攻下的时候我们便得舵塌人散了。更何况梁大把子现正在为南唐朝廷做事，从他那里论的话江中洲于公于私都还算是他的地盘。他现在是没有出面，出面的话这南酒北酒还有得选吗？"厉隆开虽然平时和郑尚关系最好，但在这大是大非的问题上他是不会让步的。

"正因为梁大把子在南唐朝廷做事，所以才选北酒不选南酒。试想，如果梁大把子得到重用，驻军江中洲的事情为何不让他出面？如果梁大把子愿意南唐驻藏水军在江中洲，那他为何不来个信或派个人告知一声。所以我觉得梁大把子仍是要将江中洲作为他的退路。"郑尚说这话时童正刚的脸色其实很不好看，如果梁铁桥真的还将江中洲作为退路，那么他还得缩回原来的二把交椅。

"梁大把子的任用不在这一块，而是专为朝廷行秘事，这种事情他当然不会出面了。"厉隆开依旧不同意郑尚的说法。

"正是因为梁大把子在南唐朝廷行秘事，所以就算我们对南唐的做法有何不妥他也会从中周旋，有何祸事他也会及时通报。而大周那边却不行，两次禁军侍卫直入江中洲总舵的事情不要忘了，即便是在南唐辖内，大周仍是可以将我们灭了的。"这一次郑尚捅到了大家的痛心处，但是有些人如果不觉得痛那是无法被说服的。

"不要争了，再争兄弟间可要伤感情了，喝酒喝酒。"童正刚开口制止了争吵。

## 第三章　歪招

"是的，这事根本没必要争的，南酒北酒都喝不就行了吗。"一直沉默不语的秦时秋幽幽地开口说了句话。

"都喝！怎么喝？"童正刚猛然转头盯住秦时秋。

郑尚、厉隆开虽然没有说话，但是也都把目光放在秦时秋的脸上。

秦时秋慢吞吞地啜一口酒，然后又慢吞吞地放下酒碗，再摸一把髭须上几乎没沾到的酒水，全不顾那三人焦急的神情。在将这个已经思索权衡了大半夜的计策说出来前，摆摆谱、吊吊别人的胃口也算正常。

"一手托两家，让双方都进江中洲。"秦时秋终于说出了正题。

"可是江中洲深水水道只有一条，如何能让两家都进入？"童正刚皱紧的眉头变得更加纠结。

"深水水道只有一条，但是别忘了在水道西侧还有一个龙吞塘。那龙吞塘原本是上游水流冲击出的深塘，驻入战船肯定没有问题。只是近些年水道分流，龙吞塘的入口处被泥沙淤积变得浅了。明日里让帮里闲着的船只都过去，带拖耙将入口拉深就能进去大船了。"

"你是准备让南唐的水军船队进龙吞塘，让大周的船队进水道？"童正刚的眉头依旧未解。

"没错，南唐军未曾进过江中洲水道，所以总舵位置和周围布置还是不要让他们知道的好。而大周禁军已经两次闯至总舵位置，听送信的人说会打飞蝗石的赛须龙张锦岱现在就在船队中，所以瞒不瞒他们无所谓的。"

"可是你也别忘了，水道距离龙吞塘的最近处只有一里地的样子，船上兵卒上岸转悠下就能发现对方的船只。"厉隆开提出了异议，由此可见他对江中洲上的环境非常熟悉。

"那我已经想到了，距离最近处是水塘和水道相夹的一块低凹地，大潮时，水塘和水道都有水流入这块低凹。估计最初水塘和水道是以此处相通的。此处芦苇高壮蒿草浓密，我们可以借助这些芦苇蒿草摆个迷局。虽然现在不是大潮，但我们可以挖些渠道从水道或水塘中引水，散养小鱼虾。然后再将黑婆鸦和虎齿昂放入。"

"以迷乱向，以死断路。"郑尚很简洁地用八个字给秦时秋做了个总结。

"但是这个迷局的范围不可能很大，迂回着走还是可以绕过来的。"童正刚想的很是全面谨慎。

"之前我们可以对两边水军都说明此处危险，给予震慑。如果实在避免不了两边相遇，我们可以第一时间到对方处汇报，告知他们的敌人闯入，这样就能摆脱我们的嫌疑。而一旦双方交手，那就可能会有俘虏透露出我们一手托两家的真相。所以在他们相互厮杀时，我们可以封住水道和龙吞塘的出口，然后一把火将整个苇荡点着，之后就谁都不知道发生过什么事情。而我们则可以暗中遁走，就算走不了的话也完全可以自圆其说。"

鱼油苇芯烛的火苗爆闪了一下，在这突然提升的亮度中可以看到秦时秋的嘴角现出一丝冷酷的笑意。

童正刚的眉头终于疏解开了，长吁一口气靠定在椅背上。而郑尚和厉隆开则端起酒碗，相对示意下，然后仰头一口气喝干。

有人说最难捉摸的就是绕山风，因为它会根据山形、气流、温度随时变化。还有人说最阴滑的也是绕山风，因为它只有采用最不可思议的角度和途径，才能从峡谷、石崖、林木中穿行，并且越刮越劲。秦时秋被人称作"绕山妖风"，肯定是有其道理的。

但是有江湖名号并不一定是好事，可以让别人提前窥知到他的特点而加以防范，从这一点上看没名号的郑尚似乎更加阴险一点。而且郑尚一直都坚持让大周水军进入江中洲，这其中是不是有着什么其他的意图？

楚地潭州府这些日子非常平静，平静得都有些反常。

第一个反常是针对天下大局势而言的。大周突入蜀境，与蜀军刀兵相见了。南唐最近驻军调动频繁，以固守州府的防御体系应对大周、吴越以及楚地。吴越马步军在向龙游一带集结，水军则已经绕至长江口，随时可以缘江而上。北汉、辽国见大周对蜀国用兵，也开始蠢蠢欲动，意欲借此机会攻袭大周，以报周世宗北伐之仇。而蜀国南边的大理、交趾等小国则一片恐慌，一旦蜀国被大周攻下，那么它们这些本来以蜀国为屏障的小国便会成为覆巢之下的碎卵。西边的吐蕃虽然没有明显地调动人马，但是据说最近吐蕃与大周交界的炳灵关、凤裕关、鹚鸣关、金花寨这几处都有异象出现，说是每到夜间关寨前的山上便有石影走动，民间将这异象叫做"石人望关"，但估计这情形应该是吐蕃人在暗中作祟。

不管作为大周的附属也好，还是从自家大业出发也好，周行逢都是应该借助这个时机采取些行动。可以协助攻蜀或挟制南唐，以博取大周的信任和欢心，最后说不定还能分到一杯羹。或者索性直接北取南平、南攻南汉，借助这个谁都顾不上他的大好时机扩充实力，然后称王建朝。但是很有理由采取行动的周行逢却未采取任何行动，对所发生的大小事情全视而不见，这种平静不能不说是个反常。

再一个反常是针对楚地局势而言的。不久之前，天马山下刚刚闹腾了一个大杀场，但是这个血腥残酷的杀场外界根本就无人知道，只能是凭着后续大范围调动军卒、捕快设卡展开搜捕的情形进行一些推测。因为卷入杀场的几方都不想将这事情张扬出去，而周行逢更不想把事情传出去。这除了宝藏皮卷重要性的关系外，他让唐德挖坟盗墓的事情也是不能传出去的。否则将会大失楚地民心，背上洗脱不净的骂名。所以在天马山杀场之后，他立刻在暗中撒布眼线、耳探，一旦有人提及与挖坟、盗墓有关的事情，立刻就会被严加管控。潭州这段时间比以往更加平静其实一点都不奇怪，因为一些好说话、好传话的人都被严加警告封了口。有些人甚至被直接投入狱中，家人都不知道其下落。

还有一个反常是在周行逢自己身上。天马山杀场上一众聚义处没能夺到宝藏皮卷，虎禅子带着一众聚义处的人一路追踪，但是到现在依旧没有丝毫收获。唐德在天马山杀场之后未给他一个交代便失去踪迹，而天马山杀场中意外出现的黑衣人身上带有"芈"字印，说明这些人是自己楚地的军队。但是这一连串的事情发生之后，周行逢反而没再过问宝藏皮卷的去向得失，只任凭虎禅子去折腾。他也没有追查唐德的去处，就像根本忘记了这个人一样。更没追查黑衣人的来处，平静的状态和心态就像完全不知道那天夜里天马山脚下发生的事情一样。所以这肯定算得上是一个反常。

但是今天周行逢收到一份极为蹊跷的奏折，一份由衡州刺史刘文表发来的奏折。这份奏折打破了反常的平静,因为其中书写的内容和隐含的内容都比周行逢反常的平静更加反常。

刘文表的这份奏折是一个建议也是一个意愿。建议是让周行逢立刻出兵进东川,走正安、渝州,然后迂回至泸州过江,从南边逼近成都府。意愿则是希望周行逢这一次能够让他带兵入蜀征战。

按理说,这种建议是很合理的。就像之前提到的,周行逢虽占地域却未称帝,领着大周武清军节度使,权潭州事。所以作为大周附属出兵名正言顺,既可讨好大周,又可攻关夺寨扩展领地夺取资源。至于要亲自带兵出征的意愿也是很合情的,作为刘文表来说,他觉得是自己运筹了这样一个建功立业的大好策略,心中肯定是不想让别人去操作的。

但是建议和意愿是否合情合理是要看周行逢怎么想的,而他这个人的思维方式是别人很难捉摸透的。一些别人没有想到、没有看出的问题他都能想到、看出,一些别人认为很合情合理的事情他却能看出非常严重的问题来。

为何一定要攻蜀国呢?就算是讨好大周,那么也只需要入蜀境攻夔州、施州、黔州这三处。能攻下最好,攻不下只管在境内搜罗一些钱财物资就回来。这样虚实相夹的攻击其实已经可以给蜀国造成极大的压力和恐慌,算是帮了大周大忙,根本不必迂回深入逼近成都府。

而迂回深入逼近成都府的话不仅不会让大周觉得自己是在帮忙,而且周世宗还有可能认为自己是在趁火打劫要分他嘴里的肉。另外从正安出夺泸州过江,那一路都是险山恶水,除了蜀国守卫军队外,还有各种部族的人马。就算以巨大的人马物资消耗攻至成都府,那其实也没有太大意义。因为最终蜀国要是被灭了的话,大周肯定不会让楚军占住成都府。而如果大周突然因为什么原因停止攻伐蜀国或直接撤兵,那么这一路楚军反倒会陷入死地。

再有,如果楚地调集兵力攻东川的话,南唐会不会在自己背后插一刀?南汉又会不会乘虚而入咬自己一口?所以现在出兵蜀国还不如攻打南汉、南平可靠,因为这不会侵犯到其他实力更强的国家的利益,而那些实力更强的国家现在也没有工夫来阻止他这样做。甚至出兵攻南唐都比攻蜀国划算,这样至少自己背后的蜀国腾不出手来插自己一刀。

## 层层析

如果周行逢只是想到这些，最多是说刘文表思虑筹划不够周密，那也算不上什么反常。但是周行逢如果只是将思考的深度停留在这一层，那他就不是周行逢了，当初他也不会有机会坐上楚主的位置。所以周行逢的思路没有就此停止，而是往更深处延伸下去。

刘文表为什么要提议攻蜀国？而且还自己主动提出带兵去出征。无利不起早，大周攻蜀国是为了借此缓解国内经济困窘，那刘文表主动要求攻蜀并想一路深入又是为了什么利益？

对于这个问题周行逢很快就想到了可能的答案，而且是一连串的答案。

周行逢首先担心的事情几乎所有有头脑的领导者都会想到，那就是放出去的军事力量在征战过程中有可能脱离控制、自立门户，甚至索性倒戈夺取政权。

这类事情一般在三种状态下会发生。一种状态是这支出征的军事力量在征战过程中逐渐壮大了，那么指挥者早就运筹好的计划便可以付诸实施。有时候即便之前并无计划，但随着战斗力和资产财力的壮大，指挥者的心态也会随之膨胀。虽然突入其他国家远途征战中力量逐渐壮大的几率很小，但并非一点没有，而且如果操作得当还可以快速达到。比如说先全力占住一块地盘，然后以许下的重诺和眼前的利益骗取民心，再让百姓将这些重诺和利益到处传播，那么征战的一路都会得到百姓支持，兵力、财力就会像滚雪球一样越滚越大。

第二种状态是指挥者早有预谋的，让率领的兵马处处佯攻、虚假运动，再谎报军情叫苦叫难，从国内不断骗取增援兵马和粮饷物资，暗中积攒力量，等足够壮大之后立刻占地自立或倒戈相向。

还有一种状态就是掌控兵马之后立刻采取行动，这一般是领兵征战的指挥者本身就有一定声望和力量基础，然后又有众多支持者，或者有其他响应的队伍。而后来赵匡胤的陈桥兵变就属于第三种状态。

周行逢分析了一下刘文表的状况，觉得他如果真的怀有这种心思的话，第二种情况是没有的，因为刘文表应该非常清楚他是无法从自己这边骗到什么的。第三种情况也不可能，刘文表作为一州刺史，他没有那么大的影响力和号召力，而且他所掌控的实力也无法让其他人相信可以追随。所以刘文表如果怀着什么心思的话，那只能是在征战途中自我壮大。

分析到这一步，周行逢便开始站在刘文表的角度考虑。如果要想在征战途中自我壮大的话，对于兵力、财力都并非非常宽裕的刘文表而言，占住一块地盘是可以的，但要想用重诺和利益骗取民心却不行。这一点周行逢是非常清楚的，他每年从衡州收取的税银和供奉，然后按量配给的府银军饷需用，都控制在刚刚够用的限度内，刘文表没有这样做的多余资本。

另外为了可控可管，防止地方官员搜刮囤私，周行逢要求一众聚义处在楚地各处的密探点每过一段时间都要给自己送来一份当地官行民情的密报，所以下面的一些官员在做些什么、怎样在做他都一清二楚。刘文表是属于那种明着什么都不乱来，暗地里根本无法知道他在怎么乱来的人。但是周行逢觉得这才是最正常的，说明刘文表是个很正常的官员。明着乱来那是无视自己，暗着乱来说明他惧怕自己却又难抑一些本性中的欲念。只要是这欲念控制在不犯上的合适范围内，周行逢便觉得他是一个最为忠心的属下。而表面上刘文表的确是控制在合适范围内，最多是搞些小钱和私产。所以就他这些乱来的积累也根本无法支撑收买民心的做法，除非是另外有人支持他或与他合作。

谁会暗中支持他？不管是从身份地位还是所拥势力上讲，刘文表都不是一个非常有价值的对象，而且衡州的地理位置也并非非常关键，所以楚地周围的国家都不会暗中支持拉拢他。外围的支持没有，那么会不会是内部的合作呢？比如说唐德。刘文表手下有人经常和唐德有来往，这一点周行逢是知道的。而唐德奉命暗中在楚地各处盗挖墓穴，却一直所获不丰。这会不会是将盗挖出的财物私藏了一部分？一个人往往是在两种情况下心态和欲望会有膨胀，那就是在拥有了财富或者势力之后。唐德应该就属于前一种，而且他在控制住上德塬的族人之后认为一个巨大的宝藏唾手可得时，会更加的膨胀。所以这种状况下，完全可以找某个有军事实力的人来合作、利用，意图

## 第三章　歪招

从一个无名无分的暗职翻身为一方之主那是绝对有可能的。

这样一来有一件事情就好解释了，那就是刘文表为何要走正安、渝州，然后迂回至泸州过江，从南边逼近成都府。周行逢刚刚得到一众聚义处的密报，说得到秘密信息，大家争夺的那个皮卷上的宝藏是在蜀国境内，在成都府南边的某一处。周行逢觉得自己能得到这个信息，那么唐德肯定会更早得到这个信息。所以让刘文表主动要求出兵并走这样一条冒险路线，肯定是想双管齐下。一边夺图，一边占地，到时就算图被别人得了，把地占了也至少能分到一半。而且采用这样的路线就算不能在征战过程中壮大自己、自立门户，但只要是得了那巨大宝藏，立足之本也一样有了。

另外还有一件一直无法解释的事情现在也有答案了，那就是天马山夜战中的那些黑衣人是哪里来的。这些黑衣人身上烙有"芈"字印，楚地最早是芈姓熊氏的封地，说明这些黑衣人是楚人。而他们攻杀招式阵形都是兵家特点，这就说明这些黑衣人是楚地军队乔装改扮的。刘文表这份折子太过性急了，将他自己暴露了出来。楚地之中知道唐德所在和目的的，刘文表是一个。楚地之中能派遣军队乔装改扮成黑衣人的，刘文表是一个。明着与唐德合作，暗地里却想自己夺到宝藏皮卷，这一点刘文表也是完全做得出的。所以那些黑衣人肯定是刘文表的人。

但是如果周行逢就此定下结论，那么这还不是真正的周行逢。因为他可以从一些看似很明显、很合理的现象上看出更多的疑惑来。

刘文表这个人周行逢是了解的，否则他也不会让他当上衡州刺史。这个人脑子是很好用的，皮也算厚，心也够黑。所以说他暗中和唐德合作那不是没有可能的。而在合作的过程中，他背叛约定，秘密地派黑衣人为自己争夺宝藏皮卷也不算太意外。但是这样一个脑子好的人会如此意图明显地发来这么个奏折吗？而且还在其中说明出征路线。他完全可以说些虚假的计划，等拿到指挥权后再自作主张就行了。

"刘文表不是个傻子，那他发这个折子是把我当傻子了？还是其他什么人在暗中做一些将刘文表和我都当傻子的事情？"

周行逢目前虽然还无法解开自己的疑问，但他却知道自己下一步该怎做。他决定对这个奏折完全置之不理，就像没见过一样。这样无论刘文表，还是将自己和刘文表都当傻子的人，肯定都会焦急不安。而焦急不安的状态往往会让某些人发生平常不会出现的错误。

周行逢有足够的耐心等别人出现错误，因为那会成为他辨别真相的依据。

铜铃的响声在秦淮雅筑中响起并延伸开去，铃声的敲击很有节奏，是三击一停的规律。从最初轿厅檐角的两只铜铃开始，机栝启动后，暗藏的弦簧便以这样的规律释放，从而带动了铜铃以同样的规律摇动。同时，此处弦簧动作，会通过架空的或埋入地下的钢线启动下一处的消息弦簧，然后下一处的铜铃同样按着规律响起，如此类推。

这样的铃声规律不但提醒了里面的人有外人闯入，而且还明确告知了位置。如果是在落魂桥、照天镜的位置，那么弦簧带动的铃声会是一击一停，如果是在桥亭，那么启动后的铃声会是两击一停。如果齐君元他们已经闯到明堂的位置才触动消息的话，那么铃声会是四击一停。也就是说，越往里去，消息启动后的铃声会越急促。

现在虽然是三击一停，但已经让秦淮雅筑里的人大为震惊。因为从秦淮雅筑建起至今，他们只遇到过一次一击一停的情况，而且那一次还只是几个江湖草莽之徒相互间不服，拿着秦淮雅筑的布设来作为较量的方式，并没有存着对谁不利的念头。而这一次竟然有人悄无声息地连闯数道机关，直到轿厅处才触动消息发出警告。这很清楚地说明来者不善，而且不善的来者是身怀绝技的高手。

正因为知道闯入的是高手，也正因为连闯数道厉害机关让人震惊，所以秦淮雅筑里的防卫高手们才会没有一丝慌乱。他们首先将齐王以及重要的家属都安置到更为安全、更为隐蔽的封闭式藏身室中，然后再将内层居所处平时不开启的兜子、坎子全都开启。接下来再按部就班在各个重要位置安排下人手，这样的话就整个形成了死机关和活爪子配合运用的防御格局。

等一切都完成之后，众多高手才分成几批沿鬼肠子道往外走。这样便形

## 第三章 歪招

成前后呼应的对仗布局，从试探到阻挡，到诱入，到合围，再到剿灭。由此可见他们对此次的闯入状况看得非常严重。

虽然铜铃清脆的响声一路延伸着朝秦淮雅筑的四处传去，虽然齐王手下的防卫力量很快就会从各个隐藏位置朝着轿厅这边集中而来，但是汤吉他们三个人也都没有一丝慌乱，而是看准可行的空隙，快速朝着齐君元他们消失的位置移动过去。

这就看出离恨谷中谷生谷客的素质来了。离恨谷中谷生谷客在训练时就有这方面的要求，那就是遇到意外情况和危险时首先就是不能慌乱，并且将这种要求刻意训练成他们下意识的反应。就好比范啸天，好多时候他都会担忧会紧张，但是当真正出现了意外、面临了危险，他反而会抛去所有附加的情绪，迅速按照训练时的方法和程序进行应对。

离恨谷中要求刺客在遇到意外后的第一反应不是逃离，而是在保证自己安全的状态下看清情况。然后是救助和消痕，意思就是当自己或同伴已经被困在兜子中了，要想办法自救和互救。实在不行的话，也要抓紧时间将能显示自己真实身份的所有痕迹消除掉。这样即便最后无法脱身，也让对方找不到一点追查的线索，保护其他未被困的同伴，保证后续的刺局能够成功。再一个就是破兜和反设兜，尽量辨清对方的兜形，利用周围的条件对眼前的意外进行弥补。但这一点大都是针对临时兜子和少数对手而言的，像秦淮雅筑这种环境以及即将到来的大批高手而言，今夜他们要做的刺局应该已经毫无弥补的可能了。

现在轿厅的后半截像是因为塌陷而整个倾斜了下去，就像一个滑台相仿。汤吉和范啸天小心地抓住两边板窗往下移动，而哑巴却没有急着和他们两个一起过去，而是找到一个可以掩住自己后背又能看清前面所有位置的点站定。手中弓弩、弹子都准备妥当，严密戒备周围的情况，随时可以远距离攻击目标，掩护汤吉和范啸天。

缓缓到达通道口处的汤吉和范啸天看到，轿厅地面和外面道路的连接处已经整个断裂开来，现出一个黑乎乎的断口，齐君元和唐三娘应该就是从这断口处滑落下去的。这是一个预设好的断口，启动的机栝就在走出轿厅的一步范围内。而且这是一个踩中机栝后便很难再逃开的断口，因为断口很大，包含了整个轿厅通道和外接路面。这也正是为何此处轿厅没有设后墙和后门的原因，这样一旦机栝被踩踏打开，已经到达轿厅后半截的所有人都会被倾斜的轿厅倾倒进这个断口中。

天色本来就非常的黑暗，轿厅中更加黑暗，而轿厅通道处的断口中更是如浓墨一般。范啸天拿出了一朵"迎风照"火绒（过去江湖中夜行人常备的一种照明和点燃器具，用磷水浸泡棉条，需要时将棉条搓成毛绒状，迎风一挥或猛然吹动就能点燃），正准备吹燃时却被汤吉制止了。

"不要用'迎风照'，当心断口中有易燃的火油火气。"

范啸天提鼻子闻了闻，他能确定周围没有火油火气一类的易燃物。但是汤吉的担忧也不能说是多余，黑乎乎的断口中看不出有什么东西，就算里面是些干燥茅草，自己火绒一亮，掉个火星下去也是有可能会引燃的。到时候齐君元和唐三娘就算没有摔死在这断口里，也要被自己烧死在里面。

"齐大哥！唐三娘！你们还好吗？"汤吉提高了声音朝断口中喊了一声，声音嗡然回荡。现在消息铜铃已经报警，也就没必要再小声小气地糊弄自己了。

"我们都没事，下面有其他路，我们自己出去。"下面传来齐君元的回话，声音很低，但不知为何却让人感觉距离并不远。如果不是有什么东西遮挡了声音的传播，那就是齐君元本身的发声被阻挡了。

"你们自己出去，那我们怎么办，撤回去吗？"范啸天更关心这一点。

"活儿还没做完为什么要撤出去？我们还有机会。不过现在消息铜铃响了，你们要赶紧往前，抢先赶到明堂后的'四海同潮'位置，阻住里面出来的护卫高手。我出去后会在那里和你们会合。"齐君元声音虽低却说得很确定，好像已经完全掌握了自己的处境和前面的情况。

"都现在这样子了，刺局还没散？还有机会？"范啸天抬头看看已经倾斜了的轿厅，看看檐角上晃荡的铜铃，然后再朝前面的深远幽径举目望去，那里随时都可能出现灯火和高手。

"抓紧的话不但可以做成刺局而且能全身而退。如果再唠唠叨叨的话，就算刺局做成，能否逃出生天倒是个问题。"齐君元说完这话之后便再没有声响，可能已经从下面离开了。不过他留下的这句话倒是极为合适，完全是掌握了范啸天的性格。范啸天这人你越是对他解释他疑问越多，倒不如抓住他贪生怕死的特点，让他赶紧动起来。

果然，范啸天在听不到齐君元的声音后马上回头催促哑巴："快点！快点过来，我们要赶到前面明堂的位置。"

而就在范啸天招呼哑巴的时候，汤吉已经纵身跃过了断口，率先往前赶去。

哑巴是最后一个轻松跃过断口处的，但是过去之后他回头看了一眼身后，眼中露出一丝狐疑。但这狐疑只是一闪而过，随即便和范啸天一起跟上了汤吉。

# 第四章　巨型怪蛇

## 星棋枰

要及时赶到明堂并不是一件容易的事情，因为这是在鬼肠子道上。虽然没有支路、圈路，从轿厅到明堂的距离也不远，但是短短这一段上却有两个鬼肠结。

汤吉他们赶到的下一个鬼肠结是"星棋枰"。前面已经说过，古代大宅的建筑规律在轿厅之后建有明堂，也就是秦淮雅筑的"禀帝堂"。明堂为主要的正道出入口，也是祭天祭祖的位置。所以如果从轿厅至明堂之间有足够的距离和空间，有些讲究人家会设置一些星宿排布、众仙排位的地坪、石墙。地坪一般是以植物或石块来表示星位、仙位，石墙上则直接进行凿刻，以此喻天，以显心诚。

秦淮雅筑和一般的大宅的布局虽然大致一样，但它的范围更大，路径曲折，并非正常那种厅连院、院接厅的构造。所以轿厅和明堂之间的距离达一百五十步，其间完全可以做一个大型的设置。所以这里的"星棋枰"不仅是一个表示星宿排布的天象图形，它还是一个可以闲坐休息的场所，因为所有的星宿位都是用石鼓凳和小石桌表示的。正所谓"天星棋布我移放，你坐一位亦仙家"。其意不仅暗示主人是可以指点挑拨星宿，而且也是在说进来的客人如果在此一坐的话也就成了天上星宿。

但是这里不是一个什么时候都可以坐下来休息的场所，这里不仅暗喻了上天星宿的位置，它还是一个鬼肠结，贸然闯入便会永远休息的杀命场。

"星棋枰"的兜相共有三个，全是靠石桌石凳作用的。一个是"斗转星移"，所有石凳、石桌看着都是固定的，但其实机栝启动后都可以按一定规律快速移动。而移动的规律便是"斗转星移"，一种原来用在兵家沙场上的阵法布局，后来被坎子家改良之后运用在了坎面上。

"斗转星移"在兵家运用时是将全部兵卒分成许多独立群体。但这些独立群体人数不一，有多有少。各个群体出击的方位、方式、路线、企图也不相同，这就使得对手完全摸不清这么多群体谁是主攻，谁是辅助，谁是一击即退，谁是孤军深入。而改良到坎面中后，则是利用了石桌大、石凳小，石桌高、石凳低，桌凳形状有圆形、方形、多角、条形等等条件。然后在移动中设置它们各自的移动规律、路线和位置，看似杂乱无章，其实之间绝不会相碰，而且可以将坎面范围中的每个点都多次反复地顾及。人在其中，总会被某个石凳或石桌撞到。而撞到一次虽然不会致命，但闯入者动作的迟缓和坎面随着实际情况的变化，将会带来更多的撞击，并且还有合击、夹击。几个回合下来，闯入者肯定会骨断筋折。这坎面除非是知道其动作规律并有极为迅捷身手的高人可以在启动之后躲过。问题是迅捷身手的高人很多，但知道其设置规律的人却极少。

第二种兜形是"飞石成锤"。在"斗转星移"机栝还未完全停止的时候，第二重机栝已经开始依次被启动并实施打击，而且是一击即死的爪子。二重机栝的动作方式是以压簧或弹杠将石凳弹飞起来，翻转着砸下。这砸下的位置也不是随意的，而是设定好在一些特别的点位上。什么点位？就是知道"斗转星移"移动规律的高手在躲过一重撞击的过程中所有可供避让的点位。"飞石成锤"的兜形是坎子家根据"斗转星移"的缺点补充设计的，但这个设计其实并不一定是针对知道规律的高手，它还可以对一些采用硬甲、重车强攻入"星棋枰"的闯入者实施二次击杀。

"星棋枰"的第三种兜形是"云飞山平"。这一个兜形最早出现在吐蕃的大章寺，是寺中的吐蕃僧设计了用来守护镇寺白玉佛的机关，其中主要的攻击器具都是利用了寺中的大钹、铜锣、食钵等物。后来坎子家引用之后做成的"云飞山平"是以带刃边的铁盘、钢环作为攻击器具。而此处的"星棋枰"中，则是利用了现成的石桌桌面。而一般的"云飞山平"虽然霸道，攻击覆盖面大，但其实设置还是极为巧妙的。因为就像大章寺中是用来守护白玉佛一样，它的攻击肯定是要避开被保护物，然后又能有效打击闯入者。而此处"星棋枰"中的这一重变化却没有被保护物，只有被攻击者，所以所有如云飞出的石桌面都是正对来路的。当"飞石成锤"即将结束之际，带动三重机栝。所有石桌面便会盘旋飞出。速度虽然并不快，但是覆盖面却涵盖了整个兜相和闯入的来路。而且器大力沉，几乎无法躲让，更无法格挡。

轿厅到"星棋枰"也就百十步的距离，所以还没等三人脚下真正开始发力加速，就已经到了。

走在第一的汤吉一个急停站住身形，倒不是因为速度快，而是"星棋枰"出现得很突然。刚绕过一片遮挡视线的细竹丛后，一下子就已经踏到了兜子边。

兜子边在坎子家的概念中叫坎沿，对于整个坎面而言这应该是离杀伤区域最近的安全位置。汤吉能及时在这个位置站定身形，说明他对"星棋枰"的兜子还是有一定了解的。

"这些石桌凳暗合星宿位，应该有着某种设置。可能走进去就会迷向、障步，汤吉兄弟，你能看出其中的道道吗？"范啸天也看出了此处的石凳有着蹊跷，这倒不是他也十分精通于兜爪、坎扣的一套，而是因为此处石桌凳摆设出的"星棋枰"太过明显。整个兜子分成了四个小区域，而他们要走过的石铺路必须是从这四个区域中曲折而过。

"我看不出来，但我想应该有办法不让坎面动作，或者短时间内动作不到位，这样我们就可以利用这个机会快速冲过去。"汤吉显得很自信，就像齐君元一样自信。

## 第四章 巨型怪蛇

就在这时，背后的哑巴打了个响指，意思是提醒前面两个人不管怎么做都得抓紧时间。

汤吉没再多说废话，而是立刻从腰间抽出一根大针来。他的职业是个裁缝，身上带着些针线一点都不奇怪。但他拔出的大针还是会让人觉得诧异，因为这根针不仅比一般的针要大许多，而且还不是直的，呈微微弯曲状，就像弓背的形状。如果有精通兵工制作的高手在的话，他们可以认出这根针是用雪花晶钢制成。

雪花晶钢就类似于瓷器的窑变，在古老的冶炼方式中偶然出现的零星产物。其质地比一般钢铁强度更高，弹性更大。但由于出现得极少，很难收集到一定数量做成什么大的器具，也就够做些针、刺之类的。记载雪花晶钢这个名称的残本、典籍有很多，但至今无人知道这到底是一种什么含量的钢铁。专家推测可能是古代炼造过程中因为无意间混入其他金属成分而生成的一种合金，所以各种记载中所说的雪花晶钢并不完全一样。

有了针，当然还要穿上线，汤吉的线就绕在手腕上。之前范啸天和哑巴都以为他这是一个束袖护腕，却没想到竟然是用来穿针的线。不过这种线绕在手腕上也的确可以起到护腕的作用，因为线是离树丝捻成的，材质非常结实坚韧。

《异开物》中有记："漠北离树生丝，捻线、搓绳，其韧如牛筋，耐大力。"

漠北的离树是一种很奇怪的树，大约是在元末绝种的。此树到每年秋季时不仅落叶，而且还大块大块地剥落树皮。但是树皮剥落后并非直接掉在地上，而是被类似麻丝的一种木纤维吊挂在那里。虽然每块剥落的树皮都只有一两根细弱难见的纤维丝吊住，但如果不是刻意清理的话，风吹日晒两三年都落不下来。所以一些野外的离树树干上都会披挂着许多树皮，很多时候树干因为挂满树皮而显得干径比树冠还大。由此可见吊住树皮的木纤维也就是离树丝的坚韧程度。

汤吉将线头穿入针眼，手指灵巧地打个结。这很明显不是要用来缝制什么，倒像是要用这根弯曲的针去钓取些什么。齐君元直直的子牙钩都可以钓射目标，那么这微微弯曲的大针会不会和子牙钩有着同样的作用？

当大针扔出之后，便可看出它的功用和子牙钩完全不是一回事，甚至是恰恰相反的。子牙钩是以自身材料的特性蓄力弹出，或钩、或射、或陷、或击，不考虑太高的准确性，只追求力大速疾，杀伤范围广。而这根大针却不一样，它完全是走的轻巧的路数。在以巧妙的手法抛出后，大针不仅落在准确的点上，而且会因为它很特别的弯曲针形以及材质刚性，在掉落时和撞击后能够产生大力弹跳，继续准确地落在第二个、第三个乃至更多的点上。这样一来，弯曲的大针就能带着针鼻上穿系的线按照抛出者的意图跳跃而行，并且最终落在意图中的某个位置，或者绕个圈还回到自己手中。另外由于针的轻巧，在这过程中即便撞击到兜子非常敏感的启动点位，也不会让机栝发生动作，所以这是一种非常适合在兜子中使用的器具。

"'织女针'？'抛针引线'？"范啸天惊讶地问一句。他对离恨谷中的技艺知道甚多，但是亲眼见到的却很少。

汤吉没有回答，他正认真地在操控手中的针和线。他用的针正是"织女针"，他采用的手法也正是"抛针引线"。而且汤吉修习"织女针"和"抛针引线"的功力已经达到八成，最小可以抛出并控制一寸三分的针，而且一次抛出的准确弹跳点位可以达到六个。不过今天汤吉用的是最大的五寸针，而且只利用了四个弹跳点位就让针回到自己的位置，这是为了更加准确保险。不过这四个点位的弹跳却是重复进行的，这样做的目的很简单，就是要用离树丝线把四个点位范围内的几个石凳和石桌缠绕起来，而且是多道缠绕。

"应该可以了。"汤吉说这话时手腕上的丝线已经放完，"织女针"也已经插回了腰带，正慢慢收紧那些丝线。

"你这是要用这些线将石凳石桌固定住吗？"范啸天已经多少看出些汤吉的意图。

"是的，眼下只有这种方法最为简便，可以让我们在最短的时间内过去。"

"但你只缠住了几个石桌凳，其他的怎么办？"

"够了，这些星宿位排布的桌凳是同一个机栝操动，启动后相互间是有顺序规律的。只要几个不能动，其他的也就不能动了。"说这话时汤吉已经将离树丝线收紧到位，并且系了个死死的贞女扣。他这自信不仅来自于对自己针线的了解，而且还有之前齐君元缠捆"穿石牌坊"的经验。

汤吉扭头和范啸天对视一眼，再回头看哑巴一眼，然后根本不顾这两人充满疑虑和担忧的目光断然说一声"快走！"

几乎是在"快走！"二字出口的同时，汤吉率先冲入了"星棋枰"。也不知道他到底触动了什么东西，刚刚踏入"星棋枰"的范围，所有石桌凳就都动了起来。但是那些石桌凳的动作也只是刚刚开始便迟缓下来，呈凝滞状态。数道缠绕的离树丝线虽然只缠住了部分桌凳，但所有桌凳之间是联动的关系，所以整个动作机栝都被卡阻在那里了。

不管是坎子行还是刺行，闯过坎面、兜子的方式都有多种，但概括一下也就三大类。最高明的一类是"解"，这一类的方式不但需要对坎面、兜子的设计非常熟悉，而且还要有极为娴熟细致的手法。其次是"破"，这一类至少是要知道重要部位，采取强硬措施将重要部位破坏或解脱。其次一类就是"阻"，这只需要知道坎面大概的动作方式或方向，用器物将启动的扣子、爪子固定，让其无法动作到位。汤吉用"织女针""穿针引线"来闯"星棋枰"的招数就属于"阻"，"阻"的方法其实是很不可靠的。因为并不知道扣、爪的动作力量有多大，动作方式和方向是否有变化。所以无法保证所使用的器物可以卡阻成功，即便成功了也可能只是暂时的。

"星棋枰"启动了又被阻止，但是机栝的动作力量却未消失，甚至还会因为后续动作的释放而不断叠加。于是所有的石凳、石桌都在不停地震颤、抖动，并且发出"咔咔"的怪响。缠住的离树丝线在机栝力道的拉抻下开始慢慢延长，并发出类似收紧琴弦的"嘣嘣"声，让人听了心中一阵阵的虚颤。

范啸天和哑巴只是微愣了一下，随即便跟在汤吉身后急步前纵。他们此时已经意识到汤吉为何要抢在前面，现在这种状况下，越是赶在前面，安全闯过兜子的机会也就越大。

石桌凳被离树丝线缠住，整体只启动了一点。但这一点已经让一些桌凳的星位发生了些许改变，阻碍了部分路面。穿过星棋枰的路径原本就蜿蜒曲折，被移位桌凳阻挡后变得更加难走。而且汤吉、范啸天、哑巴三人又怕碰撞到哪个石桌凳导致兜子发生动作变化或使得后续动作提前，所以他们只能急步前纵几步，随即便改成小碎步的连走带跳。既想急着通过坎面，又得尽一切可能躲避移位的桌凳和他们自己缠绕的丝线。

## 明堂开

石桌凳颤抖得越来越厉害，而且连整个星棋枰的石铺地面也震跳起来。所有启动式、释放式的坎面都一样，动作力量呈一个波形。初始状态时的力道很小，然后随着动作力道逐渐上升，到了极限位置后再开始下降直至没有。汤吉的离树丝线虽然坚韧，但是缠这么几道是远不能阻止"星棋枰"这样一个大型兜子的动作力道的。它利用的就是机栝初始状态的弱势，这就像将出拳的手臂压制在弯曲的状态一样。

但是这种状态并非永久性的，簧劲的起伏、齿扣的咬合、杀伤器物自身重力的冲击，这些情况都是会让兜子动作力道逐渐加大的原因。如果是有二次动作、三次动作的兜子，其动作力道的增加会更快。当机栝空转到下一轮动作变化时，会陡然出现一个大力的叠加。所以离树丝线的阻挡真的只是暂时的，被拉抻延长的丝线随时都会超过承载极限而崩断。

而汤吉他们三个闯过兜子的进程并不顺爽，石桌凳虽然只移动了一点位置，但整个兜形都发生了变化。原来很清晰的路径已经无法直接走通。虽然有另外的空当可以绕过，但这三个人在没有确认无事之前不敢落步。所以是越急越慌，越慌越快不了。

石桌凳的抖动变得更加激烈，地面的震跳也在加剧。不过兜子中所有的设置没有再发生微量移动，整个兜形暂时稳定了下来。可这并不一定是好事，这现象说明离树丝线已经不再有拉伸余度，它的承受力已经达到极限，已经是在和机栝的力道作最后的抗争。

此刻汤吉他们还没闯过"星棋枰"，越到后面兜相越是复杂。因为前面

## 第四章　巨型怪蛇

被缠绕住的爪子虽然只移动了些许，但通过多重机栝转换，余度和间隙会产生累加，那么后面爪子的位置其实移动已经很大。再加上走在第一个的汤吉现在反倒变得犹豫起来，所以三个人堆堵在最后一小段上速如龟爬，形如盲人。

"咯嘣"一声响，音量虽然在各种震跳声中很是微不足道，但还是显得特别清晰。这是离树丝线崩断的声音，或许不是数道丝线一起崩断，但这一小声意味着机栝中有第二重变化的大力叠加上来，"阻"住坎面的方式即将终结。

随着这一声响，汤吉就像被他自己的五寸"织女针"扎到了脚底一样，一个纵身弹跳而起，像股旋风般直冲出了兜子的范围。也不知道是不是这要命的"咯嘣"声让他灵光一现找到了正确路径，还是刺激到他使他鼓足最大勇气搏出这一步。总之他出去了，很及时很安全地出去了。

范啸天没能够及时反应过来，更没能跟上汤吉的脚步。汤吉已经置身兜子之外了，他仍在盯着脚尖挪步子，连头都没抬。而范啸天不能及时冲出，背后的哑巴被他阻止也无法冲出。

又是一声"咯嘣"，比刚才的更响。这一次应该是机栝中第三重变化的力道又叠加了上来，所以余下的几根丝线齐齐被崩断了。

随着这一声响，整个"星棋枰"像是出现了一个停滞，隐约中有那么一个瞬间所有的震动、颤抖以及声响全没有了。而这一个现象正说明所有被阻止的力道顺过来了，按正常规律释放了。从异常状态转入正常状态的过程中有一个瞬间相当于静止状态，所以才会出现所有状况、声响全部消失的现象。

"喔！"哑巴喉咙里发出不明意思的吼声，随即抬起一脚，重重地踢在范啸天的屁股上。范啸天如同腾云驾雾般飞了起来，最后一段距离脚不沾地就直接飞出了兜子。

但是当哑巴将范啸天踢出兜子的时候，"星棋枰"机栝积蓄的力道全部释放，所有设置都瞬间动作了。而且与以往兜相依次释放变化不一样的是，三道兜形的动作几乎是同时启动的，因为机栝中三重的释放力道都已经到位并启动。

哑巴已经来不及冲出兜子了，他身手再快都没有蓄足力道的弦簧释放的速度快。一时间"星棋枰"中石头乱飞，火星飞溅，石粉、碎屑弥漫了整个空间。

三重兜形几乎一同释放，爪子设置便无法步步到位了。所以"斗转星移"还没开始转、开始移，石凳已经飞起，释放了"飞石成锤"。而飞起的石锤还未等落下，"云飞山平"的石桌面也起来了。所以不管是地上的还是空中的石凳、石桌面全失去了错落有致的顺序，错误的释放位置和释放时机让它们乱成了一团、撞成了一堆。

不知道哑巴是看出兜相状况了还是运气确实很好，踢出范啸天之后的他往前移动了两步恰好躲过大小石头如雨般落下的范围。不过在这种环境之中幸运是要大打折扣的，有一些情况必须是要凭能力才能化解的。所以哑巴虽然躲过了一大堆的石头，却没有躲开最靠后位置上的一片"云飞山平"。那一片石桌面真就像一片疾飞的乌云朝着哑巴横切过去。

哑巴探身探臂朝石桌面迎过去，这让人很担心。虽然他天生神力，但要想以一人之力对抗机栝力道旋飞出来的石桌面，那真的太冒险了。

接下来发生的一切犹如电闪一般，能看清的已经是少见的高手。哑巴的手搭上了石桌面，但他并没有强行将那桌面阻住。而是身形顺着桌面来一个急促的后退，同时按住桌面边缘的手臂顺着桌面转动，并且陡然加力加速，让桌面旋得更快。

旋飞得更快的桌面在哑巴的手下改变了方向，随着哑巴原地转过一圈的身形，转回到它飞过来的方向。所不同的是此时那旋飞的石桌面在哑巴的加力之下旋转的速度和力道都大幅提高了。

当方向完全转过来之后，哑巴撒手了。石桌面飞了出去，与前面的旋飞相比，它飞得更高，恰好贴着汤吉和范啸天的头顶飞过。也飞得更远，石桌面直接飞撞向了明堂。

"星棋枰"后面紧邻的就是明堂，虽然那石桌面过于沉重无法飞行太远，但在哑巴的助力下还是落在了明堂大门前的阶面上，并且重重地滑撞在门槛上。

汤吉下意识地微微低头躲避飞过去的石桌面，由此可见他匆匆闯出兜子后并没有慌乱，而是很镇定地在注意后面两人的一举一动。

范啸天蹲在地上，他被一脚踢出后并没有摔倒，而是以下蹲卸力，同时双手协助撑地稳住身形。当石桌面飞过去之后，范啸天沉声说了一句："借旋促旋、半虚半实，好个'旋阴阳'的巧力之功。"

汤吉听了这话后用诧异的眼神看了范啸天一眼。范啸天博学广记，能看出力极堂中最极致的"旋阴阳"巧力功法一点都不奇怪。但奇怪的是他是如何看到的？哑巴施展这一招时他还蹲趴在地，背对着哑巴，难道他有后眼？还是从哑巴的身形动作带起的风声辨出的？如果他真的是具有从身后风声辨知动作细节的能力，那刚才哑巴那一脚他为何一点躲避意识都没有？是从哑巴抬脚之时起就已经辨出对自己有利无害？如果真是这样，那么范啸天的技击功底可就不是目前大家所了解的底细，他平时的懵懂憨相和行动中常常出现的失误其实是在掩饰着什么真相。

汤吉心中的种种疑问只是一闪而过，身后明堂处传来的连串响声让他赶紧放下眼前不该思考的，转头去观察现在最需要看清的。

明堂也是鬼肠子道上的一个结，而且是个大结。在这结上有"哼哈双柱""倒天门""画窗飘钉雨""家神挡邪"四道坎面，这些全是顷刻要命的设置，由此可见明堂处已经是在秦淮雅筑极为重要的范围中了。

哑巴借旋促旋抛飞出的石桌面恰好是撞在了明堂门槛上。门槛在古代建筑中又叫副梁，虽然实际作用不是非常重要，但是所具风水的含义却等同于家中主梁。所以一般情况下，明堂和主厅的门槛是不能破损的。这门槛可以磨矮了、磨圆了，就是不能有断裂。稍有裂纹就必须更换，否则在风水局相上会对家道运势、家人身体不利。也正因为门槛所具有的含义不同一般，坎子家在布设坎面时常会将门槛设为主轴，关联几个联动的坎面。这样一个是不会引起别人注意，另外也不会有人对其施加大力导致误动。

而现在一块体积和重量都不小的石桌面砸撞在了门槛上，一下就将四道坎面全给启动了。所以明堂那里传来的连串响声中有"哼哈双柱"交错摆动的劲风声，有"倒天门"分开三层连续切落的砸击声，有画窗细格中三棱钉如层层细雨飘落的弹射声和击落在青砖地面上的声音。

明堂的前后门都开了，明堂里悬挂着一盏长明祈福的"定风琉罩灯"。里面厚厚的羊脂托着一朵小灯芯，在这只有一点天光云色的暗夜里显得特别明亮，可以借助着看清明堂里里外外的情况。

"好了！所有的兜子都松了兜口，我们可以过去了。"汤吉回头轻喊一声。但他自己却没有挪步子，现在让范啸天跟在他后面他会觉得很是不自在，会有一种恐慌在脊背上乱爬。

"你确定全都松了吗？"范啸天依旧是那副窝囊胆怯的样子，似乎并没有觉察到汤吉已经对他有所疑虑、暗生戒心了。

哑巴没有说话，他一步步走出已经破碎成一堆的"星棋枰"，边走边朝汤吉和范啸天投来凌厉的目光。这目光中带着一股无形的压迫感，就像哑巴刚才从他们头顶抛飞过去的石桌面。不但可以破损他们的身体，还可以破损他们的心神。

哑巴突然出现这样的态度一点都不奇怪，一个刚从死亡的缝隙中逃出的人总会有些无名火噎在心中。更何况从刚才的情形来看，感觉很像是汤吉和范啸天故意将他堵在兜子里不让他及时逃出的。

"哑巴兄弟，我看看我看看，伤到没有？幸亏有你，要没你那一脚老哥哥我就得被砸成馅儿了。"范啸天可能是觉出哑巴的目光可怕，于是主动上去套近乎，"这也就是你了，兄弟，天生神力又会'旋阴阳'的极致功法，换个人肯定得砸里面。"

"如果只是力量非凡那还不一定能在兜子动了之后闯出来，重要的是哑巴兄弟还精通兜子相式，站的位置恰到好处，躲过了大部分的乱石。"汤吉却不是套近乎，恰恰相反，他是话里有话。因为这做裁缝的整天和针线打交道，心思细致缜密，然后又是天谋殿出身，所以时不时都可以看出些不正常的细节来。就哑巴能躲过三形齐动的"星棋枰"，他就觉得哑巴是深谙此兜原理和变化的。

不过话说回来，汤吉自己也并非很正常。刚才他先是在坎面中慢慢踱步

堵住位置，直到最后关头才瞬间冲出兜子。那样子感觉是故意不让范啸天和哑巴及时出来，或者是想利用这样一个状况试探些什么。再有齐君元和唐三娘在时，他跟在后面什么废话都没有，而现在却是逮着谁都要盘算琢磨下，对谁都心存怀疑。是因为现在没有齐君元这个主心骨他感到心理紧张压力太大？还是借助一些机会搞清一些疑问本就是他的目的之一？可现在这紧迫的状态下，他这样做是否存在更深远的目的？

## 鳞蟒出

哑巴的目光并没有因为范啸天套近乎和汤吉的话里有话而收敛，反而随着他前行的脚步变得更加灼烁。

"哑巴！你要干什么？别激动！"范啸天紧张了起来。只是不知道这紧张是因为刚才堵住哑巴不让他出来也有他的份，还是因为哑巴从他的一些行为细节看出了什么。

汤吉没有作声，不作声其实说明他比范啸天更加紧张。这也难怪，他不仅堵住路径不让哑巴和范啸天及时逃出"星棋枰"，而且还话里有话试探哑巴。

随着哑巴缓缓逼近的脚步，范啸天也在挪动步子往一旁避让。汤吉虽然没有移动脚步，手里却是暗暗握紧了"龟背锁狐扣"。

但是范啸天和汤吉很快发现，哑巴的目光只是从他们身上掠过，然后便越过他们两个，往前面更远的位置投去。于是他们两人顺着哑巴的目光也往明堂的门口看去，那里依旧是坎面释放之后的状态，看不到什么异常。

很多看不到的东西却可以感觉到。而这方面的感觉残疾人要比平常人敏锐得多，比如说哑巴。骨子里天生带着一股子兽性的人也要敏锐得多，比如说哑巴。

"什么？那里有什么吗？"范啸天更加紧张起来。他们所处的危险境地本身就让人压抑得喘不过气来，更何况哑巴的表现分明是在说前面存在着某种危险，某种怪异的危险。

哑巴做了个手势，是要阻止范啸天说话。范啸天和哑巴在一起的时间很长，可以看懂大部分哑巴所做的手势。但是范啸天并没有理睬哑巴，嘴里仍是喋喋不休地追问着。

于是哑巴又连续做了几个手势，范啸天看到这手势后变得更加害怕。更加害怕是因为这一次哑巴的手势他根本没看懂，不是因为光线昏暗，也不是因为哑巴做得很快，而是因为哑巴做的手势让他难以理解。

"你什么意思呀，是说前面有大虫子？这么粗，那么长，还有角，还有鳞，那不就是个怪物吗？"范啸天急切地追问，他心里觉得自己的推断肯定是错误的。

哑巴点了点头，又摇了摇头，但是稍稍停顿下又马上点点头。

"点头摇头的，到底是……"范啸天的说话声猛然提高，而且还微微带着些颤抖。但这话他没能说完便被一个突然出现的奇怪东西吓住，将后面的几个字连带倒吸的凉气一起收了回去。

前面真的有一个很可怕的怪物，首先出现在挑檐下的两颗阴冷的、闪着碧光的圆球已经让人寒意冲脑。等看清那两个圆球是一双眼睛，而且是生在一个斗大的还长了角的脑袋上时，更是让人不由得全身肌肉一下绷紧，定在那里如同木胎泥塑。

脑袋只从挑檐下露出一半便缩了回去，那双眼睛更是一晃就不见了。但是缩回去并非害羞躲避，而是为了蓄势攻击。就像齐君元的子牙钩一样，弯曲之后才能蓄力，然后才能以不可思议的力道弹射而出，似流星、似强矢。不过此处的可怕怪物真不能用流星、强矢来比喻，因为它实在太大了，就像一根可以弯曲自如的梁柱，又像一根能够急速飞行的巨桅。

只有哑巴还来得及反应，因为从一开始他就发现了隐藏的暗坎（藏在其他坎面背后的坎面）活扣（把人和兽子等活物作为杀人器具）。也只有哑巴能应对如此庞然大物的攻击，因为他除了天生神力和刚刚才显示出的极致巧力外还熟知兽子的特性。但是怪物的攻击速度已经让哑巴来不及再使用弓弩弹子等武器，所以他索性迎着那可怕的、硕大的怪物冲了过去……

明堂处共有"哼哈双柱""倒天门""画窗飘钉雨""家神挡邪"四道

## 第四章　巨型怪蛇

坎面，在石桌面撞击门槛后全部启动释放。但是汤吉刚才听到的所有声音里却没有第四道坎面"家神挡邪"的声响，其实也不是完全没有声响，而是因为响声很小，小得连"画窗飘钉雨"中一颗三棱钉击射在地面的响声都比不上。因为这一坎启动的声音只是滑开了一道门，一道轴槽润滑得在开启过程中几乎不发出声响的门。

这个门就在明堂挑出的檐头下，不注意的话根本不会想到那里还会有个门。从这个门可以看出明堂采用了隔板吊顶，将上面斜角部分隔出个空间，而这道门就是用来钻进这个空间的。可是明堂祭天祭祖的地方，一般是不会隔顶的。古代建筑中有种叠砖结构的，还专门在顶上设留六角孔洞。这孔洞除了是结构本身所必须留的稳固孔外，它还有一个意义就是要与天相接，冥冥之中由此传达自己的心意。即便不是采用这种结构的，也是要让明堂上方空荡无异物，可直接看到梁木和椽木。而此处的明堂偏偏要将上方分隔，而且还装设专门的滑门，这只可能有一种解释：为了设置坎面。为了设置此处鬼肠子结的第四个坎面"家神挡邪"。

其他的坎面启动后便立刻释放，扣子一下放光。但是"家神挡邪"的坎面在启动后并不急着释放，而是要等着你的人过去，让坎面中的扣子觉察到了人味儿、血气才会有所动作。因为这是一个兽子坎，用的是活爪子。

挑檐下的门洞很难发现，即便是离得最近的汤吉也未曾看到。而哑巴之所以会注意到那一处的异常并死盯住不放，那是因为滑门打开后他闻到了某种味道，某种带有腥臭的兽子味儿。

兽味儿中除了腥臭外还带有阴晦和湿寒的气息，这让哑巴一下就想到了蛇蟒、蜥蜴之类的爬虫子。但是现在初春寒意依旧料峭之时，这一类爬虫子还未能完全由僵返活，所以哑巴马上锁定了为数不多的不惧寒冷的蛇虫。不惧寒冷的蛇虫，可以养于屋脊之中的蛇，而且还是养在一个王爷、一个皇位继承人的宅居明堂中，用于攻击偷偷闯入的刺客。具备这几个条件之后那么这里的蛇虫便不是一般的蛇，要么很多，要么很大，要么很毒。哑巴很快就想到了一种和这些条件符合的，而且也真的算得上怪物的蛇，一种长角长鳞体型巨大的蛇。

而当滑门中的东西钻出并飞射而来后，哑巴立刻知道自己的判断是正确的，同时也知道此刻自己还需要立刻迎上去，抱住那条比怪物还像怪物的巨蛇。

巨蛇的名字叫独角鳞蟒，也有人将其叫做盘屋龙、一线鳞蛟、肉角青脊蟒。《平南记事》《水升平记事》《宁滩人语》等书籍中对此蛇都有详细描述。这是一种无毒蛇，体型大，一般都有碗盆口粗，最大的据记载有水桶粗。除了粗大，这蛇的特点是头顶处有一块突出，像肉瘤，更像一只独角。还有一个特点是脊背上长有青鳞，但是从背颈到尾部仅仅只有一道鳞线。

独角鳞蟒就是在古代也极为少见，也没有什么特定的生存区域，因为它有不畏寒冷的特性。这种蛇一般都是在古老房子、破旧殿堂以及其他各种废弃的建筑中偶然出现的，正是因为平常生活在无人的老旧建筑中，所以独角鳞蟒极易被惊动。而独角鳞蟒虽然无毒，但是体型巨大、力量奇大，遭到惊吓之后极具攻击性。它的攻击性主要来自三个方面，体大、力大、速度快。一般体型的独角鳞蟒就能吞下整只羊，缠死大水牛。攻击的速度也是极快，可以追上奔跑的兔子、惊飞的鸡，丝毫不受它硕大体型的影响。

民间有种传言说独角鳞蟒属于家龙，是宅屋中祖辈神灵派来守护祖宅风水的。而家龙在长江中下游地区又被称作家神，所以养在明堂之中也不算不敬。将采用独角鳞蟒来阻杀闯入者的坎面叫做"家神挡邪"，也是非常恰当合适的。

"家神挡邪"的设置是在其他三道坎面之后，这是有用意的。因为前面三道坎面在启动或破解后都是会发出声响的，而且坎子行的高手在做这些设置时早就考虑好了，前面三道坎面发出的各种声响都是会惊动和激怒独角鳞蟒的声响。而只要前面的坎面动作了、发出响声了，"家神挡邪"的滑门机栝就会启动，放出被惊动并且已经激怒了的独角鳞蟒。

汤吉他们三个其实并没有发出什么响动，更没有采取什么大的动作招惹到独角鳞蟒。但是独角鳞蟒和蝮蛇有一个相同点，就是"热眼"。在黑暗中通过温度差异来辨别物体，相当于红外线定位器。而在这周围环境中，与环境温度差异很大的只有汤吉他们三个人，而且他们的体温是与独角鳞蟒天性

捕捉的猎物是相近的。所以从挑檐下洞口钻出的独角鳞蟒根本不需要寻找和选择，而是以被惊动后的速度、被激怒后的力量以及对猎物血腥味道的贪婪朝三人直扑过来。

哑巴迎头冲了过去，就在哑巴与那飞射而来的粗大"梁柱"快要撞上时，他把身体微微下沉了一点，头往一侧稍稍偏开些。于是脸几乎是贴着大张着的、满是利齿的嘴巴过去，肩膀则是擦着下颌过去。也就在躲过大嘴的这个瞬间，哑巴张开双臂，像拥抱久别的情人一样一下就将那"梁柱"紧紧地抱住。

"啊！独角鳞蟒！"当看清"梁柱"模样后，范啸天也一下子就辨别出他们遭遇的到底是什么怪物。

出现在这里的独角鳞蟒不是最粗大的，但也足有海碗粗细。从它口中喷出的腥臭让人感到窒息，而它身体盘扫的劲风、扬起的尘土更是让人脚步难定、视线不明。

哑巴双手紧紧抱住的是独角鳞蟒下颚往下一点的位置，也就是我们常说的蛇的七寸处。同时他用肩膀死死抵住蛇的下颚，不让它有往下张口吞咬的余度，并且始终保持着这样的对抗动作。

不过哑巴的上身虽然保持对抗姿态不动，下身却是以最快的速度运动着。他双腿或跳、或蹦，或甩、或踢，总之是以独角鳞蟒的头部作为支撑点，不停地变化着自己身体所处的位置，并且牵带着蛇头不停地转换位置。这样做的目的很简单，就是不让蛇身缠住自己。但能做到这样却非常不简单，这不但要熟识蟒蛇的动作特性，而且还要有非同一般的力量，是将神力和巧力综合运用的力量。

被紧勒住七寸的独角鳞蟒也在以最快的速度动作着。被大力勒住要害位置不仅让其更加惊怒，而且还非常不安。所以它要挣脱，或者将勒住自己要害的东西缠碎。

于是乎在秦淮雅筑的明堂前面，一条粗大的独角鳞蟒像狂龙般翻滚盘绕。而哑巴则像与龙争斗的罗汉一般，始终死死控制住狂龙的头部。他的脚下快速地连踢带跳，身体挂带着蟒头左晃右荡，巧妙地躲让着鳞蟒身体盘绕起的一个又一个圈。

速度太快，光线昏暗，尘土飞扬，情形完全一片混乱。所以已经无法看出此时哑巴的状态到底怎样，无法看出这样的对抗还能坚持多久，更无法看出最终这场对抗又会以什么结果终结。

但是无论如何哑巴必须坚持，或者凭自己的力量解决对手，因为没有人会去帮他。就在他刚刚和独角鳞蟒拥抱纠缠到一起的时候，汤吉和范啸天就已经离开了，以最快的速度毫不犹豫地离开。

但离开不等于退缩，离开有时候是要去面对更大的危险。就在哑巴抱住独角鳞蟒的时候，远远近近一直以三击一停规律响起的警铃声突然发生变化，连续出现乱音。这是有人在解坎而行，而且是距离很近的坎面。汤吉断定，里面有高手迎出来了，而且是非常自负的高手，否则不会解坎而行，他们完全可以守坎而战。

汤吉和范啸天对视一眼，然后同时迈步往明堂里冲去。明堂后面就是"四海同潮"，齐君元便约定在这位置会合。所以里面的高手可以解坎而行，他们两个却是要抢到位置利用坎面设置挡住那些高手。

## 四海潮

有了明堂里"定风琉罩灯"射出的昏暗光线，基本可以将明堂之后"四海同潮"的设施看清楚。古代建筑中的"四海同潮"是指明堂后的天井，在天井中间会砌一个石头水池，然后周围的房屋屋面包括花墙檐头都会朝里，下雨时天水汇流入天井，蓄满水池，以此暗喻四方财富汇入家中，同时对于用水紧张的地方，蓄接天水还有实用意图。

但是秦淮雅筑的四海同潮并非如此，首先这边根本没有天井，除了前面的明堂外再没有其他建筑。水池也没有，只有一个凹坑。方方正正，就像一个横着锯掉一半的量斗。凹坑倒是全用石头铺成的，四侧斜面全是石料台阶。这些台阶有可能就是代表了一般宅子中的屋面、檐面，将天水汇入下面的石铺坑底。另外就是在凹坑四角上各有一个石雕的吐水兽，这也应该是暗喻四海水聚来的意思。

还有这一个"四海同潮"不是以周围的建筑围成，除了明堂这一面，其余三面全是树木。高的有交错排列的杉、榆、松、竹，矮的有许多叫不出名的杂花密草。虽然才是初春枝叶刚冒，却也是干探枝斜、重重叠叠，密匝得遮人视线，就连继续往前的路口在哪里都无法看清。而且有很多大树的枝干已经直接横伸到了凹坑的上方，所以凹坑的石铺坑底看不到一点水，而是被枯叶断枝铺满了。

"四海同潮"也是鬼肠子道上的一个结，肯定是设有绝妙坎扣的。一般来说，"四海同潮"的位置最适合布设"五指锥合罩""须虎撒雹""旋飞电"等坎扣，但是此处的布设和一般"四海同潮"的环境完全不同，这些坎扣全不适合在此处布设。

"奇特之处必有奇设"，这是坎子行中的一句术语。而离恨谷针对兜爪的术语则是说"非常之处所设反易露其迹，即从非常处寻杀器"，离恨谷的这种概念应该是非常正确的，而且抓住了关键点。真正厉害的暗器机关往往布设得人们根本看不出来，整个布局和平常环境没有一点区别。而那些看似诡异莫测的布局反而会明显地暴露出杀器所在，因为只要去寻找布局中与平常状况不同的部位并加以辨认就行了。所以眼前的"四海同潮"虽然和一般宅居完全不同，让人摸不清怎么回事，但是可能设有的坎扣却也让人很容易就有所觉察。

"是这里？"范啸天明知故问，可能只是为了说说话以此消除心中的紧张。

"是这里，他们应该很快就到。"汤吉并没有说清他们是谁，是齐君元和唐三娘，还是秦淮雅筑中正解坎迎来的高手们。

"就这么等着不往前了？这坎面宽敞对我们不利。"范啸天这话说的是实情，秦淮雅筑中出来的肯定不会是一两个高手，那么宽敞的环境下对决，少了周围的遮挡物，对他们两个极为不利。

"只能在这里了。你看这'四海同潮'的兜形和其他地方完全不一样，我估计这四面的石阶上应该有爪子，四角的吐水兽应该也是爪子，鬼肠子结一般兜爪不少于三个，还有一个不能肯定，但我觉得会是在周围的树木上。三处兜形已经将整个'四海同潮'覆盖，再没有路径可以过去。"

"既然知道了兜爪位置赶紧将其破解了过去呀！我告诉你呀，要想阻住那些高手，最好的位置便是在兜子对侧的来路处。那来路现在已经被树木遮掩看不清楚，如果能到达那个位置，我再做几个虚景儿吓住那些高手，应该可以坚持到齐兄弟和三娘出现。即便虚景儿吓不住对方，我们也可以利用这作为掩饰偷袭对方高手。"范啸天所说真的是个很实际也很实用的方法。

"兜形不一样，爪子的机栝也会和平常不一样，那样做很冒险。对方的高手不是在解了兜子往外走吗？他们不占据兜子位与我们为战，那我们就占住兜子位堵住他们。或者我们看能不能趁他们解兜子时找个机会冲过去，占据个有利的阻击隘口。"

范啸天没再多说什么，但他却无声地摇了摇头。他的思维很清楚，兜子要松要紧都在兜形的里面一侧，自己这两个人根本无法占据兜子位与敌周旋。而抓住对方解开兜爪之后的机会冲过去占位置其实要比自己设法破解坎扣更加危险，因为他们现在至少还可以大概看出爪子的位置和杀伤范围，而对方会出现怎样的高手、多少高手、以什么形式攻杀，他们却完全不知。

就在此时三击一停的铃声再次混乱起来，几乎与此同时，周围那些层层叠叠的植物也都枝叶乱晃乱摇。很明显是有什么东西或人在林中钻行，朝"四海同潮"快速围逼过来。但围逼过来的绝不会是高手，高手是不会采用这样莽撞嘈杂的方式来逼近敌人的。

汤吉往前走几步，站定在凹坑的边沿。这位置也是坎沿，是距离"四海同潮"杀伤范围最近的安全位置。

范啸天没有往前走，而是闪到一旁。他将怀中的绳头一拉，于是整个人立刻掩形在一面墙的后面。在夜色掩饰下，很难看出这是明堂后墙上多出的一块墙。

这两个人采取的方式都是等待，等待对方出现。但是当对方高手出现之后他们各自又会怎么去做，没人知道，或许连他们自己都不一定知道。

从花草树木枝叶的摇摆晃动可以看出，钻行在林木中的人或东西是呈几

## 第四章　巨型怪蛇

道直线以"四海同潮"为中心围逼而来。也正因为是呈这样的直线，所以显示围逼过来的对象虽然不是高手，但也不是一般的人。因为密匝的林子里不是什么人都可以一条直线无所阻挡地直走的，还有就是这样一种路线的钻行可以显示出前来的对象对此处可能出现的打击和危险毫无畏惧。而能做到这两点的，一般都不会是人，甚至连兽子都不是，兽子都是懂得如何在林木间穿行的。像这种样子的很大的可能是死爪子，也就是人为控制的攻击器具。

汤吉此时很冷静，很多时候当一个人完全将自己置身于危险境地不再考虑生死的问题后，都会变得前所未有的冷静。他根本没有关注那些逼迫过来的直线痕迹，就好像已经知道逼迫过来的会是什么。他也没有选择合适位置，做好据坎而战的准备。这可能是他根本就没有打算据守，因为很多时候攻击才是最好的据守，或许他到达此地的目的就是攻击而不是据守。

树丛中的钻行在快出现之前缓了下来，并且做了个小小的停顿，似乎是在看外面的反应。随后一起轻飘飘地从枝叶背后闪出，就像排列有序的一队无头幽灵。

汤吉只扫看了一眼，这一眼已经足够他准确地做出一些判断。所以接下来他勇敢地冲进了"四海同潮"，下石阶、绕石阶，以不穿过底面为前提，选择了一条最短距离的路线直扑"四海同潮"凹坑的另一边。

之所以这样做是有理由的，因为出现的情形和齐君元预料的是一样的。齐君元单独和汤吉聊时说过，他们此次闯入秦淮雅筑，如果触动消息，里面的守护高手出来阻敌时绝不会以人当先。因为他们不清楚外面闯入的是些什么人，又有多少人。在状况不明的情况下他们是不会用性命冒险的，所以最恰当的做法是用器具冲在前面。而秦淮雅筑中鬼肠子道蜿蜒十九个结，路径曲折通幽，周围又是树木花草密匝，山石、土坡、花墙随处可见。使用一般的器具肯定是辗转不便，最好是能有轻巧灵活、可与出来的高手同进同退的器具，这样一来番羊的银皮子便成了最为理想的选择。汤吉是与番羊交过手的，而且已经想出或许可以制住番羊的招法。所以这一次夜闯秦淮雅筑，汤吉的主要任务之一就是对付番羊。

树丛中出来的正是十副银皮子，行动很一致的银皮子。从这些银皮子的排布和控制状态上判断，汤吉确定番羊应该是在"四海同潮"另外一边的正前方。虽然那个位置竹横石斜，但是从周围整体环境的格局上来看，这位置也最为可能存在鬼肠子道继续往里去的正道路口。另外从这个位置出来的一副银皮子摇摆活动的程度是最小的，这说明它并非从枝叶中强行钻出，而是有路可行，只是出来时刮带到了枝叶而已。

寻找并抓住最佳时机是天谋殿谷生谷客所修习的基础技法之一。所以汤吉决定以最快的速度抢到对面那个位置，因为这是个极为难得的时机。银皮子的确是一种神奇的妖器，但它终究不是活物，只属于器具，并不具备发现的能力。它们赶在前面出现的作用只是为了吸引别人的注意力，转移别人的攻击方向。这也是为何之前会肆无忌惮地在树丛中穿行，搞得枝叶乱摇的目的。所以它们虽然出现了，但是并不对汤吉构成一点威胁。除非汤吉主动去攻击它们，或者它们的操控者番羊看到或感觉到汤吉的存在，主动操纵所有银皮子去攻击汤吉。

汤吉抓住这个时机就是要赶在番羊看或感觉到他之前，占住可以一举突袭击杀番羊的位置。所以动作首先必须快，选择最短的距离，这样才能在赶在番羊发现他之前赶到恰好的位置。而选择最小的距离就必须从"四海同潮"中直接穿过，这样一个过程虽然凶险，但同时也让他沉浸于一个自保状态。完全的自保就不存在杀意，这样番羊也就无法觉察到他。

所有的想法和做法既有很早之前的推测，也有现场临时的决断，应该算得上稳妥可靠的。唯一的疑问就是汤吉能否闯过"四海同潮"，这也是鬼肠子道上的一个结，至少会有三种兜形的杀伤变化。

汤吉勇敢地冲下去，下石阶、绕石阶，这是因为他至少已经看出了"四海同潮"中的一种兜形变化。而这一个变化如果可以按他的想法躲过去的话，及时冲到兜形的对面应该是没有问题的。

其实刚站到凹坑的石阶前，汤吉就已经看出异常。这里的石阶太光滑太平整了，阶面边沿棱角方正。而且凹坑四面石阶都是这样，很一致，没有什么差异。这不是平时经常有人走过的石阶，经常走的石阶边角会有磨痕。而且四面石阶不会都是通行的路径，这在石阶的磨损度上也是会有区别的，不可能完全一致的新旧程度。所以汤吉断定这些石阶是储了动能的兜爪子，整个凹坑的四面是一个"阶翻夹"的兜子。

"阶翻夹"是离恨谷的叫法，坎子家管这坎面叫"切踝翻板"。机栝不上力时，就是平常走路的石阶面。而一旦机栝蓄力后，平常的石阶面会翻转成另外一个阶面。这一个阶面可以是石头的，也可以是其他材料的。但不管什么材料，阶面边缘都会是非常齐整的。因为当闯入者踏到启动弦栝，整个阶面会翻转过来。上一阶面与下一阶面交叉切合，在机栝的大力作用下，不管是石头还是其他材料，平滑齐整的边缘都会像刀口一样将踩上阶面的脚踝切断。

汤吉双腿不是精钢打造的，被阶面夹到的话一样是骨肉全断。但他依旧敢走石阶、绕石阶冲下凹坑，那是因为他已经知道了坎面的动作规律。可以在落脚时尽量直接踩在阶面边沿上，这样即便阶面突然翻转，依旧可以在边沿上借力及时躲闪开两阶的交叉切合。

这种过坎的方式是很惊险的，搞不好就会脚下踏空，将整个人摔落在阶面上。这也就是汤吉，一个对人体各种形态最为熟悉的高明裁缝，所以他很自信自己可以在这种惊险状况下保持身形的稳定。

另外就算一些阶面在他落脚之前已经翻转到位了，石阶变成了光滑的石坡，他也可以凭着穿针引线的眼力发现阶面与阶面间吻合不到位的缝隙，让自己的脚有可靠的借力点。

最后还有很重要的一点，就是汤吉对自己的步法速度很自信。最终如果阶面全部翻转到位，同时坎面制作精密找不到太多可借力的缝隙，他仍觉得凭自己的脚下速度，是可以在复位完毕后的光滑斜坡上奔走而不掉入坑底。这其实就是所谓的飞墙走壁，和现代人表演的飞车走壁一样，必须依靠速度形成一个持续的离心力，这才能让人行走在斜面甚至直面上。

接下来发生的一切都像在配合着汤吉的行动，这除了因为他见机行事的决断和准确，另外也是因为齐君元和他早就有过这方面的筹算。

才下两级石阶，"阶翻夹"就动作了。"四海同潮"四面从下到上所有石阶依次翻转，就像一片推倒的多米诺骨牌一样。这是此处"阶翻夹"的特点，从下往上依次翻转不仅是为了实现上下阶面的交叉切合，同时也是为了让下了石阶的闯坎者往下没有落脚的机会。

但是汤吉能抢阶面边沿，阶面都翻过来后他还能找到可让脚下借力的缝隙，而且最后一段他真的是以极快的速度从斜面上直接疾奔过去的。这些都应该算是他见机而行的成功。

当他身形还未完全踏上对面的坑沿，他已经将手中一直握着的"龟背锁狐扣"抛了出去。这套绝妙的"龟背锁狐扣"他是用来对付正对面的那张银皮子的，因为这一张银皮子是十银皮中最靠番羊身前的一张，有着保护番羊自身的作用。所以要想突杀番羊，就必须先将这张皮子给套住。

也就在这套"龟背锁狐扣"出手之后，汤吉从后腰间又抽出一套更加绝妙、更加凶辣的"龟背锁狐扣"。这是专门用来对付番羊的一种"龟背锁狐扣"。

# 第五章　同归于尽

## 肠做套

更加绝妙、更加凶辣的"龟背锁狐扣"其实是叫"龟背断狐刃",它上面所有的套扣在数量、大小与正常的"龟背锁狐扣"没有区别,只是在形状上稍有改变。正常锁狐扣的套子都是越收越紧的六角钢圈,而断狐刃上面越收越紧的钢圈却是带有内锋刃的。还有就是背部的连接扣有点区别,正常的锁狐扣套住目标后,可根据需要调整旋把,收紧或放松背部的连接扣,让目标处于正常走动到丝毫无法动弹的各种状态。而断狐刃则不是,它没有旋把,只有一根牵拉的绳子。它也无法调整各种状态,它的动作只有一种状态。当将目标套住之后,牵绳一收之下立刻就会将人分解成十几块。所以"龟背锁狐扣"只是一种锁具,而"龟背断狐刃"却是一种真正的杀器。

汤吉那次偷袭番羊没有成功,事后他觉得自己犯了一个错误,那就是没有下一击必杀的狠心,给了番羊挣脱的机会。当然,不知道真实状况也是他没敢立下杀手的一个原因。如果当时不是用的"龟背锁狐扣"而是"龟背断狐刃"的话,即便无法将套了十层银皮子的番羊锁死,至少也能将他手脚的经脉割断、将气喉割开。

被"龟背锁狐扣"套住的银皮子翻滚到了一边,将它整个的守护面给让了出来。而就在这张银皮子守护面刚刚露出的刹那,一个身影从它树木遮掩的阴影中转了出来。

这情形也在汤吉的预料之中,所以他想都没想,就将手中的"龟背断狐刃"给甩了出去。那一连串大小不一的带锋刃口子的钢圈子闪烁着寒光飞出,就像一片从天而降的残霞碎霓。

这是一招早就想好的杀招,是汤吉闯"四海同潮"冒生命危险付诸实施的杀着。这一招也是专门针对番羊而设的,先横扣腰腹,后罩扣脖颈、腿根,最后寻扣四肢手脚。从最稳定的身体部位过渡到最活跃的身体部位,对于以舞蹈般姿势操控银皮子的番羊来说,这样的攻击顺序是最为可靠和有效的。

而且汤吉还想好了后续的杀招,就在他撒出"龟背断狐刃"的同时,他左手已经从腰间拔出一根二寸一分长的"织女针"。如果"龟背断狐刃"无法将番羊一击毙命,随后而至的汤吉会在他的要害穴位上给轻轻巧巧缝上一针,将他的生命线打个终了的结扣。

但是一连串举措顺利实施下来后,有一个汤吉怎么都没有想到的意外出现了,跟在银皮子后面转出的身影不是番羊。非但不是番羊,而且还可能是这世上对刑具锁扣最为熟悉的高手,是一个摆弄"龟背断狐刃"这类器具比汤吉更加熟稔的高手,这人就是半吊子费全。

其实汤吉最初感到意外和惊恐的并非发现出现的并非番羊,那一刻他根本没有看清出现对象的机会。他的意外和惊恐是因为撒出的"龟背断狐刃"突然莫名其妙地反转回来,朝着自己迎面套下。而这一刻他正俯身前扑,准备紧随"龟背断狐刃"实施后续的第二杀。

一连串预想的事情顺利达到,往往就会疏忽后面可能会出现的某个意外,更何况这个意外是在所有意识感知之外的。

汤吉可以想到那个位置没人出现、出现的不是番羊、出现的不止番羊等种种情况,但他怎么都想不到出现的一个人可以将自己撒出的"龟背断狐

## 第五章　同归于尽

刃"反扣向自己。而且反扣的时机抓得恰到好处，是汤吉俯身扑出的状态，这种状态没有借力之处，也就无法让身体躲开。

虽然自身的一些扭转也可以稍微避开正对的角度，但是汤吉没有这么做，因为他熟悉"龟背断狐刃"的特性。直接被套入后只要不让牵绳收紧，那么也就是在身体各部位多了几个危险的圈子而已。如果是强行躲避，角度位置偏开，那么身体的各个部位将会直接面对断狐刃的刃口。即便最终不被套住，也会瞬间处处溅血，被斩割得像碎肉一般。

所以汤吉没有避让，直接钻入了那片闪烁着刃光的残霞碎霓之中。但是就在钻入的过程中，他右手扔掉了断狐刃的牵绳尾端，转而一把紧紧抓住了牵绳的最前端。因为断狐刃反转，费全肯定会抓住牵绳的中段。而汤吉现在只有拽住最前端的位置不让费全收拉牵绳，他才不会被断狐刃瞬间分割成十几块。

但是汤吉也知道只凭自己这一拽是无法对抗费全全身运足的拉力的，另外牵绳的拉扣是系在背部，这种状况下也根本没有机会将其脱开。所以俯身扑出的他脚一沾地立刻弹身再起，往"四海同潮"一角上的石雕"吐水兽"冲去。他此时的想法很简单，只要是将牵绳在那"吐水兽"上绕一圈，自己一只手加上绳子与石兽身体的摩擦力，便足以对抗别人全身的拉力了。

再次出乎汤吉意料的是费全的下一招根本不是要用收拉牵绳来了结汤吉。他的招式竟然和汤吉之前的完全一样，也是俯身前扑，实施早就准备好的后续杀招。不过费全的后续用的不是针，而是一把刀，一把行凌迟活剐之刑的剐刀。剐刀不大，但很锋利，可以直接切断胸骨、划开心脏。

费全出刀切入之时，汤吉正好脚一沾地便弹跳而起，并且侧向往一旁冲去。所以这一刀没能切入胸部，而是切入了下腹部。并且在汤吉自己往一旁而去的冲劲带动下，将下腹部划开一道大大的口子。这一次费全又是只用了半招，而后半招竟然是汤吉替他完成的。

汤吉奔过去将牵绳在"吐水兽"的身上绕了一圈之后他才感觉到自己小腹处温热一片，下身湿漉黏稠得难受。低头看时，肠子都已经从下腹部的大口子里拖挂出来很长一段。

不管什么人，在看到自己腹中拖挂出的肠子时都会感到崩溃。但是汤吉是个经历过严格训练并见识了不少血腥和死亡的刺客，所以相比之下还算镇定。他跌坐在地，大口地喘着粗气。这是仓皇而动气息未调匀的结果，也是突然遭遇意外后紧张慌乱所致。

汤吉将后背靠住"吐水兽"，右手依旧死死抓住牵绳最前端。牵绳现有的状态是用自己肚破肠流换来的，他怎么都不会松手放弃。左手里有准备给番羊后续杀招的二寸一分"织女针"，他顺手将这根针放在嘴里咬住，于是大口的喘息变成了嘴角缝隙和鼻腔中粗壮的喷气，仿佛还带有风筝哨口的鸣啸声。针咬在了嘴里，就可以腾出左手将拖挂出的肚肠往上拢、往伤口里塞。但这显然是徒劳的，塞进去的肠子紧接着就又流了出来，而且带出了更多的肠子。

费全没有再理会汤吉，他知道这一刀虽然不会让对手立刻死去，但也应该完全剥夺了他的意志和战斗力。现在这一个闯入者已经不再是威胁，自己现在需要注意的是其他位置有没有藏着危险的闯入者。所以费全站在原地没有动，将目光往"四海同潮"的周围来回扫视，特别是明堂的位置。

也就在这个时候，银皮子原地转个圈，有两张离汤吉最近的银皮子往一处靠去，当两副银皮子靠在一起时，从它们的背后闪出了番羊。

番羊没有从鬼肠子道的正道口走，那位置让给了费全。因为番羊之前和刺客对决被袭失利，而从番羊的述说中费全知道偷袭者使用的是锁扣、套枷一类的武器。所以在从里面出来时费全让番羊也从林木树丛中的暗路走，而他则走鬼肠子正道。因为银皮子一旦出现，对手很有可能再次抢占有利位置袭杀番羊，袭杀者很可能就是上一次使用锁扣、套枷一类武器的刺客。而费全很自信，天下使用这类武器、器具的高手没有谁的能力会在他之上，他可以借器反攻。而出现的情形以及最终的结果也真和费全预料的完全一样。

番羊是从树丛中的暗路钻出来的，而从小放羊的他知道在这种道路要怎样钻行才不被人发现。再加上他如同妖怪舞蹈般的轻巧身手和鬼肠子道玄妙的设置，所以汤吉根本没能在银皮子钻行的十道痕迹之外发现他的第十一道痕迹。

## 第五章　同归于尽

番羊是个谨慎的人，特别是那次被袭失利后变得越发的谨慎。所以他并没有直接出现，而是操纵了两副银皮子护住自己后才从树丛中的掩身处出来。

当番羊眼中金黄色的妖光穿透夜色的昏暗，清楚看到汤吉已经是身下一摊红血，捧着一腔白肠，拉住一根牵绳后，他放心了也放松了。他知道这个人即便未死也是垂死，所受的伤害让他失去了搏杀力，套住的断狐刃让他失去了搏杀空间。而一手拉住牵绳、一手捧着白肠，已是很明显地告诉别人他再没有可搏杀的武器。所以番羊单手手指轻舞，身前的两副银皮子抖动下飘让开。然后番羊往前再迈两步，微微弯腰，他想确定这个会用套子套人的人是不是就是上次偷袭自己的高手。

汤吉此刻在心中暗暗自责："疏忽了，太过莽撞了。此处是鬼肠子道的一个结，不仅存在天工之巧的兜爪设置，它周围的所有设施以及路径连接都是以极巧妙的格局构成的。清楚其中玄奥的高手在对敌之时，可以根据其妙处将攻敌方式和招数进行出人意料的改变和调整。鬼肠子结呀鬼肠子结，没想到自己到头来还是栽在这里了。"汤吉捧着自己流淌的肚肠，发出无处可悔的感慨。

番羊在继续，他还未将身形弯下的时候，心中突然闪过一丝不安。可是还没等他觉出这不安来自哪里时，又一个意想不到的事情发生了。不过这一回感到意外的不是汤吉，而是轮到番羊和费全了。

正在观察周围情况、辨查有无其他刺客的费全根本不知道这边发生了什么事情。他怎么都想不到汤吉竟然一下将番羊死死缠住不让其脱身，并且裹带着一起往"四海同潮"的凹坑坑底滚了下去。

其实就是亲身经历过程的番羊也没能弄清楚事情是怎么发生的。他难以想象垂死的刺客哪来的那种意志和力量，也就那么一瞬间自己就猛然被几个圈结套住无法脱身。明明看着刺客双手已经没有武器，番羊这才大胆过去的。可偏偏就在他完全放心并放松之际，一片湿滑腥臭迎面朝他罩落。

不仅番羊没有想到，周围其他所有能看到这幅场景的人也都没有想到，垂死的汤吉竟然会用手中捧着的、从他自己腹中流挂出的肠子挽作几个套扣飞撒而出，将番羊一下套住。能如此准确轻松得手，除了情况出乎意料之外，还因为汤吉所做的一切根本不需要一点多余的动作。他的隐号就叫"套圈"，所以在不停往腹中塞肠子时将肠子挽出几个套扣来一点都不奇怪。而出手撒出肠套的一招也是掩藏在捧塞肠子的动作之中，番羊同样没有觉察到。

一个善于套圈的裁缝，一个专门放圈杀人的刺客，不但套扣做得又快又隐蔽，撒出套扣又准又迅疾，而且他还熟知人体关节构造。所以番羊不仅会在毫无抵挡的状态下被套牢，而且一旦被套牢，套扣的作用力都是施加在极为巧妙的关节位置和角度，无法也无力挣脱。

汤吉这一趟的主要目标就是番羊，番羊没出现之前，他就想好了不惜以自己的性命为代价来夺取对方的性命。而当自己受伤后，番羊出现了，汤吉这种心态就变得更加坚定了，因为他知道今夜自己再无机会活着出去。即便能活，那也得活在别人的牢笼中和无休止的折磨中。所以他决定用残余的生命来换取番羊的全部性命。

汤吉是感叹自己栽在鬼肠子结上时突然受到启发灵光一闪，临时得出这样一个奇想奇招。"鬼肠子做的结能害了自己，自己为什么不能用肠子做成的结杀了对手？"这便是天谋殿的技法中的"视情谋"，将现有的条件加以利用，并将其发挥至最大最不可思议的程度。不过汤吉现在选用的条件真的有些特别，如果不是已经准备好以死换命，怎么都不会构思出这种"视情谋"来。

裹住番羊之后，汤吉一手挽住肚肠，一手拉住牵绳，然后将身体往"四海同潮"的坑底滑去，这也是汤吉早就想好的。"四海同潮"的兜子至少三道爪子，"阶翻夹"启动后四面坑壁变成光滑的斜坡，这目的是要没被"阶翻夹"夹住的闯兜者滑落到坑底。而此处坑底不仅无水，还被厚厚的枝叶覆盖，这和秦淮雅筑洁净雅致的风格很不一致，更和齐王府邸的层次很不相配。所以汤吉断定，这些厚厚的枝叶是为了掩盖，坑底肯定也藏着一道爪子。所以他想好，如果真到了万不得已之时，可以和目标一起扎入坑底同归于尽。

坑底确实有一道爪子，坎子家叫它"铁齿旋浪"。"铁齿旋浪"是用生铁打制了许多带狼牙齿的碌碡，然后以横竖对合交叉的规律设置在坑底。每个碌碡都有机栝连接，动了一个碌碡，其他的也都相应动作。这样就会像一潭翻滚的铁浪花，将踏入者强行卷入，最终挤压碾碎成肉渣。"铁齿旋浪"这一设置曾在清代无锡人闲荷斋主的《太湖奇盗传》中出现过，不过那书中是将"铁齿旋浪"设置在水里。而秦淮雅筑里不将此坎扣设置在水中，那是因为坑中有水反会让人提防，而坑底积些枝叶人家一般不会太在意。

## 铁齿浪

　　汤吉发出了一声长长的惨呼，他的双脚被铁浪卷入了坑底。铁碌碡的碾压挤碎比剐刀划开腹部要痛苦得多，剐刀锋利，快速的一刀之下基本没什么感觉，更多的是之后看到腹破肠流的心理恐惧。而"铁齿旋浪"则不同，它是肉体的痛苦和心理的恐惧同时存在的。

　　从情形上看，汤吉肯定会被带狼牙铁齿的碌碡碾压得粉碎。但是只要他卷入了，被他套裹得死死的番羊也就无法幸免。有些人可以不管汤吉的生死，却不能不管番羊的生死，比如说费全。

　　费全没有试图去拉住番羊，现在番羊的位置已经是在光滑的斜坡上，而汤吉也已经被坑底的铁浪卷住，直接去拉番羊是很难拉上来的。另外在没有其他辅助措施的情况下，下到光滑的斜坡上那是很不明智的做法，稍不小心说不定自己也会滑到坑底。所以费全决定先将拖拉在一起的两个人定位，然后再想办法让番羊挣脱套裹，脱身而出。

　　费全扭头看了一眼缠了一道牵绳的吐水兽，立刻侧身滑步过去。没到吐水兽跟前时，他已经弯腰掠起汤吉落在地上的断狐刃牵绳绳头。刚在吐水兽前面站定，他手中绳头甩出，绕过一道的牵绳的另一端快速在吐水兽上又绕了几道，并快速地系了一个扣，将被断狐刃套住的汤吉绑定在了吐水兽上。

　　但是吐水兽往汤吉那边的绳子长度还有很大的余量，仍是足够他在将自己和番羊拉入"铁齿旋浪"之中而不会被吐水兽挂住。所以费全的做法还得继续，要让吐水兽真正挂住汤吉，或者利用吐水兽和龟背断狐刃将汤吉刹那间收拉分解成碎块。费全微微仰头看了一眼，再瞄了一下吐水兽的兽头朝向，然后伸手将兽头角度微微扳起并侧转了十五度的样子。这一切做好之后，费全在吐水兽的方形底座上踹了一脚，于是这只吐水兽腾空而起，呈一个抛物线射向前方。

"四海同潮"的第三只爪子便是四个角上的吐水兽。吐水兽为整石雕刻而成，但是从其口直到底座中央却凿有曲折空洞，里面安装弦簧。它的动作主要是针对不下凹坑，而是沿着坑沿试图绕过"四海同潮"的闯入者的。一旦闯入者踩到设在两只吐水兽中间位置上的压杆，就会脱开底座下的挂钩。在弦簧蓄力的作用下，两只吐水兽便会沿坑沿对撞过去，给予闯入者前后重力合击。

这一个爪子叫"龙王祭印"。"四海同潮"是龙王神威，而民间传说中起潮镇潮都要龙王祭印才行。龙王印的印钮便是吐水兽，所以这里石雕的吐水兽连带底座其实是模仿的龙王印。而龙王祭印也是有多种方式的，因此这吐水兽的动作并不局限于对合平撞，也是可以根据杀伤需要采取多种方式和角度。费全调整兽头，就是要改变吐水兽的动作方式和角度，而脚踹底座，则是直接将其中的挂钩脱开。

吐水兽是向正前方的高处抛射出去的，费全这样的做法很正确也很机智。他看准一根斜横在"四海同潮"上方的大树枝杈，将吐水兽抛起并挂上树杈。这样就能利用石雕的重量和抛甩的力道强拉牵绳，只要是将汤吉吊住，不让他继续卷入"铁齿旋浪"，那么番羊也就不会一起被拉入其中了。

其实汤吉双脚刚刚被卷入就已经停止，因为他的脚踝上套有"龟背断狐刃"。钢性极好的带刃套环卡在了铁齿碌碡中，再加上突然外加的拉力，已经让旋浪停止了旋转吞噬。这时候即便费全不用这一招，汤吉也已经无法将番羊拉入坑底。不过吐水兽飞出并挂上树杈后，被卷入双脚的汤吉还是很本能地紧紧吊住牵绳。

吐水兽刚刚挂住树杈落下时，一大段绳子一下从汤吉的掌中磨滑而出。此刻整根牵绳完全被拉紧，断狐刃的刃口已经压住了皮肉。接下来吐水兽在抛射力道和它自身重力的作用下,继续高高地挂在树杈上前后摆荡着。虽然这时的拉劲比刚才落下时要小许多,但汤吉单手明显还是无法与之抗衡的。牵绳犹在从他手里一点点的滑出,滑出的绳子是红色的,这是磨破的掌心沾附上去的血。而随着这一点点地滑出,断狐刃的刃口已经陷入了肉里,鲜血顺着刃口是以一个个整圆圈的形状涌出的。

费全很冷漠地站定在坑沿上,晃荡的吐水兽正对着他一上一下地荡着,将其面容在阴暗和更加阴暗之间互换。他是在欣赏自己灵机而动的一招,也是在等待最终的结果出现。

已经决意以自己的生命换取目标性命的人是不会在意自己是以哪一种方式去死的,这一刻汤吉更在意的是自己能不能换取到目标的性命。番羊虽然被肠套套扣住无法挣脱,但从实际情况来看,此时此刻汤吉对他并不能构成杀伤。汤吉能作出决定的只剩唯一一件事,就是自己到底需不需要继续这样的僵持。有时候快点死去反倒是一种轻松解脱,更何况这种僵持已经是毫无意义的,只能在生命的最后陡增绝望和恐惧。

牵绳在继续滑脱,断狐刃越陷越深。刃口不仅继续对皮肉施加切割力,而且对身体还有着一定的压迫力。特别是脖颈处的那只套环最为致命,最终有可能是将血脉、气管、颈骨同时切断。

铁齿旋浪不再继续卷入,自己转眼间就会四分五裂。番羊虽然被套扣得无法挣扎,但是最后一个拖入"铁齿旋浪"的招法已经失效,目前看来再没有一个设置会对他的生命构成威胁。所以针对番羊这个目标,已经是汤吉不可能做成的刺局。

风云突转,电闪星驰,不可思议的一切总是发生在瞬息之间。而且发生得不明所以,发生得匪夷所思。

当汤吉突然仰首大张开嘴巴时,有人以为他是想强吸一口已经不能通畅的气息,也有人以为他是要发出临死前最后一声惨烈嘶吼。但汤吉喉中未曾发出嘶吼,也未曾有强挣的呼吸声发出。无声中,他又回复到正对费全的状态,并且坚定地、狂狠地闭上了大张的嘴巴。

随着嘴巴闭上,一丝寒线从汤吉嘴角射出。这是他刚才准备用来给番羊二次击杀的杀器，二寸一分长的"织女针"。在他肚破肠流时，为了腾出手将肚肠塞回腹中，他将这根弓形弯针含在嘴里。而突然仰首大张开嘴巴，正是为了将这根针在嘴里调整位置。调整好位置的针被牙齿竖着咬住，而当嘴巴坚定、恶狠狠闭上时，牙齿的咬合让织女针顺着弓形弯曲，并在到达一个极点时弹射而出。

"织女针"射出的同时，汤吉左手微摆，松开了套牢番羊的部分肠扣。但只是松了，却没有解脱，肚肠依旧缠绕在番羊身上。

"织女针"射出的同时，汤吉右手完全松开了牵绳，并且赶在自己身体被断狐刃分解成碎块之前，在正好荡过自己身边的吐水兽上大力地拍了一掌。

血花四溅，断肢横飞，汤吉四分五裂了。除了部分躯干还被牵绳吊着，其他部分全都掉落在铁齿旋浪中。没了牵拉，躯体变成了碎块，所以铁齿旋浪继续动作了。随着铁齿碌碡一阵怪响，一部分的汤吉很快就被卷压得不见了。

而当没了铁齿碌碡咬挂住汤吉身体，也没了汤吉单手死死的拖拉，只凭余下部分躯体的重量是根本无法与吐水兽持衡的。更何况吐水兽上还有汤吉在生命最后全力拍出的一掌。所以这一次吐水兽不仅仅是荡起，它还飞了出去，正对站立在坑沿上的费全飞了出去。

吐水兽一直都正对着费全来来回回地晃荡着，那费全却始终如若不见。只是阴沉地看着汤吉，很冷静地等待着最后的结果。他自信这吐水兽不管出现什么意外变化，自己都可以从容避开。因为费全除了是天下第一的刑头，摆弄各种刑具、枷具的本领无人能比，他还是个技击高手，制敌杀敌只需使出半招。

可费全不是个高超的裁缝，所以他无法在黑夜里发现到一根激射而来的弯针。射出的针就插在费全小腹处的气海穴上，并没有给费全带来什么伤害，甚至连疼痛感都没有，只是有那么一瞬间下半身出现了些许酸麻感。问题是这酸麻感偏偏是在吐水兽失去拖拉朝他飞来时出现的，虽然只是很短暂的一阵酸麻感，却让他的双腿双脚没能按照大脑的指示立刻动作。于是本来

## 第五章 同归于尽

绝对应该能躲让开的吐水兽没能躲让开,石头底座的边角重重地撞在了他的额头上,发出极为清脆的一声骨裂声响。

费全直挺挺倒下时,额头并未有一滴血流出。不过额头却是凹陷下去一大块,凹陷处的颜色快速变得紫黑油亮,鼓鼓囊囊且软软晃晃,就像从刚宰杀的猪腹内掏出的猪肝。

费全倒下了,番羊却起来了。就在吐水兽飞向费全,将剩余的部分躯体直接拉上大树杈的那一刻,番羊起来了。他是被依旧缠绕在自己身上的肚肠带起来的,汤吉剩余在牵绳上的躯体仍然与肚肠相连。

番羊不仅起来了,而且还翻滚起来。肚肠的套扣虽然松开,但仍在他身上留下了复杂的缠绕。而突然间大力地拽扯,势必会让脱解缠绕的过程变成带动番羊身体在空中翻滚的过程。

但是翻滚结束的番羊却没能很顺利地落地,因为肠子上还留有一个肠套没有松开。所以在翻滚结束的最后瞬间,番羊听到了自己脖颈骨骼的断裂声,这是他自己身体落下时的重力在肠套上勒断了他自己的颈骨。断了颈骨的人并不一定会死,但是断了颈骨的人一般都不能动。而全身不能动的番羊即便身手再好,即便会操控银皮子的独门妖法,他都无法将自己救出坑底的"铁齿旋浪"。

最后勒断颈骨的那个肠套慢慢松脱了,被肠套直直地挂在树杈上的番羊此时还没有断气,所以在掉入铁齿碌碡中后他体会到从脚到头最为真切的卷压痛苦,直到头颅被卷入。就在番羊头颅被卷入的刹那,"四海同潮"周围的十副银皮子同时瘫落在地,就像被丢弃的破布一样。

"套圈"汤吉,且不管他是套了别人圈还是被别人放了圈套,总之他的预定目标是超额完成了。是在牺牲自己生命的同时以绝妙的离恨谷技艺杀死了两个高手。

所有一切的发生虽然写得繁杂,但其实整个过程很短暂。躲在背后的范啸天还没有完全看清所有一切是如何发生的,就已经要面对一个让他难以置信的结局。

转眼之间,"四海同潮"恢复了原来的寂静,人和银皮子在瞬间不见的

不见、倒下的倒下，周围只剩下不远处传来的三击一停的铃声。不！已经不再是原来的寂静，"四海同潮"此时变得更加阴森，变得更加诡异、血腥。就像是谁打破了地府的门户，隐隐间好像有从地府中吹出的阴风。

专门以吓诈手段为刺杀技艺的范啸天竟然害怕了，一个可以瞬间制造出地府景象的高手竟然被一股不知何处而来的阴风吓住了。

范啸天犹豫了一下，他本想收了伪装赶紧退走，可又觉得应该依赖自己的伪装继续不动，等看清阴风的由来和状态后再决定何去何从可能是更好的处理方式。可就在这稍微的犹豫之间，他的伪装没有了，而且他也已经走不了了。

情形变化得有些突然，刚刚觉出的一缕阴风立刻就变成了飞沙走石般的妖风。风力真的很强劲，让人觉得风塞鼻喉，气不能透。但很奇怪的是，周围的草木并不摇晃，也不见枝叶乱飞。

风劲而树不动，这或许是因为这股妖风并非铺天盖地刮来，而是像一道洪流沿着山谷撞击过来。洪流的源头就是对面掩在树木之后的鬼肠子道道口，而洪流流过的山谷就是"四海同潮"的外沿。也就是说，这股妖风是从前面鬼肠子道冲出的，然后沿着"四海同潮"刮成一个头尾衔接的圈形风道。

但这妖风更为可怕的不是它的狂飙和劲道，而是风中仿佛裹挟了许多的刀片。风头刚从范啸天的前面冲过去，伪装的墙面就四分五裂了。破损了伪装的墙面还在其次，更可怕的是紧接着破损的是衣服、胡须。衣服的碎片和胡须的碎屑是直接被妖风刮走的，连些许的弥漫、飞扬都没有。

风头过去的那一刻范啸天看不到任何东西，只感觉到像有许多锋利的刀刃从自己面前刮过，然后一些属于自己的东西便破损了、不见了。幸亏他及时退后半步，后背紧靠住明堂墙壁，否则破损和不见的东西恐怕还会有他身体的某些部件。

当然，一味避让并非最为妥当的方式，更何况背后是墙已经退无可退。所以范啸天勉强将手肘抬起，袖口中有几点寒星朝斜下方连续飞射。寒星射出时带着短暂的尖厉嘶叫，而风道在尖厉嘶叫后发出了沉闷的呼啸。随即已经成形的风道在范啸天的面前退缩了，就像山谷中的洪水遇到了滑移的山体。

范啸天是个优秀的刺客，虽然有些猥琐胆小，虽然缺少做刺活儿的实际经验，但是该有的应敌技艺还是有的，而且可能比一般的谷生谷客都要高超。也正因为本身就潜含着高超的技艺，所以在无奈和挣扎中随意而出的应对招数或许比他平时刻意追求技法准确到位的招数更加凶狂、毒狠。

阴风初起时，范啸天感到害怕并非因为那些破碎的和完整的死尸，而是因为他已经估计即将出现的会是"三十六风僮"。而他之前是知道"三十六风僮"的厉害的，也清楚凭自己的本事怎么都不可能将"万种风情"的大阵挡住。

## 风乍起

当阴风上升为狂飚的妖风之前，范啸天确实隐约看到鬼肠子道道口出现的怪异黑影，由此已经可以确定为风僮出现。但就是那么犹豫了一下，星流骥驰之间再想走已经来不及了。

范啸天犹豫了下还因为感觉风僮的出现并不是针对他的，所以心存侥幸想以虚境藏住自己。事实上"三十六风僮"的出现也的确不是针对他的，而是针对所有人的。此时"四海同潮"坎扣已经动作，范围内所有位置都是安全的，他们无须脱开任何机梏便可以展开阵势，所以从淡淡阴风到狂飙的过程很直接、很快速。穿堂风、枕边风、耳旁风、摇旗风、鼓帆风……三十六风僮依序连贯冲出的"行风成刀"阵势，在"四海同潮"周围形成一个圈形风场，是要将隐藏在周围的所有刺客逼出。

"行风成刀"不用刀，所有风僮只是手捻风诀疾行，但是当风僮来到面前时，却仿佛有刀割过。而且不止一把刀，每一个风僮每一把刀的出刀位置角度也都不同。直到清末民初，在东海、黄海沿岸还有少数僮梓会这种"行风成刀"的技艺，虽然不可能再组成阵势，但一人成刀的本领已经足以让人觉得诡异和恐惧。

僮梓这种职业本身就是一个谜，僮术则更是谜中谜。他们绝不外传的技艺到底是怎么回事，出处哪里、传承如何全无人知晓，从未有过一本书或哪个人作过这方面的解释说明。所以民间在无法解释这类职业技艺现象后都传说僮梓是修习的妖法，也有说僮梓是海妖、水鬼附身的。而到民国之后，僮术因各种原因失去传承，僮梓的职业技能逐渐演变成单纯的唱僮，只会以唱演的形式来祭祀、祈福。这以后即便有人想破解其中秘密，也已经没有任何依据和线索。

近些年沿海地方历史研究中，有人对僮梓僮术之谜提出了一种全新的解释，说僮梓的僮术是一种心理和器物的双重利用。他们施行僮术时很特别、很怪异的指诀、表情、动作以及装束，实际上都是为了实施强烈的心理暗示，也就是迷魂之术。这样就能唤起别人的潜意识和遗忘的记忆，所以他们替人治病驱邪、寻物寻人很大可能就是利用的这种迷魂术。而风僮常年在海边湿滑滩涂和礁石上奔走，抓捕鱼虾和寻找沙土中的贝类，让他们自然而然间训练成了过人的力量、速度、眼力等等。然后他们再借助于自身服饰装束上的怪异配件，如贝壳、蚌壳、海螺壳，还有些石片、鱼骨、铜钱，以及从一些海洋生物身上提取的毒料毒素，那么在速度和力量的驾驭下，杀人对于他们而言也就变成了非常轻松自如的事情。包括风僮行风，其实也是利用了速度力道，在行动中带起一部分风劲。然后同时实施的迷魂术让周围人产生错觉，意识中会按照迷魂术的牵制觉出各种不同的风力。

不过这样的解释也只是一种推测和想象，无从考证。而我们在讲述相关故事时更愿意相信僮术的传承应该是有某种修行的法门和指导，只是因为每个人领悟不同，所以僮梓们在技艺上才会有一定的差异。甚至我们更情愿相信他们会的真是一种妖法或妖鬼上身，那样才更具有故事性和传奇性。

事实上"行风成刀"施展之后给人的压力很大，不管是心理的还是身体的。每个风僮不一样的诡异姿势和表情是极具恐吓、震慑之威的，完全可以让被攻击者在惊吓和迷茫中变得反应迟钝、行动迟缓。然后他们自己的速度和力道加上连贯的阵形，可以将怪异装束上的服饰配件舞动起来。那些贝壳、蚌壳、石片、鱼骨等零碎在极速和大力的驱使和带动下，完全可以像刀剑一样割砍开很多东西，比如说范啸天的伪装、衣服等等。

范啸天并没有感觉到自己的异常，但实际上他已经出现了异常，只是这两种状态的转换实在太快、太不明显。从觉察到阴风时感到害怕就已经是意识受到压迫，伪装的墙面破损后他不能顺风而行，也不能拔高上蹿更好地躲避，反是继续被割损了衣物、胡须，这更说明他的反应已经迟钝。至于抬手肘射出寒星，那不仅意味着他的意识已经不能将自己的动作控制得很好，同时还因为他的身体受到实质性的压力压迫而无法将动作做到位。

但是有时候劣势反而是机会，范啸天朝斜下方连射几点寒星正是最为合适的还击方法。这时候如果他还能抵御身体的压迫、控制好完整的动作，那么直射入风道的寒星肯定会被疾奔而成的风道刮飞。而射出的寒星往斜下方，不但躲开了风道风力最强劲的范围，而且还直攻下三路。这对以连贯疾奔形成的"行风成刀"阵势而言，可以说是正好攻在阵眼窍要。

范啸天袖中射出的寒星应该没有伤到任何一个风僮，"行风成刀"的阵势虽然有局部退缩和变形，但整个阵形却没有散，行风的速度也没有丝毫凝滞的迹象。也就是说，范啸天的出手只起到干扰和压制的作用，并不能真正打破阵眼，搅乱阵势。

一个多人的阵形出现一点点的退缩和变形，都会出现连串反应，影响到整体的速度和规律，而且人数越多这种影响也会越大。范啸天不到位的反击其实是为自己夺取到了很大的回旋余地和时间，让他承受的有形和无形的压力缓一下。借着这个机会移动一下自己的位置，逃离"行风成刀"的攻击范围，或者找一个更好的位置可以有利于自己迎敌。

范啸天选择的是逃离，采取的方法是身体贴紧墙壁往明堂后门口侧向移动。这样既可以不让对方伤害到自己，而且保持这样的状态还可以继续用袖中飞射的寒星来压制对方。

但是范啸天却连一小步的侧向移动都没能完成，这倒并非他的反应和动作迟缓了，而是因为三十六风僮的阵势变化太快。就在"行风成刀"遭到干扰之后，风僮们只走了两步，之后连贯的阵势便立刻散了。有的风僮像是撞跌了，有的像是急刹了，有的在滚动，有的在跃起后飘落。所有这些几乎是同时的，而且是极快的。就在范啸天侧向迈出一步时，所有的风僮都到位了，并且定住了，姿态各异地定住了。

范啸天侧迈一步之后也定住了。此刻时辰已过子夜，虽然有明堂中"定风琉罩灯"射出的微弱光线，但周围还是十分昏暗难以辨清，特别是"四海同潮"的凹坑下面。所以范啸天虽然能够看清风僮们各自的位置，却看不清他们各异的姿势。能看得清位置除了大部分风僮确实能够凭借灯光和天光辨别外，还由于风僮们身上挂的服饰配件。那些贝壳、蚌壳多少都会有些荧光闪烁，所以抓住了这一特点可以将余下看不大清的风僮位置辨别出来。

但是即便辨清了位置，他却丝毫不敢动一动。因为就是这些说不清的位置，组合成一股凌厉的杀气弥漫而来，无处不在。这是一种从未遇到过的杀气，让范啸天从头顶直凉到脚底。这到底是怎样一种恐惧，只有身在其中才能体会到，而且是一旦身在其中不管是谁都无法逃避的恐惧。因为所面对的杀气凌厉霸道还在其次，无处不在还在其次。重要的是它的杀意、它的杀机，让对手觉得随时都可以用一万种方法来杀死自己。这就是"万种风情"，三十六风僮阴阳合成、攻守自如的"万种风情"阵式，一个从来都没人知道如何破解的兜儿。

三十六风僮以"行风成刀"冲出，目的就是要逼出藏在"四海同潮"范围内的刺客。而当范啸天射出寒星时，"行风成刀"已经首尾相衔。如果只是作为逼迫暗藏刺客现身的话，"行风成刀"的作用已经达到，再多转几圈也没有任何意义。而既然已经将暗藏的刺客逼迫出来了，那么下一步就是要果断消灭，再不能犯下像费全和番羊那样的错误。所以他们即刻间转换的阵形是最为拿手也最为厉害的"万种风情"。

和僮术一样，没人能说清"万种风情"到底是属于坎、兜还是局、场，所以只能仍以最笼统的阵来定义。同样，也没人能说清这个所谓的阵到底是以什么样的方式和武器来达到攻杀目的的。有人猜测是以无形的功劲压力压迫到对手的内脏和意识来达到杀人目的，也有人猜测是以众人各个位置方向发出的气息带动某种毒料来杀死目标，还有人猜测他们的阵形其实是一种符咒，是借助了周围各种诡异能量来杀死目标的。

这些说法无法证实不足为信，不过有一点却是可以肯定的，"万种风情"的杀伤力是通过风劲达到的。但风劲运转时整个阵形是定住不动的，不动而风，因此这些风僮的风劲从何而来就又是一个无法解释的谜。或许真的是他们所捻指诀可以唤来妖风，或许他们的气息运转在这种组合方式下真的能汇聚成风，也或许他们的身上暗藏着某种可以鼓风的器具。

但现在不管真相是什么，范啸天都觉得自己面对的是肯定会死的局相。能感觉有一万种可以杀死自己的方式，无论是谁处于这种境地，唯一能思考的事情就是自己到底会被哪一种方法杀死。

现在只有出现其他什么能压制或破解"万种风情"的人，那才可能将范啸天救出。比如说始终未曾出现的齐君元和唐三娘，比如说侥幸能逃出蛇口的哑巴。但即便他们赶到了，有没有压制和破解"万种风情"的办法也很难说。

齐君元和唐三娘现在在哪里根本没人知道。他们掉下那个窟窿后，到底有没有其他路走到这里没人知道，需要走多久、路上有没有坎扣兜爪挡道更没人知道，所以齐君元之前的约定只是一个未知数。而且在铜铃已经惊动的情况下，让其他人迎头赶到"四海同潮"会合显然是非常欠考虑的，至少也是对前面情形的判断不准确。除非……除非他这样的安排是有着其他意图的，如果是那样的话，他们会不会出现还另说。

哑巴和独角鳞蟒的缠斗很快就看出高下了。哑巴的确天生神力，其势也真的如同天杀星下凡，否则不可能冲过去抱住鳞蟒缠斗。但他终究是个食五谷的凡人，再大的力气都有耗尽的时候。更何况他的对手是条仿佛蛟龙的巨蟒，是个可以在抗衡中让他体力快速耗光的怪物。

渐渐地，哑巴跳跃的节奏变慢了，抱住鳞蟒颈部的双臂也开始松滑，抵住巨蟒下颚的肩部也歪向一边。而鳞蟒似乎已经看到可以将哑巴一口吞下的可能，身体的卷动更加快速，头部的挣扎也更加猛烈。于是双方对抗的位置出现了移动，哑巴已经不是最开始的正面抱住鳞蟒，而是渐渐滑脱成了侧面抱住，这状况使得他的形势更加危急。

鳞蟒头部又一次大幅度的甩晃，这使得哑巴已经乏力的双腿没能同时借力跳跃，只能随着甩摆大张开两腿。于是双腿中乏力更加严重的左腿被鳞蟒的身体一下卷住。他右腿蹬踏蟒身，试图将左腿拔出。结果非但未能拔出，

而且在蟒身再次缠卷中，连右腿也被裹住。

双腿被缠，接下来就是身体。哑巴知道自己要想活命的话就只有喘口气的机会，一旦身体被缠住，一个收力自己肯定就会骨断腹碎。可是依旧处于这样一个状态下了，就算给他喘一百口气的机会，又有什么办法能够挣脱？

鳞蟒的身体已经在收紧，缠勒身体的巨大力量让哑巴的双臂已经抱不住鳞蟒的脖颈了。而鳞蟒在收紧身体的同时，开始强力调整下颚，准备朝哑巴下口。

## 咬伏鳞

也就在哑巴双臂完全松脱的刹那，他张口狠狠地咬了下去。

是的，哑巴抢在鳞蟒之前下口了。他不是要咬死鳞蟒，他也咬不死鳞蟒，他只是觉得自己应该将身体维持在一个紧贴鳞蟒下颚的位置，否则就会被吞入蛇口。但是双臂显然已经无法维持这样的状态，于是垂死的绝望逼迫出他骨子里的凶性和兽性，猛然地张口咬住蟒颈。他要以牙齿替代自己的手臂，将身体依旧固定在现在的位置上。

哑巴这一口咬得很巧，咬住了一个几乎没有人知道的独角鳞蟒的敏感处。刚才的一番缠斗，哑巴已经被甩摆到鳞蟒的侧面了。而鳞蟒也正扭颈下口，所以哑巴这一口正好咬在鳞蟒颈脊上。独角鳞蟒又叫一线鳞蛟，之所以会有这样一个名字，是因为它从颈到尾有一道鳞线，全是单片鳞片顺叠而下。而哑巴咬住的就是这一道鳞线的第一片。

晋无名氏所著《金光山神物记》中记载了这样一种说法："生鳞神物皆有一要位，为颈背第一鳞。龙者唤逆鳞，又名怒鳞，动此鳞龙发狂怒。蛟者唤竖鳞，又名惊鳞，动此鳞蛟作惊逃。蟒者唤伏鳞，又名怯鳞，动此鳞蟒则怯服。"意思很简单，就是动了龙的第一片鳞，会让龙发怒；动了蛟的第一片鳞，会让蛟受惊；而动了蟒的第一片鳞，则会让其畏怯、驯服。

民间有很多关于触龙逆鳞、怒冲九霄的传说，都知道龙的逆鳞是个敏感处。但关于蛟的竖鳞传说很少，而蟒的伏鳞则更少有人知道，因为蟒生鳞的情况本就不多。虽然不知道《金光山神物记》的著者是从何得知第一鳞的这种特性的，但所说真的很有道理，至少被哑巴咬住的独角鳞蟒可以证明这样的特性。

哑巴咬住的正是独角鳞蟒的伏鳞，一咬之下，鳞蟒猛然间停住了自己所有的动作，随即将全力收紧的身躯慢慢松开，竖起的头部也像个垂挂的绳头伏落地上。

哑巴不知道到底发生了什么事情，但他知道突然出现的情形对于他来说是个活命的机会。本来已经确定自己要死的人突然有了活下来的机会，那么他是绝不会放过可能会继续要了自己性命的对手的。于是嘴巴咬着没放，手已经从背后抽出一把白蜡杆双羽大箭，然后像疯了似的在鳞蟒身上不停扎刺。

鳞蟒的挣扎从一开始就很无力，只是原地稍稍滚动着。直到哑巴无力地跌坐在地大口喘着粗气，那鳞蟒才非常缓慢地挪移着受了重伤的身体，蜷缩到明堂大门一边的角落里去等死。

同样贴近墙壁等死的范啸天没有死，就在他睁大眼睛想看清自己会被什么方法杀死的时候，连续三支白蜡杆双羽大箭射向了"万种风情"。

三支大箭劲道十足，箭头足有小孩巴掌大，两侧薄锋带须槽，穿透空气的声响就如同撕开了一幅厚厚的布匹。这样的大箭不要说用弓射出，就算直接拿在手上也是很霸道的杀人武器。但是这三支大箭都没能射入阵形之中，"万种风情"中的风僮们只是一起将自己捻着不同指诀的手摆动了下，那三支力道强劲的大箭在临近阵形的边缘就都生生掉落下来。那"万种风情"就仿佛是一个强大的能量圈，它自身的能量可以无孔不入、无缝不钻地实施攻击和毁灭，而外部的力量对它而言却根本找不到一丝可以侵入的缝隙。

"嘘——"一声唿哨，吹出的飞沫中还带着些蛇血一起喷溅出来。这唿哨是在召唤范啸天。

范啸天侧脸看去，虽然就在明堂"定风琉罩灯"的光亮下方，他却差点没认出浑身上下都是血污的哑巴。哑巴手挽一把大弓靠在明堂后门的一侧，示意范啸天赶紧过去的同时，又连续射出了三支大箭。明知道大箭无法杀伤对方却依旧连射不息，因为哑巴的目的只是要"万种风情"保持现在的防守状态，让范啸天可以从他们一个完全封住的攻击范围中逃脱出来。

本来像哑巴这样连射大箭不但不能对"万种风情"构成杀伤，而且也不可能让范啸天有逃脱的机会。一万种杀死范啸天的可能，最终其实只需要一个就够了。而抵挡大箭攻击，其实也只需要分出一小部分力量就足够。

但哑巴的出现是个意外，让所有风僮都感到震惊。他们心中都认为之前的"行风成刀"应该是将所有掩藏的刺客逼出，却没料到突然会出现主动针对他们的攻击，所以几乎是心意一致地放弃目标，改为防守。

另外也好在齐君元选择了"四海同潮"这个地方。这个地方是个凹坑，单个的对手或人数少的组合并不能产生什么影响，对于范啸天他们没有据坎而战的优势。但是三十六风僮的"风情万种"铺展开之后，有一部分人却是处于凹坑的位置。如果是在平地或高坡，那么所有人都可以看到攻击的目标和对方实施的攻击。可以统一调整阵形，让阵形像风一样流动起来，真正做到无孔不入、无缝不钻。但是现有的地形局限了他们阵形的功能，让他们只能定位为战，这才给了范啸天逃脱的机会。

哑巴的箭有些过于轻易地被挡住了，范啸天则非常意外地逃脱了。从一万种杀死方式中逃出的范啸天惊魂难定，言语、动作都很是无措："怎么办？怎么办？汤吉死了，随意和三娘到现在还没出现，我们怎么办？"

哑巴很果断地作出了决定，他说不了话，所以他是拉起范啸天转身就往外跑。

冲出明堂前门时，可以看到蜷缩在一旁一动不动的独角鳞蟒。这是很驯服的状态，也是很受伤的状态。当哑巴和范啸天跑过明堂后，那独角鳞蟒拖着伤痕累累的身体艰难地游动起来，像是想顺着墙角游上挑檐下的洞口，但是左右盘旋两下没能上去。于是立刻换了方向，沿着墙脚往明堂一边的草木中游去。都说蛇的预感是最为灵敏的，所以地震来临前能预先知道并出洞逃命。此刻在秦淮雅筑中不可能出现地震，但是不亚于地震的危险却是难免会有的。

鳞蟒还没有完全躲进草木之间，明堂里便已经沸腾起来。所有能移动

## 第五章　同归于尽

的、可拆除的东西全翻卷起来，然后真就像被洪流裹挟着一样冲出明堂的大门，连明堂的大门都给冲翻了半扇。

哑巴和范啸天一走，三十六风僮便立刻改换阵形，以"掀风赶浪"的阵形直追过来。"掀风赶浪"有个好处，可以将风劲全聚集在前面，未到之处先行来个彻底扫荡，这样就不怕被追赶的人留下暗器设置或者躲在什么地方实施暗算。

不过这样一来风僮们的追赶速度就要受到影响了，按一定规律并且共同付诸功力风劲的状态是很难将速度提起来的。好在哑巴和范啸天也未能大幅度提高逃出速度，所以一追一逃之间的距离并没有拉得很大。因为奔逃的路径以及周围环境毕竟才走过一趟不熟悉，然后消息铜铃四散延伸响起后，往外逃的路上会不会有秦淮雅筑的高手设伏堵截也无法知道。所以哑巴和范啸天只能是带着警觉谨慎而行，不敢全速狂奔。

就在范啸天和哑巴对抗风僮之际，几道暗报急送进韩熙载府中。

夜宴队的暗点密布金陵内外，哪一家王府、官员家出点什么事情，韩熙载总能第一时间得到消息。但今夜秦淮雅筑内出事的消息报回得还算晚的，因为这不是其他什么官宦、皇族人家，而是齐王精心打造了很多年的居处，几乎所有金陵人都知道其中机关重重，高手遍布。所以夜宴队的暗探最初发现里面消息铜铃响起时都未太在意，总觉得像秦淮雅筑这样的地方绝不可能有人闯入。消息突响可能是误动，或者是夜狸、惊鸟触动的。但是三击一停的铃声始终长响不息，各处暗探这才意识到的确出事了，于是秦淮雅筑周边几个暗点的暗报几乎同时急急地传入了韩熙载府中。

韩熙载是被管家隔着窗户叫醒的，也是隔着窗户就将急报内容告知了韩熙载。但韩熙载的反应却是谁都没有想到的，听到这样紧急的事情他竟然稳稳地安坐在床榻上不动不语。

"大人，我们是不是应该在外围动作一下？协助齐王将刺客拿住。"王屋山觉得这是最起码要做的，所以主动提醒韩熙载。

韩熙载虽然不动不语，脑海中却已经潮水般快速翻腾起来。

"大人，或许最终根本不需要我们动手擒拿刺客，但出现一下总比不出现的好。一则可对齐王示好，二则也是对皇上的一个交代。"王屋山看韩熙载犹豫不决，于是继续阐明自己的理由。

"你觉得这刺客会是谁派去的？"韩熙载没有作决定，而是反问一句。

王屋山只是微微迟疑了下，然后很自然地脱口而出："难道是太子？"这也难怪，之前发生的一系列事情以及获取的众多信息，都直指太子是要不惜刺杀齐王、逼宫父王夺取皇位。

"唉，诱惑实在太大，他志在必得呀。被审刺客已死，危机解除。但此前的影响余势未消，后患未尽，他本可以不用如此着急的。"韩熙载似乎并不为李景遂担心，而是为指使刺客的人担心。

"他当然着急，广信显了相儿的宝藏皮卷估计已到他手里，蜀国赵崇祚都进到他府里了，肯定是逼得他很紧。但是大人让杜真调来杜家军以及江州皇甫晖部，已经驻扎聚宝山，扼其分驻白鹭洲、石子岗三万水陆兵马。所以逼宫大乱他无法做了，就只能以小巧的法子对齐王下手。"

"世事难料，有时候最有可能的往往不是。但不管背后主使是谁，我们都不应该出现。"韩熙载并不完全赞同王屋山的说法，"总之这是个是非旋涡，插一脚就拔不出来。对这个示好就会得罪另一个，对皇上有交代，那么就有可能对将来的皇上没交代。再说了，刺客闯入秦淮雅筑，其他方面都未曾有反应。如果只有夜宴队突兀地出现，你觉得按齐王的思维方式他会怎么想？"

"我们是助他擒拿刺客，他总不会认为刺客是我们的人吧？"

"为什么不会？太子那边的事情我多番遮掩，以齐王的缜密心思他绝对会以为我和太子暗中有所勾结。在关系自己将来位至九五的问题上，谁都会从自己角度来考虑，绝不会像我一样完全是为了社稷大业。其实上一回你将企图设局刺杀齐王的刺客杀死已经是惹事，我当时只是让你阻止，却未料到你一时技痒将刺客杀死了。"

"我杀刺客，齐王应该谢我为其消灾灭祸。"

"为何他不会觉得你是在杀人灭口？同样的，这一次去了的话他为何不会觉得我们是在救助刺客？"

韩熙载这话一说，王屋山后脑血筋连跳几下，一双俏眼滴溜乱转，她已经觉出自己的做法真的有所不妥。

"即便齐王不认为刺客是我手下，但我夜宴队及时赶到协助捉拿刺客，这也会让他觉得我时刻都监视着他的一举一动。那么他认为存在的这种时刻监视又能以什么合适的目的来加以解释呢？没法解释，也不会让我们解释，只会被他认为别有企图。再反过来从另一方面讲，夜宴队的出现不管对齐王有无帮助都会得罪派出刺客的人，所以这是个怎么做都讨不到好的事情，哪边都不讨好。"

"你的意思最佳对策是不动？"

"不动，吩咐下去，不管今夜金陵城中发生什么事情，夜宴队一律不得轻动。"

# 第六章　邪风恶浪

### 夜寒蝉

哑巴和范啸天逃回到轿厅时,这里启动后的坎扣都没有恢复,仍然是屋斜地陷。两人回头看一眼,三十六风僮虽然没有紧追在背后,但是距离也真的不远,已经可以感觉到那股无形的能量场压迫而来。

"快走!"范啸天说完后抢先跃过地上的陷口,抓住一侧格窗沿倾斜的轿厅后段往前爬去。

哑巴没有马上跃过陷口,而是周围看了下,然后从腰间拿出一束牛皮绳,快速利用轿厅后面框柱以及路径两边的树木、假山石拉成一个内外颠倒的三角绊扣。这种绊扣是专门用来捕捉躲在树林中的兽子的,只需在某些位置连续拉上绊扣,然后用爆竹、铜锣惊吓驱赶兽子往这方向奔逃。跑得快的兽子会被绊扣绊断腿脚,跑得慢的也有可能会被缠夹在其中不能挣脱。但这只是对兽子起到作用,人的话只要看清绳子空隙,动作慢一些迈过去就行。

哑巴绊扣做完,转身跃过陷口。但他并没有继续往前逃走,而是选定一个稳妥的位置手拿弹弓等着。

## 第六章　邪风恶浪

此时后面追赶的风僮们也赶到了，强劲的风劲犹如一个朝向前方的漩涡口，裹挟着许多沙石、枝叶直扑轿厅。不过这风劲虽然可以将许多东西卷起，对于固定好的牛皮绳却是无能为力。

哑巴出手了，弹弓连续射出弹丸，而且用的是射杀猎物不留伤痕、血迹的泥丸。但是风僮们的阵势连白蜡杆双羽大箭都未能侵入，哑巴即便使用石丸、铁丸也不见得能射入能量圈，而现在用一碰即散的泥丸又有何效果？

泥丸不是直击风僮们的，而是往风僮们头顶上方射出。"掀风赶浪"的阵势将所有风劲都集中在前面，所以哑巴射出的泥丸避过了风头。然后相继射出的泥丸在风僮们上方相互碰撞，碎成泥沙尘土洒落下来。快速的连射，瞬间就有几十枚泥丸粉碎洒落，在"掀风赶浪"的后方弥漫成一团。

泥沙入眼，眼不能视。要想泥沙不入眼，必须闭眼，同样眼不能视。哑巴就是要的这个效果，十字绊扣对人没有用，看清空隙就能走过去。但是对看不见的人却有用，对一路追赶、临近绊扣突然间眼不能视的人则更加有用。

最前面的几个风僮摔倒了，后面的风僮停住了，"掀风赶浪"的风劲一下收住，变成缓缓盘旋只能自保的风圈。

摔倒的风僮并没有受到太大伤害，毕竟是训练有素的高手，不同于受惊的兽子，一遇异常身体立刻做出反应。但这一个意外却让风僮们收敛了肆无忌惮的追击，让他们知道即便采用"掀风赶浪"也不能完全摧毁对手所设的陷阱。于是他们暂时停了下来，在没有将周围情况看清之前，在没有将对手的设置研透之前，他们再不敢轻易急追。费全和番羊的死已经给了他们震慑，而刚刚几个风僮没有受伤的摔跌则再次给了他们警醒。

哑巴以半击半惊的一个简易兜子迫使风僮们暂停追击，是想为自己和范啸天逃出秦淮雅筑争取一些时间。而范啸天根本就没有在意哑巴有没有跟上来，只顾着自己爬过倾斜的后半段轿厅，径直冲出轿厅前门。

可就在范啸天冲出前门的瞬间，横过门前的道路上突然闪出两个身影。轿厅前面的道路一头是范啸天他们进来的方向，另一边则不知道通往哪里。因为道路刚过轿厅大门就转弯了，而且转弯口还有山石、树木遮挡。他们进来时没有关心这条路通向哪里是因为轿厅是很明显的正路，这条道继续往前不会有什么重要的设施，而且肯定无法通到秦淮雅筑的重要区域，否则要鬼肠子道干吗，否则轿厅干吗落栓上锁。

突然出现的两个身影就是从道路前面的拐弯口转出来的，而且行动很快很急，就像范啸天一样急。那边的道路可以确定没有重要设施，但是在铜铃响起之后，却难保那里不会有秦淮雅筑里安置在各处的明防暗哨出来阻截刺客。所以正满怀警觉地往外奔逃的范啸天一见这两个突然出现的黑影，想都没想便伸臂射出两颗寒星。

突然蹿出的两个黑影并没有发现范啸天，因为轿厅门洞内相比外边更加黑暗。那两个人是被范啸天发出的寒星惊动的，这一次和击射三十六风僮不一样，由于距离较远，寒星发出的声响是悠长的带些颤抖的尖啸，从低到高，撕心裂肺，摄人心魂。

那两个人明显被寒星的尖啸声惊愣了一下，身形猛然一顿。就这一刹那的停顿，两点寒星已经到了，想要出手格挡已经来不及了。幸好两人中后面一人反应更快，猛然前纵，抱住前面的那个人斜向冲出，扑跌在地，并且横着滚出半身距离，这才堪堪躲过两点寒星。那两点寒星落在他们原来位置的青石地面上，击起两串火星，尖啸声变成更加诡异的怪叫，不知弹飞到什么地方去了。

"夜寒蝉！"滚倒在地的人还没起身，其中一个便发出声惊呼。

范啸天正准备对跌倒在地的黑影再次发出寒星，听到这一声惊呼后赶紧止住，因为这声音他听着很是熟悉。等他停住自己急冲的身形，隐约辨出那两人后，范啸天也不由得发出一声惊疑的叫声："是你们！"

那两人是齐君元和唐三娘，约好了本该在"四海同潮"处碰头的两个人，现在却很意外地从轿厅前门旁的道路另一头出现了。

"所射夜寒蝉是你惯用的杀器吗？"齐君元并不对范啸天解释什么，而是抢先反问范啸天一句。

范啸天没有回答，而是点了点头。

"夜深霜露重，寒蝉遇鬼吟。"说的就是杀器"夜寒蝉"。这是一种利

## 第六章　邪风恶浪

用器械发射的杀器，可作明斗用，也可作暗器使。对于诡惊亭的谷生而言，这是一件十分合适的杀器，可以配合所设虚景使用，达到最佳效果。

"夜寒蝉"是一种运用方式隐蔽、杀伤力很大的暗器，它不大，和普通人的拇指差不多，是靠安装在手臂上的小巧蓄力机构射出。"夜寒蝉"前半部分三棱平底，形状就像竖着从中间平剖开的半个枪头。后半部分双翼流风槽，中间带上下连贯的哨口。

用掩藏在手臂上的强簧机栝飞射而出后，靠双翼流风结构，可以保持体积长度很小的"夜寒蝉"飞行稳定、目标准确。而上下连贯的哨口不仅能让带起的气流从孔眼中上下交错，最终由尾部集中喷出，给"夜寒蝉"二次助力。同时气流穿过哨口，可发出半颤半舒、摄人心魄的声响来，扰乱敌手心神。距离近，几乎听不出哨音来。距离越长，发出的哨音会越响亮，直至其射力衰落才止。取名"夜寒蝉"也正是因为这个特点。都说蝉是地府散落的魂魄借助树根溜入人间后化成，入秋之后，地府夜鬼出来收这些散魂回去。而散魂留恋人间，不愿回到地府遭受种种磨难。所以一发觉到夜鬼，便会尖啸惊飞。

"夜寒蝉"不仅力道大、速度快，而且可以连发。每只发射机构可预装的"夜寒蝉"数量不同，可根据个人指腕的操控能力来增加或减少发射滑槽。而离恨谷中使用这种杀器的刺客每只手臂至少要能装十二只，否则就算没有练成。

范啸天刚才这一记误射不仅显示了他从未显露过的擅长杀器，而且还给一些人心里带来了很多疑问，特别是齐君元。比如说范啸天从上德塬开始已经经历了太多杀场刺局，为何一直都没显示出他所擅长的杀器？比如说往广信的路上，哑巴诱不问源馆和夜宴队的人而走，突然出现的那一声类似响箭的声响是不是"夜寒蝉"？如果是的话，那么范啸天的目的又是什么？还有六指临死时是要看着谁说出些什么的，却突然间断了最后一点心力余气。当时范啸天在一侧架住他的腋下，会不会利用"夜寒蝉"暗中贴紧六指的身体出手杀了六指？

齐君元在做刺活儿时一般会用最为简洁明了的言语来进行交流，而这一次他索性连一个字的交流都没有。范啸天点头之后他什么都没表示，而是顺手拉起地上的唐三娘，继续沿进来的道路往秦淮雅筑疾奔。也不招呼范啸天跟着他们，就像偶然发生小碰撞后未造成后果的陌生人一样各自离开。

范啸天愣在了那里，齐君元、唐三娘突然出现在这里已经让他很意外，而齐君元的态度则更让他意外。他们好像是在急切地逃避什么，或者是急切地逃离什么地方，而且他们的逃离是很重要也很必要的，至于范啸天逃不逃、逃不逃得了，好像一点都没有关系。

这一刻，范啸天突然莫名地觉得自己很茫然，自己似乎受到了某种欺骗，而欺骗往往都暗藏着危险。所以他也没有马上跟上齐君元他们，而是回头看了眼轿厅里面。他在等哑巴，将他从三十六风僮的"万种风情"中救出的哑巴现在应该是最值得信任的。

哑巴很快也从轿厅里出来，范啸天见哑巴后第一句话便是："随意和三娘刚刚出现，已经往外面去了。"

哑巴眉头微微皱了一下，然后摆头示意范啸天赶紧往外走。他知道自己设的兜子只会让三十六风僮狐疑一小会儿，追击随时都会继续。现在不管齐君元、唐三娘他们有没有出现、在前在后都已经不重要了，重要的是他们自己能从这危险的境地里活着逃出。

两个人这一回放开了速度，蹿纵跳跃一路往前。因为齐君元和唐三娘已经走在了前面，如果有什么埋伏和阻截的话他们肯定会先遇上。这就相当于是在给哑巴和范啸天趟道儿，他们在后面就不必那么谨慎小心了。

让两个人感到意外的是，还没等赶到桥亭时，齐君元和唐三娘就已经站在路上等着他们了。这是一种很默然的等待，或者说是一种很紧张很无奈的静止，一般只有在觉察到危险时才会出现这样的状态。

此时周围的情形已经变得有些混乱，四处都有的铜铃声已经由很有规律的三击一停变成了嘈杂的乱响。消息机栝乱响，在坎子家的设置中意味着主家的守护全动，由各隐藏位置朝目标围堵合击而来。而此刻轿厅方向则是雾茫茫、昏沉沉一团滚压过来，很显然，三十六风僮再次改换阵形追逼而来。

沿着道路有一些灯盏亮起，这些都是隐藏在妥当位置紧急时才会点亮的灯盏。虽然摇曳的灯火不算明亮,但对于乘黑而入的这几个刺客而言却是很大的危险。另外还可以发现周围远远近近的草木乱摇乱颤,山石、花墙等处不时有异常响动发出。这些迹象表明除了三十六风僮,其他各个方向也有守护高手在快速地接近。同时那些异响也意味着原有机关坎扣正在发生着变化,已经破解的坎扣随时会恢复,一些原来没有投入的设置在人为操作后也已经开始蓄力。

齐君元的表情很镇定,他的特质便是越到危险时心跳越缓,心境、气息越平稳。但此时仅仅镇定是没有用的,重要的是要拿出办法,而且要快。

预料之中的危险很快就会出现。范啸天和哑巴赶到后,齐君元才挥手示意两人停下,还未来得及有一点对周围情景的看法交流,前面道路两边突然间草木起伏、枝叶乱飘,就像掀起了几个大浪。几个草木翻腾的大浪过后,道路上出现了一堆黑乎乎的影子,就像是水落潮退露出的礁石,数量看着应该比三十六风僮还要多很多。那些影子虽然模糊,但影子们手中握着的兵刃在四处紧急亮起的灯盏映照下却是光芒闪闪、清晰烁目的。出现的这些人影是秦淮雅筑中的护卫,他们都是从六扇门中挑选出的高手。秦淮雅筑就是齐王府,齐王就是未来的皇帝,所以这些护卫的实力并不亚于皇宫里的大内高手,甚至在实际经验上还要高过大内高手。

这一堆护卫高手并没有组成某种兜形进行阻截,但是他们的站位却毫无破绽。不仅配合了两边草丛、树木、山石、雕塑,而且还暗合了这一段鬼肠子道的曲折、起伏,甚至应合了每块铺路石的形状与光滑度。这便是鬼肠子道又一巧妙之处,除了肠子结的位置满布坎扣,连接结与结之间的路段也是同样存在玄妙的。一旦需要时,这些玄妙都可以加以利用,成为消灭闯入者的有效辅助手段。所以护卫们虽然没有组成兜形,但他们配合了这段鬼肠子道玄妙特点的占位同样很难破解,而且根本没有兜理依据可循。

## 大地狱

面对实力如此强大的阻截,齐君元他们四个如果硬碰硬地强闯,估计眨

眼间就会被这群高手剁碎了，而且会比"铁齿旋浪"中碎得还要厉害。但是他们如果僵在此地不设法闯过去，一旦"下凡厅"那边的三十六风憧赶到，结果可能会比剁碎了还要惨。

就在大家左右为难毫无办法之际，出现了一个谁都没有想到的意外情况。平时最为胆怯最是怕死的范啸天突然一反常态，他也没和谁打招呼便独自径直朝那堆人影冲了过去。

这边范啸天刚一动，那堆护卫高手中立刻也有两个人影挺兵刃冲了过来。虽然两手空空直冲人堆的范啸天有些像是要自己寻死的样子，但是那些有经验的护卫高手却对他没有丝毫放松。对面这些六扇门中的高手平时接触江湖道的机会很多，知道刺行中诡异伎俩无所不有、毒狠杀法无不至极。所以范啸天独自往前一冲，他们立刻便觉得这是一个准备牺牲自己帮助其他同伴逃出的牺牲品。像这样的牺牲品身上肯定带有可以大范围杀伤的杀器，比如火器、毒料之类，否则绝不会独自一人两手空空地往一堆手持利刃的高手中间冲。所以护卫中才会只让两人主动迎出，而且速度很快。他们的目的是要尽早阻止范啸天往前，不让他接近更多的护卫高手。

范啸天的速度也很快，他的目的也是要尽量往前赶，抢在两个护卫高手阻挡他之前赶到他想到达的位置。

两边速度都很快，眼见着就要碰撞在一起。唐三娘和哑巴都在替范啸天担心，他的"夜寒蝉"其实拉开一定距离的攻杀效果会更好，距离太近反不能发挥其威力。因为太近了就会失去气流二次助力和摄魂声响搅乱对手心神的特点，这也就是为何范啸天在"四海同潮"处连发数颗"夜寒蝉"却只能将风憧们稍稍逼退，而轿厅门口两颗"夜寒蝉"就能让齐君元、唐三娘这样的高手满地乱滚、狼狈躲闪。而且要是再进行后续攻杀的话，他们两个肯定是躲不过的。

齐君元也在担心，但他担心的不是范啸天为何不及时出手，而是他能不能顺利到达位置。

在进入秦淮雅筑之时，刚过鬼肠子道第一结"仙语亭"，范啸天就对齐君元的行动产生了某些疑虑。虽然依旧跟着齐君元往里闯，但是在沿路上却

## 第六章　邪风恶浪

是用很隐蔽的手法做了两道设置，并留下记号。他的手法虽然隐蔽，却没能逃过齐君元的眼睛。所以现在范啸天勇敢地独自冲出，只有齐君元知道他是要抢到位置启动他进来时预设的虚境兜子。

范啸天沿途做下的两处设置是"阎王殿道"中的第三相"黑绳大地狱"和第四相"剥剉血池"。他的设置方法和王炎霸有所不同，王炎霸是用阎王册借光反射造虚境，整个虚境都在他的手中。要设便设，要收便收，景随人而行。而范啸天设的"阎王殿道"则是用的专门画片，衬磷火画背，只需拉开遮掩的封纸、封布，就能在预定的方向上设下虚景。师徒二人的方式难说谁好谁坏，王炎霸是有着一个好材料做成的器具，同时又是杀器，运用起来简便快速随意。但范啸天的方式却是可以多景合设，只要那画片够大够长，能将需要的虚境都画上。而且随设随走，位置选好后就不必再人为操作，一路把十种殿道布全了都没事。紧急时连画片都不必收回，用诡异景象掩护，人可以直接遁走。

眼见着范啸天就要自己撞上两个护卫挺在身前的利刃了，突然间他脚下一个急刹。然后未等身体完全刹住就已经改变方向，转向往路边冲了过去。那两个护卫一直都屏气提神保持攻守兼备的状态，准备与范啸天来一个瞬间即见生死的冲撞。却怎么都没料到范啸天会急刹，更没料到他会往没有路的路边而去。因为对于贸然闯入的刺客而言，秦淮雅筑中所有没有路的位置都会是死路，那里肯定会有必杀的坎扣设置。

但范啸天仅仅是到了路边，他根本不需要走上没有路的死路。第二个设置"剥剉血池"的记号就在路边，而启动的细棉线就在靠近路边的路面上。范啸天在眼前状况下无法看清自己留下的棉线，但是这并不影响他对准预留的记号启动棉线。只是在那位置上扫了一脚，将一块石块踢飞出去，系在石块上的棉线便带走了画片上的封布。于是恍恍然一座血浪翻滚的地狱铺展开来，将那些惊愕的和没来得及惊愕的一群人全都笼罩在其中。

鬼肠子道上蓦然显出鬼府地狱的情景确实让各占其位的护卫们惊恐了。但这些有经验的护卫高手都知道，越是出现这种不知底细的怪异情况越是不能乱。鬼肠子道本身就有着很玄妙的构成，自己这些人利用鬼肠子道占位后，会让本来就玄妙的构成变得更加复杂。而突然显出的鬼狱景象不仅让人恐惧，更重要的是还让他们完全辨不出方向方位，此时乱动定然会造成混乱甚至相互间的误伤。

那边拦截的护卫高手们都惊惧着不敢动，这就给了别人动的机会。这一次冲出的是唐三娘，虽然她也不知道"剥剹血池"虚境中该如何走法才对，但她却并不怕被滚滚血浪淹没，因为她知道那是虚境，而且是范啸天控制的虚境。她害怕的是那些护卫高手实质性的阻拦，害怕各种锋尖刃利的攻击。但是现在那些护卫高手看不清了、不敢动了，那么就该轮到她出手了。事实上她才是带有大范围杀伤的毁灭者，是的，是毁灭者而不是牺牲品，有"剥剹血池"的掩护，她不用牺牲就能将那一堆的护卫高手都毁灭掉。

但是唐三娘的速度必须要快。身边的草叶枝条开始微微摇动起来，后脑也觉出些鬼吹颈般的寒意，而且轿厅方向还不时传来东西砸落和断裂的声响。这是三十六风僮追了上来，而且距离已经不远。

唐三娘丰腴的身形并不算快，但是她杀人的手法真的很快。首先是冲出来拦截范啸天的那两个护卫，他们陷入虚境之后立刻背靠背蹲下，手中兵刃横在身前护住自己。但是他们两个太靠前了，即便被虚境淹没了，但实际位置还是很明显。所以唐三娘能够避让开他们两个，快步从他们身边经过。真的只是经过，什么刻意的动作都没做，但这已经足够，足够那两个人七窍流着血、痛苦挣扎着死去。

后面大堆的护卫高手所占位置前后高低错落有致，虽然并非密不透隙，但着实是将整条道路围堵得死死的。别说丰腴的唐三娘了，现在就算那穷唐在，也很难从人堆间隙中钻过去。不过唐三娘根本没有想要过去，她只需要在悄无声息间到达那些护卫的跟前。那么多人影堆集在一起，即便人与人之间有些缝隙可钻，在"剥剹血池"虚境下也看不出在哪里，所以再采用经过身边投放毒料的方式肯定是不行的。好在从唐三娘原来位置到护卫人堆的大概距离是可以估算出来的，好在唐三娘腰间还有个浸吸了很多毒料的大布帕子。所以当唐三娘很轻松准确地走入"血池"大地狱，将裹在腰间的大布帕子提起张开。然后借着轿厅方向传来的风劲，重重地抖动了几下后，顿时间，大堆护卫占据的一段鬼肠子道真的成了"剥劙血池"的地狱。

唐三娘能够以极快的手法杀死这么多的高手，有很大一部分功劳是三十六风僮的。她抖动布帕借助的是三十六风僮裹挟而来的风劲，而且此时的风劲真的恰到好处。如果小了些的话，就无法将三娘帕子里的药料吹送到每一个护卫所在的位置；如果大了的话，又可能在那些护卫未曾完成一呼一吸的过程之前就已经将毒料尽数吹散了。

哑巴挥舞着手往前跑去，他是在示意范啸天赶紧撤了虚境继续往外逃走。虽然有"剥劙血池"虚境遮掩，看不出前面阻路的那些护卫到底是何状态，但是判断前面一堆人是死是活对于哑巴来说真的不用眼睛看到。常年的狩猎和刺杀已经将他训练得只凭感觉就能辨别猎物死活，这感觉其实是通过血腥味、微弱响动等等条件做出的一个综合判断。

此时没人知道范啸天到底在哪里，但范啸天却可以清楚地看到其他人。所以他立刻按哑巴的意思撤去了"剥劙血池"虚境。

几个人从一堆死尸中穿过时很有些心颤，包括唐三娘自己。因为那些护卫的死状真的太恐怖了，虽然死去的过程极为快速简单，但是从这些扭曲的躯体和更加扭曲的表情可以看出，他们死去的过程真的非常痛苦。而唐三娘虽然曾经用这种毒料杀过人，却从来没有一次下过这么重的料杀过这么多的人。所以像这种极为痛苦、各具扭曲姿态的一地尸体她也是第一次看到。

还没等四人都走过那堆死尸，最先死去的两具护卫尸体已经开始动起来。先是移滑着往前，然后是滚动着往前，最后索性翻转着腾空飞起。

这不是赶尸，就算是上德塬的铃把头还在，他也没办法让尸体飞起来。这又是赶尸，只不过不是用符咒、引铃赶着走，而是被不可思议的妖风赶着走。风到人也到了，三十六风僮这一次驱风用的是"乘风踏浪"。整齐的六六排列，内阴外阳，驱动的风劲前后左右都有，就像一只乘风随浪而行的筏子，又像一片赶风逐浪的潮头。

这种整齐的阵势有两个好处，一个是周围全照顾得到，不惧突然偷袭。再一个是步调一致，行动速度快。

"快跑，风僮到了！"走在最后的齐君元轻喊一声。他虽然没有和风僮交过手，但是一见后面狂卷而来的势头就知道这不是他们能够抗衡的能量团。更重要的是风僮们赶来的速度真的很快，他就是有什么办法阻击，也已经没有时间布设兜子了。

其实没等齐君元轻喊，范啸天就已经撒开脚丫子跑了。但这一次他仍不是因为胆怯而抢先溜走的，而是想赶紧找到他预留的另一处设置，"阎王殿道"中的第三相"黑绳大地狱"。范啸天此时的想法非常清晰准确，他觉得三十六风僮的风阵虽然厉害，但是无法将固定牢靠的东西吹走，也肯定无法将虚境吹走。所以只要抢先将制造虚境的画片固定好，并在合适的时机拉掉封布，就能让风僮们陷入心惊胆战、不知方位所在的地府虚境中，阻止他们的快速追击。

范啸天很快找到了"黑绳大地狱"的设置，但他却找不到能将画片固定的地方。而就在他找寻固定画片地方的时候，齐君元他们三个人已经从他身边快速跑过了。跟在齐君元三个人后面的是满地滚动的尸体，时不时还有一两具尸体翻滚着飞起，将道路旁边的花草树木篱笆撞坏了不少。

范啸天差点就被这股妖风吹走了，好在及时抱住了一棵足有碗口粗细的大树。但是没有被妖风将自己和那些尸体一起吹走并非就是好事，因为紧跟在妖风后面的就是三十六风僮，落入他们手中还不如像死尸一样被吹得满地乱滚。

抱住大树的范啸天在狂飙的妖风中挣扎着，一边保证自己可以抱住大树不被妖风吹走，一边把脖子够向手中紧紧捏着的画片。

画片的封布最终是范啸天用嘴巴撕掉的，挣扎之中范啸天还扯断了不少胡须。不过结果还算不错，刚刚好在范啸天以及他抱住的那棵大树进入到"乘风踏浪"的能量范围内的那个瞬间，"黑绳大地狱"虚境铺展了开来。而此刻三十六风僮刚好还未曾发现范啸天。

"黑绳大地狱"为第三殿阎罗宋帝王执掌，下设十六小狱，对有罪魂魄施以倒吊、穿吊、勒脖、挖眼等等酷刑，然后转至四殿"剥剟血池"。而范啸天虚境一展，便见黑绳如须，密密匝匝。竖绳倒吊，横绳勒脖。两头挂的大绳，穿体挂起许多死去的受罪魂魄。而更可怕的是有恶鬼持刀而行，将被吊魂魄——挖眼。满地滚动的都是挖出的眼珠，似看非看，似哀似怨，身在其中会觉得那些眼睛都在盯着自己。

范啸天将"黑绳大地狱"虚境铺开后，风僮们"乘风踏浪"的风力一下就没了。但是六六排列的阵势却没有散，而且瞬间提升到更高的功力层次。这就像一个充满气的球，随时会以最极限的势头爆裂开来。

或许是之前哑巴一个内外颠倒的三角绊扣让风僮们心有余悸，或许是刚刚风头中卷起的那些护卫高手的尸体让风僮们触目惊心。所以虚境异象一出，他们立刻都改成静止的全防守状态。

哑巴之前只拉了一根绳子，而现在风僮们见到的是无数根绳子。刚刚风头卷起的只有几十具尸体，而此时风僮们看到的是无数尸体。而且不管绳子还是尸体，以及满地滚动的眼珠，没一个会被风僮的强势风劲带动一点，这是最让风僮们感到害怕的。

无边的黑狱，完全不知道自己身在何处，又该去往哪里。黑绳飘晃，仿佛随时都会将自己捆住套住。而周围的恶鬼冤魂，也像随时会将自己扑住，勒断脖子、挖去眼睛。如果真是阴界门户大开，不小心闯入黑狱之中，无论是谁都不敢轻举妄动的，风僮们也一样。

而实际上风僮们心中都不认为这是一个真正的地狱，而是一个不知用什么方法做出来的障眼兜子。但是兜子中所有的布设并不会因为自己的力量而发生丝毫改变，也就是说，此时此地的主动权、掌控权都在别人手中。因此自己只能蓄势自保，轻举妄动只会给自己带来准确、凶狠的攻杀。而且风僮们不敢乱动还有另外一个原因，他们是在鬼肠子道上被障眼的。鬼肠子道暗藏奥妙，周围辅助坎扣无数，也不知道现在到底是什么状态。万一迈错一步，触动了什么辅助杀坎的机栝，那就得留在真的"黑绳大地狱"中了。

## 荆棘弹

风僮们蓄势自保不动，对于齐君元、唐三娘、哑巴三个人绝对是好事，在没有追击的情况下，他们三人可以轻松从容地逃出秦淮雅筑。但是这对范啸天而言却是很尴尬的，他现在已成为了一个固定虚境画片的器具。如果撤了虚境奔逃，估计肯定会落在已经蓄势到极点的三十六风僮手中。而如果一直坚持拿持画片困住风僮们，等秦淮雅筑中其他高手赶到，自己仍是没有逃脱的机会。

范啸天心中真的很后悔，他想将画片固定后用虚境阻止风僮追击，其实是有种炫耀自己技艺的心理。本来他是逃在头一个的，要是不动这念头，说不定都已经抢先逃过"仙语亭"了。却没想到一时头脑冲动竟然反陷入了绝地，这一回是他自己将自己做成了一个弃肢。

就在范啸天不住懊悔的时候，突然一种异样的感觉直透他后脊梁。这是一种犹如刀剑扎入的感觉，这也是一种寒风穿体而过的感觉。范啸天赶紧定神寻找那感觉的来源，只微微转头间他便知道是怎么回事了，那是因为有风僮已经发现了他的存在。

范啸天定神看去时，有两双眼睛正在与他对视。这是两双风僮的眼睛，这两双眼睛竟然从虚境里满地乱滚的眼珠中发现了范啸天的眼睛。"黑绳大狱"和其他阎罗殿道一样，设兜者在掩饰后的位置可以看清兜子中发生的一切，所以设兜者的眼睛也是最容易被困入虚境的人发现的，这就和当初临荆县外落叶划开虚境让秦笙笙发现了王炎霸的眼睛一样。

"黑绳大地狱"中的虚境中本身就有很多挖落在地的眼睛，所以用眼睛来遮掩眼睛那是最好的方法。但是眼睛和眼睛却不一样，虚境里映射出的是画出来的死眼，眼睛是不会眨的。而混入其中的设坎者的眼睛却是活眼，是可以眨动的。而范啸天刚才一番懊悔，便没能做到定神定睛，眼睛眨动太过频繁，于是被两个风僮觉察出了异常。

两个风僮与旁边风僮低声商量了两句，于是风阵中有两男一女出来。他们面对范啸天的方向，两男左右分开在前，一女夹在中间偏后两步。三人是完全相同的蹲跨姿，手捻的风诀也完全一样。口中念念有词，同时身体摇摆，像是在牵拉什么很重的东西。这是僮术的一招，叫"双阳射阴箭"，虽然是三人同时运用功法，最终却是将中间女性风僮发出的一股阴风风劲如利箭般激射过来。

## 第六章　邪风恶浪

"双阳射阴箭"虽然只有三个风僮合作，但其威力对于单个目标而言却是极为凶狠霸道的。只要被那阴风触体，胸腹器官立刻四分五裂。即便只是触到手脚等肢体末端，也会骨断筋折、经脉尽断。而且这一招只有修习相同僮术的人才能使用，一般修习相同僮术的都会是至亲或近亲。所以能做到心意贯通，射出的"阴箭"会更加稳准狠。

范啸天眼睁睁地看着别人在对自己出手，但他却不知道这是一种什么招数，会对自己造成怎样的伤害。所以还在心存侥幸，迟迟未曾扔掉画片赶紧躲闪。

三个风僮已经蓄势到位，只需捻风诀的手指点出，那么利箭般的风劲便会直射范啸天。而此时范啸天仍懵然不知，依旧很坚持地拿举着虚境画片。

三个风僮提肩伸臂，"阴箭"劲风即将射出。但就在这时两支真正的利箭划破虚境，带着沉闷的破风声抢先射向了三个风僮。那是哑巴射出的两支白蜡杆双羽大箭。

范啸天启开"黑绳大地狱"阻住三十六风僮后，前面三人并没有马上借机逃走，而且这一回提出先不急着走的人竟然是齐君元，是之前根本不在乎范啸天能不能逃出的齐君元。

"辨一下风僮位置，给下几道飞空的杀器。"齐君元做刺活儿是不仅说话简练，而且都尽量用离恨谷中的术语。他这话是对哑巴说的，意思是争取从"黑绳大狱"的虚境中找到风僮的位置，然后用弓弩、弹子给予打击。

"虚境中没办法辨出，只能是往大概位置上猜测着下手。"唐三娘说得实在，要哑巴在虚境中准确找到目标确实有些要求过高。

哑巴挽厚背长胎弓，弓开如满月，但这一箭却迟迟没有射出。不用说，他找不到准确的位置。

"别等了，就大概地射吧，射完我们还得往外逃。能将二郎捞出最好，捞不出我们也算尽力了。"三娘有些急了，眼下的状况是在逃命，磨磨蹭蹭地找目标、射杀器救助范啸天，搞不好全都得成了死蜂（离恨谷中暗语，指刺局中被杀死的刺客）。

"不是救二郎，风僮大阵不破，我们来不及逃出去。"齐君元说话的同时突然往"黑绳大地狱"急走两步，他似乎发现了什么。

"你们看，黑狱景象中闪动的亮光是什么？"齐君元的辨查能力真的很强，因为他从小就能从开片纹的瓷器中一眼找出哪是开片哪是裂纹。如果他也进入六扇门吃公差饭的话，能力肯定不在蔡复庆、卜福之下，高明的刺客和高明的捕头在技艺功法上有很多是相通的。

"你是说的那些发白、发绿的小亮点，那应该是地府中飘浮的磷火吧。"唐三娘的说法还是有一定道理的。

"不对，磷火是荒地、坟场暴骨才出现的，地府收押魂魄不会出现磷火。在这景象中设磷火反会弄巧成拙，凭二郎的严谨是不会犯这种错误的。而且那些亮点并不像磷火那样飘浮，只有微微地移动和颤动。所以那不是设置，应该是风僮所携之物发出的。"

听了齐君元的分析，哑巴毫不犹豫地将两支大箭朝那闪动的亮点射去。

而亮点真的是风僮发出的。风僮来自海岛和海边的滩涂水乡，原来做的又是那种类似巫师的职业。所以怪异的装束上挂有很多怪异的配饰，如贝壳、蚌壳、海螺壳等等。这些配饰有的完全是出于他们很另类的审美，有的其实是他们施展僮术时使用的法器、工具。而不管是为了好看还是为了显示法术的神奇，专门挑选来的贝壳、蚌壳、螺壳都是颜色鲜艳、晶莹剔透的。而且其中大部分的壳壁都可以发出一些荧光，特别是蚌壳和剖切开的螺壳。

风僮们虽然因为"黑绳大地狱"的虚境而将戒备状态提升到极致，但仍是没想到突然有大箭射来。一支大箭正中"双阳射阴箭"的一个男风僮胸口，大箭穿体而过，带出一溜血串，被尾部的双羽抖撒成了雾状。另一支大箭从"双阳射阴箭"女风僮的胳膊上擦过，箭刃很轻易地将胳膊上的一大块肉给剔去。然后余势未了，稍偏转了些方向射进了"随风踏浪"的阵形，继续从一个风僮胁下插入。虽然大箭力势已衰，但仍是撞切开了那风僮的肋骨，将箭头深深地插入腹脏之间。

射完这两支大箭，哑巴扔掉厚背长胎弓。在"四海同潮"那里，他连续用弓箭攻击"万种风情"救助范啸天逃出，已经将大箭耗费得只剩这两支。射完这两支之后连那弓也没什么用了，带着反而是累赘。

## 第六章 邪风恶浪

扔出手的弓还没落地，铁弹子就已经飞出了。三枚一组合，连续射出三组合，全是直奔虚境中那些亮点的。

刚有风僮遭到大箭攻袭，那"随风踏浪"的风劲便陡然冲出。这是蓄势已久的防护能量，一旦释出便如排山倒海一般。

哑巴的弹子发出得极快，所以最前面三枚仍是穿透了刚刚才开始释放的风劲，击中三个风僮。虽然风劲已释出，对风僮起到了很大的保护，但是大力的铁弹子与护身的风劲相撞，还是将这三人击得跌飞出去。而第二个组合的三枚虽然也击中了两个风僮，但在已经释放到一定强度的护体风劲抵御下，铁弹子就像秦淮歌妓用来挑逗嫖客的鬓间花绒球一样，轻轻地丢落身上，柔柔地掉落地上。而最后一个组合的三枚铁弹子还没到"随风踏浪"跟前，便已经开始快速自旋，这明显是遇到了极大阻拦。等差不多到了风僮们的面前时，那弹子突然转向，往其他三个方向胡乱飞射而去，根本连风僮的衣角都碰不到。

范啸天差点被三枚胡乱飞射的弹子击中，铁弹子呼啸着擦着脸颊过去。范啸天的身体很自然地往树后缩，于是手中的画片移动了，虚境中的景物晃动了。虚境一动就会变得缥缈、模糊，此消彼长，虚境模糊了，实境就会变得清晰。所以虚境虽然未散，范啸天所在位置也未被发现，但是风僮们却大概找到了虚境的源头。因为整个虚境是映射而出，画片动，映射景物的距离越远，虚境动的幅度也就越大。相反，越靠近画片处，虚境动的幅度也就最小。

风僮们找到了动作最小的位置，因为太明显了，整个黑狱景象就像围绕着那一个点在动。所以风僮们决定在护住自己不被弹子、弓箭攻击的前提下，将阵形的风劲势头逼向这个动作最小的位置。

"抛了虚境快跑！"齐君元看不清虚境中的情况，但他毕竟置身境外，所以能通过风头带起周围花草树木的情形看出"随风踏浪"将目标调向了范啸天所在的位置。于是高声呼喝，让范啸天借助这个机会赶紧逃。

范啸天很听话，齐君元的喊声刚落，他便跳起身一路狂奔。完全不顾后面风僮们是怎样的状况，又会对自己采取什么措施。他只知道齐君元们没有抛下自己，在设法带自己一起逃出。所以他觉得自己只管抢时机往外逃，至于后面的风僮们，齐君元他们自然会阻止风僮、接应自己。

范啸天的想法其实并不完全正确，齐君元他们根本没有想过用什么办法阻止风僮接应他。但结果倒是和范啸天想象的一样，哑巴又一轮连续的铁弹子组合再次打击了风僮，恰好让范啸天顺利逃脱了。

当自己的攻击招数被对方反转倒射过来后，一般人都会放弃这种招数的继续使用。但是哑巴这人的性格却和别人不同，他天生有种遇强之后越发凶蛮的性格。三枚铁弹子被对方反转之后，他狠狠地咬住后槽牙，变魔术般又抽出一根带弹托的老牛筋。牛筋两头有现成做好的套头，套头往弹弓弓架的双杈头上一套，这弹弓便成了一架双筋条，弹射力顿时翻了倍。然后他从腰间另一个厚皮囊中掏出了荆棘弹，一枚入弹托，三枚虚握掌心。

一切都做好之后，哑巴喉间滚过一声含糊的闷雷，猛然间双臂运力前后撑拉。那乌铁木的弓架发出"吱呀"的怪响，并且变得弯曲，看着就像快要断裂一般。但差不多是要到那弓架承受极点时，弹托被放开，双筋条发出一声类似赶车长鞭抽出的亮响，将荆棘铁弹射出。

第一枚以最大力射出后，掌中虚握的三枚弹子没再将弓拉至极点，而是采取连续快射。速度很快、间隔很短，直追第一枚弹子。这三枚荆棘弹以及最开始的一枚是呈笔直一线射出的，这其实是远距离攻击武器非常实用的一招攻击方式，是以前面力道最大的弹子来破开风劲，让后面三枚弹子减小风阻，直接穿过风圈击中目标。

荆棘弹是带有上下、左右、前后六个锐利尖角的铁弹子。因为有锐角，所以自身的破风力本就强。即便遇到很大的作用力，也不会轻易发生自旋和反转。另外也是时机凑巧，"随风踏浪"的最强势头已经开始转向了范啸天那个方向，所以阻挡荆棘弹的风劲反没有之前阻挡铁弹子的强。再加上哑巴拉弓射弹之际，正是范啸天扔掉虚境画片之后的刹那，原来被虚境覆盖的人形隐约间已经可以看清。所以除了第一枚弹子首当其冲被风劲阻挡后偏离了方向外，剩下三枚荆棘弹都是非常准确地直奔风僮防守相对薄弱的身体部位，而不仅仅是针对蚌壳、螺壳发出的亮点。

## 第六章　邪风恶浪

三枚荆棘铁弹，击中了两个风僮。一个被铁弹击中脖颈侧面，于是绽开了一朵杯口大小再加几个分叉花瓣的血花。血花如果再大一点的话，那么整个脖子将会断开。而现在虽然没有断开，这个风僮的血流和气息却全在这里决了堤。另一个风僮被击中两弹，一弹射入了肩部，同样是皮肉翻绽的血花，荆棘弹深深地陷入肉里，钉穿了肩骨，这入骨的疼痛程度可想而知。但这风僮却不必体会这种疼痛，因为还有一枚弹子击中的是他的头部。这一弹不仅绽开了血花，而且血花更大更斑斓，是直接将半边头颅给击碎了。

风僮们的阵形散了，他们各自找可以掩护的大树、石头藏身。刚才两支大箭是趁着他们未曾释放风劲时偷袭得手，但哑巴这三枚荆棘铁弹却实实在在是穿透了风劲的圈子给予打击。这让风僮们惊觉自己的功法能量并非什么攻击都能阻挡住的，根本无暇思考一下这三枚弹子没挡住的真实原因。

哑巴在此处借助"黑绳大狱"的虚境连续得手，杀死杀伤多个风僮，其中当场身亡和后来不治身亡的有三人。从那以后，僮术中的"万种风情"就再没有组成过，因为没法再凑到这么多技艺功力相当，并且正好十一阴二十五阳的风僮。所以僮术虽然是民国之后才完全演变成唱僮的，"万种风情"的阵法在北宋时就已经消失了。

"好，这下好，他们不会再一步钉一步地坠着了。"齐君元并不太在意范啸天能够逃脱，而是对风僮们的状态很满意。

虽然几十个护卫高手转眼间就全部殒命在一块大帕子下，虽然风僮们遭遇杀伤之后会有所畏缩，但是秦淮雅筑中的护卫远远不只这些，他们正如同许多支流一样朝着鬼肠子道聚拢而来，朝着秦淮雅筑的唯一出口震魂桥包抄过去。而且，风僮们的畏缩也只是暂时的。当他们想清一些原因，恢复原有心态，然后再有围聚而来的护卫作为援手，他们肯定会锲而不舍地紧追上来。

齐君元他们是出生入死的老手，当然清楚自己的处境。所以风僮们刚作鸟雀散，他们便果断回身冲进桥亭。

## 隔岸观

唐三娘早就提前一步在桥亭里等着了，见三人奔来，她立刻开始启动过道转换的机栝。所以当最后的哑巴侧身进入桥亭里后，那板壁刚刚好将正确的鬼肠子道关闭。

没等鬼肠子道到达完全关闭的位置，另外一边通往外面的口子已经打开。急慌慌的范啸天抢先从开启不大的空隙中钻了出去，然后在口子再开大些时唐三娘也出去了。

但是齐君元和哑巴都没有急着出去，他们一直等通道位置转换完全到位。然后齐君元拿出了一把铁锤和"明月铲錾"，在亭壁下沿处找准一个位置，用铁锤将"明月铲錾"砸入下底的滑动缝隙中。

这薄薄的一片"明月铲錾"虽然不足以将这么大一个移动门户卡住，但是齐君元砸入錾子的位置是特别选定的。只要亭体木壁强力移动，錾子便正好可以借助其转动的力道将下滑槽中的底企（保证机关门户朝指令方向移动的活动卡子）挑到反向位置。利用门户移动方向机栝的错位，让其自己卡住自己。

不过设置是别人家的，他们自己肯定知道被卡阻后应该怎样排除，或者直接将桥亭处的总弦卸了。但是齐君元的要求并不高，他想要的就是排除或卸总弦需要的时间。只要这临时的措施能将后面追击的速度再延缓一小会儿，他们就能从前包抄后追击的兜形中冲出，顺利逃出秦淮雅筑。

而就在齐君元卡死桥亭机栝的时候，哑巴掏出几张油皮，拍贴在木壁上。油皮是离恨谷中刺客随身的常用物之一，是一种带黏性油脂的厚油纸。这油纸作用很多，可以擦拭润滑，可以保养武器，可以作为引燃物。哑巴这时拍贴油皮就是要用它引燃桥亭木壁，将桥亭点燃不仅可以阻止秦淮雅筑里的高手追击，而且还能将围聚而来的护卫们都吸引到这里来。这样一来追击的、阻击的都被牵制，他们则可以抓住时机逃出秦淮雅筑。

就在哑巴掏出"怀里火"吹燃火苗准备点燃油皮时，齐君元一把拦住了他："不行，千万不能闹出大的醒标儿（醒目的标志）。现在齐王这边肯

## 第六章　邪风恶浪

定认为凭他们的实力可以将我们拿住，所以围追我们的只有秦淮雅筑里的护卫。一旦桥亭燃起，肯定会惊动金陵城里夜巡的官兵和铁甲卫。到时候从外面将震魂桥的口子一封，我们插翅都难飞了。"

听齐君元说得有理，哑巴果断地将"怀里火"收了起来。四人继续往外急奔。

就在他们刚离开桥亭不远，在桥亭的另一边突然有连续三支"窜天猴"尖啸着飞上夜空。"窜天猴"是六扇门中常用的一种召唤号炮，当初在临荆县北门外卜福就曾用这召唤手下捕快前来围捕秦笙笙、王炎霸。此时发出"窜天猴"，估计是后面追击的护卫高手发现桥亭机栝被卡，自己无法及时追上刺客这才发出求助的。另外也可能是觉得凭秦淮雅筑中的力量拿不住齐君元他们了，所以召唤夜巡的官兵、捕快、铁甲卫，让他们赶来从外围协助围捕。所以即便哑巴没有把桥亭点燃，外面夜巡的各路人马也是会很快赶来秦淮雅筑的。

"窜天猴"升空之后，惊动了太子府里的一些人。最先被惊动的肯定是丰知通和他手下那帮不问源馆的高手，他们保护赵崇柞来到金陵与李弘冀沟通建立新暗信道的事情。而李弘冀因为职权未复，即便建立了新的暗信道，对他和孟昶之间也起不到大作用，所以这件事情没有马上着手去办。而赵崇柞和丰知通这些人因为事情未曾落实，也就没能及时回去，全都暂时住在李弘冀的太子府里。

虽然住在太子府中，但是身在异国皇都，又是来办一些隐秘的事情的，该有的警觉和防范肯定是不能松懈的。所以稍有风吹草动，赵崇柞和丰知通他们便都立刻收拾妥当起身。由此可见不问源馆并非一个草莽英雄汇聚的杂乱机构，而是有着一套严格纪律和行动规矩的。

太子府的德总管也很快出现。他一边安抚赵崇柞，说明此情况肯定与太子府无关，让大家安心，一边马上派人出去打探消息。等消息探明之后，他又马上进内宅去告知李弘冀，显出其有条不紊极为老练的办事能力。

李弘冀很快和赵崇柞聚在了议事堂，而此刻汪伯定等太子的得力助手也都从各自家中赶到。

"齐王的秦淮雅筑遭刺客夜袭,从时间和号炮升起的位置来看,闯入者已经深入腹地,而且已经是在往外逃出,号炮意图是召唤援手外围围堵的。"德总管大概说了下情况。

"齐王情况如何?刺客有无得手?"李弘冀问道。

"全不知道,不过从所有迹象来看,刺客极为凶悍和高明,否则凭秦淮雅筑的实力,他们不会发号炮召唤外援。"德总管答道。

"如此而言,这些刺客绝非一般来路,他们会是哪里派来的呢?"李弘冀像是在自言自语。

"这情形对太子可不大好。"赵崇柞皱着眉头轻声说了一句。

"赵大人此话从何说起?"李弘冀猛然转头望向赵崇柞。

"据我所知,齐王平日行事谨慎机巧,虽负责刑部却过问不多。而每次过问都是释冤解屈,口碑不错,没有什么大对头。"赵崇柞并不把话说到底,这两句说完便住口不言了。

李弘冀霸主之才,他怎么可能听不出赵崇柞余下的话音:"你是说齐王遇刺,最终人们会将矛头指向我?怀疑是我派遣的刺客?"

赵崇柞没有回答,旁边的汪伯定接上了话头:"恐怕太子真的会首当其冲,因为不管怎么说,在世人眼里你都是最有理由置齐王于死地的。"

李弘冀没有辩驳,因为他心里清楚这是实情。

"而且前些日子为了从齐王及其手下那里逼迫出被擒刺客刑审的实际口供,我们已经采取了些非常手段,包括谣传有人要刺杀齐王的消息。虽然太子实际意图只是做做样子威逼一下,但别人却不这么认为。再加上当时又有许多意外出现,齐王归途中果然遭遇刺局,所以肯定会让人更多地联想到太子。所以今夜刺客夜闯秦淮雅筑,太子没干系也得惹上干系了。"汪伯定的意思很明确,黄泥落在裤裆里,不是屎也是屎。

"这样的话就真是不太好。我与皇叔虽然暗中争端,但还不至于到性命相夺的地步。这么办,为了显示我心坦荡,同时也是为了缓解我与皇叔间的关系,德总管,你立刻带府中高手前往秦淮雅筑援手,同时传我令箭到飞虎营,让他们立刻全城布控,捉拿刺客。"李弘冀果断下令。

"不可不可,切不可如此。"赵崇柞赶紧加以阻止,"此时太子府中的人出现,一旦刺客逃脱,齐王那边肯定会认为是你们掩护其逃脱。或者直接便赖上你派去的府中高手,这就更加说不清了。还有就算你替他捉住刺客,也难免会有此地无银三百两之嫌疑。如果刺客再反咬一口,那就落个自掘自埋的下场了。"

"对对对,而且飞虎营一动,混乱之中难免会与城防夜巡官兵、铁甲卫以及刑衙捕快们发生些不经意的碰撞、冲突,那也会让齐王觉得是我们故意遣出飞虎营扰乱追捕。"汪伯定也赶紧加以补充。

"那该怎么做才合适?"李弘冀不惧纵马横刀驰骋疆场,但对微妙关系的掌控他真的有些头疼。否则他也不会常常将自己和齐王的争端摆在脸上、摆在桌面上。所以从李弘冀的性格上看,他也真只是个霸主之才,而非枭雄。

"此时表现得最为正常也就是最为合适。齐王那边出事,从太子的角度来说,虽非己为但却算得上己愿。所以最为正常的表现应该是隔岸观火、幸灾乐祸。这做法虽然显得不够厚道,却是最为自然,也是最能表明这事情并非太子操控的做法。"汪伯定这其实是个置身事外、抖落干系的办法。

李弘冀是个明白人,一下就领会了汪伯定话里的窍要。"那就这么办,不闻不问,倒也轻松。"

议事厅中的人相继散去,赵崇柞却留到最后。等只剩李弘冀和他两人时,赵崇柞才悠悠地开口:"其实既然知道有人对齐王不利,太子何不借机推波助澜。那齐王与太子早就心生芥蒂,来日他若持了皇符,怎么可能善待太子?不如真就借着其他人不轨之心暗中行事,让齐王从此无争。当然,这事情太子手下人肯定不能做,不过我不问源馆倒是可以代劳。只求以后南唐与我蜀国联盟牢不可破,共拒其他恶强。"

李弘冀听了这话之后沉默不语,这种想法说他从来没有是不可能的,但是让他真的去做,却是一个要作天人交战的决定。

"也许太子会觉得如此做法是影响到南唐社稷稳定的,但如果以后齐王真的继承皇位了，你觉得他能让社稷稳定吗？所以如果真正是想让南唐不颓，这条路子太子还真的需要三思。"

李弘冀始终没有说话，他在沉思，沉思了好久好久，就连赵崇柞什么时候告辞离开的他都没有注意。

但是好久好久之后，李弘冀坚定地摇了摇头。

## 第七章　跃出金陵

**燃断魂**

　　齐君元他们逃到穿石牌坊跟前时，已经可以听到周围嘈杂的人声、脚步声和人在草木中穿行的声音。围聚而来的护卫们距离很近很近了，再容不得丝毫耽搁。可面前的这堆乱石是活的，是机栝弦簧带动着的，他们能快速通过吗？

　　瘫散了的穿石牌坊依旧没有复位，但这并不意味着就可以随便通过。此时的机关机栝应该处于反向蓄力状态，随便触动一下任何一块石块、石柱，整个穿石牌坊将会同样扭转翻滚，以最初启动时同样的打击力量扫荡坎面范围内的所有生命，只不过这次是朝复位的方向动作。

　　不仅周围的声响已经非常接近，而且桥亭的方向也是灯笼火把全亮了起来，可以听到很多人往这边奔过来的声音，其中还不乏劲风风声和愤怒的念咒声。估计桥亭移动的门户被打开或被拆除了，那些死了同伴的风憧带着援手的护卫又一次紧追而来。

　　"快点呀、快点呀，快过去！怎么过去呀？"范啸天言语显得有些混乱。他这种性格的人，相对而言更适合做那种经过深思熟虑的事情，比如说以己身做兜直接接近周行逢从而找到唐德在何处。而面对紧急的状况他会很无措，就像广信城那场临时的刺局一样，最终竟然没有考虑好自己的退路。这主要还是刺局做得太少，缺乏应急的经验和心理。

不过说实话，身临如此急迫的状况，面对碰一碰就会用巨大力量摧毁范围内所有生命的穿石牌坊，慌乱、焦急的不仅仅只有范啸天一个。唐三娘和哑巴此时也很无措，只不过没有像范啸天表现得那么激烈而已。

眼下只有齐君元的表情依旧没有一丝变化，而且心中也真的没有一点慌乱，因为穿石牌坊阻碍逃出的问题早就在他的预料之中。

进来时，齐君元利用了钓鲲钩和犀筋索闯过穿石牌坊。在继续往里闯入时，他并没有将挂在石梁上的钓鲲钩和犀筋索收回。这可能是怕收回时触动了哪里，让穿石牌坊后续变化的动作或反向启动复位。

这时候周围的光线比闯进来时要亮许多，齐君元只瞄了一眼就找到了挂在石横梁上的犀筋索。他急走两步，用极为轻巧的手法捡起一根犀筋索，并随手将旁边的唐三娘拉到自己身边，伸单臂穿过三娘腋下将其抱住："你也抱紧我，千万别撒手掉下。"

吩咐完唐三娘后，他高声对哑巴说："飞星，你轻轻抓起那根索儿，将二郎带上。先不要使力，听我数到三一起拉索儿。"

哑巴听了这话后立刻动手，他单手将犀筋索握在手中并绕了一圈，另一只手几乎是将范啸天横夹在臂下。那范啸天只能反手紧紧抓住哑巴的腰带和裤子。

几乎是没有间断的"一、二、三"，"三"字刚出口，齐君元和哑巴一起用力拉动犀筋索。瘫散成一堆的穿石牌坊碰一碰就可能会启动复位，更何况这样大力的拉动。

很突然的机栝动作，穿绳收缩，然后那些石柱、石梁再次猛烈地翻转了、挥舞了、提举了、竖立了。整个穿石牌坊就像个蜷缩的石头巨人一样重新站了起来，将身躯挺立起来，将四肢舒展开来。虽然它的复位动作依旧在拴住立柱的犀筋索作用下有些变形，但它最终还是恢复成它耸立的姿态。

## 第七章　跃出金陵

钓鲲钩勾在石梁上，钓鲲钩后面的犀筋索吊着四个人。随着穿石牌坊的复位，随着石梁的提起和摆动，这四个人被甩起、被荡出，被抛落在穿石牌坊的外面。

人刚落地，齐君元立刻抖索收钩，然后快步过去又将哑巴手中的索儿和钩子收了。所有动作犹如庖丁解牛，就连身形起落、脚下步数都恰到好处。这一切显示了齐君元的技艺出神入化，但从另一个方面看，这又说明所有的一切他之前就已经全部想好、设定好了。

留下钓鲲钩、犀筋索就是为了逃出。但是将很贵重也很重要的钓鲲钩和犀筋索留下作为逃出的工具，将逃出的方法设计得如此精妙快捷，最后连逃出时收回自己器具的细节都考虑得步步到位。这一切未免显得逃出要比寻到齐王、刺杀齐王更加重要，而且设计的计划似乎早就知道自己铁定会逃出。

按理说同行的其他人看到这些情形后应该提出疑问：齐君元最初到底是设计了怎样一个刺局？就为鬼肠子道上走几步就再逃出去吗？但是没人提出疑问，范啸天、唐三娘还有哑巴似乎都是脑筋不会转到如此细腻地步的人，而唯一一个出身天谋殿有可能对齐君元提出质疑的汤吉已经死在了"四海同潮"。

出了穿石牌坊便是"照天镜"，"照天镜"不像穿石牌坊那样碰触任何一块石头都会导致机栝动作，继而蓄力实施后续击杀或比击杀更狂猛的复位。"照天镜"就是一个固定的坎面，进来和出去时没有任何变化，也无法进行变化。而且齐君元已经找出了坎面布置的规律，整理并记住了从上面通过的路线走法。只是这路线走法必须瞄准踏脚位一步一步走过去。

但是此刻包抄围追过来的护卫高手们已经近在咫尺，他们手中的兵刃发出的寒光已经能够闪晃到齐君元他们几个人的眼睛了。所以依旧按点位一步步慢慢走出去，一旦围捕的护卫出现后，身在坎面中未能及时通过的都等同于自杀。

齐君元很清楚现在根本不可能一步步小心翼翼地走出"照天镜"，所以他没有直接奔向"照天镜"，而是招呼哑巴先往旁边的一个花坛跑去。

范啸天和唐三娘在"照天镜"前站住，并开始快速将进来时的步数在脑子里重新过一遍。但还没等他们来得及调整身形和视线的状态，齐君元和哑巴也已经到了。

哑巴两手各提一个细麻编袋，看着他提着轻飘飘的，实际上却非常重，因为袋子里装的是实实满满的黄沙。人还离得"照天镜"挺远，一个袋子便已经被抛了出去。袋子落在"照天镜"坎沿的里侧，黄沙从未曾封扎的袋口全冲倒了出来。才几步之后，哑巴又将另外一个袋子抛了出去。袋子落在"照天镜"的中间位置，袋里的黄沙同样冲倒出一个小沙堆。

"你们先让开，跟在我后面过去。"齐君元没有拿袋子，而是拿了一把木头推耙。推耙的耙头很大，足有一张八仙桌那么宽。耙头往坎沿里侧的小沙堆中一扎，然后一路往前推开。于是在变化莫测的"照天镜"上出现了一条沙铺的小道，一直连接到中间的那个沙堆。齐君元没做丝毫停顿，继续用推耙推动第二堆沙子继续往前，于是这条沙铺的道路一直延伸到"照天镜"的另一边。

"照天镜"的奥妙之处是视觉误差、高低误差最终导致脚步误差，但是两堆沙子推出的路径不仅可以遮盖影响视觉的石面纹路和反光，而且还将很难看出的铺石高低差异全部抚平。所以再不用研究路线步数，再不用聚气凝神调整视线和状态，直接从这沙路上快步奔过就行了。

齐君元进来时过了"照天镜"没有马上离开，而是蹲在坎面边上抚摸了一下晶石之间的缝隙，然后又在附近的花坛和灌木丛下找寻了一番，他做这些就是在寻找快速出去的办法和工具。

"照天镜"是直接用晶石铺在地面上的固定坎面，而且是铺在秦淮雅筑进出必经的口子上。秦淮雅筑中每天都有很多人进进出出，绝不可能每个人都放松视线按规定路线步数出入。更何况进出的还有许多是前来拜见齐王的外客，通过的路线步数是不能让他们知道的，否则这"照天镜"还能起什么用处？

最开始齐君元想到"照天镜"在白天的时候应该会用布毯之类的东西盖住，那么从上面行走便不会出现视线被晶石花纹和发射干扰的情况。但布毯盖住却不能消除石面高低差异的设置，完全无视的状态下从上面行走就像在陷阱间行走，落扣的危险更大。于是齐君元又想到木板架覆盖，但需要的木板架会很大，每天搬拿会很麻烦的，而且附近的雅致景色也没有地方适合放置。

后来齐君元蹲在坎边抚摸晶石石缝，他那可以从瓷器上摸出暗纹的手感轻易就发现了石缝中残留的细沙粒。于是断定每天白天"照天镜"都是用沙子覆盖的，这样不仅可以掩盖视觉误差和石面高低误差，而且铺开和扫起都非常方便。再有这沙子也不用运到很远的地方，有几个袋子随便往花坛、草丛中一塞就行，别人很难注意到。后来齐君元真的找到了沙子和铺沙、收沙的工具，证实了判断的正确。所以现在逃出时，靠着之前已经找到的这些沙子和工具，齐君元带领大家快速通过了"照天镜"。

赶到震魂桥时，不但秦淮雅筑里已经灯火通明人声鼎沸，就连外面也可以看到有很多的灯笼火把鱼贯而来。夜巡的官兵、捕快、铁甲卫已经从四处快速朝震魂桥出口聚拢。

震魂桥是窥破坎理、解开机栝走过的，所以现在出去也不会有什么问题，只需直接快步奔过就行。而且齐君元他们一路逃出时采用的各种办法也产生了效果，秦淮雅筑里的高手和护卫都未能将他们追到和包抄住。而外面赶来的人马也都还差着那么一点距离未能将震魂桥出口封住。

"哑巴，烧桥。三娘，焰子里添把料。"只要再奔出几步就能掩身到密集的民居之中，可齐君元偏偏在这时候吩咐了这么件事。

此时哑巴目光中反而显出一丝讶异。这也难怪，刚才桥亭不让烧的确是有道理的，但现在让烧震魂桥却似乎是没道理的。已经逃到这儿了，应该抓紧时间远离秦淮雅筑才是。

但是哑巴虽然心中讶异，行动上却没有一丝悖意。而是以最快速度拿出油纸，在桥上贴了几处之后用"怀中火"点燃，动作的起落、行止娴熟得就像早就做过演练似的。

唐三娘倒是一点奇怪的表情都没有，那态度就像一直在等待着这件事情，而且是那种早做早了的态度。哑巴那边火纸未曾全部点燃时，她已经将几个大的粗纸包拿好在手中了。等火头稍微起来些后，她将粗纸包直接扔进了火里。

于是震魂桥的火非常快速地燃烧起来，而且烧得很有些怪异。光焰很耀眼，火苗窜动摇曳得很剧烈，时不时还有奇怪颜色的焰苗突然爆跳出来。就像火焰里有个疯狂舞动、不停变化的妖魔。

其实齐君元的决定仍是有道理的。不让哑巴烧桥亭，那是因为他们还未逃出，距离出口还有很大一段距离。现在已经到了震魂桥，那么烧震魂桥便可以将外围赶来援手的人马都吸引到这边来，而他们则可以争取更多时间，找到合适的路径逃得更远，逃出金陵。

让唐三娘火中加料，不仅仅是要燃烧震魂桥的火焰更耀眼、更猛烈，将外围的人马都吸引到这边来。另外还可以用怪异的火苗将秦淮雅筑中的人吓住，让他们一时间不敢追出来，也让外围聚拢到震魂桥前的人马进不去。这样内外无法互通信息，围捕的行动就会变得更加迟缓。

当然，这些都是从表面就可以看出的道理，或许齐君元这个措施中还有着其他看不透的目的。

火燃起来之后，齐君元立刻带着其他三人沿着河边往北边跑。迎面遇到一队夜巡官兵时，他们迅速藏身在岸坡下躲过，等官兵过去后他们才出来继续往前。不过齐君元并没有带着大家跑出很远，其实他们也跑不出多远。因为有更多的人马会像刚刚遇到的那队官兵一样赶过来，很快这周围的道路河岸都会遍布官兵，他们将无处藏身。

## 驾浪跃

设想的情形很快就出现了，虽然未曾遍布官兵，但是前面东关铁闸与大石坝的岔道口却是被大批铁甲卫和捕快占据了。灯笼火把将那岔口照得通明如昼，就连一只苍蝇飞过都会被辨清公母。

占住路口的是有经验的铁甲卫和捕快，他们知道围捕是要连续设卡，而不是往一个点上堆太多人。前面赶往震魂桥的官兵已经够多的了，再去人已经意义不大。所以他们退后一个圈子，在这个位置设卡是非常正确的。既可以不让躲过官兵的刺客逃出，又可以在前面发生搏杀且无法阻止刺客时，后续再冲上一波阻击力量。

"飞星，我让你安排穷唐守住的小船是在前面大石坝吗？"齐君元悄声问哑巴。

哑巴很肯定地点点头。

"再等等。马上那些堵路的就会离开，然后我们抢上大石坝。"齐君元也很肯定地说。

齐君元的话音刚落，震魂桥那边突然间火云乱飘，惨叫连连。刚刚围堵过去的那些官兵人马大片倒下，而且很多人身上都沾上了火苗，满地乱滚，痛苦不堪。

情况发生得很简单，耀眼的火光将外面的兵马全都引来了，他们都认为刺客燃着了震魂桥是为了阻挡他们，所以都急切地想要灭火往里冲。而此刻里面的风僮与护卫们也赶到了，他们是同样的想法，只不过方位相反，是要往外冲。

外面官兵的灭火之举怎么都赶不上风僮们风劲前冲来得快速迅猛，于是震魂桥上耀眼怪异的火焰在风僮风劲的冲击下，朝外飞扬开来。震魂桥上一下便只剩几朵零星火苗，已经可以随意通过。

但是外面赶来的官兵却惨了，火苗、火星飞溅得他们满身、满脸，并且迅速燃烧起来。遭遇火焰烧灼还在其次，问题是那火焰、烟雾、飞灰之中都是带有剧毒的，不要说沾在身上，哪怕只是远远吸入一口，也会让他们立刻翻身倒地、挣扎抽搐着慢慢死去。

一下有那么多人死去，即便暂时没死的，那样子也都比死更痛苦。死去的和暂时没死的都会给后来的人带来恐惧，而很多人一起的恐惧很快便会演变成惊慌和混乱。这才是齐君元燃着震魂桥并在火中加药料的真正目的。

混乱是从风僮和护卫们冲过震魂桥开始的。已经极度惊慌的官兵们见紧跟火云火星、烟雾粉尘之后突然出现了一帮子人，几乎是下意识地就持兵刃攻杀过来。因为他们脑子里先入为主地认为刺客就在里面，害怕出来的刺客会再用什么火呀烟呀的将自己也变成死人，所以抢占先机不让对方动手则是他们现在能选择的最合适的方法。

风僮和护卫们根本来不及解释,这种状况下他们要想不死就得杀死对方,所以只能仓促出手。

其实这已经超出了齐君元想要的效果,本来他觉得只要烟雾粉尘一散,不管桥的哪一边都会有不少人中毒。然后惊恐逃窜的、救助中毒的、畏惧退缩的已经可以制造足够的混乱。而前面发生了混乱,那么后面的人马肯定会判断刺客已经被发现。所以后续赶到的人马再堵路拦截就没有什么意义了,而是要将全部力量投入到对刺客的围捕和截杀上。

而现在的实际情况比齐君元预计的效果还要好,不仅有了想要的混乱,而且还出现了两方面的交手。交手比混乱更能说明刺客出现了,所以大石坝旁边岔道口的铁甲卫和巡捕立刻朝震魂桥方向蜂拥而去,发起后续的一波阻击。转瞬之间就留下一个空荡荡的岔道口和无人守卫的大石坝。

铁甲卫和巡捕们一离开,齐君元他们立刻从河边堤坡上跳起,急速往前奔去。到了大石坝边上,齐君元探头往下看去。此时天色已经接近晨曦,虽然依旧灰灰淡淡,但已经可以看清不少较大体积的东西。在大石坝闸口里侧,有一只两头尖翘的放鸬捕鱼小船,也不知道是从什么地方漂来的。

哑巴很轻地打了个唿哨,于是从石坝旁的黑暗处蹿出一个黑影,飞行一般地落在河边。然后在水边伸头拖拉了几下,小船便快速地移动到岸边。很明显,这是岸边有牵拉住小船的绳子没在水中,所以这船不是什么地方漂来的,而是预先拴在这里的。这其实就是头天夜里哑巴出长干寺做的事情,找来一条船安置在这里,并让穷唐看住。

跑到了大石坝并不意味着逃出生天。远处仍有大批的官兵、捕快、铁甲卫迅速赶来,就连金陵城守卫大营的人马也已经出动。大石坝处的岔道口虽然暂时没有官兵占据,但远处更多的岔道都已经被封锁。所以齐君元他们仍是在危险的中心,准确些说,眼下整个金陵城都已经完全没有他们四个人的立足之处。

但是齐君元有一条早就计划好的逃跑路径。齐王遇刺,整个金陵城肯定会被惊动。到时候不仅官家、兵家全面铺开捉拿刺客,就是金陵城中的百姓

## 第七章 跃出金陵

也都会对身边的所有陌生人加以怀疑。所以针对齐王的刺局不管成不成功，他们要想顺利脱身的话，唯一的办法就是直接逃出金陵城。

金陵城周围并非全部城墙围起，有部分位置是以河道水面加拦河网为防御。一到夜间，所有城门都是关闭的，河道拦河网也都会全部升起。齐君元他们虽然有翻越城墙逃出的手段和器具，可是当全城的搜捕展开后，他们要想跑到城墙边都是十分困难的。而事实也真的如此，从秦淮雅筑出来，要不是有之前预先设置好的手段，他们就连大石坝都走不到。

街路走不通，只能利用水路。相比遍布官兵、捕快、处处设防设卡的街路，水路只有一个拦河网。只要越过了拦河网，就犹如鱼入大海了。经过多日的"点漪"之后，齐君元最终确定可以利用大石坝内外水位差别，开闸放流，让最前端涌起的水头将小船抛过拦河网。

"三娘、二郎赶紧上船，我和哑巴去开闸口。你们慢一点松缆绳，我们打开闸口后马上也上来。"齐君元吩咐着。

"闸口打开后，缆绳就拴不住船了，到时候你们恐怕会来不及上船。"唐三娘觉得齐君元的安排有问题。

"别担心，肯定能走的，我早就算好了。"

齐君元的回答很含糊，没人能听懂他所说的算好了到底是怎么回事。但是也没人再追问是怎么回事，而是各自打着各自的主意，上船的上船、上坝的上坝。而此时的情形也确实不允许再多问什么，不远处又有大批巡卫、捕快朝这边赶了过来。

震魂桥那边的混乱好像平息了下来，紧张情绪下出现的误会只会持续很短时间。等后面冷静的人赶到看清情况加以阻止后，混乱的双方马上就会惊醒过来。而混乱一旦停止，内外两方面交换过信息，接下来便肯定是针对附近范围内的严密搜捕。大石坝的位置肯定是在严密搜捕的范围内，所以齐君元他们如果不能及时行动到位的话，真就再没有机会了。

齐君元和哑巴上大石坝，两人用力推动绞盘。多层转换的省力吊起机构，再加上哑巴的天生神力，整个闸口打开的速度非常快。但是闸口刚刚打开，石坝下的小船就随着闸口湍急的水流剧烈地跳动起来，河边拴住小船的木桩在渐渐松动、慢慢拔起。

就在石坝闸门完全离开水面的时候,齐君元朝哑巴大喝一声:"下去,跳到船上去。"

哑巴愣了一下,随即一个纵身跃出石坝往小船上落下。哑巴松手后,闸门非但没有下落,反而继续在往上升起。这倒不是齐君元的力量如何巨大,而是因为闸门离开水面后少了水的推压力,所以即便只有齐君元一人,也可以借助省力机构快速将闸门提起。

哑巴跳进小船的冲击力让拴住小船的木桩彻底从土里拔出。随即小船随着水流从闸口中急漂而过,就像随浪跳跃的一片枯叶。而小船刚过闸口,齐君元便用旁边的固定拉环将绞盘杆扣住。然后迅速下了石坝,借着河岸下阴影的遮掩,往小船漂走的相反方向快速跑去。

"快,大石坝被打开了,有人乘船逃走了!""逃走了,逃走了,刺客逃走了!快追!""是四个人,我看到船上有四个黑影!肯定就是那四个刺客!"

远远近近传来各种嗓音的喊声,但所有喊声都是针对被水冲走的小船的。小船成了公众目标,所有人都往它漂去的方向追赶过去。

当天色放亮的时候,齐君元很坦然地坐在寺后街的一个小摊上,捧着一碗非常烫的漂着厚猪油的卤汤葱花面,吹着气、咂着嘴很狼狈地吃着,就像小摊上其他的人一样。吃完面后,他又堂而皇之地找一家不算偏僻的客店住下,就和那些赶早进城跑单帮做小生意的一样。

没错,金陵城今天所有城门照常打开,并没有四城紧闭搜捕刺客。因为有很多人亲眼看到四个刺客乘一只小放鸬船随着河道泄流越过拦河网逃出了金陵。

就在齐君元入住客店的时候,范啸天和哑巴、唐三娘已经将小船划到了纵横交错、犹如蛛网的江南河道之中。到了这地方,三个人才松下劲来。周围复杂的地理环境加上林木植被的覆盖遮掩,就算来一两个水军大营的人马都很难将他们找出来。

三个人松下劲后沉默了许久,最终还是范啸天首先开口说了话:"这就算完了吗？刺齐王的活儿这就算做完了吗？"

"是的，做完了。"唐三娘回了他一句。

"好一番搏命啊，汤吉死了，齐兄弟也未能逃出，现在都不知道怎么样。而最后连齐王的影子都没见到就完了，这到底做的是个什么刺局呀？"范啸天很是愤懑和不甘，因为这一趟的刺活儿做得真的有些莫名其妙。

"刺局已经做成了，齐王会死的。"

唐三娘这句话一出口，范啸天和哑巴都猛然转身转头，朝向唐三娘，睁大讶异的眼睛。

"刺局已经做成了？齐王会死的？"范啸天追问道。

"对，老天爷会要了他的命。"

"什么，老天爷？啥时候？"

"当第一场春雨来临时。"

## 魔唤魂

蜀国和大周的战事从一开始便出现了意想不到的事情，周军"游龙吞珠"的计划未曾能够按照最初的想法得以实施。就在周世宗重新调整计划结构，分三路分别迎对秦州、成都赶来的赵季札部以及东西川要隘青云寨后，又一个意外出现了。不过这一次是给了周军一个意外惊喜，而对于蜀军的拒敌方案则是难以想象的巨大危机。

周世宗和赵匡胤亲自迎对从成都而来的赵季札部。双方还没有遭遇，准确些说应该是双方探马都还没有探出对方的兵马在什么位置、和自己距离多远，那赵季札就已经开始畏缩不前。当成都方面的蜀军差不多到达德阳的时候，赵季札就再不敢往前去了。停了几日后，有探马来报，说周军的大队兵马朝德阳方向而来。赵季札一听这消息吓得马上单骑驰返成都，这一路逃下来，沿途官府都以为蜀军大败，一时间恐慌情绪弥漫了整个蜀国。

赵季札逃跑，带来恐慌还是次要的，重要的是他所辖兵马是由沿途各州调来的。他一逃走，那些人马没有统一指挥的将帅，于是立刻各自返回原来州府。而沿途驻守兵马见皇上派来的大队人马全部退散，更是无心拒敌，正面迎对周军的军事力量全盘瓦解。以至于一夜之间被周军连夺三镇四寨，完全没有抵抗能力。

幸好有利州镇守使、兴元府山南西道节度使派来协助的两路人马及时赶到三泉，将周军突进之势阻止，否则的话周军一路长驱直入、突破剑阁都是有可能的。

赵季札未曾临阵就已逃脱，此举一下就将王昭远的深远计划彻底打破了。原来他想让赵季札借此机会进位入朝，成为自己在朝中明争暗斗的有力臂膀。却没想到烂泥扶不上墙，蛤蟆当不了马。这废物东西非但没挣到一点脸面，反而将他王昭远陷入一个错荐人、误大计的境地，搞不好还得连带受责。

王昭远在心中不歇气地暗骂赵季札蠢材加废物，哪怕是刚遇上周军就马上逃，那样也可以有各种理由来圆说。比如周军势强，比如气候突变于蜀军不利，比如有蜀地贼匪相助周军寻捷径偷袭，总之是能把逃跑之举说得合情合理的。甚至还可以将逃脱说成是为了保存各部实力，等周军深入后再合击等等，并以此为功反过来邀赏。但是现在离得敌兵还远远的，主帅就独自逃回来了，这情况怎么都没法圆过来。

不过王昭远毕竟是王昭远，他为了自己可以亲娘、老子都卖了，更何况一个对自己不再有用的蠢材废物。于是王昭远赶紧前去进见孟昶，一见孟昶其他话不说，首先便是要求孟昶立刻将已经收押的赵季札斩首："皇上，此奸猾蒙蔽之小贼、祸国殃民之大害，如不立斩难祛民惧、难振军威。他平时以奸诈假象蒙蔽微臣也就算了，微臣心地宽厚，上他当实属难免。最可恶者他竟然连皇上都蒙蔽，明明无能却不拒赋予的重任，想偷巧撞运捞功劳。这是欺君之罪，这是祸国之罪！皇上，你不用念微臣之面轻责于他，我主张将其立斩。"

王昭远的话说得太巧妙了。他一腔愤恨地主动将赵季札往刀口上推，不仅表现出自己只是个忠厚的受蒙骗者，而且还表现出对孟昶的绝对忠诚。同时他话里还有意无意地点出孟昶自己也没有看出赵季札的真实面目来，这其

## 第七章　跃出金陵

实就将孟昶和自己捆绑到一块儿了。那孟昶听到这话怎么都会琢磨一下，如果他要一并降罪给王昭远的话，那也就意味着在打自己嘴巴子。

"唉，也真是的。当时我推荐赵季札时毋昭裔大人也在，我昏愚不辨，那毋大人却是锐目如电，平时里消息又灵，成都府官家人他全都了然。可是那天怎么提到赵季札时却一点异议都没有？是因为担心边关战事给疏忽了，还是有着其他什么打算？"这一次王昭远没有暗示，而是直接将责任推到毋昭裔身上去了。

孟昶沉吟不语，王昭远的话肯定是提醒他了，那天毋昭裔确实没有对使用赵季札提出一点异议。

其实赵季札这人平时夸夸其谈、自吹自擂是大家都知道的，但他是否确有真才实学却无从考证，因为谁都没见他亲自上过战场。所以毋昭裔那天没有阻拦还是比较一分为二的做法，因为确实不知道赵季札到底行不行。再有也是给王昭远面子，国家危难之时，他不想与王昭远闹出不和。

一个人能自吹自擂那是必须有一定理论基础的，否则处处漏洞被人揭破那还怎么吹。赵季札也是一样，他平常用以自吹的一些良策、谋略都是从书籍上得来的正确理论，如果没有这些积累，如果对军事战略、统兵排阵一无所知，他自己也不敢随便接了孟昶的委派。而且就算这些理论是纸上谈兵，那到了战场上也该是刀兵来往几个回合才能看出。在这过程中的一些谬误很快被反馈到成都，那么孟昶这边进行调整也是来得及的。这些不仅王昭远想到了，毋昭裔也想到了，这也是他未曾断然加以阻止的原因。

但赵季札连周军的照面都没打就逃回了成都，这是王昭远和毋昭裔都没有想到的。不仅王昭远、毋昭裔没有想到，其实就连赵季札自己都没有想到。

由于赵季札所辖领的兵马由军部从各州府统一调配，按指定时间、地点在沿途与赵季札会合。所以赵季札在离开成都时只从军部调用了几个中军、助事，然后再带些亲信和门客便直奔凤州。

就在赵季札所调用的中军、助事中，有一个中军官是主动要求加入的，他就是通过王昭远安置在兵部的王炎霸。对于一个小小中军官的要求，军部调配的官员完全可以不予理睬。但问题是王炎霸是皇上现在极为宠爱的秦艳娘的表弟，一个平时还算会来事但不是很懂深浅的年轻人。也许他觉得上战场会是建功立业、飞黄腾达的好机会，却不能理会出生入死一百回都不及他表姐在皇上耳边吹阵风的道理。

既然王炎霸不懂深浅，那就不会有人乱教他识深浅，在这些与皇上有直接联系的人面前说错一句话可能带来的就是杀身之祸。既然不敢得罪，那就肯定会有人来做顺水人情，而且刻意将他委任在赵季札贴身处负责重要事务。所以已经算得上皇亲国戚的王炎霸跟着赵季札一起出成都奔赴了凤州。

离恨谷诡惊亭的技艺中用来惊骇恐吓的手段是多种多样的，从形到声到境到意。而其中声吓一技也是花样众多、匪夷所思，其中最为高明的并非以突然之声、意外之声将人吓得胆囊破裂死在当场。最为高明的声吓其实是施于无形的，是用最为平常的交谈、最为正常的表现，逐渐将目标意志恐吓到完全摧毁。

从刚刚离开成都开始，王炎霸作为赵季札的贴身中军官便不可避免地会和他议论战局，聊天解闷。而且赵季札多少也听说过王炎霸的背景，所以为了拉近关系，为了多了解些秦艳娘的情况作为以后登阶进位的资本，也是十分乐意与王炎霸交谈的。

也不知道王炎霸从什么时候开始多了个口头禅，"愚者逼事"。赵季札一直都未问清这四个字什么意思，只估计是王炎霸老家那边挂在话头话尾的脏话。而且单从字面上理解，大概是骂愚蠢的人总会出现些逼事情。想想王炎霸一介草民，因为表姐受皇上宠爱的关系突然飞黄腾达，但那旧底子一时半会儿还剥不干净，所以口头上带些脏字赵季札还是非常能够体谅的。

但是赵季札根本无法想象的是，"愚者逼事"这么四个字其实就是对他实施的一个绝妙的恐吓手段。四个字真实的读音、读意其实是"遇周必死"，王炎霸是要在所有可以利用的机会里对赵季札不断灌输这样一个概念。

从现代知识来分析，这是一种意念灌输法，也叫瞬间信息输入。曾经有人做过一种试验，就是在正常的电影胶片中每隔一百多张胶片就加入一张鬼怪的胶片，这在放映过程中是完全看不出来的。但是观看电影的人却会慢慢产生恐惧感，因为那看不见的鬼怪图片已经通过人们其他更为敏锐的感官感觉收录进大脑了。

王炎霸的这句口头禅就像电影胶片中的鬼怪图片，实际上可能还比鬼怪图片更加直接、更加明显。所以赵季札心中的恐惧就被这四个字很快积累了起来，在内心深处不由自主地就构筑出一个"遇周必死"的概念。而且这样的心理负担在无形中不断加重，以至于精神状态渐渐地不能承受。最终导致意志彻底崩溃，思维意识出现混乱，完全失去了对战的勇气，在仓皇迷乱中逃回成都。

王炎霸运用的这种技法在离恨谷中叫"魇魔唤魂"，其效果是根据施用者的施加密度和目标的心理承受力来确定的。王炎霸的施加密度应该还算正常，但是赵季札的心理承受力却是出乎意料的差。这和他常年就任闲职、养尊处优、缺乏实际的历练是有很大关系的。所以最终结果也是出乎王炎霸意料的，他原以为赵季札会在一两场相衡的或稍落下风的战斗之后出现畏惧和退逃，却没想到根本还没见到周军的影子呢，赵季札就已经逃回成都了。

如果是赵崇祚、毋昭裔都在成都，他们肯定会细究一下其中隐情。一个难得有机会掌握重权的人，一个踌躇满志要有一番作为的人，一个在接受皇上委派时并非强加于他，而他自己也未有丝毫推却的人，怎么可能在和对方完全没有交锋的状态下就独自逃回。而且真是临阵脱逃的话他也应该往无人认识的地方逃，怎么可能逃回成都、逃到孟昶跟前，那不是和寻死自杀一样吗？可寻死自杀的人都是有充足理由的，那么赵季札的理由是什么？

问题是赵崇祚、毋昭裔都不在成都，而唯一能说动孟昶的王昭远完全改变了最初的态度，不留任何余度地要将赵季札往刀口上送。王昭远这样做是权衡过的，他生怕赵季札拖着不杀，万一什么时候说错话或者为了保住性命，将自己与他暗中筹划先取功绩，再联手秦艳娘，一起对付毋昭裔、赵崇祚和花蕊夫人的计划透露给孟昶知道。所以杀赵季札是必须的，这是后患，必须灭口。

"就这样杀了是否显得草率，要不先收监，等毋昭裔大人回来让他细审一下，然后再广告天下枭首示众。"孟昶这想法还是很稳妥的。

"皇上，此时此刻乃国家危难之时。如此殃国大罪之人，必须果断处以极刑。这是为了显示皇上的霹雳手段，和对此行为者的痛恨。同时也是警告其他官员将帅，当奋勇向前，不吝生死。"王昭远说得也很有道理。

最终在王昭远的促使下，孟昶连赵季札的面都没见一下就下令将他处死了。赵季札之死如果从源头上论，其实应该算是被王炎霸刺杀的。只是这样一个将"魇魔唤魂"技法运用于正常交谈的刺局，这世上已经没有几人能够窥破。

## 买花钱

就在王昭远劝说孟昶立即处死赵季札的过程中，蜀国后宫分钗廊中正进行着另外一番争斗。这是一个双方人数非常悬殊的争斗，但挑衅的是人数仅为一个的秦艳娘，被挑衅的是花蕊夫人和后宫一大群的嫔妃。一般而言，主动挑衅的往往是胸有成竹的，所以即便人数悬殊非常大，仍是无法判定谁会最终占到上风。

今天是发放后宫各嫔妃月例花费的日子，也就是所谓的分发"买花钱"，后宫中这件事情一直都是由花蕊夫人负责。这并非一件容易做的事情，特别是最近这段时间。大周入侵蜀国，各种费用都紧张，所以后宫中的月例也有所削减。因为这些月例花费来源只有部分是宫需府供给，还有很大一部分其实是外官、外域和蜀国辖下部族进献的供奉。由于战事吃紧，局势微妙，所以这部分供奉有的暂停了，有的缩减了。这样一来可以分发的月例费用很明显地大幅下降，搞得宫中嫔妃们最近都嘴尖鼻子翘的。

宫中分发"买花钱"本来就是个很为难的事情，因为除了宫需府给的是铸钱外，入宫的供奉都是东西。这些东西不可能每个人都分过来，价值上也有高有低。但是花蕊夫人却能衡量好价值高低、数量多少尽量做到公平。至于谁中意什么东西，那么在分发完之后嫔妃们私下里再交换调整。

女人最多事，特别是关系利益和面子的事，所以花蕊夫人再怎么公平都

## 第七章　跃出金陵

还是会稍有差距的。以往凭着花蕊夫人受宠的地位，稍有些差距也没人敢和她啰嗦什么。但是这两个月来却好像有些异样了，有些嫔妃在分发出现差异时会直接与花蕊夫人理论。而且对大幅下降的月例也有很多抱怨，并不忌讳花蕊夫人是否在场。

花蕊夫人心中很清楚，出现这样的状况其实和秦艳娘的入宫有很大关系。原先可以说是自己一统后宫，但是现在那秦艳娘却夺了半边去了。而且从她的各种做法以及现在在民间百姓心中的地位来说，甚至已经超过了花蕊夫人。

"今日我不再多说了，月例依旧是少了，原因大家也都清楚。但我知道这月例并非不够用，大家都节俭一点，就算是替皇上分忧吧。"花蕊夫人坐在分钗廊中，轻柔柔的话音中却透着股权威。

当看着已经分好的不多的月例后，有些嫔妃却开始低声诉起苦来。不过附和的人并不多，这些嫔妃大多是来自官宦、贵族人家，很多事情还是拎得清楚的。眼下国家局势吃紧，不要说月例少了，即便是停了、没了，又能怎样？总不至于逃出宫去吧。

"依次领了吧。抱怨不抱怨都这么多，有总比没有好。你们只当是简衣素食为皇上、为蜀国念佛祈愿，只盼望这状况早日过去，只求得国家安泰、皇上安康。"花蕊夫人句句是肺腑之言。

众人再无话说，让贴身宫女依次上前领取月例。

"且慢！"突然间一声娇啼若琴音绕梁，随即环佩叮当，香风轻漾，一个妖娆的身影往分钗廊中款款走入。

众人回头看去，来的是一个她们全都不认识的女子。但是从华贵的服饰上看，这女子分明是宫中的。而且所戴钗饰的价值都不菲，一般嫔妃很少能够拥有。女子的长相似乎并不比任何一个嫔妃俏丽，但是面容、眉眼之间的搭配却透着没有瑕疵的完美，那是一种连女人都难以抗拒的吸引力。

一时间大家纷纷交头接耳，随即在相互提醒下都很快猜出她是什么人。在蜀宫之中，能够一身如此不菲的华服和配饰，能够美艳妖娆如斯，能够毫无惧意地在花蕊夫人面前发声喝止，这样的女人只有一个，一个近来一直缠绕着她们的传说,秦艳娘。

"你是秦昭容?"花蕊夫人也是第一次见到秦艳娘。虽然秦艳娘的出现很让她感到意外,更不知道她的出现目的为何,但是在今天这个场合下她还是觉得对自己有利的。因为蜀宫嫔妃都集中在这里,而自己怎么都还算蜀宫中的当家人。所以不管是从秦艳娘夺宠那方面讲,还是自己掌控着各宫院月例费用这方面讲,在场的所有嫔妃都应该是站在自己这一边的。

"你是慧妃?我叫你花蕊姐姐吧。"又是一个意外,秦艳娘竟然没有对花蕊夫人行尊上之礼,而是非常嚣张地直唤花蕊夫人为姐姐。看起来这只是不大懂礼数,但已经进宫好些时日了,这些礼数不可能没有人教会。如果不是不懂礼数,那么这样就只有可能是将自己已经放在一个和花蕊夫人平起平坐的位置上。

花蕊夫人虽是出身官家,但是为人宽厚。她并没有在意秦艳娘的态度,依旧言语婉转,笑颜淡淡:"早就听闻秦妃绝代,今日一见果然佳人,为我蜀宫增色。"

"哪里哪里,花开四季,依时而荣。我只是恰到时节,哪及得花蕊姐姐长开不败。"秦艳娘这话明着像是在赞美花蕊夫人,但只要细细回味一下,便能品出她话里实际是在暗示现在轮到自己占尽风华的时候。这样说话在民间被称为说阴话,谁又能知道,这说阴话的本事在离恨谷中叫"弦外音",是勾魂楼的技艺之一,也是秦艳娘最擅长的技艺之一。她可以用言外之意将人勾吊得失魂落魄,也可以用话外之话将人骂得转不过弯来,就像她还是秦笙笙时骂范啸天那样。

周围一片寂静,悄声的交头接耳已经完全停止。周围的人都已经从看似融融的场面中体会到紧张的气氛,脂红粉香之中仿佛已经有刃光锋影闪动。

花蕊夫人微微皱了下眉头,她文采出众擅长写诗填词,这言外之意当然领会得到。只是这种言外之话她却是不会说,而且也不屑于说。再有让她觉得奇怪的是,这秦艳娘才是初见,为何就如此敌对?但回头再想想,自己心中何尝不是早就将秦艳娘视作死敌。

"秦妃来此有何贵干?"花蕊夫人决定直入正题,不给秦艳娘说那些弦外之音的机会。

"咦，今天不是领月例费用的日子吗？我来除了领取月例还能有其他什么事？"秦艳娘反问一句。

听说秦艳娘是来领月例的，这样已经大幅减少的月例中就要再多分出一份来，于是旁边有嫔妃赶紧插言："我听说瑞馥宫是有单独月例供给的，你怎么又跑来我们这里夺杯羹。"

秦艳娘回头朝说话的嫔妃微微一笑，犹如水月轻漾："你只是听说，便引为依据。那我是不是可以在皇上面前告你一个道听途说、兴风作浪、惑乱后宫的罪名？"听到这话，那嫔妃脸色一下子发青发绿，张口结舌吐不出半个字来。

"别怕别怕，我随口说说而已。其实你听说得不错，我瑞馥宫那边的确是有单独月例供给的。"

秦艳娘这话说完，那嫔妃的脸色才又重新活转过来。不仅那嫔妃活转过来，其他的嫔妃也一下有了底气，纷纷指责秦艳娘明明有自己的月例供给还要过来从众人口中夺食。一时间燕语莺声嘈嘈杂杂，场面变得有些混乱。而花蕊夫人微笑静坐，并不制止这样一个场面，或许这正是她所希望的，借助大家的力量来打压一下秦艳娘的气势。

"咯咯咯。"秦艳娘的笑声很有穿透力，在那片燕语莺声的嘈杂中显得非常的清晰。笑声让大家愕然了，于是纷纷的指责一下子止住了，分钗廊中再次安静下来。

"我那边有单独供给没错，那可能是因为皇上总在我那边花费比较大，所以另外贴补的费用。没人说那部分费用拿了我就不能拿宫中月例了。"这话里其实暗带着一种炫耀，也是一种示威。的确如此，古代后宫中如果一个妃子掌控了皇上，那就意味着拥有高人一等的权力。

"我算算，进宫也有几个月了，我这月例都没领。那么我是不是可以在皇上面前告你们合谋欺压新进，私下瓜分我的月例。"这又是一个威胁，让众多嫔妃都刹那间面色阴黑，无胆应对。

"其实只要花蕊姐姐说句话，便可定了你该不该再拿宫中月例。"也有个别脑子灵巧的嫔妃直接将矛头调整到花蕊夫人和秦艳娘之间。

"咯咯，花蕊姐姐那么明理之人怎么会这么做？宫需府配给的月例和宫外供物，都是入过府册的。虽然是宫中分了，但其实这部分并非完全宫事。宫需府入册肯定是按全后宫所需，花蕊姐姐要是定了我不该拿，那就干涉到外府之事。内宫涉外事，自古以来都是大禁忌。"秦艳娘说到这里停了下，满面笑颜地盯住花蕊夫人，然后再将目光缓缓移开，在众嫔妃脸色扫过一遍。未等别人开口，她又接话头继续说道："本来按规矩宫中分发月例还应另造宫册与府册对应，这样才能防止其中营私舞弊。我想花蕊姐姐灵性之人，肯定是将这宫册都记在脑子里了。"

先是将花蕊夫人架住，让其明明有权力却不能剥夺秦艳娘领月例的资格。再抓住花蕊夫人未造宫册的漏洞，威胁花蕊夫人可能存在营私舞弊的做法。虽然秦艳娘强扯的这些理由都是模棱两可的，可这么说也可那么说，但由于抓住的都是宫中之人非常敏感的点上，所以即便是花蕊夫人也不得不认真面对。

"秦妃所言极有道理，如你所说入宫并按册领取月例该宫需府通知才对。也不知道府册需给上有没有将秦妃名字录入。"花蕊夫人很沉稳地说话了。她这人和那些嫔妃不同，在没有找到最为合理的应对话语之前，她是不会随便开口说话的。

"哎呀！花蕊姐姐竟然都还不知道府册上有没有将我的名字录入？作为主宫事之人这可不该呀！给我，没有依据，不给我，也没有依据。这样一来今天无论我领月例也好、不领月例也罢，对于花蕊姐姐来说都会为难，都可能是错事。"

花蕊夫人愣住了，她真的没有想到这一点，更没想到秦艳娘竟然很快抓住这一漏洞反击。其实就算她想到又能如何，一个官宦之家出来的千金小姐，无论心计还是斗口，都是无法和一个专门训练出来的、以声色为惑的刺客抗衡的。

不过花蕊夫人是聪明人，她只是犹豫一下，马上便想到一个可以弥补自己这种错误的办法。不仅可以弥补错误，而且还可以显出自己的大度。

## 第七章　跃出金陵

"来人，将我这月的月例拿来交给秦妃。虽然不知府册有无录入，但秦妃那边的应用还是需要的。这一份又不能从各位姐妹头上扣，那就将我的先给秦妃。"

"不必这样的，我明白花蕊姐姐的心意了。你愿意将自己的月例给我，那是已经知道自己的做法上疏忽了、不妥了。我又不是个计较的人，不会深究到底是无意的还是有意的，更不会到处瞎说你们合伙排挤我的。"秦艳娘一副很是通情达理的样子，但每一句话都是将花蕊夫人往死角上逼。

"但是这月例我要不拿的话，不仅驳了姐姐面子，感觉还有不依不饶的意思，所以我还是应该领下。再有我前几个月也未领月例，这我倒是要主动给自己补上。否则人家会以为我前面明明知道没有月例领，却又跑来无理取闹把花蕊姐姐的月例给逼要走了，这闲话口子是必须堵上的。当然，这只需意思一下，不必太过斤斤计较。我就从分好的月例中再拿四份，也不和前几个月比多少了。"秦艳娘说完之后示意身边贴身宫女去拿案子上分好的月例包袱。

负责分发包袱的太监想拦住宫女，但是当看到秦艳娘灼灼的目光后，他退缩了。

"好了，算是了了一笔小账。各位姐姐，那我就先告辞退下，不搅和你们分财欢喜了。哪位姐姐要是手头紧了，来瑞馥宫找我。我那边皇上赏得多，自己平时又节俭，多少总能帮衬下姐姐们的。"秦艳娘最后已经嚣张到了极点。

分钗廊的尽头刚刚没了秦艳娘的身影，那些嫔妃便乱了起来。她们都吵闹着往前拥挤，抢领月例。因为少了四份，领晚了就可能有谁没有。而如果是将所有月例重新摊分，那每一宫能领到的就更少了。对于这种架势，负责分发月例的太监只能一边将身体趴在那些月例包袱上，一边焦急地喊着："等等、等等！等慧妃定夺！"

"不要吵了！"从没有人见花蕊夫人发过火，但是此时此刻花蕊夫人真的发火了。她不是因为那些抢领月例的嫔妃们，也不是因为陡然又变少的月例费用，而是因为秦艳娘的那种态度是她从未遇见过的。那是一种明目张胆的挑衅，不！那是一种毫无顾忌的羞辱。

"来人，到我慧明园中取些财物，将这月月例补全。"花蕊夫人首先将眼前之事果断解决。而其他事情她也想果断解决，却又不是她能力所能及的。于是吩咐完之后她便转身带贴身宫女往分钗廊另一边的尽头走去，直奔最西面的内宫药院。在那旁边，有阮薏苡的药庐。

就在刚才秦艳娘拿走月例的那一刻，花蕊夫人心中已经拿定主意，必须采用非常手段对付秦艳娘。

# 第八章　刺杀齐王

## 赛人战

　　而就在花蕊夫人和秦艳娘开始第一场冲撞之时，周军甘东道大将军王景带兵与蜀军李廷圭部在威武城相遇。李廷圭果然非同一般，毋昭裔推荐他实属慧眼识才。他横兵在威武城，就是要将大周王景部阻挡在秦州以东，让周军连攻城的机会都没有。而且第一战下来，他便将周军排阵使胡立俘获。此战之后蜀军士气大振，但也不敢贸然进击。毕竟周军的势头在那里，睡虎那也是虎呀。周军则暂停了西进，扎营固守等待机会，双方呈相持状态。

　　青云寨依旧牢牢坚守。韩通率领的大队人马虽然与石守信、王审琦、赵匡义会合，几方面力量加起来有三万多人马合力齐攻青云寨，但仍是没有太大进展。那些守卫的蜀军凭借天险据守，可以冲杀的攻击面就那么大。每次只能派遣很少一部分军士强取，人多人少其实关系不大。而且青云寨上防守的蜀军可以随时得到东西川就近州府驻军的支持，所以韩通、赵匡义他们无论是明攻还是暗袭，都无法将其拿下。

　　不过韩通赶来之前周世宗曾面授机宜，让其在对青云寨万般无奈之时，可设法绕过。直接抢夺再上一级的隘口，连同青云寨一同扼死。所以他们整合了几方面最为精锐的力量，凑足差不多一万人的样子，由韩通和赵匡义带领。再重金收买了一个当地向导领路，从白骨沟、药王古道、猿行岭一路走下来。虽然历尽艰险，也出现了不少意外伤亡，但总算是绕过了青云寨，来到青云寨以南八十里的淘沙口。他们只要将淘沙口占领了，即便弃青云寨不顾，仍是可以扼住东西川往北面运送兵马粮草的隘口。

淘沙口，所以得了这么一个名字是因为流沙河由西而东流过，快到此处时被山岭阻住，只能往南绕个大弯再继续往东。而让出来的这一块地方，就像流沙河朝北张开的一张大口。

淘沙口的确也是个要塞，过了这里可以由水路往东西川去，也可以过了流沙河后由渠县进入东西川。但是与青云寨相比，它的地势没有那么险要，防御上没有太多天然屏障可利用。城防构筑是夹建在双岭间的矮垛薄墙，攻击面虽然不算大，但是与青云寨相比却是宽了三四倍。而且这里配置的常规守军人数也不多，只有四五百人的样子。之所以会这样，是因为此处是远远躲在青云寨后面的一处寨口，平时没有必要设置太强的守卫措施和太多守军。因为青云寨一旦失守了，那么就近州府县镇马上会调来兵马聚集淘沙口，将此当做二道防御全力固守。

但是蜀国方面谁都没有想到，前方青云寨仍牢牢坚守着，周军却已经从几乎不可能走过的道路穿绕而来直扑淘沙口。周军的攻袭很突然、很快速，淘沙口的守军发现后立刻发出了救援信号，而且在慌乱中仍组织了非常顽强的抵抗。

附近驻军收到信号后急速赶来还是需要一些时间的，因为蜀地地势复杂，再加上淘沙口整个东西南有一条流沙河绕过，更是影响援军的速度。而周军精锐加禁军虎豹特遣卫近万人，岂是这样薄弱的城防设置和这么一点兵马能长时间挡住的。在他们风卷残云般快速且猛烈的攻袭下，淘沙口寨墙上各处重点防御位置很快就岌岌可危了，眼瞧着就要被全面突破。

可就在这危急时刻，一支很诡异的兵马从淘沙口寨前侧向杀出。这队人马人数不多，也就六七百人的样子。但是出现得真的很诡异，因为要想从淘沙口东西两侧杀出的话，不仅要越过陡峭如壁的山崖，而且还要穿越流沙河最深、最湍急处。这两件事情都不是一般军队兵卒能做到的。

诡异的人马没有明确的标志旗号，并未表明是来自哪个辖区或部族。他们的装备装束与蜀军差异很大，盔甲战衣很是古旧简陋，使用的兵器也不统一。其中不乏各种奇形兵刃，特别是他们所用的盾牌，很多都是石板制成。而这些差异还在其次，最大的差异是那些士卒。这些士卒最矮的都要身高过八尺，体型非常魁梧剽悍，比当时的正常人都要高出一头。由此便可看出他们在单兵对战上占有极大的优势。

而实际上这些魁梧剽悍的士卒不仅仅是单兵对战的能力远远超过平常兵卒，他们整体的作战能力更是强悍。对仗中，每三到四人为一组，相互配合联防联攻，全无漏洞可寻。然后各个组合之间又有关联，相互援助，不留一点突破空隙。每个组合乃至每个人都极为谨慎，不贸然躁进。而是整体有条不紊地推进和攻杀，并且在推进和攻杀过程中不时发出相互呼应的怪叫和呼喊，就像在唱着一种歌谣。而推进的步法和攻杀的动作也都与这种歌谣的节奏相应和，就像在跳着一种舞蹈。

这种整体配合不属于任何一种阵势阵形，但任何一种阵势阵形的配合都不可能达到这样一种紧密的程度。因为他们间的配合是一种可以用身体替同伴阻挡刀剑的配合，是一种可以用自己的性命替代同伴牺牲的配合，这种配合只有具备血缘亲情关系才能做到。正像我们常说的"打仗亲兄弟，上阵父子兵"，所以这支人马的组成应该全是同宗同族、血缘至亲的父子、兄弟、叔伯。

诡异的兵马虽然人数不多，但出现之后只一轮冲杀就将已经差不多完全掌控局势的周军精锐给打退了回去。整个淘沙口防御重新被这支诡异兵马和残余的一些蜀军守军控制。

虽然只是一轮冲杀，却将韩通、赵匡义惊得目瞪口呆。一群从天而降的巨人，一群装束怪异的怪物，一群剽悍凶残的野兽，上演了一场血腥残酷的杀戮。他们边唱歌边舞蹈，以一种非常快乐的状态去杀死敌人。所到之处血肉横飞、肢体破损，绝不留下一个气息未断的活口。

来的这队人马是中国历史上极为著名的一支战斗部族，賨人族。賨人族最早为賨人国，早在春秋战国之前就已经极为昌盛。但后来因为天灾人祸，賨人国消亡，只有很小区域的族人聚居。

这个种族据说最初是由古金沙国驱逐逃出的多个小部族合并而成。因为有多个部族的基因交叉优化，所以后代族人体型都很高大，男子最少都能达到一米七五左右，最高的能达到一米九左右。中国古代常说七尺男儿，也就是说，一般男子的身高为七尺。而古代丈量单位中一尺只有0.23米，也就是说，正常男子的身高只有一米六左右。所以賨人的体型在古代是非常魁梧雄壮的，那些过了一米八的在平常人眼里就是巨人。

因为体型高大，所以賨人勇武好战，但除了勇武好战，他们还能歌善舞。这些特点，最终全在战场上得到发挥。《华阳国志·巴志》："周武王伐纣，实得巴蜀之师。巴师勇锐，歌舞以凌殷人，殷人倒戈，故世称之曰：武王伐纣，前歌后舞也。"在生死搏杀的战场上，一边冲锋陷阵，一边唱歌跳舞，这在世界战史上，恐怕是空前绝后的。这种充满浪漫情调的战术，从气势上压倒了商朝军队。弱小的武王摧枯拉朽般地击败了强大的殷纣，賨人的功劳是不可磨灭的。

賨人在灭秦兴汉的战争中也曾建立功勋。据《华阳国志》记载:賨人在阆中人范目统率下，手执牟弩、板楯(一种花岗岩的石板，賨人常用板楯为盾牌，因此又被称作板楯蛮)高唱战歌，跳起激越的巴渝舞，向秦军冲杀，所向披靡。刘邦被封为"汉王"后，想留住賨人这支军队。但賨人思乡心切，刘邦只好让賨人回归故里。

东汉时，羌人数攻汉中，朝廷发賨人击败之，号为"神兵"。汉末大乱，张鲁据汉中，背叛益州牧刘璋，刘璋亦发汉昌(今四川巴中)賨人为兵以拒张鲁。

不过賨人本是深居偏僻之处的蛮族，为何会帮助各朝权力集团征战？其中原因一直无法探究。但有一点是很明显的，就是全族男子以命相助征战肯定是为了换取什么对他们而言非常重要的条件。而这一回他们突然主动出现在淘沙口，对周军进行阻杀，或许也是和他们过去所换取的重要条件有关。

## 第八章　刺杀齐王

虽然看着惊惧，但是大周精锐绝非这么一次小小失利便会畏缩退逃的。于是为了赶在其他就近的州府援兵赶到之前拿下淘沙口，韩通和赵匡义采用阵形推进配合虎豹队突击攻袭的方法，对淘沙口薄弱的防御连续进攻三轮。

第一轮是以弓箭队配合铁甲长刀，其中夹带铁锤匠卒去毁寨门寨墙。这一轮賨人没有出击，只是用弓弩回射。但是当周军铺满整个寨前时，两边山岭上突然滚石滚木如雨砸下。与此同时，賨人出击。他们动作快速灵活，又好像完全知道滚石滚木是如何砸落的，所以能在如雨的滚石滚木中自如穿插，击杀周兵。这一轮上来的周军不是被砸死就是被杀死，没几个能退逃回去。

第二轮攻击是在入夜以后，采用的是突袭加火攻。由虎豹队从两侧迂回偷偷接近寨墙，然后由周军大队从正面用火箭、抛火球、飘焰（一种梭子状木条，浸油点火后用木棍击出，火焰旋转飘飞）进行攻击。这样守城的賨人只要被正面明攻的周军吸引，两边的虎豹队就能趁机登上寨墙。但是賨人此番根本没有出现，反而在淘沙口寨墙上也堆起了许多柴草一同点燃。只不过蜀军寨墙上的柴草中加了申椒、腥草、刺眼花、臭菌兰等等野生刺激性植物，燃烧之后刺激性的烟气弥漫了整个山岭相夹的淘沙口。周兵没有防范，被熏得眼不能睁、喉不能声。而用化烟药水泡湿布纱蒙面的賨人和守关蜀兵，这回只是在寨墙上用弓弩轮射，便让这一轮攻击又告失败，扔下大片尸体。

第三轮攻击是在凌晨之时，天未全亮，雾气蒙蒙。这是韩通和赵匡义孤注一掷的一轮攻击。如果再不能将淘沙口拿下，天大亮之后将更加难攻，而蜀国援军差不多也要赶到了。这次是以大队弓箭群射，封住寨子上的回攻和防御，让虎豹队突袭，强夺寨墙。可是谁都没有想到賨人会出现在周军大队之中，他们是趁黑夜出寨，然后用满地周军尸体为掩护，躲藏在尸体之下。凌晨时雾气蒙蒙，虽然有满地的尸体，但是却看不清楚，更无人能发现尸体下还藏着活人。等周军大队攻向寨前时，藏着的賨人突然从尸体下出来，将周军大队一分为二。然后一部分往前围杀，一部分对后阻杀。同时寨墙上守关的蜀兵出现，以弓箭压制虎豹队。在賨人的歌声下、舞蹈中，周军就像被收割的麦秸，一片片地倒下。

三轮攻击都被数百賨人给击退。虽然蜀军的援兵依旧未到,但战到最后周军兵卒已经心胆俱裂,畏缩不敢再进,就算是长官勒令也无法驱动。因为杀戮场面太过血腥,因为他们知道自己只要往前去,也会变成支离破碎的尸体。而此刻堆积在淘沙口矮垛薄墙外的周军尸体已经让寨墙高度明显低矮了许多。

这是大周军队征战这么多年来从未出现过的情况,除了对方确实凶悍勇猛外,他们主要还输在没有重型的攻守器具。比如说钢盾重车,比如说破墙大弩,他们走那么艰险的道路是无法将这些大型器具带过来的。再加上周军士卒惧战,所以一时间连韩通和赵匡义都不知道该进还是该退。而且他们在心中骇然的同时还有另外的担忧,怪异凶悍的巨人战士只有出现的这么多吗?在其他地方会不会还有这样的士卒正在赶来。如果再有这样的士卒出现,那么攻守态势将会彻底反转过来。

商量之后,韩通和赵匡义决定先退后几十里找个妥善位置驻扎。虽然拿不下淘沙口,但自己这些人能绕到这里至少也是个意外,可以给前面的青云寨造成压力。另外这支兵马拦在这里,蜀军再也不敢肆无忌惮地调兵运粮,这也可以给青云寨的军需援助以及其他军事行动造成滞缓。而那些怪异的巨人战士人数不多,他们应该不会围追周军。因为一旦到了开阔地带,即便他们再凶悍,在人数差距这么大的情况下他们肯定是要吃亏的。

这就是野史记载中极为著名的"賨人阻周"之战。这一役,賨人以区区数百勇士在淘沙口成功阻击上万大周精锐。近代史学研究者将賨人赞誉为"东方斯巴达人",而賨人不仅像斯巴达人一样剽悍勇敢,他们的攻杀方式其实比斯巴达人更巧妙,其中暗含玄机,类似阵法。

### 吞改咬

柴荣和赵匡胤带领的人马在三泉遇阻击之后,并没有纠集兵力强攻突破。因为就在这时柴荣连续收到好几封书信。

有两封信件是从东京发来的。一封是范质写来的,这书信主要是说明对蜀之战粮草财物消耗极大，户部供应已经后继乏力。国内本来已经减缓的粮价、盐价再呈涨势。而且现在南唐也已经与大周呈警戒备战状态。虽然符皇后组织女捐获取大量金银财物，但是因为边界关系紧张，官家交易大幅缩减，民间交易也变得谨慎，所以就算出高价都很难大量购买到粮盐。再有一江三湖十八山方面不知道出了什么问题，偷运粮盐的途径和进度本来已经呈不断提升态势的。突然间就停滞了许多暗道，只剩少数暗道还未曾断流。所以信中劝慰周世宗，应该及时收手，暂停对蜀战事。

还有一封是东京留守副使王朴写来的，他精通天文卜算之道，曾多次向柴荣提出"先南后北"的战略方针。但这一回王朴来信中的意思却和他以往主张截然相反。信中告诉周世宗，近观天象，中天黯弱，于己天时不利。西南象虽乱不颓，正南有害，东南多伤，于攻位不对。这些话的意思也就是说，柴荣对蜀而战时机不对，是自己弱势不振之时。方位偏差，蜀国方面虽然有乱，却未到颓败之时。反是正南、东南方向有大伤大害，是可利用的大好机会。

这两封书信刚刚看完，甘东道大将军王景的军报到了。军报详述了在威武城与李廷圭部的对阵情况，并不隐瞒自己的失利，也充分肯定了李廷圭的实力和能力，这给周世宗提供了权衡整体战局的可靠信息。

但真正让周世宗决定改变战术，并且这一次再没采纳赵匡胤建议的是韩通那边送来的急报。看完急报之后，周世宗倒吸了一口凉气。

"賨人参战！看来我们对蜀之战只能是到这位置了，再不能往南推进。"周世宗说出这话时没有一点艰难，可以看出他心中认为这样的抉择是非常正确的。

一旁的赵匡胤走到周世宗身边，接过周世宗递给他的急报，仔细看了两遍，然后才缓缓开口："巴蜀賨人善战，这是自古以来都知道的。但是賨人自汉末便少参大战，应该是其族渐渐衰落。淘沙口出现的賨人只几百人，由此可以说明这一点。所以我们不必将这几百賨人看成影响整个战局的强阻。"

"非也，汉末之后賨人不参大战，是因为之前参与的各种大战已经为他们的部族争取到稳定的生存区域。如果这样来推断的话,賨人族不是渐渐衰落,而应该是逐渐昌旺。那几百人可能只是他们中的极少部分,大队賨人可能还在后面。"周世宗并不同意赵匡胤的说法。

"那么我们可以躲开賨人,不从淘沙口入川,让韩通只是在那里周旋拖延。我们这边可加紧推进,从剑阁入川直攻成都。"赵匡胤心中着实希望自己可以亲自攻打到成都。

"賨人此番参战肯定是有原因的,而且这原因还不只是因为我们攻蜀会扰乱他们的生活、破坏他们的生存区域那么简单。因为他不阻我或者助我,我最终也是会给他们妥善安置的,甚至给予更好的条件。所以促使他们出战的原因肯定很重要,而且为了这个原因,那些賨人绝不会仅仅在一处阻截我们。不管我们从哪一途径推进,他们都会前来迎战。"柴荣真的不愧为一代帝王,看事情总是那么透彻。而事实上他今天所说的话后来真的得到了印证。

"那我们花费如此大的物力财力,最终就因为几百賨人而放弃原定计划?"赵匡胤感到心焦,因为原定的计划其实是属于他的计划。

"不是放弃,而是折中。范质和王朴都写来书信,告知和分析了一些此战的不利因素,我觉得都还有道理。西边王景战事不利,东边韩通被賨人阻截,然后炳灵关、凤裕关、鹧鸣关、金花寨几处出现'石人望关'。我派遣了金舌头前去打探情况,他发回密信告知,吐蕃界内有多个异族聚集。所以我们不得不防吐蕃人借机冲关啊。"

赵匡胤听到金舌头的名号后便知道信息绝对可靠。这金舌头是个吐蕃僧人,因犯下多种戒律要被严惩,于是一怒之下破关出寺。后来在游荡中偶然遇到周世宗,周世宗喜他身具超常异能,于是收在身边做贴身护卫。但实际上他这护卫只是挂名,并不真正跟在周世宗身边,就是像赵匡胤这样深受周世宗信任的重臣也极少见到他。

金舌头可以在周世宗面前来去自由。周世宗之所以给他如此特权,除了理解他受不了很多官家规矩外,另外也是想让金舌头能够以自己的方式招募来更多能人异士。这金舌头感恩于周世宗,不仅神出鬼没地以潜在暗处的方式时刻保护周世宗的安全,而且还招募到十来个帮手。这些帮手都是身怀绝技奇能的,其中包括江湖上有名的三手,摄魂仙手万斌、索命鬼手顾登科、万变魔手尤姬,另外还有用毒辨毒的奇才品毒狻猊毛今品。

金舌头本就是吐蕃僧人还俗,所以他对吐蕃的情况非常熟悉。让他前往柄灵关、凤裕关探查情况可以说百无一漏,而传回的信息也肯定百分百的准确。

"所以现在是时候相机行事改吞为咬了。'游龙吞珠',一下吞得太多反不见得能含下,还不如少吞几个可以咬得更紧。入蜀之后,我们直攻到此地步才有賨人出现阻截,这也就意味着之前我们所经过的蜀国区域与他们无关,那我们何不专心来把这些地盘拿下。"柴荣的杰出之处不仅是英雄无惧,更在于能发能收、知进知退。

赵匡胤张下口却没出声,他想再次提出异议,可突然间觉得已经没有什么异议可提,而且就算提了也不起什么作用。

而此时柴荣已经开始下达旨意:"发火急令与韩通、赵匡义,让其二人在青云寨、淘沙口间骚扰牵制,不必与賨人硬战,只是阻滞蜀军兵马粮草运转速度就行。令左先锋营前将军成靖,带所辖人马留于此处佯攻,牵制此处阻截的蜀军,吸引成都和沿途州府赶来增援的蜀军。其余各营明天一早随我拔营往西,会合甘东道王景。力求对李廷圭部速战速决,先将秦州拿下。"

这是周世宗已经作出的决定,所以谁都知道没人能让他再作更改,包括赵匡胤。而周世宗果断转变思路,重新调整战略方向,使得他在粮草紧张、蜀军势大的情况下,以最短时间奠定了夺取秦、阶、成、凤四州的胜利基础。

春芽抽绿,嫩苗拱土,新燕叼巢,这一切仿佛是发生在一夜之间,或许就是刺客闯入秦淮雅筑的那一夜。

那是个纷乱惊心的一夜,让某些人突然意识到危机离得很近、来得很急。于是陡然提升的警觉性和恐惧心让他们不得不认真注意身边的细节,考虑正在发生的局势,揣摩所有与自己有关的可能。而某些人中肯定包括齐王李景遂。

但无论细节还是局势，都很难确定刺客是否依然存在。最多可以发现春天在一夜之间已经悄然来临，春天既然来了，那第一场春雨还会远么？

刺客闯入秦淮雅筑刺杀齐王的事情很快传遍了金陵城，成为从民间到官家最为热门的谈资。但是无论皇家，还是官府或者官府管控之外的秘密组织，都没有刻意采取任何措施。这主要出于几个方面的原因，首先八门城防、铁甲卫、夜巡衙差都有人亲眼看到刺客逃出金陵，所以只派出人赶到周围的府县通知协查追捕，在外围设卡围堵试图将刺客捉拿。再有李景遂没有对追捕刺客的事情做出指示，虽然刑部由他掌控，而追捕刺客的事情主要是刑部在操作。但李景遂真的没有对追捕刺客的事宜说半个字，任凭手下人按自己的理解去忙乱。再有就是秘行组织方面，夜宴队也好鬼党也罢似乎都对这件刺杀事件没有兴趣。或许是完全信任齐王掌控的能力，怕参与其中反招人厌烦。当然个别人除外，比如说顾子敬。

事情发生之后，李景遂一直保持着很冷静、很沉默的态度，偶尔也会出现些神不守舍。像是受到了惊吓，又像是因为身边许多得力高手死伤惨重而悲伤。而其实李景遂并不是一个容易受到惊吓的人，也不是一个会轻易悲伤的人。他的静默和神不守舍是因为在考虑一件大事，下一个大决心，做一个大决定。

齐王遇刺之事很多人都非常关心，第二天上朝时，所有大小官员都表示了慰问。就连元宗李璟也过问了此事，并责令金陵提督府、江宁府衙、巡卫处配合刑部追捕刺客。但最先将关心付诸行动的人不在朝堂上，这人便是顾子敬。

就在第二天的一大早，顾子敬刚起床便从匆匆赶来的卜福口中知道了齐王府上有刺客闯入的事情，于是立刻带着卜福赶往秦淮雅筑。他在内务密参澈明间做事，不用上朝，主要任务就是东晃西荡地打探各级官员的秘密和动向，所以不管有没有实际公务都比较自由。而齐王家里发生了这样的大事，无论是从他自身探查秘密的本职工作的角度，还是为了表现自己、接近齐王、讨好元宗的角度，顾子敬肯定是想抢在别人之前找出些有用的证据。

顾子敬带着卜福将夜间刺客涉及的所有位置查辨了一个来回。当然，这

## 第八章 刺杀齐王

过程只能是卜福去做，顾子敬只是在旁边焦急等待可以让他在李景遂面前邀功的结果。不，不仅是在李景遂面前邀功，还要在元宗李璟面前邀功。因为顾子敬很强烈地感觉这趟刺杀背景不一般。要没有十足的实力，绝不可能组织这样深入秦淮雅筑的刺杀，并且重创秦淮雅筑的高手后顺利逃脱。

其实刚一听说刺客夜闯秦淮雅筑，顾子敬立刻便联想到前些天韩熙载透露给他的另一个消息，太子李弘冀有逼宫强取皇储的意图。本来他是想将这消息拿到元宗面前谋求更高地位的，但是临到说出时他又缩了回来。因为怕这消息对元宗刺激太大，自己遭迁怒反成发泄怒火的对象，那就搬起石头砸自己的脚了。而且这消息虽然听着可靠，却全是种种现象推测而来，并无实据。如此重大的事情要让元宗相信，不仅需要更多的证据，而且还应采用循序渐进的方法。所以那天他只是稍稍透露被审刺客可能与太子有关，并没有一口咬死，更没有说出李弘冀逼宫强取皇储的可能。而当被擒刺客在审讯中死去之后，李弘冀消除了潜在威胁，逼宫夺位的事情就可以暂缓实施了。

所以刺客夜袭秦淮雅筑的事情一发生，顾子敬首先便想到李弘冀这是改变了方向。逼宫夺位已经没有必要了，但是最终皇位的继承权还是需要争取的。所以对李景遂下手应该是最合适的，那样影响小且隐蔽，而效果却完全一样。

按理说谁做皇帝和顾子敬并没有任何关系，他只是想能够抓住一个机会登阶上位。但他设计反兜在烟重津活捉刺客，无形中已经得罪了李弘冀，断了一条路。所以只能从元宗或李景遂这边找机会，当然也不排除从其他人那里找机会。

卜福的查辨让顾子敬很失望。虽然刺客在现场留下不少痕迹和东西，但是没有一样可以看出刺客的出处，更无法确定和李弘冀有什么关系。但是顾子敬并不死心，他并没有要求卜福顺着痕迹追踪刺客，而是让他顺着痕迹反推。其目的很明确，就是要找出这些刺客是从哪里来的，刺杀之前匿身何处。因为他始终坚信自己的判断。

虽然夜间府上有刺客闯入，但李景遂一早仍然按时上朝。这其实说明了李景遂是个非常有想法的人，往往就是在发生事情之后，才可以通过别人的反应看出别人真实的心理。李景遂知道今天的早朝他是必须去的，有很多关于刺客的事情无法在秦淮雅筑中查出，说不定就能在皇殿之上看出。

和意料中的一样，到了早朝之上，几乎所有人都向李景遂表示了一番关心和慰问，包括元宗李璟。也和意料中的一样，果然有人借着刺客夜闯秦淮雅筑之事说事，对局势和南唐处境做出一番剖析，发表独到见解。而这个人也在意料之中，正是太子李弘冀。

李弘冀的确觉得刺客夜闯秦淮雅筑是个契机。可以借此为引，说出自己心中的担忧和筹划，让李璟和一帮昏懵官员搞清目前局势。当然，李弘冀更希望元宗在明白自己的苦心之后，能赶紧恢复自己的兵权。这样自己才有资本重新与蜀国建立攻守同盟，共对大敌。

不得不承认，李弘冀绝对是个杰出的军事人才。他综合了蜀国与大周的最新战况，还有大周与南唐边界的紧张状况，做出了最为准确的分析。

"父皇、皇叔、各位大人，昨夜刺客夜闯秦淮雅筑之举，我觉得不是私恨，而是国为。因为据我所了解，刺客的手段能力以及人数都不是平常人可以组织实施的。而从当今天下大势来看，最有可能组织实施这次刺杀的应该是大周。"

李弘冀说到这儿停了一下，他是想让所有听到他话的人能把思路调整一下，然后随着自己的话头往下走。

但是听到李弘冀的开场话后大家的反应却并不一致。有人脑子里一片混乱，他们没搞明白齐王遇刺怎么会和大周扯上关系的。有人在纳闷，虽然前面说国为有些道理，可为什么直指大周而不是其他国家，比如说怨恨更深的吴越、楚地。但也有人觉得这是此地无银三百两，因为他们脑子中先入为主地认为刺杀就是李弘冀在背后操控的。将刺杀之举推给大周，目的只是为了洗清自己的嫌疑。

## 第八章　刺杀齐王

## 春雨杀

"就在几天之前，大周水军沿长江顺流而下，吴越水军配合着由下游往上，其势是要直扑金陵造成威胁。而当我国调动水陆军事力量，采取相对措施之后，那大周水军一下便消失匿迹，不知其去向。润州水军大营于扬州东拦截了吴越水军，吴越水军遇阻后并不接战。可能是怕被缠住后再遭沿江两边合击，于是主动顺江水潮势快速退到入海口的东沙、西沙（两沙为崇明岛前身），留下掣肘威胁。再看我淮南边界，大周出兵作势要急攻潢县、寿县，虽然还未出手，但已经可以看出其目的。水陆同时出兵，陆路掠地，水路横江，是要隔江为屏夺淮南。"

说到这里，大殿之上完全静了下来，大家都把眼睛盯在李弘冀身上。

"由于我南唐提税之事，导致大周国内粮盐飞涨，财物紧缺，对辽之战半途夭折。而转头回来周世宗却未立刻对我国采取报复行动，而是转向蜀国，其中原因是因为蜀国北边四州深入大周腹地。周世宗怕在对我国用兵之时，蜀国会乘隙突袭，所以要先将秦、成、阶、凤四州夺下，然后才敢对我国下手。而从刚刚得到的军情道密报可知，周军明明有机会深入蜀国纵深腹地进逼成都的，却在半途收回兵力，全力围攻秦、成二州，由此可进一步证实其真实目的。而一旦蜀国四州被占，大周后方稳固，又能获取足够粮草财资，这之后肯定会对我南唐动手。"

"皇上，臣以为大周水军势弱，难敌我南唐水军。吴越军虽然擅长水战，但绕道入江，航程遥远，后给不能及时，也是不能长战构成威胁的。淮南一地北有淮河为阻，南有长江为屏。要想将此地夺下，除非大周有异军突出，而且是实力不凡的水军。"宣州节度使林仁肇趁李弘冀说话的间隙插入一点不同意见。

"太子，你过虑了吧。我国与蜀国不同，与大周接疆广阔，没有对其造成太大威胁的布局形势。如果说是为了提税报复，那大周周世宗可以直接修书商榷此事。这钱财上的事情，无需直接刀兵干戈相向的。"冯延巳也发话了，他并不赞同李弘冀的分析。这不奇怪，因为提税之事是冯延巳力主的。

"大周为何不会有异军突出？周世宗虽剽悍，但少弄无把握之事。他们敢以一支水军顺江而下，必定是有另外的手段为辅。或者这本身就是个障眼法，真正的攻杀招法暗藏其他地方，这些是我一直担心的事情。所以必须先盯住大周船队不要放松，同时做好周边防范，严加提防情形突变。"李弘冀这样一解说，林仁肇顿时低头不再做声。

"如果大周未曾对北汉、大辽动刀兵，我国提税后，他可能会遣使商榷此事。但是北征之事被阻，北征大耗财物粮草。大周国内又粮盐飞涨，资物紧缺。这些危机皆由我南唐提税造成。按周世宗的性格，他是情愿闷声咬肉的饿狼疯虎。越是不遣使修书，越说明了他要动兵马干戈。"

韩熙载在一旁虽然始终未说话，却是在不住地点头。他之所以会想尽办法暗中支持李弘冀，就是因为李弘冀所具备的军事、政治能力，可以让南唐强大甚至一统天下。

"那现在我南唐该如何应对？"元宗李璟皱着眉头问了一句。

"就目前而言，大周国内经济窘迫，兵力粮草不足以同时对两国开战。所以水军顺江而下后便销声匿迹，陆上虽势作急攻潢县、寿县，也是似动未动，遇阻则退，并不接斗。所以其真实目的并非要立刻对南唐开战，而是以假势制压我南唐。防止我国和蜀国联手，怕我国乘其攻蜀之际从背部偷袭大周。除了军事上的制压，另一手段便是以刺杀制造恐慌和骚乱，之前广信的刺杀，然后金陵城中连续几次对齐王的刺杀，应该都是策略之一。"说到此处李弘冀停了一下，然后挑眉咬牙，"所以我们现在应该做的是主动出击，利用大周与蜀国战事胶着之时夹击大周，趁其国内民心慌乱、经济衰萎，一击使其一蹶不振，再无扑咬别人之力。"

"不可不可，大周毕竟宗主之国，此举乱了尺度。""我国与蜀国不同，我攻大周，吴越必定夹攻我国。""不止吴越，西边还有楚地。""大周不能动，有它挡住北边北汉、大辽，也算是我南唐的一道屏障。"……众臣纷纷而言，意思大同小异，都是阻止南唐参与战事。这可能是以往多次战事南唐都是吃亏多、得利少，让这些朝臣都心有余悸、丧失信心了。

"以狂龙之势斗恶虎，鱼虾、虫虻岂敢乱轻动。反是你慵懒昏卧，宵

## 第八章 刺杀齐王

小都来乱舞。"李弘冀坚持自己的决策。他觉得只有抢先揍了一个强大的对手,而且把强大的对手打出了血、打得不能动,那么其他所有的对手才会害怕。而现在那个强大的对手正和别人纠缠着,正是从背后给他拍砖的好机会。

"此事再议、此事再议。动刀兵必见其利,对大周开战无利可图只会招灾。而且我国近几年财难积、资不丰,不到万不得已不宜动兵。"李璟向来是个不做无把握之事的人。而且随着年龄的增大,随着时局的微妙,他已经变得更加谨慎小心。

"父皇,这是紧迫之事,关系到我皇家社稷。战则得利,不战则灾。而且现在是关键时候,机会稍纵即逝……"李弘冀想继续说服李璟,但李璟已经起身退朝。

朝堂上一切的一切李景遂都看在眼里,记在心里。虽然他并没有就此改变刺杀自己是李弘冀在背后操纵的观点,但他却认同了李弘冀对时局的分析。李景遂心中觉得,要想南唐社稷振兴,李弘冀是李家子孙中唯一合适的皇位继承人。而站在李弘冀的角度考虑,有些关于社稷大局的策略要想付诸实施、达到目的,成为唯一的皇位继承人也是一种需要。

李景遂的沉默持续了好些天。就在家里人觉得他这是因为刺客夜闯秦淮雅筑后遭遇惊吓而落下的毛病,准备请医生给他治疗时,李景遂却突然间活泛了过来。不仅是活泛过来,而且眼烁精光、气朗声清。一个人在经过一番天人交战并且最终突破之后,身心都会出现一种高层次的提升,这就像修炼之人突破了一层重关一样。

"来人,去八珍楼定下全套食八珍、色八珍,准备好后直接送至太子吴王府。告知太子,今晚我将亲至府上,请太子饮宴。"李景遂状态恢复之后立刻吩咐手下去办这样一件很不合规矩的事情。

自己请宴,却不放在自己府上,而是将所有用来宴请的佳人佳肴送到客人的府上,然后自己过去和客人同欢。这虽然不合规矩,甚至还有些怪异,但对于李景遂来说却是一种完全表明自己诚意的做法。李景遂心中始终认为是李弘冀暗中操控刺杀自己的，所以他主动过府请宴，将自己送上门去。这样当自己将考虑良久的决定说出，才能让李弘冀真正相信。因为只有做出这种决定，齐王才不必再担心李弘冀的刺杀，才敢这样主动地前往一个对自己生命存在威胁的人家里去。

对于李景遂的做法李弘冀确实感到有些莫名其妙，不由心中忐忑。他不知道李景遂这些怪异的做法到底是什么意图。刺客夜袭秦淮雅筑自己没有任何作为，追捕逃脱刺客自己仍不曾有任何作为。早朝之上自己带些牵强地将刺杀齐王之事推给大周，其实他自己知道，大周真要制造恐慌和骚乱可以直接刺杀元宗。如果刺杀元宗难度太大的话，哪怕刺杀他李弘冀或者其他兵部要员、边防将帅都比刺杀齐王效果更好。

但是让李弘冀万万没有想到的是，李景遂主动来到太子府是为了向他表明一件天大的事情，一件天大的好事情。

李景遂才饮一杯便直接说明此番过府宴请的意图。他直言告知李弘冀，自己不会继承皇位。近日里他便会找合适的机会向皇兄李璟奏明，请求再次昭告天下，收回让自己继承皇位的成命。即便李璟觉得再次昭告天下有出尔反尔之嫌，有损皇家颜面。那么李景遂也会在诸位王公大臣面前立誓，将皇位继承权让给李弘冀。只希望李弘冀能够大展龙威、奋发图强，将南唐基业经营到最强。

李弘冀听了李景遂的话先是震惊不已，随即激动万分，豪气翻滚，噙泪与齐王连干三盏酒。叔侄二人以往所有的纠葛芥蒂全随这三盏酒化为乌有。

这一晚，屋外细密春雨绵绵落下，但丝毫未曾影响这叔侄二人的兴致。无论齐王还是太子，他们今晚的酒应该是喝得最放松的。李景遂觉得自己脱去了负累，了却了被刺杀的担忧。而李弘冀知道，只要李景遂放弃了皇位继承权，那么自己在南唐的分量将会猛然提升一倍，甚至更多。那么自己的一些宏图大志和实际手段将会得到大家的支持并付与实施。

酒酣至三更，齐王这才摆轿回府。李弘冀亲自恭送至府门外百步，并且站在雨中直到齐王的轿子和护卫队消失不见才转身回去。这是李弘冀对李景遂从未有过的恭敬，因为今晚他觉得自己面对的不仅仅是个亲叔父，还是一

## 第八章　刺杀齐王

个知己，一个恩人。

但是就在翌日清晨，解脱了的李景遂彻底解脱了，他死了，是被毒死的。

齐王死之前在太子李弘冀府上饮酒到半夜，随后没再进食过任何东西。第二天刚起便感觉不适，还未等到医生前来诊治，就已经腹痛难忍，很快便七窍流血死去。

从李景遂与李弘冀平时的关系，从李景遂之前遭遇刺杀后一些人对李弘冀的怀疑，再从李景遂死后最大的受益者分析。朝堂上下乃至民间，几乎所有人都非常肯定齐王是太子毒死的。而且整个事件说下来是非常合理的，太子为了成为皇位的唯一继承人，所以多次策划刺杀齐王。因为几次刺杀齐王都有惊无险，所以太子迫不及待只能铤而走险亲自出手，利用设在自己家中的酒宴毒死齐王。

当然，也有有脑子的人觉得此事蹊跷。太子不是傻子，就算他要毒死齐王，那也不会选择在自己府上下手，更不会选在齐王刚刚遇刺不久之后下手。这事情不管从伦理、从国法、从谋略上看，都不应该做得如此张狂明显。

但是不管怎么样，在现有的各种确凿证据、证人面前，李弘冀不是凶手也是凶手了。元宗李璟当即下旨废黜李弘冀太子位，解除他所有兵权，让其禁居于金陵东汤山界内的汤山峪营围。

原本已经希望满满的李弘冀不但瞬间丢掉了所有希望，而且一下滑入深渊。而更可叹的是他这希望失去得太莫名，他这深渊滑入得太冤屈。

就像唐三娘说的，老天会要了齐王的命，就在第一场春雨来临时。但天命还须人为，所以准确些说应该是齐君元他们五个人利用了老天的一场春雨要了李景遂的命。这个刺局真正的设计者和主持者是齐君元，而其他几个人都只是参与者，没有一个知道齐君元的真实意图是怎样的。即便就是唐三娘，也不过是参与到最为重要的部分才多知道了些内情而已。

齐君元是个高明的刺客，他的高明之处是所做刺局缜密、可靠和意想不到。所以莽撞地夜闯秦淮雅筑不是目的，而是步骤，刺杀齐王的一个步骤。而汤吉、哑巴、范啸天、唐三娘都只是这个刺局的组成部分，或者是实施刺局的工具、杀器。他们一同闯入秦淮雅筑中，只是替齐君元完成刺局中所需要的部分，以保证齐君元的中心目的能够成功。不，其实不仅是这四个人，应该还要算上裴盛和六指。他们也应该是齐君元这个刺局的组成部分，他们所做的牺牲甚至还是设计这个刺局的前提。

其实直到李景遂被刺死，齐君元都没有见到过他的样子。但是他曾在樟树街街口酒店里见到齐王的轿子从街上过去，所以可以从抬轿人的腰背负重、步伐节奏以及轿杠的弯曲程度、轿身的摆动幅度，推测出李景遂的体型、身高、体重。而六指之前独自仓促设下的刺局虽被费全看出，没能操作成功，但是他留下的各种设置却告知了齐君元一个详细的构造，齐王李景遂所乘轿子的构造。

一个刺局的设计，是要从自己掌握最多的信息上下手。而现在齐君元了解最多的只有李景遂的轿子，所以综合各种情况来看，他们似乎只能利用那一乘轿子来下手。

但是六指还留下另外一个信息，齐王身边的十目佛爷蔡复庆能够辨出所有刺杀设置和江湖伎俩。只走过一两趟的街道，他都可以发现细微处的异常和不合理，那就更不要说在他几乎每天都能见到的轿子上动手脚了。所以当第一次仔细查看过六指针对齐王设下的刺局现场后，齐君元下过一个定论："要刺齐王，必先杀十目佛爷。"

很庆幸的是，就在齐君元下了这个定论后不久，蔡复庆被正在遭受刑审的裴盛刺杀，这让齐君元开始觉得利用轿子实施刺局是有可能的了。于是齐君元再一次去往六指设刺局刺杀齐王的三角地，仔细查辨各个细节。渐渐地，齐王所乘轿子的细节变得越来越清晰，就像一件瓷器似的被齐君元把玩在思维的手掌中。而只要是齐君元把玩在手的瓷器，每一处釉层、每一处麻点、每一处暗纹都是逃不过他的感觉的。于是，一个可以付诸实施的刺局进入了策划和准备。

吸取了之前几次失利和陷入危险的经验教训，齐君元决定不将自己设计的刺局告诉给任何一个人，也不和任何一个人商量，更不让任何一个人发表意见。他只要求其他人运用自己的独特技艺尽量完成分派给他们的局部任务，保证刺局的中心部分可以顺利实施。从以往连续失利的经验来看，他这也是没有办法的办法。

汤吉必须完成的任务是阻挡番羊，最好是能格杀番羊。这其实又是一个前提，因为番羊能够在无形之中觉察到异常和危险的存在。如果不能将其阻止，那么他就有可能会发现刺局中心部分的实施，使得刺局最终功亏一篑。

在整个刺局中，汤吉首当其冲，他是要以最直接的状态与对方高手交手的。而一旦交手之后，无论胜负，他都应该是很难再脱身的。汤吉的来路和目的最初都是对齐君元不利的，所以齐君元并不在意牺牲他。

范啸天必须完成的任务是紧随汤吉往里闯，一旦汤吉对仗番羊失利，要想尽办法用虚境之术尽量拖住番羊和其他高手。

范啸天以虚境阻拦或许可以拖延不少时间，但是拖延的时间越长，他自己也就越难逃脱。秦淮雅筑其他位置汇拢来的护卫高手以及外面的增援兵马会将他死死地围堵在里面。

哑巴要做的是预先找到一条船安放在大石坝处，并让穷唐守住。另外就是利用弓箭弹子的远距离射杀压制对手。一旦范啸天的虚境被突破，他便是又一道阻挡。

哑巴口虽不言心却明澈，天生有着发现危险的敏锐兽性，应对事情也能审时度势极为灵巧。所以一旦觉出情况不对，他会立刻抓紧时机往外逃出的。所以齐君元才让哑巴准备逃跑的船只并让穷唐看住，因为他觉得这三个人中真要有人能逃出的话，哑巴的可能性是最大的。

齐君元要求唐三娘找到一种长时间风吹日晒却不失其毒性的毒料。但药料又必须可以随水而化，然后将其布设到一个恰到好处的位置上。除了这些，她还要做到的就是要能随机应变和齐君元配合好，所有行动要足够利落快速。如果其他人的任务都可以达到齐君元的预期，然后两人行动也足够迅速的话，那么他们两个是最有机会逃出的。

## 毒轿局

所有准备都妥善完成之后，几个人勇敢地闯入秦淮雅筑，而且没有一个人对齐君元的这种做法提出质疑。即便在加入过程中也有畏惧也有退缩，但他们始终都相信自己执行的真的是一次杀死齐王的行动，也或许他们中有人是假装相信的。但实际上只有齐君元自己知道，这次的夜闯秦淮雅筑不是为了刺杀齐王李景遂，也杀不了李景遂。他的目的只是要进去做一件可以杀死李景遂的事情，即将李景遂的轿子改成可以杀死他的轿子。

闯入秦淮雅筑之后，本该是有很多支路和圈子路的，但齐君元却始终能坚持按正确的路快速外里走。这其实也是从轿子上辨查出的痕迹来判断的。轿子沉重，即便八人抬着也是颇为吃力。当时官家轿夫为了爬坡时可以脚下助力，所穿靴子前后会钉上一根菱形铁条。走平路时铁条并不太着力，爬坡时则可以支撑脚跟到脚尖用力位置的转换。不过这种靴子和平常的靴子差异太大，即便走平路不着力还是会留下些许痕迹，特别是在像秦淮雅筑这种青石板的路面上。这种痕迹原来十目佛爷在时肯定会注意到，但已经是在秦淮雅筑范围内了，估计他也是没觉得这种痕迹会造成后果，所以也就不曾采取措施。

轿厅后半截会断塌，将轿厅中人倾滑入厅尾断口深坑的机关设置齐君元早就知道。虽然他未进过秦淮雅筑，但是进入秦淮雅筑的官员不在少数，跟着官员们进去的轿夫则更多。大街小巷、酒肆茶馆就可打听到秦淮雅筑轿厅口不停轿子、轿夫不入轿厅休息这些情况，因为轿夫们为了显摆会到处闲谈这类事情。但齐君元这个离恨谷妙成阁的刺客，最擅长制作绝妙器具和兜爪的高手，只需这么一点信息便已经可以判断出轿厅中可能有的机关和肯定有的机关。

断口深坑的机关不但齐君元知道，唐三娘也是知道的。所以她才会假装发现前面有异常味道，装作查找的样子走在第一个主动跌入深坑中。而齐君元也早就做好准备，紧跟其后，在唐三娘跌入的刹那追扑出去，别人眼中那是很自然的救助行为。

## 第八章 刺杀齐王

齐君元和唐三娘一起从断口深坑滑下，但是并没有跌到坑底。齐君元虽然知道这里有深坑，却不知道坑底会有什么，轻易不敢坠到坑底。所以他在扑下深坑前早就做好准备，一只活指三爪钩，一根无色犀筋，就在他扑下深坑的刹那抓在了深坑口子一侧开板的夹角里。

活指三爪钩是专门为了挂吊东西的。活指关节带有缓冲，可以在重物下坠突然停止时不至于拉断钩子。而单根无色犀筋虽然很细，其力道却足够将他和唐三娘吊在陷坑半空中。更为重要的是，别人在黑暗和混乱中很难发现无色犀筋的存在。

齐君元吊在坑下要求汤吉继续往前到"四海同潮"会合是一个谎言。机关坎扣设置中的深坑只可能是用来杀死或困住闯入者的，否则就没有意义了，下面怎么可能有其他通道？之所以说这样的谎言，是因为齐君元对鬼肠子道的整体有所了解。其中"四海同潮"位是个四面布局，坎扣的启动和运行对双方比较公平。也就是说，要想阻击秦淮雅筑里面出来的高手，那位置对于人单势孤的闯入者相对而言较为有利。

当汤吉他们继续闯入之后，齐君元便带着唐三娘爬出陷坑，回到轿厅门口往左走。他知道此处肯定会有专门停放轿子的轿房，否则不要说来访客人，就是齐王自己的轿子都没地方放。

齐君元这次进来自己也备齐了一些东西，是一些特制的木匠工具，比如"明月铲錾"就是其中之一。除了工具，还有一些小块木料和干生漆。干生漆其实相当于过期的漆，漆上之后只要稍用水擦洗就会掉色。但是齐君元采用这漆却是因为它具有两个特点：快速干透，容易仿旧。

没多久就找到了齐王的轿子，齐君元首先通过轿子上的各种痕迹确定齐王上下轿子的习惯位置和动作特点，以及轿夫惯常的启轿落轿方式。然后再综合了包括轿子大小结构、轿杠粗细长短、齐王身高体型等诸多因素，确定轿子上需要动手脚的三个点。

第一个点是在轿杠前横担上。这根横担中间有个元宝状的压轿垫。过去有档次的轿子在乘坐人上下轿时都要将轿杠后面抬起，前面压下，以方便乘坐人跨过轿杠。但是为了防止前杠头经常撞击地面导致损坏，所以会在轿杠前横担中间加个压轿垫，形状看各自喜爱而定。

齐君元用"明月铲錾"快速将元宝状的压轿垫拆下，然后在垫块和横担之间加一块薄木片后重新固定。这块木片是在横担下方，很难注意到。再用干生漆擦过，就更加难以辨别出来。虽然只是加了这么一块薄木片，却是将压轿之后的轿杠角度抬高了些许。

第二个点是在左侧的前轿杠上，平常时齐王都是从此处抬腿跨过轿杠上下轿的。根据轿杠上的摩擦痕迹，可以看出齐王平常跨过轿杠时鞋底会稍有摩擦。而齐君元在压轿垫上加了木片，抬高了轿杠，这很难觉察的高度会使得摩擦加重，改摩擦为微踏半脚掌。齐君元就是在微踏半脚掌的轿杠位置上动的手脚，将杠子外边角刨削掉一点，让其弧度变得稍微圆滑些，然后同样擦上干生漆做旧色。这位置本身就有磨损处，再加上齐君元的技法高超、手法巧妙，所以改动之后丝毫不着痕迹。

第三个点是根据压轿之后轿顶前檐离地高度，以及齐王的身高体型确定的。这个点是在轿顶前沿上卷起的卷帘上，这是一张油布挡雨帘，在下雨的时候会放下。唐三娘准备好的毒料就涂在轿帘上，一个齐君元和唐三娘一起经过仔细度量计算之后确定下的位置。

那夜，齐王李景遂从太子府回秦淮雅筑，正是第一场春雨来临时。齐王轿子的挡雨帘放下来了，挡雨帘上的毒料开始随雨水化解，溶于雨滴之中，挂在挡雨帘之上。

轿子回到轿厅门口，落轿压轿杆，旁边有人从右边将挡雨帘拉开一些，让习惯从左侧下轿的李景遂出轿。这样一来，便会让一些雨水兜聚在挡雨帘拉起的皱褶中。

李景遂抬腿过轿杠，因为轿杠高出了一点点，所以他的半个脚掌会轻踏一下。人的自然反应都是如此，多次重复的动作微微会变成一种依赖动作。虽然今天和往常不一样，虽然春雨落下之后轿杠会变得滑溜，但李景遂仍然是按着他原来的步法和力道在走。问题是轿杠不仅仅变高、变滑，它的外边角还被齐君元刨削得弧度变大。平时李景遂的厚底官靴不会觉得有什么，可是春雨落下之后，他踏上半脚掌的厚底官靴便出现了滑脱，身体往后仰倒。

## 第八章　刺杀齐王

齐君元已经算好，李景遂出现仰倒时后面不会有人扶住他。因为轿子里只有他一个，没人会跟在他后面，所以这个仰倒李景遂只能自己应对。一种应对方式是没应对，直接倒下，那会倒在挡雨帘中，这样雨帘皱褶里积聚的雨水会倾倒在他仰起的脸上。还有一种应对方式是强行侧过身体，并顺手吊住右手后侧的挡雨帘。这一个动作会让他的半边脸或者大半边脸贴在挡雨帘上，而挡雨帘被他吊住后皱褶会被拉平，褶皱里积聚的雨水会顺着脸流下。

不管仰倒还是贴住雨帘，李景遂的脸部所在的高度和位置齐君元都精确计算好了，应该是在设置了毒料的正下方。但不会太靠下，最多一头的高度，以保证溶入毒料的雨水覆盖在脸的位置。另外还有一件事情齐君元也料算好了，不管什么人在突然失足倒下时，都会张嘴发出一声惊呼。只要张嘴，毒雨水或多或少都会进些到嘴里。即便没到嘴里，也会沾在嘴角、唇边。过后擦脸、喝茶、吃东西、咂吧嘴、舔嘴唇，仍是会带入嘴里。

没人知道李景遂那夜到底是仰倒还是侧倒，但不管怎么倒的他都死了。也可能正是因为他死了，所以别人才根本不会提到他那夜下轿时一个稍有失足的跌撞。

但是更没人知道李景遂是死于一次妙绝天工的刺杀。蔡复庆被裴胜杀死了，没人能看出轿子上出现了细微的变化，而这些细微的变化竟然是一个刺杀的局。番羊被汤吉杀死了，所以没人能发现进入秦淮雅筑的齐君元正在实施一个局，一个刺杀齐王的刺局。所以齐王也死了。

而春雨来临的那晚齐王正好去往太子府饮宴，于是毒死他的元凶罪名落在太子李弘冀身上。这倒不是齐君元算好的，他不是神仙。这只是一个巧合，却是可以让刺杀效果更好的巧合，让某些人更加满意的巧合。其实就算没有这个巧合，最终还是会将罪名落在李弘冀的身上。

《南唐学家执录》中有记："……年春初，太子弘冀与齐王同乐。热渴，太子使从奉水，含鸩毒。齐王归未及府，死于雨中。元宗谥封文成太弟、天策上将……废黜太子，禁居汤山峪。"

《宋前说》中："唐太子弘冀鸩毒杀齐王景遂。元宗废其位，削其权，不得涉政。"

李景遂一死,好多事情便立刻停止了下来。比如说追捕夜闯秦淮雅筑的刺客这件事情,该死不该死的都已经死了,该废不该废的也已经废了,没人再会追究之前没有成功的刺杀。所以无论是兵部、刑部,还是金陵城中各衙门,还是周边州府官衙驻军,都撤了追查刺客的关卡和悬赏。

但是金陵城反而没有之前平静了,甚至整个南唐都变得不再平静。太子被废黜,南唐未立后继,加上周边局势微妙,以至于朝野上下人心惶惶。不过也不是所有人都是慌乱的,因为有些人并非一般人,是能够看透正在发生的事情的人,是能够看穿别人心思的人。

这样不同一般人的人里有韩熙载,他虽然并不能确定之前几次对齐王实施刺杀的是什么来路的人,却可以非常肯定齐王最终并非死在李弘冀手中。李弘冀不会那么傻,真要刺杀李景遂机会很多。就算觉得时间紧迫,也没有必要在自己家中将主动送上门的齐王毒死,如此低劣的方式就算是个市井愚徒也不会做。所以只有一种解释,有人嫁祸给李弘冀。

不管是判断准确还是误打误撞,韩熙载的方向选择却是正确的。杀死李景遂的另有其人,而且主使者是在金陵城中。针对这个推论,韩熙载让手下夜宴队展开了拉网式的调查,但是好多天来一直没有什么有价值的收获。

另外还有两件事情韩熙载也都安排夜宴队加紧了在办,一个是关于宝藏皮卷的事情。蜀国赵崇祚在太子李弘冀出事之后立刻离开了金陵城,这是很正常的现象。要么是因为觉得太子已经失势再没有利用价值了,要么是因为怕太子事发之后把他搅进其中无法脱身。但是这里面有个问题,就是宝藏皮卷现在应该在谁手上?是依旧在李弘冀手上呢还是被赵崇祚带回蜀国了。韩熙载让王屋山派出"三寸莲"中所有高手以及身边最得力的门客,追查赵崇祚的回蜀路线。他倒不是要截杀赵崇祚,而是希望确定宝藏皮卷到底在不在他手中,可能的话将其夺下。

还有一件事是大周沿江而下的水军怎么会突然消失的,他们到底躲到什么地方去了。李弘冀不久前在皇殿上的一番分析是有道理的,大周水军如果真的就隐伏在靠近金陵的这一段长江水域中,那会成为一个毒瘤。一旦需要时,这路水军不仅可以截断长江两边的联络和互通,而且还可以直攻金陵。

## 第八章 刺杀齐王

另外李弘冀遭到禁居之际曾让手下送来一封书信，细析大周水军匿踪后的危险，请求韩熙载务必遣人找出他们所在。韩熙载很认真地对待了这件事情，他派出了梁铁桥及其手下高手沿江巡查。因为他原来是一江三湖十八山的总瓢把子，对沿江一带熟门熟路。而且凭着他的面子，还可以动用很多江湖力量来帮忙。

无论是找嫁祸给李弘冀的真凶，还是安排手下处置另外这两件事，其实韩熙载的目的都是围绕李弘冀的。说白了就是他想帮李弘冀解脱困境，替他做没有做完的事情。一个被废黜的太子，还有必要去为他做这些没有完成的事情吗？韩熙载认为绝对有必要。一则这些事情不仅仅是为了李弘冀，更是为了南唐。再则韩熙载也是许多可以看透别人心思的人之一，而且他看透的是元宗李璟的心思。

正是因为看透了李璟的心思，所以韩熙载并没有急吼吼地去帮李弘冀开脱罪名。虎毒不食子，虽然认定是李弘冀鸩毒杀死李景遂，但李璟并没有王子犯法与庶民同罪，只是暂时废黜了一些名号、剥夺了一些权力。而李景遂死后在第七天上就急急地葬了，这在王公皇族之中是非常潦草的，但这样做对李弘冀却可以减轻很大压力。另外还有一点很关键，废黜李弘冀之后，李璟丝毫未提另立太子继承皇储的事情。由这几点韩熙载断定，李璟心中其实是清楚的，能够接手南唐并且让南唐崛立于众强环伺之中的只有李弘冀。而且就目前天下大势来看，李弘冀提出的大策略是很有见地的。如果大周真的对南唐开战，能够运筹帷幄、调兵遣将应对强敌的也只有李弘冀。将李弘冀就近禁居汤山峪，其实是为了随时重新任用他。

而李璟采取这种折中的处置方式并没有什么人提出异议，毕竟没有确凿的证据能够证明李景遂确实是在吴王府里饮宴时被下毒毒死的。对李弘冀的罪责判定只是凭着之前的种种事情进行的推断。甚至可以说，给李弘冀带来这种处境的真正原因其实不是因为毒杀李景遂，而是因为诡画事件、屯兵采石事件、意图逼宫事件共同造成的。所以李璟禁居李弘冀更多的是对他的约束和防范，并没有想要将他置于不复之地，毕竟南唐基业是需要有能力的人继承并壮大下去的。

韩熙载现在加大追查真凶力度，是为了给李璟一个早日恢复李弘冀太子身份和重掌兵权的理由。而其他两件事情则是为了李弘冀在恢复身份和兵权后可以快速掌控状态，抢到各种先机。

但问题是看出李璟心思的不止韩熙载一个人，而且某些人不仅看出了李璟的心思，还看出了韩熙载的心思。因此在发现自己想要的效果并不能完全达到后，某些人再次改变了计划，又一个必须除掉的刺标被确定。但是刺杀这个刺标的难度真的难以想象，在短时间内又能从哪里找到最为优秀的刺客来完成这个刺局呢？

## 第九章　神眼掌控之下

**如影随**

齐君元一直都在金陵城里没走。开始是因为夜闯秦淮雅筑后，金陵周围的州府都铺开了追查刺客，反是金陵城中最为安全。因为有人亲眼看见刺客已经逃出了金陵城，因为没人认为还有刺客会故意留在金陵或逃出后再返回金陵。

除了金陵城中安全外，齐君元其实还想看到自己实施刺局的最终结果。下了那么大的工夫，冒了那么大的险，还牺牲了同伴，最终就是为了这一个精妙绝伦的刺局能够成功。但是世间的事情往往都是相对的，越是精妙的刺局，其条件要求越高，出现意外的可能越大。所以即便将该做的设置都顺利做下了，但齐君元心中并没有十足的把握。话说回来，刺客本身就是个冒险的职业，世上又有几个刺客能对自己实施的刺局完全有把握呢？

一夜春雨之后，齐君元听说齐王被太子毒死，他知道这应该是自己利用轿子做的兜爪刺杀成功，只不过因为时间巧合嫁祸给了太子。到这时候齐君元仍没有决定离开金陵城，因为之前几个刺局带给他的心理阴影还在。如果还像前几次那样，自己所做兜子提前透露给刺标了，那么现在齐王被毒死的消息就是一个反兜子，一个诱自己出现进行捕杀的反兜。虽然明知道自己下的兜子除了自己只有唐三娘知道，可真要出现这种情况齐君元一点不会意外。灌州刺局自己被出卖，烟重津刺局自己又被出卖，广信城隍庙中索性是被离恨谷中自家人设兜捉拿。这些经历已经让他心中清楚，自己这趟出谷无论遇到什么样的事情都不算怪异。

又等了两三日，各种消息都在证明齐王的确是死了。但一向谨慎的齐君元依旧没有就此放松警觉，直到七日大葬之后他才确认刺齐王的活儿完成了。到这时他仍然没有立刻离开金陵城，不是不想走，而是已经走不了了。

就是从这时候开始，金陵城中暗流涌动，有很多高手在暗中活动。从他们的行动特征上可以看出目的很明显，是要追查真正杀死齐王的人。齐君元知道，如果自己在此时突然辞店离开金陵，立刻就会被盯上。这些高手不仅人数众多遍布金陵城，而且他们都具备官兵捕快所没有的经验和身手。所有的异常现象和变动都会成为他们追查的线索，因为这些高手本身就与刺客有着很多相通之处。

还有一件事情也是齐君元没有强行冒险离开金陵的原因。刺齐王的活儿已经做完，齐君元觉得此时应该会有离恨谷的人出现，说明之前发生的一切到底是怎么回事。特别是广信城隍庙离恨谷同门布兜拿自己究竟是出于什么目的，如果连这些事情都不能弄清，他恐怕连离恨谷都不敢回去。

不知不觉中一个多月过去了，周围暗查的危险似乎在逐渐消失，但离恨谷的人却始终没有出现。

不过在客店里待的时间太长也是会引起注意的，现在这种状况下应该是离开金陵的最佳时机了。所以这天一大早齐君元决定出客店转转，探探风声。看看有没有什么妥善的途径可离开金陵，顺便也查找下周围有没有离恨谷谷生、谷客活动的迹象。

但是齐君元才走出客店所在的二道街街门，便急匆匆地退了回来，那样子就像撞到了鬼一样。

他撞到的是一个人，不是一个鬼。但这个人对于齐君元而言真就是一个

## 第九章　神眼掌控之下

鬼，一个可以让他变成鬼的鬼。在金陵城中，能够将齐君元变成鬼的人可能不算少，但是其他人齐君元不认识更不了解，而这个人却和齐君元不止一次交过手，他便是神眼卜福。

齐君元警觉性极高，隔着人来人往的街道就已经发现了卜福的存在。但问题是卜福也看到了他，就在街对面的榆树下，卜福抱着胸直瞪瞪地看着齐君元。从表情和反应上看，他应该是早就等在那里了，而且是在齐君元发现卜福之前就已经看到了他。

齐君元与卜福的几次交手虽然都能险险地占了稍许上风，但在他感觉上、心理上始终认为，这是一个驱赶不走的阴魂。随时会在他意想不到的地方出现，带来危险和杀机，而今天就是如此。

看到齐君元转身就走，神眼并没有跟在后面追赶。而是挑髭须微微笑了一下，随即脚步快速侧向移动，往另一个方向奔去。

卜福接到的消息很肯定地告诉他齐君元还在金陵城里，然后他从秦淮雅筑门口到大石坝再到附近街区试走了几次，最终确定齐君元应该就在这个附近。然后他偷偷在附近范围中进行了排查，掌握了众多信息并设置好一些比较条件后，他才会大白天在这里等着齐君元的。确定了目标，掌握了范围，设好了条件，要是再让齐君元无惊无险地逃出，那么神眼卜福的名号也该扔掉了。

齐君元没有回客店，而是快速从客店门口经过。然后拐过前面的小井巷，从钱家书坊后门进前门出。到了石头后街往左转，过去就是非常热闹的石头前街。石头前街的另外一边是下道船埠，人来马去，车来船去。买货的、卖货的、运货的，熙攘拥挤，嘈杂混乱。这是齐君元刚到这里就已经查辨确定好的逃遁路线，往人堆里一钻，别说一个神眼，十个神眼都没法把他找出来。而且需要的话，他还可以随便躲进哪辆车、哪条船从陆路或水道离开。

但是齐君元出钱家书坊前门时，他在石头后街的街尾瞄到了神眼卜福。进石头前街后，他在大马车上货的斜坡土台上看到了卜福。当齐君元登上船埠边一艘送菜船准备随船离开时，他看到卜福正站在不远的弦月桥上微喘着盯住自己。

齐君元心里一下虚慌了起来，自己所有预先设想好的逃遁路线都在卜福的预料中。一个刺客被别人盯住不放不可怕，那最多需要更多的时间和手段来进行摆脱。可怕的是自己所有的想法和预先设置的路线都被别人掌握，这样别人完全可以在自己行动之前放下兜儿让自己钻进去。

不过转瞬间齐君元就又镇定了下来，他的特点是越危险心跳越缓慢，而这特点可以让他更好地感觉到周围的真实状况，发现到更多隐藏的危险。很奇怪的是，明明处于一个无路可逃的境地，齐君元却没有在构思的意境中发现到更多危险。也就是说，盯住自己不放的只有卜福一个，没有其他暗中布设的兜子爪子。

确定了这一点之后，齐君元决定退回去，退到一个他熟悉的且可以加以利用的环境里。这样的环境齐君元也早就勘查好了，一个刺客不仅要预先选择好逃遁路线，还要有可以快速杀死追踪者的合适地点。当确定自己已经无法顺利逃遁后，那么以最快速度、最隐蔽手法杀掉追踪者，应该是一个最为实际有效的解决办法。

齐君元一直退到钱家书坊的大门口，并且在大门口处站住。这是一个好位置，两边有"学子朝圣"的雁翅影壁斜撑在外面，可遮挡住齐君元的身形。别人要想看到齐君元，必须是沿着石头后街一直走到差不多钱家书坊前门脸的范围内。而到达了这个位置，也进入到齐君元可突然实施攻击的范围中了。

在这个范围中，齐君元知道哪几块铺路的石块是松动的，知道影壁上哪几块砖是可用的，对面住户家的窗门是什么结构，檐椽瓦片的稳固程度，以及学坊大门到雁翅影壁两端，影壁两端到对面住户墙壁，对面住户墙壁到几块松动的铺路石块间所有的距离尺寸。而这些条件需与自身杀技、杀器巧妙配合、合理运用下，可以设计出一个在最短时间内杀死追踪高手的兜子。

但是卜福一直没有出现，齐君元感到奇怪，更觉得不安，这种状况下时间拖延得越长对他越是不利。对方可以找来帮手协助，而他却不再有其他可

# 第九章　神眼掌控之下

以逃脱的路径。

突然间，身后传来一点轻微的响动。齐君元目光一闪意识到什么，猛然回身，卜福正坐在身后学坊大门内的条凳上。

虽然处于极度慌乱之中，齐君元却没有贸然出手。对方不但掌握了自己逃遁的路线，而且还掌握了自己突杀追踪者的位置。这种情况下，贸然出手反而会对自己不利。

而卜福也没有要对齐君元不利的意思。虽然他占了上风，控制了齐君元所有行动的节奏。但他跷着脚一副悠闲的样子证明了他根本没打算动手，而齐君元构思的意境中没有发现危险的存在也证明了卜福没有恶意。

已经到了这样的地步，再躲也没有意思。更何况自己预先盘算好的所有逃遁、阻杀方式都在别人的料算中，想躲也躲不了。所以齐君元轻轻换转了一下气息，收紧了一下筋骨，然后缓缓地朝着卜福走去。

"离恨谷玄计属谷生卜福，隐号'神眼'。"没等齐君元走近，卜福便主动报出自己的名号来历。

齐君元愣住了，这一回他心中真的慌乱起来。这是怎么回事？一个自己认定的敌人，一个一直追捕自己的对手，竟然也是离恨谷的同门。

"你是齐君元，隐号'随意'，工器属谷生。"当卜福将齐君元的名字名号报出来后，齐君元更加心惊。因为就算是同属离恨谷的刺客，相互间也见过几次。但如果不曾有过合作的话，那也是很少能知道对方名字和隐号的。

"跟我走，此处眼杂，换个地方说话。"卜福说完后就要走，但走出几步却发现后面齐君元根本没有挪动地方。

一个刺客要想活得久，最起码的一点就是不能随便相信别人。此时齐君元有很多理由来判断卜福只是缓兵之计。因为一个六扇门中顶尖的捕头，肯定会知道些关于离恨谷的事情。通过几次交手之后自己显露的技艺，猜出自己是离恨谷哪一属也不算太难的事情。而且自己几次被别人泄露刺局，同时泄露自己的身份也完全是有可能的。所以卜福假冒离恨谷门下，骗自己前往其他有利地方将自己抓捕的做法，也算得上是一个灵机而成的绝妙兜子。

"你不相信我？我都已经报出了你的名字隐号。"卜福髭须微挑。

"从灌州开始，我的活儿就一直被泄露，名号出处同时被泄露也是完全有可能的。"

"我若不是离恨谷出身，你这一套逃遁、突袭的路数能这么清楚吗？"

"百变不离其宗，六扇门接触刺行频繁，能瞧出我的路数并不奇怪。"

"可我真要抓捕你，又何必一个人出现。"

"来不及召唤帮手而已。"

卜福所说虽然有板有眼，但还是不能说服齐君元。所以他坚定地摇摇头，决定再拿出些诚意来："我刚收到谷里代主匣，匣中碎文指点我到此处来找你的。"

代主匣是离恨谷中又一种传递信息的机巧器具。那是一种扁平的匣子，大小不一，一般根据传递的内容多少来确定匣子大小。

匣子便是文书，字刻在匣子底和匣子盖上。往下抽开匣盖，便可以读到匣底的文字内容。而随着匣盖往下拉抽，已经看过内容的匣子底便会散落成小碎块，散落后的小碎块要想重新拼凑起来那几乎是不可能的。就算耗尽精力心血拼成了，所传达的任务恐怕早就完成不知多长时间了。

代主匣的传递形式其实和"一叶秋"相似，只是传递的内容太多，"一叶秋"无法承载，所以才使用这种匣子。一般而言，代主匣中内容不会仅仅是一件刺活儿，而会是一整套、一系列的任务，而且还会附上许多与刺活儿有关的信息和机要。即便真只有一件刺活儿，那也是非常重大繁杂的一件刺活儿，相关的信息、机要、提示很多。

代主匣一般会派出一组刺客来保护和传递，谁收到代主匣，便意味着他被委派为这一路刺活儿的代主。这是一个仅次于离恨谷中属主的身份，保护、传递代主匣前来的一组刺客会任由代主调遣。另外根据需要，周围隐伏的谷生谷客也任由代主唤醒启用。而同样刻了字却不散成小块的匣子盖上便是有关谷生谷客启用的方式，这是非常重要的一件东西，相当于一份秘密联络名单。代主掌握了这个，其实就相当于掌握了一部分离恨谷谷生谷客的性命。

## 第九章　神眼掌控之下

齐君元微愣一下，的确，他正期盼着有一个能代表谷里的人出现，然后将一些情况对自己说明。但是卜福说他是收到代主匣来找他的，这让他感觉其中有着不合理性。因为就算卜福真是个刚被指定的代主，刚收到代主匣只表明他要做的活儿才开始。而齐君元的活儿是刚刚做完，等待的是谷里给予的说明和澄清。即便前面事情是发生的误会谷里不知道，那么再派他做其他刺活儿也应该直接发来露芒笺或"一叶秋"，指示齐君元去找卜福而不是卜福来找他。

"还有其他与我有关的东西说服我吗？"齐君元的态度说明他对代主匣无动于衷。

卜福健壮的胸膛起伏了一下，他没想到齐君元会这么无视他的代主匣。就在这时，一阵风将学坊的一扇窗吹得"吱呀"一声打开。看到这情形卜福眼中猛然一亮，开启的窗户让他想到了一些或许可以说服齐君元的东西。

"你夜闯秦淮雅筑时犯了一个极大的错误，桥亭处不该用明月铲錾卡住机栝。"这句话说完，卜福只管朝前走去，他相信，齐君元肯定会跟上自己。

### 剖前情

听了卜福的话，齐君元先是脑海中猛然一阵翻腾，随即又是眩晕脚软的心慌感觉。卜福点醒了他，他此时才意识到自己将明月铲錾砸入桥亭机栝的确是犯了个严重的错误。

明月铲錾是一件少见的木工器具，从这器具便能断定闯入秦淮雅筑的有一个会做巧器的高手。但是从进入震魂桥到"四海同潮"折回，除了明月铲錾之外再没有其他东西和迹象显示这个巧器高手的存在，也就是说，种种迹象都在掩饰这个巧器高手的存在。这样一来，六扇门中有点真本事的捕头捕快都能联想到，掩饰高手的存在其实就是掩饰高手所做的手脚。而卜福不仅仅是具有真本事的问题，他还有无人能比的神眼，不输于"十目佛爷"蔡复庆的查辨能力。所以他不仅能确定对齐王的真正杀局是要靠一个做巧器的高手，而且还能找出这个做巧器的高手最终是在哪里动的手脚。

在这样的严重错误之下齐王仍是被齐君元的布局刺死，由此至少可以确定一点，就是发现了错误的卜福没有点破这个关键窍要，更没有以此窍要为线索揭开自己的布局，这才使得刺杀齐王得以成功。

齐君元谨慎地跟上了卜福，并且一直跟着进了一个大院子的后门。这是一个墙高门阔的院子，虽然造型雅致，却不失官家风范。齐君元在刺杀齐王之前为了寻找机会筹措刺局几乎将金陵城的每个角落都转下来了，所以一眼认出这个地方是南唐皇家画院所在。

卜福明显对画院里非常熟悉，进了后门便沿着靠墙便廊走，这就躲过了画院的后门房。然后穿过矮树间的小径，从荷塘边绕过。从地面痕迹可以看出，这些都是平常很少有人走的路径。而事实上他们这一路也真的一个人都没遇到，顺利走进了一个只有两间房的小院落。

"你就住在这里不要出去，每天会有人给你送吃的。客店的东西我会替你拿来，还有什么需要你想好了告诉我。"卜福对齐君元说话的风格的确也像是离恨谷的，那是一种必须服从的口气。

"我为什么要听你的？"齐君元先四处看看，然后淡淡地回了一句。

"因为我是代主，代表谷里指令。"

"那么是谷里指令安排我在此伏波还是你代表谷里发指令安排我在此伏波的？"齐君元在做刺活儿时对话会尽量简单，但此时此地他却变得很饶舌啰嗦。这其实是施展了离恨谷的基本技法之一——话兜。在话里给对方下兜逼迫对方，从而获取自己想要知道的实情。

卜福髭须挑动下，没有说话。其实这表情已经很明显，离恨谷中怎么可能完全掌握金陵城的具体细节，怎么知道哪里可以秘密安置一个人，所以这样的安排只可能是卜福作的决定。

"我已经做完刺齐王的活儿了，谷里如果有什么其他安排，那么应该给我再发露芒笺或'一叶秋'。就算你真是代主，没有实际通知我的令信，我也不是周围可以让你唤醒启用的洗影儿（以另外一种身份隐藏的谷生谷客），我又凭什么听你的、信你的？"

卜福还是没说话，他的脸色变得怪异起来。

## 第九章　神眼掌控之下

"而且之前在广信有谷生谷客设兜拿我，我至今不知道是怎么回事，也不知道自己目前是何处境。没来由地又冒出个你来安排我做事，你替我想想，是否蹊跷？"

卜福沉默了，那是一种心里虚慌且纠结的沉默。但这沉默并未持续太久，接下来的话应该是他早就权衡好决定要告诉齐君元的："你猜的没错，知道你现在在金陵的没有几个人，就连刺杀齐王这件活儿都没几个人知道是你主持的，因为最开始的计划不是这样的。"

这是一个本来应该可以让当事人非常惊讶的情况，但是齐君元脸上却没有任何表情，反而连语气都变得更淡了："你的意思是说刺齐王这件事情本来就是可做可不做的，而且和我根本没关系。我就说嘛，这么大的一件刺活儿怎么会在金陵城中连一个接应的都没有。那么给我的'一叶秋'是假的？还是本来是给别人的，却因为某种意外才交到我手上的，是吗？"

卜福并不回答齐君元提出的问题，而是按自己的思路述说："这次找你做接下来的一件急活儿其实是我自作主张办的事儿，我从秦淮雅筑外一路寻迹到大石坝，然后再沿秦淮河边连查带问才找到你的藏身之处。的确，你有掩盖所有特征让人无法记住你的技法，但可惜的是你逃离的时间不对，那样一个早晨，而且是秦淮雅筑出了大事惊动整个金陵城的早晨。被惊醒的和刚刚开摊做生意的人都会记住这时候有某个人经过。即便这些人无法记住你的相貌，但他们却会记住你是朝什么方向去的。将一路几个人指点的方向串起来，找到你就不是什么难事了。"

"为什么要找我？不会就是为了炫耀一下你看破我做的杀兜吧？"

"当然不是，要不让你住在这里干吗？代主匣带来的是个极为艰难的活儿，而且很急。将我从影蜂儿指定为代主，其实对我眼下身份的掩饰并不利。而且这一仓促决定，来不及调动可用的谷生谷客，其实就算来得及也不一定合适。"

"怎么可能没有帮手，护送代主匣的一组人呢？还可以唤起匣盖上告知的洗影儿。你不会告诉我没有护送代主匣的那组谷生谷客，匣盖上也没有告知召唤洗影儿的方式吧？"

"没有，真的都没有。"

"那是什么代主匣，你是耍我吧？"

"我说过了，此次刺活儿紧急，安排仓促。代主匣我也不知道是谁送来的，莫名其妙就出现在我的被窝里。但是我能确定那是真代主匣，以前在离恨谷中见过多次，你是妙成阁的出身，应该知道那匣子要不知道关键是无法模仿的。"

"所以我成了你唯一可利用的选择。"

"没错，我发现你的踪迹之后立刻发鹞信给谷里，要求谷里速传露芒笺指定你做此刺活儿。因为觉得这期间你有可能突然离开金陵，我今天才主动找到你，将你安置在此处伏波，静候露芒笺。"从卜福的态度可以看出，蹊跷的代主匣给他的是个非常重要的刺活儿，而且是要求极严格的刺活儿，不能顺利完成的话有可能会受到度衡庐无法想象的责罚。

"你我都清楚，指示我刺活儿的露芒笺未来之前，我都不归你调派。那我为何要听你的住在这里？"

"这里比外面安妥。"卜福说这话时带着些苦笑，他也知道自己这借口伪劣了一些。

"是可以让你心中安妥吧？你是怕我一旦离开了，即便露芒笺到了你也再难找到我。"

"是的。"卜福并不否认这个事实。

"而且你的活儿除了很急很难没有合适的人选外，一旦失手或错过时机，度衡庐还会找你麻烦。"齐君元终于死死抓住了卜福的弱点。

"这一点也是的。"卜福的表情很无奈。

"其实我可以现在就留下着手筹划刺局，反正早晚露芒笺会来的。不过这样做相当于纯粹在帮你，我有必要这么做吗？"

卜福几乎没有丝毫犹豫就回答了齐君元这个问题："有必要，因为你想知道自己那么多不可思议、不能理解的遭遇到底是怎么回事！"

齐君元根本没想到卜福的回答这么爽快，更没想到他爽快得会直入重点。于是他有一种感觉，觉得自己放的话兜很有可能被卜福下了反兜。天

谋殿的谷生应该不会这么容易入话兜，何况还是一个可以担当一路代主的人物。所以目前为止虽然一切都是按着齐君元的意图在进行，而其实他心中已经有些后悔了。

不过人的好奇心往往是会抵御住后悔的，更何况所好奇的是和自己性命、遭遇相关的事情。所以齐君元并没有及时理智地纠正自己可能的错误，而是坚定地留了下来，留下来了解自己一直猜测却无法确定的真相。

虽然很久之前就已经猜测出很多事情，虽然卜福说出的只是部分真实的情况，但齐君元还是震惊了。震惊于自己懵然不知的危险经历，震惊于自己置身其中的布局是如此的庞大、精妙，震惊于这个布局中自己依旧无法窥探的部分是如此的迷茫、玄奥。

"我只知道自己参与的那一部分，其他的并不清楚。而且，我也只能告诉你其中与你有关系的部分。"卜福上来就开诚布公，其实对于这一点齐君元也是清楚的。

离恨谷中刺客做刺活儿都是单线而行，只清楚自己要做的是什么。即便卜福是这个局中非常重要的一个角色，所做的是整个大局中非常重要的一部分，他也无法知道这个局的真正局相，不知道自己所做的一切最终到底是为什么目的服务的。这一点其实和齐君元夜闯秦淮雅筑的安排一样，每个刺客的作用以及最终的目的，只有齐君元一个人知道。所以卜福告知与齐君元有关系的部分，已经是突破离恨谷规则的底线了。

"你在濉州的刺杀被泄露，是谷里故意安排的。"

卜福的第一句话便已经让齐君元很是吃惊，所以他急急地追问一句："不是秦笙笙为了杀临荆县知县报私仇故意泄露的？"

"是，也不是。"卜福点了下头，随即马上又摇了摇头，"泄露你的刺活儿其实是通过两个途径，一个是从顾子敬的亲友关系上传递，这活儿由金陵城里的洗影蜂儿负责。另一个是为了防止前面的传递不能及时到达顾子敬那里，所以由秦笙笙直接传无名信到濉州府内防间，泄了你的刺活儿。"

齐君元面颊微微抖动了一下，他没料到泄露自己的活儿会这么重要。

"泄了你的活儿，并且逼你急促动手显形，顾子敬必然会追究你的来头。这样我就有机会被调去灌州，接近顾子敬。而我离开了临荆，秦笙笙便可以轻松杀死张松年，报了私仇。还有谷里指示我必须从你的外形特征确定你是来自蜀国的刺客，这其中缘由最初我也并不清楚是为什么。但是从后来的一些事情来看，可能是与南唐提税，以及南唐与蜀国的关系有关，这一点只是我的猜测，你可信可不信。"

"为了达到目的，你们不仅提前泄露我的刺活儿，而且还选择关键时刻逼迫我动手，导致我显形和失手，这样就能将场面做得更完美。也就是说，我从一开始就是个弃肢？"这一点齐君元之前一直有感觉却不敢想，他认为是秦笙笙故意给自己造成的麻烦。不管是谁，都不愿意直面自己被家抛弃的事实。虽然弃肢在做刺活儿中是很正常的事情，但那都是在万不得已的情况下。一开始就设计弃肢其实是和离恨谷五恨中杀亲一恨相抵触的，所以齐君元觉得不应该会有这样的设计。

## 随机变

"你知道的，离恨谷中每次刺活儿都是经过仔细衡量后才会派出最为合适的谷生或谷客。之所以派你前往灌州做这个活，就是算定你能随机出手然后又顺利脱身。"卜福的话表面听来似乎有一定的道理，但是当时秦笙笙突然显露杀机却的确是想要齐君元无法脱身的。

"你没有想到的是我会坠上秦笙笙。我当时接到的露芒笺很含糊地要求我除了刺活儿之外，还要护送一个人前往秀湾集，其实这是为了防止我在遭遇逼迫动手时误伤秦笙笙。秀湾集也根本没有接应秦笙笙的人，就因为我带秦笙笙过去了，这才让哑巴临时显影儿的，对吧？"

"秦笙笙报了私仇之后要西行做一件重要的事情，而我随顾子敬同行也有下一步更重大的计划。秀湾集怎么回事我不知道，不过我的确发现了你坠上秦笙笙，为了保证她西行顺利才立刻赶回临荆阻止你。"

"难怪那时候你的意图只是要将我逼走，因为怕我搅乱了秦笙笙的重要活儿。但是你没想到我可以逼退你，不对！既然你是离恨谷谷生，既然

## 第九章　神眼掌控之下

今天你能步步压制于我。那么那一天便应该看出我多为恐吓，不应该被逼退的。"

"今天你一人都未能从预先设计好的逃遁路线摆脱我，当时带着两个被困住不能动的人又怎么可能将我逼退？其实那天是有人发信号让我退走的。"

"有人发信号？是王炎霸吗？他是那一路的刺头。"

"不知道，当时是有两根小树枝以离恨谷'双击退'的信号落在我头上和肩上，所以我才退走。"

卜福刚说出"不知道"，齐君元便心中一惊。发信号的肯定不是王炎霸，当时他所处的状态根本无法动弹，要发信号的话只能是利用手里的阎王册或者表情、眼神，这种信号卜福不可能回答不知道。所以当时在场的还有其他人，而且是技法和身份更高的人。他不仅可以躲过几个高手的觉察藏身在左近，就连击落树枝这等属于刺活儿过程中的大动作，齐君元都未能觉察到。

"至于你们之后发生的事情，我就全不清楚了。"卜福这句话算是将灌州的事情做了个交代。

这话齐君元是相信的，离恨谷中刺客一路是一路，除了交集处，其他情况都是相互不知道的。不过之后的情况齐君元自己倒是知道的，但现在卜福的身份一明，灌州和临荆刺局的意图一变，齐君元原先掌握的和推测出的情况也都相应变掉了。这样一来又有许多关键处变得无法解释。

王炎霸的任务其实是要将秦笙笙送到呼壶里，但是意外出现的齐君元坚持先去秀湾集，所以他们便耽搁了行程和时间。去上德塬本来与他们两人无关，因为当范啸天接到指令时他们应该已经过了留信点，范啸天通知不到他们。但是意外地出来个齐君元，所以他们收到了通知去上德塬，并且身陷几方秘行力量的合围之中。然后是路遇狂尸群，不愿意去呼壶里的秦笙笙再次挑唆倪稻花解船缆漂走，并追踪尸群至东贤山庄。她这样做其实是故意耽搁不愿前往呼壶里，而事实上也真的耽搁了。但这里有个问题，当时船漂走时王炎霸也在船上，他为何会同意秦笙笙去追赶狂尸群的，这其中肯定还有隐情。还有唐三娘、裴盛、倪稻花在其中起什么作用，是他们逼迫王炎霸无奈同意秦笙笙一起去追赶狂尸群的吗？

而之后王炎霸假传乱明章，再闯东贤庄。突然出现黄快嘴，带来纠正了的指令。他们当时是在一个违反原定计划的地方，但是能收到准确的指令，说明发出指令的人就在附近，并且掌握了他们全部的动向。不知道这个人会不会就是在临荆城外发指令让卜福退去的人。

"再要与你有关的就是在烟重津了。我之前收到的密信，让我想办法让使队从南平烟重津回南唐。烟重津的刺局也是有人提前泄露给了顾子敬和萧俨的，但是谁干的我却不知道。九流侯府是顾子敬邀请的，不过与九流侯府商定给你们下反兜的是我。因为之后再没有接到任何指令，所以我与他们商定的计划是要生擒你们，而且还将双方合围范围故意定小。如果不是我这样安排，你们又有几人能逃出？"

听到这里齐君元皱了皱眉头，他这次不是提出疑问，而是直接予以否定："这里的真相恐怕不是这样的吧。我看不管被擒的还是逃出的都似乎是有安排的，唯有我从山崖跃下是在别人意料之外。如果我没猜错的话，被擒的人中本来应该有我的。"

卜福的脸色微微变化了一下，显得有些尴尬，但马上就恢复了正常："老弟果然非同一般，竟然早就窥破了其中玄机。说实话，这一段我本来是想瞒着你的，因为烟重津那一回真的是想利用你被擒来误导一件事情的。其实在和九流侯府商定如何对付你们时，我再次收到谷里密令。要我设计在此次刺局中擒住两个人，一个是裴盛，一个是你。裴盛之前应该知道自己被擒这件事情的，他隐号'锐凿'，最擅长的就是耐酷刑，所以将他擒住是为了件大活儿。而将你擒住则是延续灌州刺局的效果，继续证明你是来自蜀国的。所以你自己根本不需要知道，因为有顾子敬亲自在灌州的经历和我的判断。不管你被擒之后说真话还是假话，他们都会认定你是来自蜀国。而且我估计你被擒之后肯定是要千方百计隐瞒自己离恨谷的来历，所以也会顺水推舟承认自己是来自蜀国的。"

到这时齐君元才真正开始体会到自己是置身于何等玄妙的一个大局中了。前面的几次刺局或许都是按照设想和筹划在铺设，最多是采取些临时措

## 第九章 神眼掌控之下

施应对小的意外。但是从烟重津开始，局势已经是风云突转、随机而变了。离恨谷中主持之人利用了对方原有布局，利用了周边实际环境，利用自己刺客的特点，将有意识的和无意识的相融合，制造最佳假象。把之前已做活儿的效果加以提升，为后续的目的服务。再有齐君元开始觉得那一直掌握他们行踪并按实际情况发出指令的人可能不仅仅是躲在附近，甚至还有可能就在他们中间。否则在楼凤山的阴阳玄湖中时，外人根本无法躲在暗处观察到他们的情况。

"如果说灌州那次是衡量好我的能力，知道我能逃脱，那么这一次纯粹是要将我陷入，对应离恨谷遗恨而言是杀亲。而故意让裴盛以已被擒行刺活儿，严格点说对应遗恨应该是损己。离恨谷祖师爷所遗五恨，这已经是犯了两忌。"

"五恨？你记错了吧，是六恨。悟出离恨谷遗恨的宗旨是要将刺局做到完美，不存遗恨。但在实际中，却是要以权衡利弊为原则，不惜以恨释恨。"

卜福的话让齐君元脸色陡然变了，入离恨谷以后，第三天他便悟出祖师爷所遗五恨，并因此得见谷主，得到天资灵性将来可承离恨谷衣钵的赞许。可卜福怎么会说是六恨，难道自己并未完全悟出？还是卜福故意这么说的，是要在心理上压制住自己，然后在下一步的刺活儿中让自己能够服从他。

齐君元稳定了一下情绪，然后将话题继续下去："难怪裴盛不按我的信号擅自行动，难怪我所在的位置会成为你们主要的围捕范围，而其他人却没有遭遇危机。可是你们怎么都没有想到，我会成功逃脱。"

"意外早在灌州就开始了，而且一直延续着。你在烟重津逃走是意外，但你再次出现更是意外。我将裴盛押至金陵，他要做的活儿也按部就班地在进行。但是我却突然接到消息，说你再次出现，并且拿了'刺齐王'的'一叶秋'，带着人正赶往金陵。我并不清楚你是怎么出现的，也不知道'一叶秋'的指令怎么会给你的。但是刺齐王是裴盛的活儿失利后才要做的补救措施，如果太早进行反而会影响了全盘计划。但偏偏你带人来得很快，没几日就从楚地的围追堵截中闯出来，摆脱各种纠缠和危机很快到达广信。"卜福

说这话时显得颇有些感慨。

"所以当广信刺局发生后，你便启用洗影的谷生谷客布兜捕我，试图阻止我，并且还亲自赶到广信，可这一次我还是让你意外了。"齐君元不用卜福说完就已经猜出是怎么回事了。

"是这样的，更意外的是接下来我完全找不到你了，而再次有消息通知我时，你已经是在金陵城里了。但是接下来的局势有了变化，让我们觉得执行刺齐王的后续手段可以比裴盛做的活儿更有效果。"

说到这里，卜福无意间露出的一点引起了齐君元的注意："自己走的是佛径，卜福追查不到很正常。但是到了金陵之后他便再次收到消息通知。是自己这些人漏相儿了？还是通知他的人本来就在自己这些人当中？"

"刺齐王的活儿没被提前泄露，是因为在广信设兜拿我之后突然有了计划上的改变，否则到达金陵后我们不是自投落网就是被官府提前知晓加以围捕。"齐君元脸色依旧平静，但话里还是带着些怨气出来。

"齐王手下能人众多，即便放开手让你做刺局你也很难得手。更何况太子派人散播有人要刺杀齐王的消息恐吓逼迫齐王，而你所带的同伴又恰恰在这个时候贸然设刺局下手，那不相当于是给齐王通风报信了吗？幸好有了计划的改变，否则刺齐王的活儿你也是做不成的。"

"我同伴六指行刺局是接到'一叶秋'指示的，你不知道？"

"我不知道，'一叶秋'指示？也有可能，那时候还在以裴盛为重点，所以发'一叶秋'让你手下贸然设局有可能是为了阻止你的行动。不过当确定采取刺齐王的方案后，谷里所有行动立刻都以你们为中心。让裴盛刺杀蔡复庆，就是我暗中下令的。只是为了达到最佳效果，抓住最合适的时机，让裴盛多受了不少煎熬。"提到裴盛，卜福颇为感慨，可见他也觉得当时裴盛挺过的是怎样一场巨大的磨难。

其实裴盛从被擒到遭受终极刑审，他和卜福在一起的时间很多，却并不知道卜福是离恨谷的人。离恨谷做事便是如此谨慎，如果两人太早相识，万一裴盛挺不下来，卜福也可能会暴露。所以卜福是随南平回来的顾子敬入秦淮雅筑后，才以最简单的离恨谷指语和眼语（以眨眼传递信息）告知裴盛自己的身份，以及下一步将改变原有计划，随时准备刺杀蔡复庆。

裴盛刺杀蔡复庆之前，进入无极渊的只有李景遂的童儿、德总管、卜福。卜福刚进无极渊就用指语向裴盛发出了刺杀蔡复庆的指令。而之后卜福主动提出裴盛实施刺杀应该是临时收到指令，当时在无极渊中的人特别是刚刚进入无极渊不久的人都有可能是发出指令的人。所以即便当时大家相互猜疑，也不会把疑点落到他身上。这除了他主动提出这一可能性外，最重要的是他与各方都没有丝毫利害关系。

卜福说到这里，齐君元又发现了一个关键点。六指的刺局失败后，自己曾说过要刺齐王必须先杀蔡复庆。如果让裴盛刺蔡复庆是为自己刺齐王铺平道路，那么自己所说的这个重要前提是如何转达到卜福那里的？

当时听到自己这话的只有范啸天、唐三娘、哑巴和汤吉，也就是说，在这四个人中有一个始终是和谷里做主之人有联系的，而且这做主之人等级应该是在刺头之上，否则怎么能发指令给卜福让他做一些事情。不对，这人等级可能还不止是刺头之上，刺头之上的代主也只能管到自己所执行一路的行动，这人似乎是可以掌控兼顾着好几路的行动的。他到底是谁？到底是什么身份？现在又在哪里？

## 外见内

其实齐君元清楚有些事情和自己根本不搭界，自己只是一个刺客，只需要完成布置下的刺活儿。但是不知道为什么，齐君元隐隐有种被欺骗的感觉，而且这感觉似乎很久很久之前就已经开始了，只是在最近的几次刺活儿中才渐渐暴露出来。虽然投身在离恨谷了，这辈子都是要被离恨谷利用的。但是从一个正常人的角度来说，不管是怎样的利用，都不会希望自己的性命被别人拿来随便牺牲。而且离恨谷祖师要离所留遗恨中便有损己、杀亲，就算是刺局中的弃肢也是在万不得已的状况下为顾全大局而舍弃的同伴。可连续几个刺局齐君元觉得自己从一开始就已经是一个牺牲品，这是有什么人在故意违反谷里的规定吗？还是刻意要对付自己？当初见到谷主时曾因独到慧

根被赞誉将来有可能成为离恨谷的衣钵传人，这会不会就是一个祸根。

"裴盛最初活儿的刺标是谁？你忙活一大通的活儿要对付的肯定不是齐王李景遂，他应该只是借用的一个手段。而且连刺齐王都只是一个手段的话，那么应该还有更多的兜子布局。"

"这个不能告诉你。"卜福拒绝得很干脆。

"那么我这急活儿的刺标是谁？这你总不能不告诉我吧。"

"这个活儿的刺标是太子李弘冀。"卜福像是迫不及待地回答了齐君元的问题。或许他早就在等着齐君元主动涉及主题，而这刺标一旦说出，齐君元便被绑定，再没有任何推辞刺活儿的可能。

齐君元并不吃惊，连李景遂都被刺杀了，那么南唐中任何一个人都可能成为刺标。

"先皇叔，后太子，这是一个大局。"

"就各种表象来看，的确是极大的局。虽然我算是涉入其中较多的一线，却也不知道其最终目的是什么。"卜福的话听不出真假。

"齐王已刺，太子李弘冀也因为齐王之死被废黜，现禁居在汤山峪。又为何一定要赶尽杀绝，而且如此之仓促？"齐君元又问。

"谷中如何布杀自有他们的妙算，代主匣让刺我只能去刺。之前与你相关的都已经告诉你了。杀前不寻源，你现在是做活儿的身份，不应该究底。"卜福的语气变得严厉，而且很明显他已经不准备再往下说什么了，或许一些事情在没做之前连他也完全不知道是何目的。

"我是数度被蛇咬，心中难免多出些绳结。"

"入了离恨谷，便必定要纠缠于绳绳结结之中，就算心中无绳结，身外也一样会有。"

"也罢，最后还想确定两件事情。虽然与我关系不大，但应该是可以告诉我的。临荆县秦笙笙刺杀张松年确实是私仇吗？"

"是私仇，张松年是她亲生父亲，她是为母报仇。"

"亲生父亲，为母报仇，怎么会这样？"齐君元再次惊讶，这是一个出乎他所有臆测的回答。

## 第九章　神眼掌控之下

"具体内情我虽略有了解，但那是别人隐私不便乱说。"

"还有一件事情，秦笙笙那一路往西去是要做什么？"

"不知道。"卜福果断回答。

住在画院的这个小院落中，齐君元并不觉得此处像卜福说的那么安妥。他总感觉暗中有眼睛在盯着自己，让他觉得非常不舒服。听卜福介绍，此小院本来是瞒天鬼才萧忠博所住。诡画刺驾之事发生后，萧忠博莫名失踪，此处便空出来了。因为是重案嫌疑人原来居住的地方，所以一般人都不敢接近这里，怕莫名其妙扯上干系。

但是有两点卜福始终没有告诉他，一个就是卜福与画院没有任何关系，为何会将他安排在这里。还有就是给他送来食物的到底是谁，为何卜福的帮手中并没有这样一个方便在画院中行动的人。

虽然仍有蹊跷，但齐君元却并没有太过紧张，因为他至少知道目前为止别人很需要他。有价值便意味着安全，有价值才能掌控局面，有价值才能提要求，所以齐君元很快找到一个合适的理由离开了画院。

尽管卜福所说的露芒笺还没到，但齐君元主动提出可以先"点漪"，把刺局的前期工作做起来。这是卜福非常愿意的事情，所以没有理由不让齐君元离开画院。

卜福能唤起的谷生谷客真的不多，而其中真正能起到作用的只有两个。一个是菜户（专门在市场上贩卖各种肉食蔬菜的），而且是金陵城里少有的大菜户，能与太子府打上交道的菜户。那菜户是离恨谷力极堂出来的谷生，自身条件和技艺特长还是相当了得的。不仅力杀之技有过人之处，而且兼修了勾魂楼的技艺。最善于以语声、表情与别人打交道，让别人在很短时间内信任自己、接受自己。因此他在谷中隐号为"亲煞"，意思是很易亲近的恶煞。只是因为一次刺活儿的小失误，谷中怕其牵连着泄出谷中秘密，于是安排他在金陵洗影了。

还有一个是汤山峪外防道二道亭的亭长。亭长是天谋殿的谷客，本就是差官世家，但父辈得罪顶头上司遭陷害，他投靠离恨谷学了技艺。亭长的隐号为"折柄"，意思是多方面的，但最重要的一点是暗喻他杀人的武器是可

以将柄折转过来的，从意想不到的角度攻击。事实上他技成回来后设妙计借刀杀人，悄无声息间就报了私仇，显示出折柄之能。没了对头，又没什么不良记录，于是作为差官世家的后代他很自然地就进了衙门做了差役。之后再运用些天谋殿的小手段，很快便一路升到了亭长。

汤山峪除了营围官兵，在外围还有地方县衙设的两道外防亭卡。这其实相当于汤山峪进出的两层门户，属于当地官府设置的防护措施。然后再往里是汤山峪营围，这算是第三道防护。亭长负责的二道亭亭卡离汤山峪营围南营门不远，巡查防护范围又与营围防护范围有交叉衔接处。而李弘冀禁居此处闲闷时只能在大营里面转转，所以二道亭的亭差巡查时偶尔可在一箭之外的距离看到李弘冀。

汤山最出名的是温泉，南唐皇家包括李璟闲暇时都偶尔过来沐浴消乏。李弘冀禁居的沐虬宫其实就是一个皇家行宫，规模极大，建造时将山水林木泉眼都巧妙地拢入其中。汤山峪营围驻扎于此的目的之一就是为了保护行宫，而当地官府在外围还要加上两道亭卡也是出于保护行宫的目的。另外为了保证李璟以及其他皇家成员在汤山峪的安全，那沐虬宫中还有着重重机关和众多皇家御前带刀高手。所以从这几方面而言，汤山峪沐虬宫的防护其实比齐王的秦淮雅筑更加严密。它是由地方衙门、专职军队、御前高手以及机关设置组成的综合安全体系。所以不管是大规模的进攻还是偷偷潜入行刺，都会遇到最厉害的阻击和截杀。

李璟将李弘冀责罪禁居于此，明眼人一眼便看出其意并非是要让李弘冀从此不能翻身。要不然不会让他就禁居在距离金陵极近的行宫里，而且是在非常严密的保护之中。

齐君元如果要刺杀李弘冀，只能是采取偷偷潜入的方式。大规模的攻击根本想都不用想，目前为止他就连偷偷潜入的帮手都还不一定能凑齐呢。但是让齐君元完全没有料到的是，在这个防卫严密的地方，连做刺局之前最起码的"点漪"都无法办到。李弘冀在沐虬宫中禁居不会出来，要接近到他并设下刺局刺杀他，至少是要到达汤山营的范围。可是即便是那二道亭的亭长，最多也就只能将其带到营外一箭之地的位置。所以汤山峪营围里怎样的

## 第九章　神眼掌控之下

情况，有没有可利用的条件和点位布设刺局完全无从知晓。至于沐虬宫中的情形，那就更不用谈了。

齐君元这时知道卜福为何要找自己了，这几乎就是个不可能做成的刺活儿。面对如此难度，他甚至感觉让自己来做这刺活儿就是想牺牲自己，是再一次直接将自己当做弃肢。但齐君元是个会运用脑子的人，是个会构思不同意境并从中探究和发现有利用价值的人。所以他这次"点潵"的形式有些改变，并没有从直接对环境的观察上开始。而是剑走偏锋，由外围间接入手，从现象看现象。

在齐君元的授意之下，菜户很快以低价菜、大油水与太子府负责采购的关键人物搭上了关系，将汤山峪沐虬宫中日常肉食蔬菜的供应拿到手。虽然只是一个卖菜送菜的活儿，而且根本无法将菜送到沐虬宫里面去，在一道亭卡处就会有沐虬宫中的人进行点数交接。但这在齐君元眼中却是一条重要信息的来源，通过几天来沐虬宫中所订购菜的数量和品种，他便推算出沐虬宫中各种人的大概配备。

沐虬宫里的厨房有很多，等级也不一样，所以这些厨房每天订购的菜肯定也是不同的。根据菜料的品种等级、要量多少，还有精细度和新鲜程度的要求，便可以看出其中各种菜分别是供给什么样的人食用的。而根据数量就可以大概推测出每一类人的人数；还可以根据荤素比例大概推测出男女比例；再有通过其他配料的不同，可以大概推测出其中的一些人来自哪里。

菜料中有一小部分肯定是李弘冀及其家属、身边最亲近之人食用的，这部分的选料要求最高、最挑剔，收菜时有专门的人用验银（专门测试有无毒的银具，银的成分对有毒物质反应特别灵敏）对各种菜料进行初步检查。还有部分应该是沐虬宫中比较重要的人食用的，这部分菜料也很高档，但细致度上要求没那么高，食用之人应该是只需要味道上的满足就够了。而且这一部分的种类比较杂，配料也多样，可以看出食用之人口味差距比较大，是来自很多不同的地方。这部分人中应该有些是伺候李弘冀的贴身婢仆，但大部分是保护李弘冀的高手，从各地网罗的高手，而且从配料上看，其中似乎有较多的蜀人。再有一大部分的菜料都是大鱼大肉的肥厚物，蔬菜少，而且也都是选择的粗壮蔬菜。但配料口味都是南唐一带的口味，所以这部分人应该是沐虬宫中的带刀护卫。其实这种属于皇宫内卫统一调配的护卫中不乏高手，只不过是本国官阶编制选拔出来的，所以没有李弘冀自己府中聘请的高手那么受重视。

齐君元做的另外一件事情就是让二道亭的亭长给画出一个沐虬宫的大概范围来。亭长虽然无法进入汤山峪营围，也无法进入沐虬宫，但是他却有资格在汤山峪营围之外进行巡查。亭长是出身天谋殿的谷生，天谋殿中有一基本技艺便是上观星位天象，目测远朝近案。所以亭长只需由他巡查的路线范围，以及与沐虬宫的距离，便可以很容易地观察推算出目标的大概范围，并且将其准确画出。唯一的缺憾是不知道宫墙之内有什么，这需要从其他更高方位进行观察后才能推测出来。

## 无隙入

根据几天配送的菜品、数量，齐君元综合推算后，大概确定了沐虬宫中负责防卫的带刀侍卫以及李弘冀身边高手的数量，然后按这数量分为几个班次，确定每个班次的大概人数。再将这几个班次按沐虬宫的范围进行排布，以最合适的距离设定明哨、暗哨、流动哨。这时候齐君元发现了一些蹊跷，如果按这样的方式进行设定的话，那么每一班的人数都不够。不仅不够，还会有种捉襟见肘的感觉，在整体防卫的设置上会出现很大范围的空当。

确定这个情况后，卜福的脸色顿时松懈了一些。菜户和亭长完成的事情以及齐君元进一步的分析推断，终于让他看到了一些成功做成刺局的可能。

卜福应该是他们当中最迫切希望刺杀李弘冀成功的一个人，因为这个活儿真正的担承是在他身上。之前他心中也清楚这非但不是一件急切间可以做成的刺活儿，甚至是一件根本没有可能完成的刺活儿。但是卜福现在心中却在暗自庆幸，幸好找对了齐君元，他果然有着独到之处，只两个外围的间接举措，就已经直接推断出刺标身边的具体情况来。而且从推断结果上看，他找到的还不仅仅是一条可渗入的缝隙，而是多个可利用的大空当。

## 第九章　神眼掌控之下

"从沐虬宫的防卫上看，有太多的空当可以闯入。而我们外围的途径至少可以顺利达到二道亭的范围，所以现在最大的困难可能就是在汤山峪营围这一块了。"卜福按自己的思路进行了分析。

"汤山峪营围这一块虽然看似严密，其实我每天在外围巡查时可以看出，有些位置的守营官兵还是很懈怠的。特别是夜间，汤山峪西面和北面这两个方向上尤其松散。因为这两个方向近处有沟壑流水，远处又是平坦荒地，最难接近。"亭长说出了自己的见解。

"的确如此，我接触过很多官家人兵家人，他们自己也说越是守护皇家重地的官兵越是满不在乎，不能做到尽职尽责。因为他们觉得不可能会有什么人敢冒被格杀当场的危险来闯他们所守的禁地。汤山峪的官兵更是这样，他们外围还有两道亭卡，而里面的沐虬宫只是个行宫，皇上又不在这里，所以会更加放松。这样的话只需设点小伎俩，从西面或北面潜入的机会还是极大的。"菜户虽然是力极堂的，但他混于市井之间，见识人多，很懂得揣摩各种人的心理。

齐君元的表情依旧平静，或者说根本不曾有一丝松懈。卜福他们三个人的话没有让他看到更多希望，恰恰相反，他从沐虬宫的防卫分布上发现到的是更多的危机，让他更加觉得这是个没有可能做成的刺局。因为齐君元是妙器阁谷生，而且是个技艺杰出的谷生。所以他考虑的角度有别于天谋殿的卜福、亭长，还有力极堂的菜户。别人眼中所看到的沐虬宫防卫空当，在齐君元看来却可能是重重机关，是无法逾越的必杀兜爪。当然，其中必定是有进出的道路的，问题是这道路你会不会走，别人又给不给你走。

"我需要看到沐虬宫的里面。"齐君元再次提出一个要求。

卜福等三人没有一个做声的，因为他们都知道自己无法办到这件事件。

"那能不能找到一个可以描述里面大概情景的人？"齐君元降低了他的要求。

"没有，就算进入那宫里的人都无法描述里面的情景。"亭长回答得很直接很果断。

"为什么？"齐君元感到奇怪。

"因为即便进入沐虬宫中,那里面的情景都是无法完全看清的。我曾在一次酒宴上听汤山县令酒喝多了吹牛,他有一次因紧急事务进过沐虬宫。据他所言,那里面有多处温泉泉眼,宫中很大一部分的设施都被缥缈的水汽、雾气笼罩。外人出入都由专门的人带领,进门之后便是许多遮掩在浓重雾气中的石柱、石墙。他被人带着在其中七扭八拐地走了许久,最后才从一处有较高阶台的院落中走出去。"

"后来呢?"齐君元追问道。

"没有后来,他只走到那里,便有人出现和他交涉完紧急事务,然后又原路被带出来了。临被带出前他倒也四处扫看了下,发现除了不远处的一个沐池、面前的阶台,还有一些花草树木、房屋楼轩可以看清外,其他地方都是烟雾缥缈,如同仙境。"

"这个倒是真的,我得到的消息说,沐虬宫中护卫是各负其责的,只管自己所分配的区域。即便其他区域发生异常,他们也是不得随便过去援手的。其实我觉得看不清和自管区域不互施援手对我们的活儿更有利,只要闯过了外面的营围进了沐虬宫,对方要想发现我们就非常困难了。更何况他们在防卫布设上还存在那么多的空当,我们大可加以利用。"看来卜福也已经了解到一些信息。

虽然没有见过真正的沐虬宫,但那并不重要。只需范围,只需大小,只需大概的情景讲述和了解,齐君元就能在脑海里构思出一幅画面,就像他从小在瓷器土坯上勾画的画面。画面之中也有留白,就像所画沐虬宫范围中的空当一样。但留白不是空白,它是有意境的,有比实质画面更玄妙的意境的。所以同样地齐君元可以在沐虬宫的空当中找到意境,找到意境中可能存在的玄妙。所以齐君元果断地下了个结论:"如果真如你们所说,那这个刺活儿是做不成的。至少急切间做不成,要等那李弘冀不再被禁居,出了沐虬宫才有机会。"

"为什么?为什么做不成?"卜福赶紧追问。

"因为那些不是防卫空当,而是凶险的兜子所在,暗藏着重重必杀的机关暗器。而更为厉害的是,里面雾气笼罩,根本无法看清面对的是怎样的兜

## 第九章 神眼掌控之下

子，无法知道该如何躲开或解开那些机关暗器，哪还有什么机会闯进去杀死李弘冀？"齐君元表情淡淡、语气淡淡，但说出的话却像一记记重锤砸在卜福心上。

"我觉得不一定会这样。"卜福马上提出了异议，"我也是离恨谷出身，虽不如你妙成阁中那么多精通机巧之物，但天谋殿的部署和筹划中是绝不会疏忽兜子这一防护措施的。其实之前我也想过沐虹宫中可能会存在一些机关，但是不要忘了，此处是南唐皇室行宫，是他游玩休憩之处。然后范围又不是非常大，如果设有太多机关暗器不也限制了皇家人的行动吗？"

"你说的都没错，像皇家行宫一类的宫殿院座本不该有太多机关，但那都是建在城池之中的行宫别院。其中各处防护机制健全，从城防到内防重重设置，每一处都是蝇虫难过的严密。但沐虹宫不一样，此处功能单一，只供温浴，其他景色山水都不为胜。而且地势地理也不十分重要，筑城很不值，只是让汤山县设了两亭，连个小镇都算不上。而汤山峪营围驻扎的人马看似不少，能够从峪口两边以及坡上筑双层营墙围住行宫。但我估计这一营人马的真实作用是供金陵城的李璟就近调拨应急的，还有就是协助汤山县守护住金陵东路。所以亭长巡查才会见到西边和北边的官兵状态懈怠，因为这两个方向一面是金陵，一面是大江，很难出现大股力量的攻击。同时他们的懈怠也正说明了他们并不太在意有少数几人偷偷潜入，因为他们心中清楚沐虹宫中防卫的机关和高手厉害，就算潜入也都会被消灭其中。而李璟将背负操纵刺杀齐王罪名的李弘冀禁居此处，实际上是暗有保护之意。"

沉默了一会儿，卜福才皱着眉头缓缓开口："这么说此刺绝不可成了？"

"绝不可成。"齐君元也缓缓回了四个字。

"但是代主匣要求此刺必成。"卜福再缓缓说一句。大家的脸色顿时都变了，卜福这一句的分量极重，是对他自己的，也是对齐君元和亭长、菜户的。离恨谷中要求必成之刺如果失败，所有参与之人都是要受到度衡庐严酷罪责的。也就是说，无论面对怎样的艰难，无论有没有成功的可能，刺活儿都得去做，即便把性命砸进去了也比不做和失败了活着回来要好。

大家沉默了好一会儿，最终还是亭长打破了沉默："如果沐虹宫是绝不

可能布设刺局的地方，那么是否可以将刺局设在沐虬宫之外？"

卜福的眉头和髭须同时猛地一挑，齐君元也缓缓抬起微眯的眼皮。

"沐虬宫中虽然华庭画阁、锦榻珍食，但毕竟是个温浴之处。湿气偏重，气流不畅，温阳长蕴。这对于体性属阴偏寒的女子来说还好适应，但对于吴王李弘冀这样元火最旺的男子而言，是会觉得温燥难散、内乏体软的。因此李弘冀每天早晚都会出沐虬宫，沿汤山峪走动一下。最远时会走到两边峪口的营门，有时候也会往两边坡上去。"亭长提供了一个非常有价值的信息。

"你巡查范围之中可以见到他？"齐君元眼中放出些光彩来。

"可以，但我巡查范围到鹿角丫杈和三角荆棘止步的地方，距离汤山峪营围的营门营墙处还有三百步的样子，而李弘冀的护卫和汤山峪的官兵是绝不会让他走到最靠营门营墙的位置的，这样与他的最近距离至少也要在四百步开外。"

"四百步开外？唉！太远了，没有一件远射武器可以达到这样的距离。"卜福叹了口气再次表示失望。

"远射肯定不成，除了距离远外，这之间还有内外两道栅墙栅门的阻碍，然后还有很多官兵护卫前呼后拥。即便李弘冀衣着明显，也是很难抓准目标的。"亭长也表示不可能。

"那么在两头峪口以及坡上有没有可以伏波的点？我可以一伏三日不动，等李弘冀到就近处突然杀出一击取命。"菜户所说的方法显示出力极堂坚忍、无畏的特点来。

"没有，即便有，你还需要在瞬间冲破鹿角丫杈和两道栅墙。"亭长再次表示不可能。

"如果提前潜过这些障碍，伏波于营围之内呢？"菜户不死心。

"沿栅墙内的一圈都是空旷地，不仅无处伏波，而且每天有官兵无数遍地来回走动巡查。过了空旷地，便是官兵连帐，也没地方伏波。再有李弘冀每天走动的方向毫无规律，而且都是走的宽敞之处。就算你能在某个隐蔽处伏下，三天内他也不一定走到你伏波位的附近。另外李弘冀的随身高手众多，即便是诡惊亭的同门过来设虚境掩住自己，但在三天中不同光线的变化下，怕也难逃那些高手的眼睛。"亭长再次用很周详的说明否定了菜户的想法。

别人说话时，齐君元一直若有所思。等大家都不再说话了，齐君元这才再次语气清晰地重复了一下自己刚才的问题："我问的是在你巡查范围内能否见到李弘冀，而且是要让我见到。"

对于这样郑重的提问，亭长想了一下才很肯定地回答："可以，我可以让你在我的巡查范围内见到李弘冀，但也只能是偶然一见，而且距离很远。"

"这就够了，什么时候可以去见？"

"明天我带你入亭卡，冒充新增的亭差。你每天随着差队巡查，总会有机会见到的。"

"好，那我明天就随你进亭。但愿运气好，能尽早见到李弘冀，不耽搁这件急活儿。"齐君元的语气有些复杂，外带些意思像是说给卜福听的。

# 第十章　主动被擒

## 奇凶案

　　川西高原的甘贡山，烟雾缭绕，气候多变。夜如冬午如夏晨晚如春秋，一里风一里雨几步入烟云。山岭起伏之间，有一洼瓦蓝瓦蓝的海子，被重重深绿色的古木苍翠围绕。

　　古木苍翠之中不乏野桃、野梨、山茶树、紫玉兰树，而每到春季花开之时，桃花、梨花、山茶花、紫玉兰花不仅将海子围上一个花环，而且花瓣掉入水中，更是将瓦蓝瓦蓝的边缘一圈变得色彩斑斓。每到这个时候，海子中的鱼便会聚到边上吞食花瓣。但不是什么花瓣都能吞食的，有一种野梨花中就含有微量毒素。鱼若吞食得少，便会沉醉过去，一醉便是几日才能醒来。若吞食得多，那便会被毒死再不能醒来。但不管醉了的还是死去的，都会翻着白肚漂在水面上，于是便成了山里各种肉食动物捕食的对象。每到花开季节，湖上除了花瓣就是鱼白肚随着微微的波浪跳动。而各种大小野兽都在湖边转悠，或直接下到浅水中捕食这些翻白肚的鱼。就因为这个景象，所以海子被当地人称为佬白海子，又有捞白海的意思在。

## 第十章　主动被擒

佬白海是深山中的一个海子，距离最近的村落也有几十里山路。不过这地方绝不是渺无人烟，而是经常有人来往。因为有一条路是沿着整个海子的东岸过来的，而且这条路在绕到海子南边时，还会分叉成两条道。一条是往西南方向去，还有一条是往正西方向。而从这两个方向走下去，往西南的可以连上古蜀至交趾国的商道，往正西的则可以直入吐蕃境内。

因为有人经常来往，所以就在这分叉道口处的草甸子上也经常会聚集一些人。最初只是方圆百里内那些村落的人，他们将自家的土货带到这里来，希望来往的商客中有人能够将这些土货买走。而后来由于他们的土货中确实有不少价廉物美的好东西，于是这一块草甸子开始成了过往商客采购的一个点。到后来有人索性就地取材，在草甸子上搭出一排木棚子，将这里变成了商客临时歇脚和置换货物的一个场子。这个场子也就是后来茶马古道上非常有名的佬白海子货场。

这一天正好也是花开的季节，也一样有着满海子漂浮的鱼肚白和在海子边转悠的兽子。但是路上却没有什么来往的客商，岔道口的地方也没有一个卖货的当地人。这多少有些奇怪，虽说蜀国北方正在打仗，但南边所受影响不大，客商依旧往来倒货糊口求财。

差不多到中午的时候，路上终于有人出现了。一路是从西面的岔道过来的，还有一路是从西南的岔道过来的。而且要么没人来，来了人数就不少，每一路都有近百人的样子。但这两路人样子都不像商客，因为他们都是单人单马，马不驮货，一看就是用来骑乘的。再有这些人个个风巾裹头、身上染尘满满，看得出是经过长途跋涉才来到此处。但这些人的衣着装饰却很明显不是走苦险商路的商客穿得起的。还有就是这些人随身带着形状怪异的长大兵器，这和平常客商用来护身开路的砍刀也是不同。

两路人很谨慎地在路口碰头，几句简单的对话后迅速围成了三层的圈子。外面两层圈子以马为墙朝外，个个手持兵刃严密戒备。最里面的一个圈子的人朝里，相互面对。虽然没有显得那么紧张，但也都紧握兵刃，这是在提防着对方。由这快速形成的三层圈子可以看出，这两路人都训练有素。

三层圈子的中央只留下两个人，他们在低头交易着什么。可以看出两个人都非常仔细认真，对交易的东西看了又看、查了又查。而就在这查看过程中，不时有五彩的太阳反射光从他们两人的手中闪出。

野兽的警觉一般是最灵敏的，因为在大自然中的某一个疏忽往往失去的会是全部生命，所以最先觉察出异常并开始畏缩逃离的是海子边那些捞鱼的兽子。这些食肉的兽子其中不乏黑熊、山豹那样的大兽子，能让它们也畏缩逃离，那意味着逼近的绝不是一般的危险。

而那两路人直到所带马匹出现异常才觉察出不妙来。他们带来的所有马匹几乎是同时连声惨鸣，跪倒伏地，口鼻间血沫喷溅。没人知道马匹发生了什么事情，但所有人都知道马匹一旦出事，要想快速逃离便不可能了。好在两队人都是训练有素的厉害角色，他们立刻分成了两堆，各自护着自己的中心人物和重要东西。而这个时候四周也开始有野兽哀号、鸟雀悲鸣不绝于耳，仿佛是蛰伏山中的妖魔正从四面八方朝着他们聚拢而来。

在这种情况下，即便是已经交易成功且十分满意的双方，也都会将对方放在完全提防的位置。所以这两堆人没有依据地势构成相互可援手拒敌的犄角状，而是尽量拉开距离，寻找自己可进可退的合适位置。而且他们中肯定是有护卫的高手在指挥，因为两堆人都没有往原路退走。一旦进入别人的兜子里，那么进来的路肯定会被设兜人封死，这是毋庸置疑的。原路退回只会落入别人更大的杀伤爪子中，遭遇更危险的攻击。

所以西南来的那一路不退反进，沿着海子边的道路继续往前。在这种地方，越是直长的道路越难设下围杀的兜子。因为一侧是海子，另一侧是陡滑的山坡和匝密的树林。要想攻杀的话只能从道路两头进行，而这样的话其实已呈窄面的对攻，失去了兜子的优势。

而正西过来的一路则迅速往海子边移动，并且马上就认定了一个可攻可守的区域。他们的想法也不错，海子边有宽敞的岸滩，岸滩滩泥软滑。然后滩上还有许多大树和大的枝杈，这些都是被山洪山风冲倒冲断后掉在水中，再被海子里的水浪送到岸滩上的。有这些障碍，别人要想快速冲击是很难的。而他们背后的海子里是无法设置兜爪攻击的，所以只要站好位置立稳脚跟，用长大武器进行防守和反击的确是很有利的。

## 第十章　主动被擒

没有一个人，或者说是他们还没来得及看到一个人，所有的攻杀便结束了。

袭击应该不算突然，那些肥硕的老鼠出现得很坦然很大方，并且是走到跟前才龇牙咧嘴露出凶相的。虽然不突然，但意外还是有的，这些老鼠本身就是意外。被袭者原以为密匝的树林、陡滑的山坡以及水质中含有落花毒素的海子里不会出现预设的兜爪攻击。但事实上他们错了，这些胖老鼠不仅可以从林中坡上滚出，还可以从水中冒出，从树顶落下。被袭者原以为岸滩滩泥软滑，而且有大树和树杈阻挡，就算出现突袭者也无法快速接近。但这些对于这些胖老鼠非但没有丝毫阻碍，反而隐蔽了它们的行动，替它们的接近做掩护。

当水色缤纷花色更缤纷的佬白海子边散乱地铺开两大片如同被活剥了的尸体后，道路上这才施施然出现了装束怪异的一男一女。他们径自走到两个进行过交易的尸体边，从尸身上掏摸出些东西来，然后很快便消失在山林间。在他们背后，是大群的胖老鼠逶迤随行。

很奇怪的是，深山之中那么多的食肉兽子，竟然对这满地健硕的尸体不动一口，宁愿继续跑到海子里艰难捕捉那些腥气多刺的醉鱼。也正因为没有兽子动那些尸体，所以这些尸体很快就被经过的商客发现。于是报了官，官差也跋涉许多山路来了，毕竟一下子死了那么多人啊。

通过对所有尸体的检查，除了样子像活剥外他们并没有发现什么特别之处。不过从其中两人的身上找到的符鉴倒是极为罕见，这是两个字符奇怪、造型奇怪、质地更奇怪的符鉴。一个是块佛牌，上面刻制了一个形象怪异的佛像；还有一个像护身符，刻了一棵大树。然后从这些人的装束、体型特征和携带物品上辨出，两伙人应该有一路是来自吐蕃，还有一路是来自交趾的。由于这些人的死因始终无法确定，官差最终草草地以相互火并全体丧命为结论，随即便安排当地村寨派劳夫找地方将尸身葬了。只在事后将此案写了一个报章连带那两个奇怪的符鉴交送到上一级的官衙，就此算彻底了结此案。

赵崇柞由金陵匆匆赶回成都，一路上依旧保持谨慎，不敢让所经之地的官家有丝毫觉察发现，也不与不问源馆的所有密探、密信点接触。正因为这样，他自己的消息也闭塞了，南唐所发生的事情都走密信道传递信息，所以他都没接到。而官道信息虽然也在往蜀国传送，却始终都比他慢了半拍。

刺客夜闯秦淮雅筑之后，赵崇柞已经开始觉得金陵之地暗流涌动，很不稳妥。然后李弘冀又未采纳赵崇柞的建议，于是他开始觉得李弘冀并非敢将手段用极之人。而眼下形势不敢用极端手段便掌握不了先机，占不到先机也就无法拥有调配和运作某些国家力量的权力。于是赵崇柞果断决定离开南唐，事不成再拖延下去只会对己不利，再待在金陵说不定接下来无关己事也会惹得腥臊上身。

其实就之前金陵城中发生的种种事情，如果让南唐皇家、官家知道赵崇柞潜在金陵城中，那么想都不用想，不是他的事情也都会栽在他头上。赵崇柞对政治的变化很有敏感性，对危机的嗅觉也极为灵敏，所以他及时离开了。

不过赵崇柞虽然自己离开了，却是将丰知通和一部分不问源馆的高手留下了。他离开时李景遂还未被刺，只是有人夜闯秦淮雅筑。赵崇柞觉得李景遂肯定会猜测夜闯秦淮雅筑的人是李弘冀派出的，所以下一步有可能采取反击。当然，真正派出刺客的第三方也可利用这个机会再出刺客转而攻袭李弘冀。这不是没有可能的，要想南唐乱，而且乱得顾不及与蜀国联手对抗强敌，那就不是简单地杀死李景遂或者李弘冀就能办到的，而是要让他们斗起来，让他们自相残杀。从现有的关系以及赵崇柞此次执行的任务而言，不管是李景遂反击还是第三方刺客出手，他都应该协助保护李弘冀的安全。或者可以这样说，刺杀也好，自相残杀也好，最终都必须让李弘冀成为赢家，那么南唐和西蜀共进退的联盟才能实现。

赵崇柞回到成都后，并没有马上去进见孟昶。他有个习惯，不管外出多久，回来后总要先查看一下自己离开后的有关事务。这是个好习惯，一个是可以了解自己不知道的一些重要事情，以免在见到皇上后一问三不知或者说错话。再一个就是看看是不是有些事件是与自己出行目的有关的。这也很重

## 第十章　主动被擒

要，可以从其他方面发现与自己出行目的有关的信息和细节，这样才能加以综合客观的分析，在皇上询问及时给予正确的建议。

一般情况下赵崇柞会先去不问源馆，然后再去官衙。因为不问源馆的信息来源更广，而且都是比较隐秘的，比那些官路来的消息更有价值。

不问源馆里有个"拣异间"，当不问源馆秘密安置在各密探点的人发现了一些奇怪的事情后，会直接取了证据送至拣异间。这些奇怪事情包含很广，有江湖奇事、自然怪象、无法破解的疑案等等。这些事情以及搜集到的证物送到拣异间后，会由有经验的各类高手先独自评判其内在价值，如确定有深挖必要，再多人一起分析，并可直接派遣不问源馆中人再去实地重新追踪寻迹。

赵崇柞对拣异间是极感兴趣的，因为许多真正有目的的事情是不会让人从表面上看出来的。就算有所失手或疏忽，那肯定也会出现在异常的、无法解释的现象上。所以进了不问源馆后他先大概翻阅了下近期查证的清册和遣事报章，知道了最近蜀境内秘密执行的一些事情和不问源馆执行的一些任务。看完这些，赵崇柞便往拣异间走去。

拣异间应该比以往要冷清一些，北方战事，那范围内的几个州府已经停止再传异事异物过来。因为战乱之中，已经难以辨别什么是正常什么是怪异。所以见赵崇柞进来，拣异的高手们行过礼后大都退到旁边，只有三四个走近赵崇柞，将自己正在拣的文案和证物呈给赵崇柞看。

前面几位所呈的东西以及说明解释都没有让赵崇柞感兴趣，而当赵崇柞走到最后一位面前时，外面突然有人急急地跑了进来，躬身奏报："赵大人，府衙中有南唐传来急报，南唐齐王被刺身亡，太子李弘冀被定罪魁，已经废黜太子位。"

听到这个奏报，赵崇柞脸色突变，急忙转身往外走。这是一件非同小可的大事，关系到他南唐一行的目的，所以他现在最急需做的是确定消息的可靠，然后去和孟昶说明并商榷对策。

赵崇柞走了，没有看到最后那份一下子莫名其妙死了近两百人的案情报章，也没看到那两件肯定会让他感觉非比寻常的证物。而赵崇柞一走，拣异的高手也就一下兴致索然了，于是将报章连同证物裹巴裹巴，吩咐杂役收存入库。

于是一件蜀国方面本可提前查证、及时制止的险恶计划，仍旧按别人的意图进行了下去。以至于最后蜀国危急之时即便许诺下极大代价，却仍然无人援手，甚至是置其死地而后快。而这其中原因，蜀国从始至终竟无一人知道。

## 备杀器

齐君元应该算是运气好的，在亭长的安排下，短短五天内，他就有两次机会远远地见到了李弘冀。虽然那距离无法看清楚面容，但是大概的气色、步法、身形却可以看得清清楚楚。对于齐君元而言看到这些已经足够了，因为只要人的大概样子入了他的眼，他便可以在心中将其化作一件瓷器，然后从一面器形便知道全部器形，从器形表面便知道器形内外。而最重要也更神奇的是，只需那器形辗转移动一下，他便可以通过角度、弧线、反光、匀称等方面发现器形存在的缺陷，甚至是器形意境中存在的缺陷。而这，将是齐君元设置下一个刺局的关键。

掌握了刺局的关键之后，齐君元便毫不客气地提出了其他条件，这些条件都是刺局成功的保证。

"要想这个刺局成功，必须将之前更多针对李弘冀的内情告诉我。最好是连他自己都根本没有觉察到的和已经产生后果的事情。"

卜福开始没有答应齐君元的要求，他显得很为难。或许真的连他自己也不知道有关内情，也或许他虽然知道却不能确定这些内情能不能透露给齐君元。

"这个必须知道，否则连这个唯一可能杀死李弘冀的法子都实施不了。"齐君元很坚持，不仅因为他的刺局需要这些，而且他估计比卜福更做得了主的人就在附近。

齐君元的预料没有错，很快卜福就松口了。应该是已经得到离恨谷中更高的指示，同时也说明在他这个代主附近就有离恨谷中更高地位的决策者在。

"在我来到金陵之前，其实有些事情已经在做了。以诡杀之画嫁祸太子李弘冀，然后用'势泄瀑'刺杀慧悯大师，派使队辗转蜀国破解字画。使队回程之时故意走烟重津，裴盛被擒，字画被夺，这一系列的事情都是为了嫁祸李弘冀。"卜福觉得直接说出这样一些内容已经足够。

齐君元有些得意，上一回他要求知道连串刺局中与己有关的事情，其实很多事情卜福都没有延伸开。而这一次因为做刺局的要求，卜福只能毫无保留地将更多的情况告诉他。所以这一次的交流其实是个补充，可以让齐君元知道更多与自己有关联的情况，那他又怎么可能只听到这么两句话就罢休。

"裴盛那一趟要做的活儿是以其特长抵受刑审，然后在最关键时假装承受不住供出主使者是李弘冀？"

"对！"

"但是将我也设为一个不知内情的被擒刺客，难道就是为了增加裴盛所供的真实性吗？"齐君元觉得自己在那局中应该是个很不值的角色。

"只是一个方面，更重要的是通过对你身份的确认，从而离间南唐和蜀国的关系。"卜福的话似乎一下子将齐君元的作用提升到一个很重要的地位。

"但是我逃走了，你们为了弥补这样的意外而达到原来的目的，所以在楚地故意当着多方力量的面将宝藏皮卷让蜀国不问源馆巨猿夺了，其后又让穷唐夺回，并让范啸天带着宝藏皮卷来到南唐。正好借我临时决定刺杀广信防御使的机会将其露相，这样联系上之前的事情和对裴盛的刑审，就能再次增加太子的嫌疑。让大家都认定他暗中与蜀国合作是有夺取皇位的意图，而从两国之间的层面上而言，无疑会恶化关系。"

"说实话，你说的这些事情我真不清楚。听你这样一说，我才觉得从行动和目的来看似乎真是这样的。不过像这么大的设计应该是早就有筹划的，应该和你未被擒拿没有关系。谷里的行事做法不会单指望一线，你虽然未被擒，还有其他手段在同步进行，所以根本不需要弥补。"卜福虽然说了这么一通，实际上是对齐君元的推断不置可否。

齐君元沉默了，话说到这里，他必须平复一下心情，调整一下思路。虽然他的脸色始终未变，但他心中其实早就跌宕难平。他在想离恨谷这一回到底接的是个什么样的活儿，不仅铺开这么大的局来做，而且到了如此程度还不收。此刻他已经没有窥出秘密的得意了，而是有种恐惧从心底暗暗生出。

"我理解你的心思，其实你我都不必知道最终目的如何，不用乱加推测徒增烦恼。离恨谷释恨活儿只要不损己、不害民，至于恨主的缘由是不管的。因此谁知道这一系列刺活儿里出资求释恨的恨主到底有几个？各自有何意图？相互间是关联还是对撞？或许我们关联起来的事件只是巧合而已。"

"如果是巧合的话，你觉得会是这样一线下来、几线同进的布设吗？"

"这问题已经与李弘冀无关，我更不知该如何回答你。"卜福又一次注意到谈话的范围，由此可见他为人极为谨慎。

"有关系。因为我觉得即便刺杀了李弘冀也不会是整个大刺局的终了，而确定这个是我这刺局极为需要的。"齐君元语气非常肯定。

"如果只是为了对付李弘冀，前面又何须如此麻烦？如果这个刺局是到刺杀李弘冀为终了，又何必牵扯上南唐与蜀国关系？还有那个做引子的宝藏皮卷，如果只是为了对付李弘冀，又何必四处辗转，引来那么多国家争夺。这是个大漩涡，李景遂、李弘冀都只不过是投进去的一块石头而已。而你和我，还有那些死去的和没死的离恨谷门人，都只不过是随着这漩涡旋转激荡的枯枝浮草而已。"卜福说到这里其实也是颇多感慨。

"但是我这个枯枝浮草却很希望自己可以看到漩涡平复之后会露出怎样的石头。"这一刻齐君元的内心无比平静，目光无比坚定。他或许仍然是离恨谷的一名刺客，但是从这一刻起，他所做刺局的目的却已经有所改变，其中开始包含了他个人的意愿。也因为有了自己的意愿，他不会再完全按指定的流程进行。所以在一个始终无法摸到边沿的庞大刺局中，齐君元注定会是一个意外。

"还有一件事情，"说到这里齐君元特别转过身去，面对卜福，"找到和我一起闯秦淮雅筑的三个同伴。如果想刺杀李弘冀，必须用到他们三个，我可以给你个大概范围去找他们。"

## 第十章　主动被擒

"这件事没问题，我可以做主。范围不用给，你利用秦淮河上大石坝放水，让他们乘舟冲过拦河网。按河道流向和河口方位，他们应该是进了丹湖的南荡子。而要在丹湖的南荡子躲过别人的注意和官府追捕，最好是进荡子的翟家腰坝。翟家腰坝河道纵横如同蛛网，又是鱼米颇丰的富庶之地。逃亦能逃，躲亦能躲，不逃不躲稍加乔装混入民间也极难辨别出来。所以他们应该是在那个范围内，在没有下一步的指示之前，在没有见到你这个刺头前，他们也同样不知何去何从。我马上通知那附近能唤起的洗影儿找到他们。"

齐君元点点头，看来卜福能追踪到自己不仅是对离恨谷的一套了如指掌，六扇门的技艺也的确是出神入化。他所确定的找人范围其实比自己能给的更加精准，只希望那三个人不要有何意外，还掩身在那一带。

但是齐君元没有想到，没等卜福找到那三个人，那三个人就自己找来了。不但自己来了，而且还带来了谷里传给齐君元的一份"刺吴王"的"一叶秋"。李弘冀虽然被废黜太子头衔，但原有的吴王身份依旧保留，所以这"刺吴王"的刺标除了他没有第二个。

当所需要的帮手全到位，当将李弘冀的一切都观察妥当，当需要做的准备都已经做好，此时反倒很难说齐君元到底是幸运还是不幸了，因为他就要独自踏上一条刺杀李弘冀的凶险之路了。没错，那么多的帮手，最终做刺局的只有他一个。他将会独自进入沐虬宫去见李弘冀，就在大白天的时候大大方方地走进去，他也自信李弘冀肯定很乐意见到他。只是这一步迈出之后，便是处处死地、生机渺茫了。

所有的准备用了十天，如果不是因为这是个急活，齐君元其实还想再多准备几天的。动身之前唐三娘给齐君元做了最后一道准备，而这准备做完之后，齐君元就必须在心里开始读数时间了。这其实又是对齐君元的一项考验，他不仅要在接下来的过程中默读时间，同时还要做一些事情，观察所经过的环境。

齐君元是从二道亭巡查范围内的一个小树丛中钻出来的，而且正好遇到带着亭差正在巡查的亭长。所以他很轻易地就被捕获，并戴上了木枷铁镣。

没等查问，齐君元便自报了来历和身份。他说来这里是要见李弘冀的，并告诉大家自己可以替李弘冀消除刺杀齐王的罪责，因为他才是真正刺杀齐王的刺客。于是亭长当机立断带着他往汤山峪营围大门而来，对于这做法其他亭差没人会怀疑，只会坚决支持。因为这是一个讨大赏立大功的机会，稍一迟疑这块肥肉说不定就会被别人抢了去。

到了汤山峪营围大门口，亭长高声报上："二道亭亭卡巡山途中抓到鬼祟之人一名。此人自称为刺杀齐王李景遂的刺客，到此处是要面见太子李弘冀有要事商议。请哪位将爷速速通报进去！"亭长这句话是经过细细斟酌的，明着是报上意图，其实却是埋了伏笔的。因为从这话里根本听不出这个刺客和李弘冀到底有没有关系，可以理解为原来根本就不认识，这一次来是想用所掌握的秘密交换些什么。又可以理解为早就认识，本就是替李弘冀做事的，这回来是要商议下一步需要进行的重要事情。

守营官兵虽然已经听清了亭长所报，但仍是按程序而行。等守门百长仔细盘问清楚来由之后，这才派人急急地报到沐虬宫里。这拖延的时间都在齐君元之前的预算之中，所以他并不为此担心。这个时候他担心的是里面的人会不会放亭长和他一起进去。因为他完整的刺局其实是从进入营门才真正开始的，而一旦进入了，将会成为所有人的盯视中心。所以他除了用眼睛看些东西、观察环境外再也做不了其他什么事情。更何况从被亭差抓住后他便理所当然地被第一遍搜身，进入汤山峪营围后很大的可能还有第二遍搜身，身上根本无法藏下一线一针。所以原来的计划中有些事情是需要亭长替他做的，而且必须是亭长才能做的。

第二遍的搜身在齐君元预算中，没有任何意外。不过随后亭长和守营千总的交涉时间比齐君元预算的长了些，好在结果还是如意的，就是让亭长独自押着齐君元到沐虬宫门口，将他交接给沐虬宫中李弘冀的手下后马上退出去。那千总能够最终让步其实出于两个方面：一个是通报沐虬宫里面之后，李弘冀很急切地要他们将人带入，所以拖久了他觉得会被责怪；再一个他也理解，这样一个小亭长，逮住的不仅仅是个疑犯，有可能还是他这辈子唯一一次飞黄腾达的机会，要是不让他和里面主事的人照个面那是绝不会甘心的。

虽然时间比预算的长了些，但齐君元仍是以平稳缓慢的步伐往前行。虽然有些事情亭长可以替他做，但他自己却并非无事可做。他缓缓而行所做的事情就是看和记，然后还有计算。周围可利用的一切不但留在了他的记忆里，而且已经是成型的周密方案。就连针对某一物走几步，怎么取，怎么用，需要得到怎样的效果，也都在齐君元脑子里勾画成像，就像瓷器上寥寥几笔却有着独特意境的画儿。而这些都是非常重要的，决定了他此次的刺局最终能不能成功。

汤山峪营围中的布置其实很简单，营门处只有两个根基砖砌、上加木架的瞭楼，瞭楼里还摆放了两个特别大的油盏子。进来之后，沿营墙一圈是开阔地，也可以说是为了便于各处相互驰援的简便道路。营门往里有一段半土半石铺成的马道，马道两旁有一些树木，但都是低矮的、不会影响视线也无法藏住人的树种。

路两边排布着很密集的油盏，远远地可以看到从营门处一直蜿蜒到沐虬宫的门口。这些都是用四叉架托起的铁锅油盏，盏子中不少于三根指头粗的棉芯。夜间点燃，特别明亮。油盏上面还有罩伞，只要不是狂风大雨，油盏都可以正常照明。

马道是在铺设很宽的石阶前结束的。石阶很平缓，但也有一些位置会出现两侧落差较大或是大的折转。所以在这些看着有些危险的位置都装设了一些粗木栏杆，防止有人不小心跌下。

从石阶路开始，两旁间隔很大一段会有一个兵卒手持兵刃站位护道。但这其实纯粹是为了摆样子的。营围之中处处都是兵卒，根本不需要这样的沿路护哨。石阶路两边不远便是依坡搭起的官兵营帐，最近的是营围统领将军大帐，然后依次是各部副将、裨将和亲随近卫的营帐。这些账房都是牛皮彩绘制作精美，虽然是驻扎在雕栏画檐的皇家行宫外，倒也不显得别扭。

总而言之，进营门后直到沐虬宫大门口设置简单，可利用的东西并不多。不过这也在齐君元的意料之中，沐虬宫是皇上行宫，休养沐浴之处，怎么可能在大门前面搞得很杂乱。

好在马道边一路都有矮树，押着齐君元往上走时，亭长暗中做了不少的事情。开始上石阶时，齐君元故意踉跄一下，差点往后滑倒。在吸引别人眼球的意外动作中，亭长很自然地加以配合，于是又将需要做的一件重要事情完成了。

到了沐虬宫门口时，德总管带着两个带刀护卫已经等在门口，由此可见李弘冀要见到齐君元的心情是非常迫切的。

## 入沐虬

第三次搜了身是在沐虬宫的大门口，这也在齐君元的预料之中，所以那些带刀的护卫高手仍然不会查出什么来。但是让他没想到的是，护卫们脱去了他的外衣和鞋袜，只留一件单薄的内衬褂和牛鼻短裤。

就在齐君元要迈进沐虬宫大门之际，背后的亭长突然急走两步，伸手按在齐君元所戴木枷上，将其拦住。

"怎么回事？"德总管猛然转过身来喝问一句。而他所带护卫及沐虬宫门口守门的护卫刹那间全都手按刀柄，随时都可以拔刀出鞘。

"总管大人，我是汤山峪二道亭亭长。这人是我在巡查时抓到的。"

德总管嘴角微撇一下："知道了，你辛苦了。"

"还有……"亭长说着话从腰间拽下一个白布包，"这是刺客身上搜到的物件，一并交给总管大人。"

德总管并不接那布包，而是示意亭长打开。见里面都是些日常用的汗巾、铜钱、火镰等等，并没有什么有价值的东西，于是吩咐旁边守门的护卫收下，暂且放在门口。

"还有……"亭长的表情和话音让人很明显地感觉到他还没有达到自己的目的。

"还有什么？"德总管脸色一沉，语气顿时凌厉。

"没有了，没有了。"亭长弯腰打躬退了回去。

齐君元被带进了沐虬宫大门，举目看到前面不远处有一片浓浓雾气盘

## 第十章　主动被擒

绕。雾气之中，隐约还可以看到石墙石柱。

这时候有侍卫过来给齐君元扎上了一条蒙眼巾。这是齐君元完全没有料到的，之前听亭长讲述汤山县令进沐虬宫的情景，没有提到要扎蒙眼巾。即便那样，县令也只是像齐君元一样隐约看到些石墙石柱。而现在是将齐君元眼睛蒙起来，那么进去后他将看不到一点东西。如果到达的位置是在雾气包绕之中的话，他最后可能连方向都无法识别。

被蒙上眼睛后，齐君元尽量将心境放得平稳，利用自己的特点把心跳放缓。既然面临的是无法改变的状况，那还不如定下心神顺应而行，从中寻找机会。现在无法再依靠自己的眼睛了，那就采用后续计划，凭着其他的感觉和能力来达到目的。

有护卫一左一右地架着齐君元往里走，被蒙着眼睛的齐君元首先能感觉到扑面而来的一团温湿，这肯定是进入了温泉泉眼散发出的水雾之中。然后便是不断的折转，按县令所说，齐君元估计现在应该是进入到一个迷宫般的布置中了。而这个迷宫很大的可能就是那些石墙石柱组合而成的。

虽然心境平复得很好，但此刻齐君元还是不免有些紧张。除了因为被蒙眼睛连迷雾中的情景都不让他看到一点外，还有两个细节也出乎他的意料，而这两个细节让他的后续计划也成了泡影。

一个细节是所走路面竟然都是硬石铺成，他光脚无法在转折拐弯处刮擦留下什么痕迹。而他原来准备用来留味寻迹的一块臭干蜡，是嵌在鞋子底的。但是进沐虬宫时鞋袜被除，所以这一个设置成了无用的准备。

再一个他觉得李弘冀不管如何的心情，像他那种身份的人肯定是笃定稳重的，自己应该是在护卫看守和牵引下慢慢进入宫里。但是齐君元没有想到进来后两个护卫架拖着他一路疾走，也不在意他刚从山上树丛中钻出，浑身的灰土草屑。这其实并不能说明沐虬宫里的护卫粗暴急躁，而是因为李弘冀很急于见到这个刺客。这也难怪，如果能够认定这是真正的刺客，并且找出指使者来，那么李弘冀就能罪责全无，立刻恢复原有身份和权力。但如此急切的态度对于齐君元的计划而言是有利有弊的。有利的方面是李弘冀的这种心情可以进一步保证这次刺局的成功。有弊的方面则是直接导致齐君元无法凭记忆记住迷宫中每一段转折拐弯位的方向以及这一段的步数，而这带来的后果有可能直接导致刺局的失败。

很快，齐君元被拖架着穿过了雾气迷宫，而他在这过程中却没有获取到一点有价值的信息，更没能留下丝毫能够起作用的记号。这个时候他不仅心里有些慌了，而且已经开始担心自己设计的刺局最终能否成功。如果无法知道身后的雾气迷宫进出的正确路径，那么所有的努力都可能会前功尽弃。

"就是他吗？"有人在问。这问话让齐君元一下子将思绪收了回来，暂时忘记了自己现有的不利。

"正是他。"旁边有人在回答。齐君元能够听出，这是刚才交接他进来的那个高手。同时他还马上意识到，这些人对话之间并不用尊称。这其实是一种很好的保护形式，特别是面对一个并不了解的刺客高手时。

刺客行刺局的方式千奇百怪，所拥有的刺杀技艺也都匪夷所思。所以不要以为面对的是一个披枷带锁的刺客，说不定他就会以意想不到的方式给予目标必杀一击。被关在枷笼里的裴盛就是一个极好的例子，所以杜绝这种意外的方法就是让刺客根本不知道谁是目标。而如果对刺客的防卫能细致到这一步的话，说明沐虬宫中对李弘冀的保护绝不是御前带刀侍卫这一层次做主的，负责这方面的人应该是刺行中的高手。这一点再次出乎齐君元的预料，他想到保护李弘冀的有江湖高手，却从没想过会有刺行高手。这刺行的高手会是来自哪里的呢？

"他有证据证明自己是刺杀齐王的刺客吗？"又有人在问。

"我说的话就是证据！"齐君元这次没等旁边什么人答话，便主动接上了话茬。今天舍了性命进到这里来，就是为了说出一些要说的话。而且他的时间是计算好的，所以把握住先机很重要。到现在这地步，齐君元的心境索性放松了，心跳也平缓了。且不管连续出现的意外能不能够让他的刺局成功，他都应该按自己原来的计划进行下去。意外或许会导致最终的结果不能如愿，但如果不按计划进行的话，设计的刺局现在就已经失败了。

"你认为你说的话能让我们相信吗？"

## 第十章　主动被擒

"肯定能，因为你们当中有刺行的高手，我只需说出我刺局的过程，自然会有人来证明我所说的真实性。"齐君元说完这话之后，不等对方有什么表示，就主动将自己刺杀齐王的过程说了一遍，特别是在轿子上下毒垫杆设机巧的那一段，他说得非常详细。

齐君元说完之后，周围非常安静，似乎所有人都还未曾从他的叙述中将思绪收回。但齐君元知道有些人此刻肯定在心中快速地思考着、推断着、确认着，也有人在疑惑着、等待着。

当等待的人得到确认后，有人发话将齐君元的蒙目巾去掉。这举动意味着齐君元给自己的证明得到了认可，同时也是承认了齐君元的价值。但不是刺客的价值，而是替李弘冀洗清罪名的价值。

齐君元心中暗自度算了一下，到现在为止，时间仍在自己最初的控制之中。

"你为何要刺杀齐王？今日来此地的目的又是为了什么？"有人在喝问齐君元，但齐君元对于这个问题根本没予理会，而是先适应一下刚刚撤去蒙眼巾后的双眼，然后抬头往四周扫看一圈。

这位置的情形跟亭长从汤山县县令那里听来的差不多，是一处空旷的场地。齐君元面对的是一座砖砌阶台，这种阶台在宫院中的作用其实不大，平时也就是沿阶摆放些花盆花缸作为装饰。难得地才会在上面放个酒桌椅共饮，凭高沐风抒怀赏景。而沐虹宫中的这个高台除了和一般宫院的同样作用外，它其实还有一个特殊的作用，就是欣赏周围泉眼蒸腾翻滚的袅袅雾气，亭台楼阁、树木山石之间雾气缭绕，那就仿佛仙境一般。

虽然面前就是阶台，虽然阶台上站了很多的人，但齐君元却没有马上往上面看，而是先看向周围的房屋、花墙，还有花草山石。这除了是要先了解一下周围的环境外，还有就是为了更好地适应一下视觉，恢复瞳孔的正常感光度，以便能够对阶台上站的那些人作出准确的辨别。

周围的环境也和汤山县县令所说一样，看不到太远。只近处的一些建筑和庭院布置可以看清楚，再往远处就都是雾气笼罩。但齐君元是专攻匠术机巧的刺客，所以他知道如果站到面前的阶台上，应该可以看到更多更远的景象。

于是齐君元把扫视的目光收回，转到了阶台上。阶台上站着不少人，而且很散乱。除了站的台阶位置不一致有高有低外，还因为这些人的服饰各不相同。

齐君元前几次从很远距离见到的李弘冀都是身着华丽高贵的服饰，而这些人中并没有衣着服饰与吴王李弘冀身份相配的人。难道李弘冀不在其中？只是让一群手下来盘查自己？按理说这不应该呀，一个可以洗脱自己罪名让自己重新有希望继承南唐基业的关键人物出现之后，李弘冀怎么都不可能这么镇定，否则也不会让手下急急地拖架着自己进来呀。

虽然情况和自己想象的不大一样，但齐君元并没有慌乱。因为李弘冀的外形已经像件瓷器一样深印在他的脑海里了，即便服饰有所变化，他都自信自己可以从大概特形和一举一动中将其辨认出来。还有，即便辨认不出来也关系不大，只要李弘冀在现场，只要李弘冀可以听见自己说话，那么自己的刺局就一样可以实施下去。

很轻松地，齐君元便在那一群人中找到了李弘冀。他从没见过李弘冀的面容是什么样子，但他却远远地看到过李弘冀的身形是什么样子的。那是一个有着特别之处的身形，而齐君元就是因为这样的身形才采取如此大胆的方式进入沐虬宫的。

"问你话呢，听到没有？"有人又慢悠悠地提醒齐君元一句。

齐君元听到了这句提醒，于是立刻将目光锁定那个提醒的人，因为他曾在上德塬与这声音论战过。当时虽然因为夜色昏暗并未将说话人的面容看得非常清楚，但他却很清楚地记得这个声音，并通过这个声音确定自己面对的是怎样的一个人。

对于齐君元来说，这个人又是一个意外。他虽然通过所送菜品的配料看出李弘冀身边有不少高手是来自蜀国的，却怎么都没有想到不问源馆的丰知通会在这里。而不问源馆可以将易水寒的当家人物留在金陵保护李弘冀，由此可见李弘冀与蜀国暗中有着极为亲密的关系，所以之前的一些推测就对应上了。而有丰知通在，沐虬宫中能对刺客做到如此细致严密的防护也就不奇怪了。不过丰知通这个意外最大的威胁还是对于齐君元的刺局而言的。有丰知通在，计划能否顺利实施，每一个步骤能否成功能否持续，这些全都变成了未知数。

齐君元眼珠转动了一下，就这样一个动作过程中，他便再次度算了一下自己必须掌控的时间。应该还有多说几句话的时间，或许可以用几句话扰乱丰知通的心境，削弱他的一些辨识能力。

"咦！有趣了，蜀国不问源馆的丰知通丰大人怎么成了沐虬宫中的护卫？"齐君元故作随意的样子。

"的确有趣，一个路过上德堧的过客竟然成了刺杀齐王的刺客。"其实丰知通也早就通过齐君元的说话声将其认出。

"丰大人入南唐莫非是将宝藏皮卷护送给太子的？"齐君元快速切入重要话题，因为他知道自己多说不了几句话。而一提到宝藏皮卷，几乎所有的人都微微动容，可见这是一个极具吸引力的话题。

"宝藏皮卷不问源馆得而复失，虽紧紧追踪却未能再得。"丰知通说的是事实，这是为了撇清自己与宝藏皮卷的关系，因为这件东西觊觎的人太多，搞不好就会惹腥上身。

"因为未能再得，所以你才会找借口主动留在太子身边的吧，呵呵。"齐君元越说状态越随意，就像他的隐号一样，可以随意地利用一切作为杀人武器，而他现在利用的就是语言。

"这话是什么意思？"李弘冀终于忍不住了，往前走了半步问道。

"哈哈哈，提到宝藏皮卷，太子终究是捺不住说话了。"齐君元笑得很得意很张狂，有着一种将一切都掌控在手的气势，"广信防御使吴同杰被刺杀之时，刺客露出了宝藏皮卷。一个能够以那么周密手段在众多官兵中刺杀防御使的刺客，怎么可能拉拉扯扯中就将如此重要的皮卷掉落出来？所以只要有点经验的人都会认为这一行为是故意的，是要从军信道传递消息，让接受皮卷的人立刻接应。而各方秘行组织都认为，从军信道传递的消息，能最快最直接得到的是太子。"

"这说法太过牵强，如果刺客已经携带着皮卷进入南唐到达广信，而且最终是要交给太子的，那又何必故弄玄虚搞个大动静将皮卷显形呢？只需继续暗中携带传递就是了。"丰知通并不承认齐君元的说法。

"你刚才已经说了，不问源馆得而复失后紧紧追踪。当时南唐夜宴队在广信设兜围堵盘查，另外还有大周鹰狼队、楚地一众聚义处也都在围追堵截。如果你是那个携带皮卷的人，能有几分信心闯过这重重危机？而随后那携带皮卷之人销声匿迹了，你不问源馆便认定是有太子的人接应，也断定不管如何辗转匿形，皮卷最终会送达太子手中。所以这才找借口到太子身边，其实是为了截夺皮卷。"

## 死无证

不管齐君元的话是推断还是杜撰，在别人听来却是极有道理，于是在话落之后，李弘冀手下看不问源馆的人的眼色立刻有所改变。而丰知通虽然清楚齐君元这话是存心挑拨，却也心中慌乱、百口难辩。因为他自己也觉得护着赵崇柞到金陵说出去就是蹊跷之事，更何况赵崇柞离开之后仍将自己留在金陵保护李弘冀，真的难以理解也难以说清其中原委目的。

此刻反倒是李弘冀显得极为镇定，因为他是当事人，他最清楚其中一些情况的真伪："可是我完全不知道那皮卷的事情，即便从军信道传递信息我也不会有任何反应。所以你的说法根本不成立。"

"哈哈哈，这件事情根本不需要太子知道。"齐君元笑得更张狂了。

李弘冀愣住了，眼珠急转之间他感到一股凉气从小腹往上蹿动。因为他突然间意识到了一种情况，那就是自己从很久之前就有可能被别人加诸了某种危机，而自己置身危机之中却始终不觉察。李弘冀感到了害怕，事实上也真的太可怕了，自己浑然不觉的危险才是真正可怕的危险。

"莫非那个皮卷是假的，只是为了陷害我？让别人认为这个皮卷最终到了我手里，将所有矛头都指向我。"李弘冀问这话的时候心里一阵阵地发颤。如果李璟知道了这件事，肯定会认为自己私藏宝藏皮卷，心有所图。如果其他国家的秘行组织知道了这件事，肯定会设法从自己手中夺走皮卷，比如蜀国的不问源馆。

## 第十章　主动被擒

"对了一半也错了一半，陷害你是肯定的。但那皮卷不是假的，而是真的，否则怎么可能骗过一些心思缜密、辨别力好的高手。不过皮卷也真的没准备给你，所以才会一显相就立刻销声匿迹了。"

一旁一直在思考的汪伯定猛然醒悟了一般："陷害！我知道了！所有的一切都是为了陷害太子，而且是从很早之前就开始了。对皇上不利的字画，牵扯到与我相熟的慧悯大师。烟重津故意被你们擒获的刺客，重刑之下吐露的几个字。还有被你们刺杀的齐王，不管从获得利益还是从被刺的时机，都是为了嫁祸于太子。你们的目的是要太子丧失拥有的军权，从而使得南唐军力无法与其他国家抗衡。"汪伯定江湖人称天机军师，这名号不是虚得的，从刚才这番话里便可以听出，他不仅能够在稍加提醒后立刻想到许多有牵扯的事情，而且能够从不同层面来分析这些事情的真相。

但是齐君元对汪伯定所说却不置可否，只是淡淡地说了句："晚了，都太晚了。"

"晚了？不晚！你不是还在这儿吗？只需你在父皇面前说清一切，一切都将立刻逆转过来。"李弘冀此刻才真正显露出他该有的威仪，双手后背，腰直胸挺，目光如电，那是一副很傲然、很笃定的气势。因为他突然之间发现自己再次抓住了改变自己现状的转机。

"哈哈哈！"齐君元的笑声狂妄放肆，"你们都已经知道我刺杀齐王是为了嫁祸给太子了，那么这一趟我自己找上门来，你们不会觉得是要替太子洗脱罪名吧？哈哈哈哈！"

李弘冀虽然还是那副很傲然的姿态，但是就在齐君元的狂笑声中他脊背处的肌肉开始绷紧，硬邦邦的，只能感觉到酸胀。而且这酸胀感还沿着后脑直冲上头顶，使得头皮发麻，太阳穴发烫。这是一种紧张所致的反应，思维的紧张带动了身体的紧张。虽然只是一点信息穿透思维，却使得身体在一段时间内无法自如动作。

穿透李弘冀思维的信息非常清晰，这是从齐君元前面所说的那些事情中透露出来的，也是从齐君元这种狂妄的态度中透露出来的，更是齐君元话外之音表达出来的。刚刚蓦然惊觉很早之前自己就已经陷入可怕危机的李弘冀，此刻再次蓦然惊觉。面前这个自己急于见到且未加太多斟酌就匆匆带入的刺客，他的到来绝不会是为了给自己带来幸运，而应该是要带来更大的危机。

"我被带进来时，在二道亭、营围大门口都叫明自己是刺杀齐王的凶手了。按理说现在整个汤山峪营围以及外面的两道亭卡都已经知道刺杀齐王的刺客进了沐虬宫和太子商谈事情了。但我告诉你，这事情传播得比你们想象的要快要广，现在汤山县、金陵城里应该都已经传开了。估计不用多久，就会传到皇上和众多王公大臣的耳朵里，呵呵，也不知道他们知道这事情后会是怎样的想法？"齐君元此刻说话已经不再度算时间，而是在感觉身体内部的变化。

"是的，这会对太子很不利，可以让太子在冤屈中陷得更深。但是，好在你在这儿了，那么我们总有办法将不利变为有利。"汪伯定其实也已经感觉到不妙，但他仍想在气势上压住齐君元。

"不要太高估自己，在烟重津被你们擒拿住的刺客，押入秦淮雅筑后遭受费全和蔡复庆的百般刑审，但最终你们好像并不曾有办法得到丝毫有利的东西。"齐君元此刻已经真切地感觉到身体的变化了，他的气息开始变得急促，额头上有细汗珠沁出。

"刺行中有专门练习耐受力熬刑的高手，秦淮雅筑中刑审的刺客应该就是的。他们可以用最逼真的刑审结果来嫁祸给别人，设置借刀杀人的刺局。但你不是这样的刺客，从你的手形、身形、眼睛可以看出，你是工于机巧的刺客。所以要抓住你的弱点下手是很容易的，而你却很难有撑住的可能。"丰知通在旁边说话了。刚才齐君元以一个几乎无法反驳的说法离间了丰知通和李弘冀的关系，让丰知通一下处于十分尴尬的地步。但丰知通很快就从不安中恢复了状态，他觉得现在的关键是要将齐君元压制住。那么这个刺杀齐王的刺客除了可以证明李弘冀的清白外，也可以证明自己留在李弘冀身边的意图也并非像他所说。

"呵呵，丰大人不愧是刺行出身的绝顶高手，视无偏差，一语中的。呵呵，厉害，果然厉害！"齐君元的笑声似乎比刚才要弱了许多，而且转而对丰知通大加赞赏，让人觉得似乎是气焰被打压了下去。

但是丰知通却不这么想，齐君元此刻能这样夸赞别人，反而说明了他完全没有将自己的压制放在眼里。那是一种讥讽、一种嘲弄，是在告知对手所有一切仍在他的掌控之中。

齐君元试图抬起手臂擦擦汗，但只微微一动便意识到有镣铐锁住。所以他的手只抬到木枷的位置就又无奈地垂下，然后艰难地甩甩头，试图将脸上的汗水甩掉。

甩了几下头的齐君元头发有些散乱，脸色也有些发青。这时候丰知通才意识到，沐虬宫中虽然有温泉泉眼的水汽雾气蒸腾而显得比较温热，但在这春寒未曾尽退的天气里怎么都不该热得如此大汗淋漓。

丰知通没有动，但心里却是一阵狂跳。他觉得自己可能已经看到了真相，一个自己没能及时阻止而现在已经没法阻止的真相。其实最初让面前这个刺客进入汤山峪围营、进入沐虬宫，就已经注定他这一趟做的局成功了。而现在，除了震惊面前这个刺客的无畏，感叹所设刺局的意外，真的已经没什么可做的了。

"呵呵，我的确不是个能耐刑审的刺客，但我却是个不怕死的刺客，是个很容易就死去的刺客，更是个可以用自己的死来将值得陷害的人置于不复之地的刺客。"齐君元说话的声音已经有些沙哑了，笑声也更加无力，就像强行憋出的。

李弘冀的身形变得更加僵硬，他现在不仅是脊背僵硬发酸、头皮发胀发麻，而且胸口处还被一口血气堵住无法通畅。这种感觉有些像临刑的犯人，而且是受了冤屈无法申冤的犯人，完全被绝望和苦郁笼罩。

"呵呵，刺杀齐王的刺客来到沐虬宫与太子商谈事情，然后被毒死在这里。一个死去的刺客不但不能为太子洗脱任何罪责，反会将所有模棱两可的罪责全部坐实。太子，你觉得我这一招如何？是不是将刺杀齐王的效果发挥到了极致，呵呵、咳咳。"说到最后时，齐君元的笑声变成了咳声，而随着咳声，鼻孔中两股血直窜出来。

李弘冀身边护卫及丰知通手下不乏擅长用毒、解毒的高手，他们一眼便看出齐君元这种状态是剧毒药性发作。但是这些高手都没有试图抓住最后的机会去解救齐君元，保住他性命来为李弘冀洗脱罪名。并非他们不想，而是因为他们都很清楚已经没有救回的可能了。齐君元从被二道亭的亭长抓住后就再没有机会服下毒药，所以这毒药应该是在更早的时候就服下了。这么长的时间，毒药药性已经渗入五脏六腑，混入血液流遍全身，不是金针药石可以解救的，除非仙丹神药才可能有回天之力。

齐君元仍在笑，只是笑容很是扭曲。一双眼睛越睁越大，但眼珠却是定定地不再转动。眼眶中有鲜红涌出，不知算泪血还是血泪，在面颊上顿时画出数道殷红。

李弘冀气塞面燥，但心里却是凉透。齐君元让他吃惊，他从未想过世上还有这样的刺客，为了陷害别人，可以如此从容地以自己的生命作为代价。齐君元还让他绝望，他知道刺杀齐王的刺客此时此地中毒死在自己面前意味着什么，将会给自己带来怎样的后果。

齐君元的脸色从铁青变成了灰黑，嘴巴里不时有紫黑的浓血涌出。他的身体也开始支撑不住镣铐枷锁的重量，上身开始垂下。但他的头颅却依旧艰难地抬起，依旧盯着李弘冀笑着。灰黑的笑脸，上面全是眼睛里流出的殷红血道。不时有紫黑的血随着呼吸从鼻孔中窜出，从嘴巴里涌出。喉咙间也再发不出笑声，只有嘶哑的沙沙声，像垂死的吐气声。这是一幅很诡异的景象，不！这更是一幅恐怖的景象。

李弘冀的身体终于动了，这是付出极大努力后，意识强行突破肢体僵硬麻痹的感觉后才有的动作。当然，也可能是齐君元帮助了李弘冀，因为他临死的恐怖样子让李弘冀不忍再看，这才强行侧转身体、扭过头去。

齐君元喉中像是被血块堵住了，在发出几声急促的干号声后颓然倒下，身体蜷曲，不停抽搐。而这抽搐也是非常短暂的，很快就停止了、平静了。要是没有齐君元这具尸体，就像从未有外人进入过沐虬宫一样。但事实上齐君元进来了，而且他的到来他的死将会给一些人带来完全不同的命运。

架拖齐君元进来的护卫走了过去，用手背探试了一下齐君元的鼻息，确定没有气息后，直起身来朝着阶台上摇摇头。

但是还没等阶台上的人做出任何表示，刚才一直站在齐君元身后的德总管也迈两步走过去。他也弯腰伸出手去，但没有试鼻息，而是摸到齐君元脖颈一侧的大动脉。脖颈大动脉是个极为敏感的要害部位，可以直接测试到心跳。江湖中有人会运用闭气等方法来装死，但类似闭气的方法却不能让心脏停止跳动。而且一般而言，不管什么人都不会放心将自己如此要害的部位放入别人手中，特别是高手。就算是控制力极强的人，一旦被触摸到这种部位，肢体神经末梢也会不由自主地出现些反应。

德总管的手便抚在齐君元的脖颈大动脉上，但是没有一点反应。心跳没反应，身体也没反应。但德总管并没有就此罢休，他食指中指并拢加力往齐君元颈脉微微切压下去，但心脏和肢体还是没有反应，唯一的反应是体温在明显地快速下降。这时德总管才收手，站起来朝李弘冀说一句："死了。"

李弘冀心中有瞬间的痛感，他感觉德总管这个"死了"好像是在说他。这也难怪，刺客死了，故意死在沐虬宫，死在自己面前，其目的就是要他李弘冀也死了。虽然他死的不会是肉体，但未来、精神、希望的死去，有时候比肉体的死去更加痛苦、更加悲惨。

"唉！"李弘冀发出一声无奈的长叹，旁边人都可以从中听出些凄苦味道。"德总管、汪先生，你们几人随我到舞云殿，商量一下下一步对策。"李弘冀下了台阶，径直往一处雾气缥缈的大殿走去。此刻人们会发现，年轻豪壮的李弘冀肩背忽然之间显得有些佝偻，下台阶的每一步都是整只脚掌着地，很是沉重。

汪伯定和几个人赶紧跟上了李弘冀，德总管跟在最后。丰知通犹豫了一下，便也迈步跟了上去，但最后的德总管停住了脚步，回身站定，双目看定丰知通。

丰知通当然知道德总管这是什么意思，他马上停住了脚步。不仅停住了脚步，而且果断转身，做出一个手势。于是在场所有不问源馆的人都退出了，回到他们指定的住处。丰知通的处理方式是极为妥当的，当别人对你有所疑惑时，安静地避开既可以澄清自己又能让别人放心。

# 第十一章　活着冲出汤山峪

## 又活转

丰知通虽然爽快地离开了阶台院落，但心中其实很不舒服。他也是江湖中顶尖的刺行门派当家，但是像如此血腥诡异的刺局也是难得遇到的。而且让他更未料到的是，这刺局竟然将他也牵连之中，几句言语，便将自己转换为李弘冀戒备的对象。不过这也难怪，一个人以生命为代价设下的兜子，那肯定是很难破解的。不要说自己了，李弘冀自己不也瞬间陷入无路可走的困境中了吗？

不过丰知通心中还是有些疑惑，也不知道这刺客收受的是什么刺酬，或者自身与李弘冀或南唐李家有着什么样的极大仇恨，竟然不惜舍命做局。自己曾经在上德塬与这刺客口战过一回，后来在东贤山庄也见识过此人于险境之中镇定应付唐德和诸多高手的情形。可今天此人怎么性情大变，是垂死之际的疯狂，还是故意以狂态掩饰些什么？

想到这里，丰知通脑海中似有一道闪电划过。不对！好像有什么不对！这一个以生命为代价的布局存在太多不确定因素。如果二道亭亭差不能及时发现他，如果亭差不是马上带他进营围，如果进营围后营将不马上传报到沐虬宫，而是自己先详加询问，还有……那么这个提前服下剧毒的刺客不就白死了吗？这样一个表面看似周密的局不就成为废局了吗？所以这提前服下的剧毒应该是可以控制发作的，或者根本就不会将人毒死，只是让人暂时像是死了。

丰知通猛然停住脚步，此刻他的脑海开始翻腾起来，这是被那一道闪电击荡翻腾起来的。

"以死为代价的局不是最精妙的，死而复生的局才是最具打击力的。"丰知通翻腾的脑海瞬间平复下来，但随之而来的是身体的腾展挪跃。"快！回去！那刺客未死，一定要擒住他！"

李弘冀没有吩咐将齐君元的尸体如何处理，所以架拖他的两个带刀护卫只能继续守在齐君元的尸体旁，等待指示下来。其实并非李弘冀不想马上将齐君元的尸体处理了，而是因为现在如何处理齐君元的尸体已经成了一个棘手的问题。刺客以死做局的非常手段将他陷入了一个绝境，现在要想摆脱绝境，哪怕是想不至于陷得太深，都必须采取更加出人意料的非常手段。所以李弘冀在考虑，这个刺客的尸体不仅不能随便处理，而且要加以利用，目前千万不能动他。

可能除了刚刚醒悟的丰知通之外再没有一个人能想到，就在李弘冀拉着自己一帮亲信商量如何处置齐君元的尸体时，那尸体已经开始自己处置自己了。

尸体第一下很悠长轻巧地吸入一口气时，两个护卫并没有注意到。缓缓吐气之后吸入的第二口气两个护卫还是没有发现，虽然这一口气吸入时喉咙间发出很重的"呼哧"声响。两个护卫确实都听到了"呼哧"声，但对视了一眼后便都以为是对方发出的响声。于是不以为然地又回过头去，完全没有想到声音会是蜷缩在他们中间的尸体发出的。

两个深呼吸之后，齐君元的尸体开始了急喘。这不但发出了急促不停的响动，而且身体也有了快速的起伏。这一回两个护卫都看到了，并且就在他们两个瞪大眼睛惊骇地看着传说中才有的诈尸时，齐君元直瞪瞪的眼珠转动了。而在眼珠转动的同时，齐君元的手也动了。

没错，齐君元刚才的确是中毒死去了，但是现在他也的确活了过来，这也是他为什么一定要找到唐三娘他们来做帮手的缘故。因为唐三娘配制的毒药可以让人死，也可以让人生不如死，还可以让人先死后生。先死后生的药可以让人假死一段时间，临行前唐三娘给他服下的就是这样一种药。

但是在齐君元布设的这个刺局中，死去、活来，都不是终了，最重要的一步还有逃出。整个刺局是分为几个步骤进行的，从故意被擒、进入宫中、语逼太子、假死复生，每一个步骤都是下一个步骤的铺垫，每一个铺垫都是为了给予李弘冀沉重打击。而顺利逃出沐虬宫、逃出汤山峪营围才是这个刺局中最为重要的步骤，给李弘冀的打击也是最厉害的。但是如果不能顺利逃出，被杀，刺局只能起到微弱作用；被擒，整个刺局将会前功尽弃。

所以齐君元眼珠一动手也随之而动，以最快的速度解决身边看押自己的护卫是逃出的第一步。

没人知道齐君元的手是什么时候脱出镣铐的，而脱出后手指微微动作也没让别人注意到。就和所有刚死又活泛过来的人一样，神经末梢最先反应，所以齐君元的手只有两根手指抓挠了一下。而他蜷缩的身体不用舒展就已经可以够到左边那个护卫的脚，所以抓挠的位置刚好是那护卫的脚跟。

左边的护卫轻轻惊呼一声，随即下意识地纵身避开。但是他的身体只歪歪扭扭地跃起一尺左右便摔了下来，右脚脚后跟在跃起这一尺左右高的过程中泼洒出个短暂的鲜红弧形。

按理说这护卫所有的反应和做法都是正确的、正常的，问题是他试图纵起的脚没能用上力。随着齐君元抓挠的手指，护卫的后脚脚筋脚腱齐齐被切断了。

左边的护卫只跃起了一尺左右，右边的护卫却连脚都没能离地。齐君元手指抓挠之后的第二个动作幅度极大，他的上半身整个起来，同时右手臂挥出。而随着右手臂挥出的还有他不知何时已经解脱开的镣铐，能够自如准确地挥出轻巧的犀筋索，那么挥出精钢打造的镣铐就更加没有问题了。所以这镣铐缠住了右边护卫的脖颈，并且在顺势的大力拉扯下，那护卫差点没被拽

## 第十一章　活着冲出汤山峪

得扑倒在地。

本来已经握住刀柄准备抽刀的右边护卫感觉到突然施加在脖颈的力道，于是放弃了拔刀，改成抓紧镣铐链条，以减轻脖颈处的压力。同时脚下努力稳住，身体往后坠，这是为了尽量远离齐君元，以免有后续的攻击。

齐君元右手吊住镣铐，借着护卫后坠的力量整个人从地上起来。但他并没有松手，也没有完全站起，而是在半蹲的状态时，以吊住镣铐的手臂为中心，身体猛然就地转个圈。转圈的同时，他的左臂舒展开来，于是指尖刚好在那护卫的膝盖处抹过。护卫惨呼一声就地摔倒，与此同时齐君元放开镣铐站直了身体，然后没有丝毫犹豫地朝身后被雾气笼罩的迷宫冲去。

瞬间割伤两个护卫的是指间刀，六指死后留下的指间刀。这把刀是进来后亭长为齐君元所做事情中最冒险的一个。就在沐虹宫大门门口，齐君元被三次搜身并脱掉外衣鞋子之后。亭长突然拦住齐君元，将之前搜到的东西交给德总管。就是在这个拦住的动作中，亭长将指间刀嵌在木枷之间的缝隙中。

齐君元虽然不能像六指变戏法一样出神入化地摆弄指间刀，也不懂指间刀运用的招式招法。但像他这样出身妙成阁的都有一双巧手，而且他还是可以利用周围一切随意而杀的高手，所以用这刀子以最简单的割、划方式伤人完全没有问题。

两个护卫的解决和齐君元预料的相差不大，他没想过要杀人。而这两个人也是不杀为好，留着他们将自己活过来的情形讲给李弘冀听，应该可以对自己刺局的成功起到更好的作用。

随后齐君元以最快的速度开始了他计划中最为艰难也最为重要的步骤——逃出。人还未到迷宫前，他身上的木枷也已经撤去，这对于手中有片指间刀的妙成阁高手来说是非常简单的一件事情。找到迷宫的入口，这对于齐君元来说也是个非常简单的事情。因为他记得自己最后停住脚步的位置在哪里，也记得停住脚步之前走了一段怎样的线路。所以以同样的路数倒回去，即便依旧蒙着眼睛，他都可以准确地找到迷宫入口。

进入迷宫后的一段也没有问题，这是从迷宫中进来的最后一段，没有转折拐弯，所以即便有雾气遮眼，他还是准确地走了过去。

但是到了第一个分叉口时齐君元止步了。三个岔道口，他该走哪一边？鞋子进来时被脱掉，想以鞋底暗藏的气味块做记号的计划没成功。铺地的都是坚硬的石块，想在进入时用脚在地面上刮划做记号的办法也不成。那么现在应该凭什么出去呢？

齐君元知道自己必须赶紧作出决定，这里不能耽搁太久。稍晚一点就再难脱身，所做之局将彻底前功尽弃。

一个优秀的刺客，布设刺局时必须想到各种意外的可能，事先考虑好当意外出现后自己应该怎么办。而更为优秀的刺客，他们在布设刺局时都会预先设计多种方案，每种方案由易到难。最容易的方案也是最会被外在条件干扰而出现意外的方案，所以一般都只会作为辅助，如果得以实施只能算是意外惊喜。最难的方案一般都是以刺客本身为主体，基本上全凭刺客的能力去实现。这虽然不容易被外在条件干扰，却是对刺客自身的一个极大考验。

如何逃出石柱石墙的迷宫就是对齐君元的一个极大考验。翻墙攀柱肯定不行，这种兜爪的布设中，无路处便是死路，是没法投机取巧的。所以齐君元只能辨出正确的路径出去，而且还不能拖沓，必须抓紧时间。

在第一个岔路口，齐君元趴下了，把脸贴近了路面。地上没有他鞋底留下的味道，地面上也没有他脚刮划的痕迹，但齐君元趴在地上的样子却像是在嗅闻味道、寻找细微痕迹。

齐君元非常谨慎，这是第一个岔道口，也是一个关键点。在此可以证明自己在不靠辅助措施的情况下辨别正确路径的方法可行不可行。如果此处可行，那么下面的所有路口都会非常顺利。

温泉泉眼散发出的雾气是往上蒸腾的，所以地上石头路面的温度会比较低。温度低便可以相对比较快地让雾气凝结，所以靠近地面的地方视线反而清晰一些。而齐君元现在全神贯注看的也正是那石头路面，就像在鉴赏一件精美的瓷器一样。但他这一回不是体会瓷画意境，不是辨查瓷器的瑕疵，而是观察表明的附着物。

石头路面非常干净，应该常常打扫，有什么其他附着物一眼就能看出。但是齐君元要看的附着物并不像其他附着物那么容易看出，而且不仅要看出，还要进行比对。只有比对出差别，才能找到正确的路径。

就像前面说的，石头路面的温度较低，所以雾气会在石头面上凝结成水滴，齐君元看的就是这些水滴。雾气正常凝结的水滴会是均匀排布的，一颗颗精致细密，这是一种自然的形态。但一旦这形态被打破，那么一颗颗精致细密的水珠便会汇成一片，要很久之后，这一片水渍干了、流走了，才会再次一颗颗水珠地凝结排布。

齐君元要查看的就是这样一种形态。活路的路径常有人走，路径石面比其他路径石面要光滑，少尘埃，所以石面上的水珠本来就易流动融汇。而自己又是不久前被拖架进来的，水珠均匀排布的形态被几个人的脚步破坏了，在这么短的一段时间中是无法恢复的。死路的路径不仅没有人走过，而且平时也缺少走动摩擦，石面粗糙，再加上有尘埃覆盖，可以保持水珠凝结后持久的均匀排布。

细节表露真相，但前提是要懂细节，还要有辨别细节的眼光。这些齐君元都有，所以他找到了真相。循着真相，他快速地在迷宫中移动，离着沐虬宫的大门越来越近。

丰知通第一个赶到台阶前，看到那两个捧住伤口倒在地上的护卫。不用问那两个受伤的护卫他就已经知道发生了什么事，而且他还知道齐君元逃走时为什么不将这两人杀死，只是将他们伤得不能自如行动。因为齐君元需要的不是别人死，而是要别人知道他没死。这两个护卫不能自如活动了，就无法影响到他逃出的所有行动。但这两个侍卫活在这里，却是可以作为他仍活着的最好证明。其实丰知通有一点并没有想到，齐君元将这两个侍卫留下活口，不仅仅是要证明他还活着，而且还需要他们将自己当时如何活转过来、如何逃走的情形详细描述出来。这样才能让某些人追悔莫及，让刺局的效果达到最佳。

这时候，丰知通不问源馆的手下也赶到了。不仅他们到了，一大群沐虬宫中的带刀护卫也到了。

"立刻发警号，通知大门口护卫和营围官兵阻截逃脱的刺客。"丰知通吩咐那些赶到的带刀护卫。他虽然在沐虬宫中配合保护李弘冀，却不完全知道这里的联络和报警方式。这也难怪，不管哪一国皇帝身边都是有着自己的一套防御保护系统的，这其中传信报警的方式都是秘密，不会让外人知道的。

那一群护卫面面相觑，却没一个按丰知通的吩咐采取行动。其实如果不是丰知通吩咐，或者根本没有人吩咐，这些护卫中可能已经有人及时启动报警了。但正是因为这个指令是丰知通说的，所以他们反而无措了，不知道该不该照着去做。他们中有很多人刚才就在阶台这里，不仅听到齐君元解释丰知通他们留在李弘冀身边的目的，而且还亲眼看到了李弘冀、德总管对丰知通的态度。所以现在他们不会再听丰知通的吩咐，即便有少数不了解内情的想去启动报警，旁边也会马上有人暗暗制止。

"我告诉你们，如果这个刺客拦不住，他的阴招就得逞了，太子的状况会万分危急。赶紧的！"

还是没有人采取行动，护卫只是木偶般呆滞地看着丰知通，任凭他急得眼眉乱跳、牙根乱咬。

丰知通刹那间便寒心了，他是江湖出身，虽然身属官家但一直是在用江湖手段做江湖事，所以根本无法理解帝王家和官场中的瞬息变化，更不懂皇家人、仕途人所处的微妙顾忌和纠葛。仅仅是李弘冀的一个表情、一个态度，仅仅是来去几个院子的短短时间，沐虹宫中所有护卫都对自己的话完全不予理睬。于是丰知通的理解与事实偏差了，他觉得应该是李弘冀离开这里后立刻下达了撤销不问源馆在此处所有特权的指令，否则不会这么快就发生如此大的变化。

"不问源馆的止步，退出这院子，退回自己居处。"丰知通咬牙之间发出了这么一个命令。于是已经要冲进迷宫的几个高手戛然止住脚步，并快速地退回人群、退出阶台院落，只留下一群不知所措的护卫。丰知通这是意气用事，虽然不失江湖豪气，却是于事不利。他这样的做法给齐君元逃出汤山峪提供了更多的余地和可能。

## 巧冲围

汪伯定、德总管等人在丰知通带人退出一会儿后才赶到阶台院，他们的反应肯定没有丰知通快，因为丰知通在赶来时已经想通了关键。所以等他们看清、问明情况，再等得到指令的护卫发出报警时，齐君元已经到了沐虬宫的门口了。

沐虬宫门口有四个守门的护卫，他们平时都叉腰扶刀面朝大门外。齐君元如果悄悄跑到他们背后这四人并不一定能觉察到，到那时再采取突然攻袭，齐君元应该有机会将这四人全部灭掉。但是齐君元的如意算盘落空了，他出迷宫才悄悄接近大门几步的时候，沐虬宫里面连续几只钻天哨划空而过。刺耳挠心的尖锐响声惊动了整个沐虬宫、汤山峪营围、二道亭、一道亭，甚至连更远处的一些地方也都听到了。钻天哨响过之后，便是急促的且连续不断的警钟声。

钻天哨响起后，大门口的四个护卫立刻拔刀出鞘。但他们仍在原地未动，只是呈全神贯注的警戒状态。而当警钟响起之后，其中两人快速转身，进到沐虬宫大门里面。他们两个这是准备拉门上闩，封闭沐虬宫出口。而就在两人进到门内的一刹那，他们同时看到了齐君元。

也是在钻天哨响起时齐君元完全改变了自己的状态，悄悄接近已经不可能了，那就只能加快速度。于是他拉一把自己的发髻，头发顿时散乱披下，遮住半边脸面。脚下步伐改作跌跌撞撞的奔跑，像是受了伤又像是被人追赶得惊慌失措。但即便齐君元将自己的形象和状态做了些变化，仍是没能逃过护卫的眼睛，他们一眼就认出这是刚刚被带进去的那个人。这也真是没办法的事情，因为齐君元的样子太好认了，刚才进去时他被脱去了外衣和鞋子。所以沐虬宫这种地方，现在除了齐君元外没人只穿内裤还光着脚。

两个护卫来不及关门，于是挺刀直奔齐君元而去。但是就在接近齐君元的时候，他们迟疑了、茫然了，因为他们听到了齐君元的呼喊。

"不好了！不问源馆的人反水了，正在追杀吴王呢！救命啊！快来人救吴王啊！不问源馆的人追杀吴王呢！"喊这些话不在齐君元的计划之中，他是临时想到的。但喊这话确实让两个护卫迟疑了，因为他们也隐隐听说李弘冀身边有蜀国不问源馆的人，也一直奇怪不问源馆的人怎么会留在这里，会不会是有什么目的和隐患。

就在两个护卫迟疑间，齐君元跌撞到他们跟前了，而且朝着他们伸出双手，就像见到了亲人。

那是空空如也的双手，所以两个护卫没有太在意，只是横刀护身微微让开。可是他们让开的身体随即便又凑到一块，而且贴得那么紧，特别是脸，就像一对久别的夫妻在冲动地缠绵。发生这样的情况是在齐君元从他们两个人中间穿过之后，是因为齐君元的双手不是空的。他扯下发髻时已经有一根很难辨别出的无色犀筋握在了手里，而这透明的犀筋扎住发髻没人能看出，拿在手上更没人能看出。

齐君元开始并没有指望这根犀筋能带进来，但他觉得就算被发现也无所谓。因为自己报明的身份是刺客，就算身上搜出这类可以杀人的东西也是很正常的事情。所以不带白不带，而最终带进来的话算是给他的一个意外惊喜。

犀筋做的是双联扣，正好可以托在齐君元伸出的双手上，并且随着护卫让开的身形快速用手指弹抛出手，套住两个护卫的脖颈。然后再利用自己往前跌撞的身体猛然收紧。人的脖颈很软弱，所以在齐君元大力加体重的收拉下，两个护卫完全不能抗拒地就脸对脸撞在了一块儿。

但是脸贴在一块儿了，胸口也贴在一块儿了，脖子仍是不能贴在一块儿。这之间有着一段空隙，被脸和胸口架出的空隙。于是齐君元后退一步，将后背抵住那两个护卫，然后手臂、后背猛然再次前后发力。在两记并不响亮的"咯嘣"声中，脖子终于也贴到了一块儿。虽然贴上去的只有一点，是颈骨折断后支撑出的一点，但确确实实是贴在了一块儿。

收回犀筋之后，齐君元微微迟疑了一下。按照他原来的计划是要换身护卫服逃出的，但是这时候他随机地改变了主意。现在的情形和原来设想的不一样，这里是南唐皇帝的行宫，而外面是精锐兵马驻扎的营围。在这里外相特别一点并不一定是坏事，这会让所有人认为他的身份特殊，没有确认之前不敢轻易动手。而如果装扮得跟其他官兵护卫一样，反而有可能连接应自己的同伴也不能认出，导致误伤。再说了，现在情形十分紧迫，从死尸身上脱衣服再穿衣服，肯定没有直接将自己身上的衬裈脱掉来得简单快速。而最重要的一点是他刚才进来时发现，要想找到途径快速冲出营围，脱掉衣服要比穿着衣服更容易一些。

沐虬宫外还有两个守门护卫，他们隐约听到门里面有喊声，但没有听清喊的什么。另外里面两个护卫也没有发声示警，所以他们就一直坚守着自己的岗位。

但是宫门迟迟未关严还是让门外两个护卫警觉起来，他们对视一眼后转身就推门往里面去，看一下到底发生了什么情况。也就在他们转身的同时，一个赤裸的身影冲出了沐虬宫的大门。

"不好了！不问源馆的人反水了，救命啊！快来人救吴王啊！不问源馆的人血洗沐虬宫了！"赤裸了身体的齐君元冲到了门口石阶顶上后并没有马上跑下去，而是扯开嗓子放声高喊。这声音从沐虬宫前的高处传送出去，在汤山峪中回荡，在听到喊声的人们心中回荡。

齐君元的喊声让门口两个护卫怔住，因为他们也都知道李弘冀身边有不问源馆的人，心中觉得齐君元所喊不无可能。而齐君元的喊声更多的是吸引了巡查和站位的官兵，因为他们不知道不问源馆是怎么回事，只能从齐君元的喊声中觉出出事了。所以这些官兵的反应反倒比那些护卫迅速，很快地就朝沐虬宫的大门聚拢过来。

见官兵已经聚拢过来，齐君元脚下莫名地一个趔趄，随即从石阶顶连滚带爬地下来了，一路将石阶两侧的油盏子都撞翻了。聚拢来的官兵见他这样跌滚下来，赶紧往上急跑几步想接住他。在他们的感觉中齐君元应该是个很不一般的人物，沐虬宫虽然只是皇上洗澡的一个地方，但这个地方不是什么人都能洗澡的。从里面出来的人光着身子，按理说肯定是在洗澡。即便不在洗澡，那也不是什么人都能随便在那种地方光着身子的。

但是就在最前面几个官兵要接住齐君元的时候，他竟然在滚爬之中自己站了起来。然后像是根本收势不住的样子直往下面冲去，嘴里还不住地喊着

"让开、让开！别挡路！"

没人挡路，这状态下，一个人的冲击力道是很大的。虽然有人想讨好接住这个他们认为不同一般的人，但又没谁愿意在这股冲撞力道下受伤，所以一个个都让开了。而来不及让开的，齐君元在冲下的过程中恰到好处地主动避开他们。在又撞翻一路油盏之后，齐君元最终跌倒在石阶的一个大转折处。

这个时候沐虬宫里涌出了一群人，全是刀剑在手的护卫。他们在汪伯定、德总管等人的带领下行动也算及时，仅仅比齐君元差了一段石阶路的距离。

"不问源馆的杀出来了，沐虬宫里的人被他们杀光了！快拦住他们！"看样子跌得很重的齐君元竟然还能发出这么高的喊声，这是让别人很感意外的。

发生的一切显得非常自然，往沐虬宫前聚拢的官兵立刻挺兵刃朝门口出来的护卫们逼过去。而远处过来的官兵也分几路从石阶以及两侧坡上往沐虬宫门口冲去，由此可见这些官兵平时训练有素，始终都清楚自己保护的重点是在沐虬宫。至于齐君元，此时至少在官兵们意识中是个暂时可以忽略的对象，而汪伯定、德总管以及那些护卫虽然盯住了光着身子、目标明显的齐君元，却被聚拢来的官兵堵住无法追出。因此，齐君元借着这个短暂时机从石阶转折处快速跑到了石阶与土石马道相接的地方。

"我是吴王府总管，这是总管腰牌。"德总管是个经历丰富的人，官家、兵家都混过，知道某些情况下最快的处置方法是表明可靠身份。虽然官兵中有好些人是认识他的，但这个时候亮出腰牌还能起到一种震慑的作用。"都听我的，活擒那个光身子的人，他是刺客。"

一个可确认身份是吴王的亲信总管，还有一个是光了身子根本说不清什么来路的人，人们毋庸置疑地都会相信德总管。所以聚拢到沐虬宫门口的官兵马上转了方向，往石阶下追来。而且在他们的连声呼喝中，其他几路正在往沐虬宫聚拢的官兵也都朝齐君元追去。特别是准备沿石阶上来的那一路，距离齐君元最近。转瞬之间，汤山峪营围中出现了一幅颇为壮观也颇为怪异的情景，官兵、护卫分多路由坡顶、坡侧、峪沟、石阶铺散而来，数百人共同追逐的目标只是一个裸体的男子。

齐君元很随意地在最后一级石阶的阶根处捡起一块拇指大小的黑色小石子，狠狠地朝身后扔去。只是那样的一块小石子，即便贯注了全身力道，也不能将人伤到什么程度。所以他的这一举动只会被人认为是一种无望且无措的挣扎。

但是石子和石子是不一样的。进来时齐君元在这石阶处有一个趔趄，亭长在一旁配合，为齐君元做了一件事情。这事情就是偷偷放下了一颗小石子，而这颗小石子正是齐君元捡起的那颗。这种黑色小石子江湖中叫火石，并不多见。看着和普通石子没什么两样，但撞击之下却可以轻易溅出火星用以点燃明火。

小石子没有扔向任何一个人，而是狠狠地摔在石阶上。随着石子与石阶的撞击，迸溅出了一长溜火星。火星在白天看来并不明显，即便刚刚将满地火油燃起时也不太明显，只有些发白的短矮火苗在快速蔓延。齐君元冲下来时至少是将石阶一侧的油盏连贯着推倒了，所以火苗最初的蔓延之势是顺石阶一路往上的。但是随着推倒的油盏架子、大落差石阶旁的木栏杆被燃着之后，火势开始横向铺开。因为火苗火星窜到了另一边未曾推倒的油盏和油盏架子上，然后还有周围一些含油脂较多的树木，特别是那些松木上。

但是让齐君元感到满意的并非这将部分官兵和护卫阻在石阶上的火势，而是随着这些火势起来的浓烟。两边的树木不管含油脂多少、易燃不易燃，它们都是青木而非干柴。燃起之后火势不会很大，甚至不会持续燃烧，但是却可以产生大量的浓烟、黑烟。这些浓烟、黑烟足以遮挡很多人的视线，足以掩盖一个人的身形行动。

趁着掩盖，齐君元继续往营围大门奔去。从那里进来还从那里出去，这是他计划好的。虽然汤山峪不止这一条出去的路，但齐君元只认识这一条路，而且他也早就在这条路上做好了准备。

齐君元并没有直奔营围大门，营围大门处有不少守卫的官兵。另外虽然有烟雾掩盖，但是烟雾并不能阻止周围官兵的逼近。所以要是这样直愣愣地奔到门口那是很难有机会出去的，而且很有可能还未靠近营门就已经被官兵重重围住。

所以齐君元没有顺着土石路直接奔向营门，而是在路两边的树木间来回穿梭。在这里亭长又为他做了一件事情，就在进来的时候，亭长暗中将一束束灰银扁弦挂在了沿路的树上。做这事情的动作虽然大一些，但是要瞒过那些押送的官兵真的是不费吹灰之力。

齐君元知道那些灰银扁弦大概在什么位置，所以很快在那些树上找到，然后快速在树间穿梭拉成一个"电闪回"的兜子。这兜子虽然每个弦都有各自的形态，弦和弦之间也没有连接，却是可以将所有弦组成最大的布设范围，最多的布设角度。这其中也有很多空间和道路可走，却是需要折转而行才能通过的。就像是闪电划空，虽然只有一根曲折散乱的连线，却似乎占据了半边天空。这也是此兜为何会取"电闪回"这样一个名字的原因。

其实"电闪回"这种兜子的布设没有任何玄理奥妙，就是个稍复杂的点间拉线。只是有直拉有斜拉，斜的有大角度有小角度。这种兜子必须是利用视觉不清或者快速移动的惯性才能起到作用，如果能看清或及时反应，那只需要抬腿跨过、弯腰钻过或者索性绕开就行了。

营围之中浓烟滚滚，根本无法看清平时都很难辨出的灰银扁弦。而周围围拢而来的官兵又都以为这范围还是他们熟悉的环境，可以畅通无阻，所以行动快速。却不知道环境已经发生变化了，原来畅通的道路现在已经多出了许多可以伤人、杀人的器具。

## 钻栅墙

简单的"电闪回"在营围里达到了极好的效果。前面速度快冲劲大的兵卒们撞上灰银扁弦顿时肉开骨断，慢一些的也都甲衣破开，留下深深的血痕。而后面的兵卒并不清楚前面发生的事情，继续在往前冲往前挤。于是全堆压在了那些道旁树之间，直到树倒或弦断为止。

被钢弦勒住的兵卒发出了撕心的惨呼，而且是许多人汇成一片的惨呼，这其实比许多人立时丧命更让人心惊。丧命只是短暂的一声垂死呼喊，而不会有这样持久的惨叫。惨叫声在汤山峪中久久回荡,回声让这惨烈成倍地增加。就仿佛那烟雾中藏着什么嗜血的妖魔,正在无情地嚼噬着那些人的肌体。下意识地,众多官兵停住了自己的脚步,紧张地、恐惧地在烟雾中寻看。而有一些已经接近了土石马道的兵卒,不仅停下脚步,而且开始慢慢往后退走。

而这个时候齐君元已经从笼罩"电闪回"的烟雾中冲出来,距离营围大门已经很近。虽然大门处有不少官兵把守,虽然他再没有其他预先准备好的手段来对付那些官兵,但齐君元还是毫不犹豫地奔向了营门。

军营中守护大门的官兵一般都是精英,不仅训练有素,而且最富有经验。因为营门处是个关键隘口,也是营墙上最大的一个开启处,所以在冷兵器时代往往会成为突破的重点。这里的大门守卫官兵也是一样,虽然营围之中遍布烟火,虽然浓烟笼罩中惨呼不停,但是他们都没有慌乱,而是马上用铁链条将营门锁上,然后以盾、矛、弩组合的三层防御阵势严阵以待。

光着身体的齐君元目标很明显,刚从烟雾中出来,所有的长矛、弩箭都微微转向指向了他。但是齐君元根本没有放缓脚步,就像全然未见前面那三层防御阵势一样,快速地往别人的有效攻击范围内冲入。

眼见着齐君元就要被守门官兵的弩箭射成刺猬了。突然随着两声短暂的金属脆响,营门两侧瞭楼上的大油盏翻落下来,盏子里的火油泼洒得到处都是。还没等上面的瞭哨兵卒搞清怎么回事,又有两支带着火苗的箭钉在了瞭楼上,而且是在油盏翻泼的位置。火一下就蹿了起来,蹿上了瞭楼顶,蹿下了瞭楼支架,并且将继续流动泼溅的火油化成大大小小的火苗,如火雨般往下面堵住营门的三道防御阵势头顶溅落。

瞭楼变成了两个巨大的火把,而下面锁定齐君元的三层防御也开始骚乱起来。头顶飘落的火雨溅落下来,虽然不能对身穿盔甲的他们造成太大的伤害,但是肌肤上小的灼烫,脚边一下铺满火苗,难免还是会给他们造成一定恐慌的。

齐君元在继续往前奔走,现在他能走的方向也只有这里了。周围聚拢来的官兵绕开惨呼不断的烟雾,正好也是往营门这边过来。因为营墙往里有一片开阔地，开阔地无可燃物，所以烟雾是最少的。

两边是相夹而来的官兵，前面有堵住营门的官兵，营门也已经被铁链锁住。从形势上看，赤身裸体两手空空的齐君元根本没有逃出去的机会。

但就在这个时候，堵门的三层防御中突然有人连续翻倒在地。这些人大多是最后一排的弩手，而且是被弩箭射倒的。

"袭营！有人袭营！"遭到攻袭的守门官兵在惊恐地高呼。这下不仅门口彻底乱了，就连整个汤山峪营围也乱了。门口的防御马上改变了方向，刀盾手全转到朝门的一面，胡乱地以盾牌抵住营门。后面长矛手有一部分也转过去，将长矛架在盾牌之间，防止外面有人冲击营门，还有一部分依旧对着奔过来的齐君元。弓弩手则更乱，有些转过来躲在了盾牌后面，有些依旧朝着齐君元的方向。还有一些则不知所措，前后转几次，不知该朝哪边合适。

两边正在往营门处聚拢的官兵听到"袭营"的高喊后，也都马上往营墙而去。抓捕一个人和守住营围、保护行宫相比，那就成了太微不足道的事情了。一个从沐虮宫中逃出的人抓得住抓不住和他们并不存在太大的直接关系，但如果营围失守他们却有可能是会掉脑袋的。

大门口继续有人在倒下，都是朝向齐君元的弓弩手和长矛手。由于这时候防御的阵势已经散了，所以可以清楚地看到他们遭受的攻击是极为准确无情的。每一个倒下的人都是被小杆弩箭或者弓箭穿透脖颈，连临死的一声惨呼都无法发出。

两边的瞭楼彻底烧起来了。在山峪间变化不断的穿峡风吹动下，不仅有大片的火云火星飘散开来，而且随风扑腾的火苗还窜上了木栅营门营墙。眼下火势虽然不大，但如果不及时扑灭，真要将整个营墙连着烧起来了，那后果真的不堪设想。

"快点灭火！先把火灭了！"有人在喊，也有人在动。但是才一动，几个人便顿时头颅崩裂、血花四溅，死相比那些被弩箭穿透脖颈的还要惨烈。急切间旁边人都没看清这些人是被什么武器击中的，但可以推测出这是与弓弩不同的弹子、飞石一类。由此可见袭营的不止一两个人，单是远袭的武器就已经有三种了。而且不仅远袭的武器种类多，从杀伤准确度上判断，来的都是非同一般的高手。

"快找掩身处，防远杀！对方远杀攻击厉害！"直到这时才有人找到了重点。眼下最重要的应该是不能被对方远距离的武器杀死，然后才能阻止攻营和救火。喊声提醒了一些人也解脱了一些人，于是依旧坚守阵形位置不敢乱动的都慌乱地找寻可以掩身的位置，最不济的也知道马上就地趴伏。

再没人迎对齐君元了，不过齐君元并没有就此确定可以逃出。营门被铁链锁着，还有那么多官兵堵着，不要说出去，就连接近营门都不大可能。而后面的烟雾中虽然有很多官兵被纠缠其中，可以给他争取一些时间。但此时沐虬宫中的护卫已经追到，他们在前面已经出事的状况提醒下，快速穿过"电闪回"应该是很轻易的事情。

齐君元在距离营门还有五六十步的地方站住了，往营门左右稍稍扫看了一眼，像是在找什么东西。然后他再次做了一件让人意想不到的事情，径直走到旁边一个油盏边，端起油盏将火油浇在自己身上。

满身火油的齐君元朝着营门左侧奔跑过去，那里的营墙已经有很多处引上了火头。在穿峡风的吹动下，周围还不时有火苗火星飞舞。但是齐君元却丝毫不忌讳自己满身的火油，毫不顾忌地往那营墙处冲去。

虽然这个时候注意齐君元的人已经不多，但看到他所作所为的人都认为他是在找死。所以不管看到没看到的都没有再拦阻他，最终让他烧死在营墙前也算是有了一个交代。

奔跑中的齐君元身形有几个灵巧的闪躲，避开了一些空中飘舞的火苗火星。他是要逃而不是要死，当然不能让这些火苗火星引燃自己身上的火油。

到了营墙跟前，他找准一个栅格。这个栅格他在进营围被搜身时就已经选定，因为它比其他栅格的间隙要稍大些。但是即便稍大些，也是只能容得一只野猫钻过的空隙，普通人怎么都不可能从中钻出去。

可是齐君元不是普通人，他是离恨谷妙成阁的高手，最最精通的就是各种精妙器具的制作。而这榫接的栅墙虽然紧密牢靠，但在他的眼中却是有着太多的纰漏，与精妙精密的概念相去太远太远。

齐君元在地上抓起几把泥土，先狠狠地将这个栅格附近的几个火苗扑灭，再快速看一眼栅格的榫接形式，确定为转角榫连接。接下来齐君元开始动手，但不是直接对他选定的栅格，而是先依次在与这个栅格左右连接的几个栅格立柱上动手。他在立柱根部用力踹了几踹，又将上榫处用力摇了几下，然后用肩头猛然往旁边一推，于是左右连接的几个栅格立柱都略微往两边移动了一点点。而几个栅格移动的距离加起来却是一个不小的间隙，所以当到了只剩左右连接的最后两个栅格时，它们的间隙大小已经和选定的那个栅格差不多了。

齐君元以最快的速度继续着，他必须在别人没有看清他的意图之前完成要做的事情。剩下的最后两个栅格他不仅踹了立柱根部几脚，而且榫接处摇晃之后他还在立柱中间部分往外踹了好几脚。然后他将身体挤在选定的间隔中感觉下，这是为了确定身体上下各部位与立柱表面起伏的最佳吻合度。确定了最合适的高度位置后，他全身开始用力，腰背四肢前后推的同时将身体往外挤。

营门周围在燃烧之后也已经烟雾缭绕视线不清，不过还是有很多人看到了齐君元所做的一切。前面他们并不能理解为什么这么做，但是到最后一刻时他们都惊讶得目瞪口呆。那栅格的间隙竟然扩大了，而且扩大了许多。所以赤身裸体又浇满火油的齐君元，可以从那扩大了的间隙中很滑爽地钻过去。

"拦住他，不要让他再钻出外道营墙了。"后面有人在喊，是带着护卫已经赶到不远处的汪伯定。他看出齐君元还有一道营墙需要钻，而一道墙与二道墙之间的距离很近。两道营墙的作用本身就是为了让敌人翻越一道墙后陷入狭窄的空间中，那么里面无论用长矛还是弓弩都可以轻松地置他们于死地。同样的道理，现在这种情况下，只需用长矛或弓弩就可以从二道墙栅格中阻止齐君元调整榫接状态扩大栅格间隙逃出。

齐君元已经开始动手了。由于外围的营墙框定范围更大，长度更长，而且是用于第一道防御，所以无论紧密度还是间隙宽度都不如里面二道营墙，齐君元就近很快就找到了合适的栅格。

不过里面的官兵也开始行动了。听到汪伯定的指示后，立刻有几个想借机立功的兵卒从掩身处出来，挺矛持弩直奔齐君元所在的位置而来。

但是外面远杀攻袭的高手行动更快更准确，那几个兵卒才出来，便立刻被连续的弓箭射翻。而且从这个时候开始，外面远袭的所有杀器全是针对齐君元选好的钻出位置。不要说那些兵卒，就是及时赶到的那些护卫也都被远袭的杀器封住，无法接近营墙。

也就两轮快速的箭矢和弹子阻击，齐君元就已经及时钻出了营墙。而等到汤山峪的官兵们灭了营门口的火，拿了钥匙打开营门追出来时。齐君元和外面袭营的高手全都不见了，并且连一点痕迹都不曾留下。

## 反复激

李弘冀一直呆坐在升云殿的主椅案前，像是在盯看着案上的什么，但实际案桌上什么文案描图都没有。又像是在聆听着什么，但升云殿处于沐虹宫深围之处，一点都听不到外面的喧闹。所以李弘冀只能是在想着什么，专注而激烈地思考着什么。

的确，在这么短暂的时间内，他所遇的情形几番变化，他的命运也在这短短的时间内百转千回。从希望到失望，从巅峰到低谷。一会儿是天堂，一会儿是地狱。全部的身心都被牵引在其中，起伏着、激荡着、沸腾着……

刺客主动送上门来，对于李弘冀来说是个天大的好事。接下来只需将这刺客送到元宗李璟面前澄清事实，自己所有失去的一切都将恢复。而他最初的想法也觉得刺客主动过来就是为了这个，最多是会提一些特别丰厚的要求而已。但是让他怎么都没有想到的是，这刺客竟然是为了陷害自己而来。

当刺客说出一连串针对自己的陷害手段时，李弘冀其实心里感到非常害怕。他没想到有人会这么周密地对自己下手，而且是在不动声色之间。直到这时他才知道自己其实早就陷入了一个暗流盘旋的漩涡中却还毫不知情。而当那个刺客出现中毒状态后，他惊骇了，也绝望了。他没想到世上真有舍弃性命以死做局的人，而且他更知道刺客这一死对他意味着什么。最后的一个希望破灭，最后的一个机会失落，所有的罪状不仅坐实，而且这些罪责会因为这个主动上门并且死在自己面前的刺客而变本加厉，让他百口莫辩。

但这还不是最绝望的时候，李弘冀将自己亲信拉到一边秘密商议，就是想将刺客之死的影响降到最小。即便没了洗清冤屈的证据，也不能让别人计谋得逞，将自己置于万劫不复之地。

可坐下来还没等说话，前面却又传来消息，说刺客诈尸逃走了。是不问源馆丰知通最早发觉刺客状态异常，但是护卫不听他的指示报警拦截，所以不问源馆的人全数退出了追捕。

诈尸！李弘冀先是一惊，但随即便明白过来。诈尸是绝不可能的事情，假死倒也不算意外，也就是说，刚才那刺客虽显死相其实却没死。李弘冀感到有些匪夷所思，刺客的假死之相竟然连德总管都骗过了。但他同时也再次看到了希望，只要将刺客活擒了，那么自己就又可以洗脱罪状了。而此时汪伯定、德总管根本没等吩咐就已经赶去前面院子，组织护卫围捕刺客。

李弘冀坐定升云殿中等待消息，他的心中此刻还算放松。即便不问源馆退出追捕，但是凭着自己的私聘高手、宫中护卫以及外面汤山峪营围的官兵，这个刺客肯定插翅难飞。

就在这等待的过程中，李弘冀的放松渐渐被其他情绪替代了。

他先是开始在心里反复着极大的懊悔。自己要是在阶台院里再多待一会儿，那个假死的刺客不就无处可逃了吗？还有不问源馆的人，他们难道真像刺客说的留在自己身边是要截抢宝藏皮卷吗？不对！后来刺客自己都说了，皮卷只是陷害自己的又一个布局。所以这要么也在皮卷的陷害布局之中，要么就是刺客临时起意的离间之技。唉，如果刚才自己信任丰知通的话，那么刺客不也无法逃走吗？

李弘冀越想越懊恼，但这懊恼的情绪并没有持续多长时间，便开始转化成了恐惧，比刚才知道自己一直被陷害更恐惧，比眼看着刺客以死来让自己冤屈罪责坐实更加恐惧。因为他突然想到一个问题，那刺客为什么要假死？如他此行是为陷害自己而来的，那么没有死不就达不到最佳效果了吗？

不！不对！李弘冀猛然醒悟过来。他的手脚一阵乱颤，背脊间寒意四散

## 第十一章 活着冲出汤山峪

开来，心脏狂跳不已，跳得眼前金星乱冒，跳得喉咙间血腥气弥漫。

被擒的刺客从二道亭开始就一直声明自己是刺杀齐王的刺客，有事要与吴王商议。于是才被带进了汤山峪营围，才被带到沐虬宫里的自己面前。如果这个刺客最终死在自己面前的话，人们最多会说是他李弘冀杀人灭口，导致他冤屈的罪责坐实无法洗脱。但如果这刺客活生生地从沐虬宫、从汤山峪营围、从汤山两道亭卡逃出的话，那别人不就更会确定这刺客是他李弘冀的人了吗？试想一下，如果没有李弘冀的指示和安排，刺客怎么可能一个人从众多高手和重重机关的沐虬宫中逃出，怎么可能一个人闯过遍布官兵的汤山峪营围中逃出，怎么可能一个人连闯两道巡查不断的亭卡逃出。所以别人想陷害自己的罪名还是一样可以坐实。

不仅如此，人们还会想，他李弘冀能冒险设法将这样一个重要的刺客送走，而不采取更为简便的杀人灭口，说明这个刺客还有更大的作用，说明他李弘冀还有下一步更重大的刺杀计划。这样的话李璟不仅不会再让李弘冀回到身边掌握重权，并且还会时刻防备着他。这才是真正的万劫不复之地，比让他死更为冤屈耻辱的事情。

"吴王，吴王。"旁边有人在轻声呼唤。

李弘冀从呆定的状态中扭转过头，看到唤他的是汪伯定。他先迷茫地看一眼又将头转回去，但才转回去，就又猛地整个身体转过来，并且一把抓住汪伯定。因为他想起来汪伯定是去追捕刺客的，现在回到这里应该是给自己带回了消息。

"抓住了吗？刺客抓住了吗？"

汪伯定没有说话，而是表情痛苦地摇摇头。他在齐君元钻出营围栅格的那个瞬间突然意识到，这个刺客如果顺利逃走的话，将会给李弘冀造成更毒狠的陷害。所以将这结果告诉李弘冀，他心中万分的不忍。

"那，杀死了？"李弘冀的声音怯怯的，好像是不敢问这个问题。

汪伯定咬咬牙，然后很无奈地再次摇摇头。

没等汪伯定摇头结束，李弘冀双眼一睁一凸，喉中"咯噔"一响，满口的鲜血激喷在汪伯定怀里。

宋代镇江人贾顺平所著《江璧轩后朝秘考》中有详记："……文献太子禁汤山泉宫，有蜀人流匪袭，疑为私怨。泉宫失火，太子惊吓，因此患疾……"

刺局成功了。无论丰知通也好，还是汪伯定和李弘冀自己，他们其实都差了一步棋。他们只是想到那个主动来的刺客逃走是为了陷害李弘冀，让他从此再无翻身掌权的机会。却没想到别人这个刺局真正的目的正是要李弘冀悟出这样的结果，预见到自己的处境。从而在心理和身体上给予他沉重打击，以精神上的绝望和身体上的紊乱夺取其性命。

齐君元是离恨谷妙成阁出身的顶尖刺客，最擅长的是制作绝妙器具。但妙成阁中许多绝妙器具的制作是要针对某个特定人体的，所以对人的身体、心理状况进行了解也是妙成阁一个重要的修习，否则是成不了这一属顶尖刺客的。也就是说，妙成阁中顶尖高手不仅会做妙器，还懂得将人当成妙器一样去研究。

像齐君元修习达到的技艺程度，在了解刺标身体特点和生活习惯之后，哪怕只是在一件平常器具上做一个别扭的设置，都是可以给人的心理和生理造成极大影响的。久而久之还会导致痼疾，严重时甚至一命呜呼。其原理其实和暗算李璟的诡异画作是一样的。

齐君元这一次的刺局是直接做在李弘冀的身体和心理上。本来他通过对间接获取的信息进行分析，觉得刺杀李弘冀是个完全没有可能的活儿。但是正好亭长提到汤山县县令进入过沐虬宫，大概说了些其中的情况，这让齐君元找到了一个别人完全意想不到的机会。

沐虬宫中有多个温泉泉眼，里面温热闷湿，气流不畅。这对于李弘冀这样元火最旺年纪的男子而言，会觉得温燥难散、内乏体软。而禁居范围太小，所见景象单一，这对胸藏天地的李弘冀肯定会造成极大的压抑。再有李弘冀是受冤屈被禁居的，心中本就郁气淤结不解。

所以齐君元推测了一下李弘冀眼下的身体状况。温热闷湿会导致他内火灼旺，丹元缺润，气浮心焦。阴阳两脉难衡，阳亢却多虚火，阴弱却多温湿。再加上环境约束，胸气难舒，这样便在本元、经脉、心意之间形成气息的纠缠。否不出，泰不进；阳不平，阴不和。

之后齐君元在亭长安排下，两次远远地看到了李弘冀。虽然距离远，只能大概看到外相。但是对可以将人当做瓷器一样欣赏并且体会其中意境的齐君元来说已经足够。李弘冀背直、颈弯、胸含、双腿宽分，手臂摆动与身体不协调等等细节都证实了齐君元之前的推测。所以他决定实施一个极为大胆也极为不可思议的刺局，虽然这个刺局极度冒险，但对于他们来说却是眼下唯一杀死李弘冀的机会。

设计这样一个刺局其实是受到一个人的很大启发，这人曾经两次以自身做兜布局。一次是在潭州只身去见楚主周行逢，还有一次是在广信设局刺杀防御使吴同杰。这人便是范啸天，他的那两个刺局都可以作为借鉴。

不过齐君元设计的刺局和范啸天不完全一样，他只是将自己作为辅助的工具和手段，真正实施刺杀的其实是李弘冀自身。所有计划是要在最短的时间内用最快的形势变化和情绪变化，诱发李弘冀身体内部存在的痼疾，达到刺杀目的。正是因为这个，齐君元才逼迫卜福说出和李弘冀有关的所有事情，这样才能在短时间内让李弘冀在极端情绪间反复。

齐君元主动出现声明自己是刺杀吴王的刺客，首先将李弘冀的心情提升到欣喜和兴奋的极点。然后急于见到齐君元的迫切，又让李弘冀原本就内火灼旺的心情变得更加焦急浮躁。当齐君元见到李弘冀后，所有真相的叙述是给李弘冀心神的一记寒刺，让他顿时陷入极度的惊骇和恐惧，刚刚累积的内元焦热之气全都凝结体内不能疏散。

齐君元在死去之前说明自己此来是又一次陷害，并且肆意张狂地对李弘冀进行讥笑和嘲讽，然后所有人都回天乏术，眼睁睁地看着他死去。于是刚刚见到了希望又突然失去是对李弘冀心理的一重打击，让他感到绝望，这是一个极大的落差。而肆意的嘲讽更是打击，心气志愿极高的李弘冀遭受到宵小连番的暗算已经是气血难平，再被这一番嘲讽，顿时变得血气混杂、阴阳混乱、五神不守。

齐君元死后又活，李弘冀急惊、急喜，不能疏散的混杂气息再次冲击五脏六腑、心神百骸。但是当他意识到这一个刺客如果逃走了的话，自己的处境会陷入更为深暗的地狱中时，全身的血脉气息再次凝固。脊脉绷紧，肌骨绷紧，心境绷紧，神经绷紧。清入混不出，神出魂不回，整个身体就如同一个到处卡涩不能运转的机器。

而当知道刺客逃走之后，那就真如人们常说的"天塌地裂、山倒海灌"。李弘冀的身体从内到外的罡气顿散、豪光尽灭，就如同撤去了身体周围所有的支持和保护。而偏偏此刻他头上顶着一块无形的巨石，没了这些支持和保护，那无形的巨石便贯头而下，直入心底。内外压力，导致气血逆流而行、旁路而出，呕血不止。

在这个刺局中，找来的三个帮手很重要。唐三娘可以调制假死的毒药，这毒药能让身体产生完全和中毒一样的反应，并且可以麻醉身体基本功能，让人短时间内完全处于无呼吸无心跳的死亡状态，就连高手都无法辨别出来。

范啸天预先给齐君元进行了装扮，但这装扮只有在温湿状态下才能体现。沐虬宫阶台院里的湿度温度都比外面高，加上齐君元在假中毒的状态下汗水直流，就可以将范啸天预先的装扮显现出来。而这装扮可以让他的面相比死去的人更像死去的人。

哑巴的远射技艺可以协助齐君元最终逃出汤山峪营围。齐君元早就想好，不管沐虬宫还是营围之中，他都可以随着心意利用周围的一切浑水摸鱼往外逃。但是又不能不择方向方位乱逃，对周围环境道路不熟，一旦陷入兵营深处，等护卫和官兵们的状态调整过来后就再无机会逃出。所以最可靠的路线应该从原路出，而原路出的关键处是大门，此处始终都会有重兵把守。要想避开这些把守的官兵并找到准点争取时间钻出营围的营墙，就只能靠哑巴远射的压制和震慑了。

这一个综合了各种匪夷所思杀技的绝妙刺局，可能只有齐君元能想到，也可能只有齐君元敢去做并做好。但这个刺局也存在一个不能完美的巨大缺陷，就是不能一击而杀。最终能否成功刺杀目标不在刺客的掌握之中，而是要看刺标自身。

三日之后，传来消息，李弘冀突发呕血重症。皇上李璟下旨将其紧急接回金陵，让宫中御医给予最好的救治。

半月之后，再传来消息，李弘冀病情已经控制，呕血止住。

一月之后，李弘冀病情好转。

也是这个时候，黄快嘴传离恨谷密语："再刺吴王。"

**图书在版编目（CIP）数据**

刺局.5,气杀局/圆太极著.—北京：北京时代华文书局，2017.12（2022.5加印）
ISBN 978-7-5699-1972-1

Ⅰ.①刺… Ⅱ.①圆… Ⅲ.①长篇小说—中国—当代 Ⅳ.① I247.5

中国版本图书馆 CIP 数据核字 (2018) 第 024035 号

## 刺局5：气杀局
CIJU5：QISHAJU

著　　者｜圆太极
出 版 人｜陈　涛
责任编辑｜周　磊
装帧设计｜程　慧　迟　稳
责任印制｜訾　敬

出版发行｜北京时代华文书局 http://www.bjsdsj.com.cn
　　　　　北京市东城区安定门外大街136号皇城国际大厦A座8楼
　　　　　邮编：100011　电话：010-64267955　64267677

印　　刷｜三河市兴博印务有限公司　0316-5166530
　　　　　（如发现印装质量问题，请与印刷厂联系调换）

开　　本｜710×1000mm　1/16　　印　张｜17　字　数｜251千字
版　　次｜2018年7月第1版　　　　印　次｜2022年5月第2次印刷
书　　号｜ISBN 978-7-5699-1972-1
定　　价｜45.00元

**版权所有，侵权必究**